大
方
sight

24个比利

[美] 丹尼尔·凯斯 / 著
邢世阳 / 译

THE MINDS OF
BILLY MILLIGAN

DANIEL KEYES

中信出版集团 | 北京

图书在版编目（CIP）数据

24个比利 /（美）丹尼尔·凯斯著；邢世阳译. --
北京：中信出版社, 2018.11（2024.4 重印）
书名原文: The Minds of Billy Milligan
ISBN 978-7-5086-9166-4

Ⅰ. ①2… Ⅱ. ①丹… ②邢… Ⅲ. ①长篇小说-美国
-现代 Ⅳ. ①I712.45

中国版本图书馆CIP数据核字（2018）第142597号

The Minds of Billy Milligan by Daniel Keyes
Copyright © 2013 by Daniel Keyes
Published by arrangement with William Morris Endeavor Entertainment,
LLC. through Andrew Nurnberg Associates International Limited.
Simplified Chinese translation copyright © 2024 by CITIC Press Corporation
ALL RIGHTS RESERVED
本书仅限中国大陆地区发行销售

24 个比利

著　　者：［美］丹尼尔·凯斯
译　　者：邢世阳
出版发行：中信出版集团股份有限公司
　　　　　（北京市朝阳区东三环北路27号嘉铭中心　邮编　100020）
承　印　者：河北鹏润印刷有限公司

开　　本：880mm×1230mm　1/32　印　张：14.25　字　数：365千字
版　　次：2018年11月第1版　印　次：2024年4月第20次印刷
书　　号：ISBN 978-7-5086-9166-4
定　　价：69.00元

版权所有·侵权必究
如有印刷、装订问题，本公司负责调换。
服务热线：400-600-8099
投稿邮箱：author@citicpub.com

献给受虐的孩子们

尤其是那些尚未被发现的受害者……

目 录

致谢	III
序言	V
内在人格	001
第一部　混乱时期	009
第二部　老师诞生	153
第三部　超越疯狂	342
尾　声	417
后记	425
作者附记	431
比利·米利根年表	433

致谢

我与比利进行了数百次会面和谈话并参加了相关会议，还访问了62位与比利有过接触的人，本书才得以出版。在此我向他们表示深切的谢意，尽管其中大部分人已在书中提及。与此同时，我还要感谢以下人士，他们在本书的撰写和调研过程中发挥了极其重要的作用。

阿森斯精神卫生中心医疗部主任戴维·考尔（David Caul）医生，哈丁医院院长乔治·哈丁（George Harding）医生，科尼利亚·威尔伯（Cornelia Wilbur）医生，公共辩护律师加里·施韦卡特（Gary Schweickart）和朱迪·史蒂文森（Judy Stevenson），法律事务所律师阿伦·戈尔兹伯里（Alan Goldsberry）和史蒂夫·汤普森（Steve Thompson），比利的母亲多萝西·摩尔（Dorothy Moore）和现在的继父戴尔·摩尔（Del Moore），比利的妹妹凯西·莫里森（Kathy Morrison）以及比利的好友玛丽（Mary）。

我还要感谢下列机构及工作人员：阿森斯精神卫生中心、哈丁医院（特别是公共关系处的艾莉·琼斯）、俄亥俄州立大学警察局、俄亥俄州检察官办公室、哥伦布市警察局、兰开斯特市警察局。

俄亥俄州立大学的两位受害者凯莉·德莱尔（Carrie Dryer，化名）和唐娜·韦斯特（Donna West，化名）小姐为我讲述了她们的感受，在此我深表敬意。感谢我的律师唐纳德·恩格尔（Donald Engel）先生，正是他的坚定信心和对我的支持，令我得以完成计划。我还要感谢我的编辑彼得·戈瑟尔斯（Peter Gethers）热心而敬业地帮助我整理了所有的资料。

尽管很多人都希望为我提供帮助，但并非所有人都愿意与我交谈。因而，有必要在此对我的资料来源加以说明：

俄亥俄州费尔菲尔德精神卫生医疗所的哈罗德·布朗（Harold T. Brown）医生曾经治疗过15岁的比利，他提供了当时的病历和记录；西南社区精神康复中心的多萝西·特纳（Dorothy Turner）医生和斯特拉·卡洛琳（Stella Karolin）医生是最早发现并治疗比利多重人格障碍的医生。比利还清楚地记得与她们交谈的情景，而这两位医生提供的材料和法庭证词，也记录了她们与其他心理医生和律师交谈的情况。

比利的养父（经法庭确认，但媒体称其为"继父"）卡尔莫·米利根（Chalmer Milligan），拒绝回答有关指控的问题，亦不同意我们披露他的故事。但是，在写给报刊的声明以及在公开采访中，他否认曾对比利进行"恐吓、虐待和鸡奸"。因此，本书有关卡尔莫的内容源自公开的审判文件、媒体报道以及其他来源，包括其亲人（女儿查拉、继女凯西、继子吉姆、前妻多萝西，以及威廉·米利根）和邻居的证词。

我的女儿希拉里（Hillary）和莱丝莉（Leslie），在我倾心研究资料的艰难日子里给予我帮助和谅解，在此表示感谢。我的妻子奥蕾亚（Aurea）帮助我听了几百小时的录音，并将其分门别类以方便我查找，若无她的鼓励和帮助，本书的出版至少要推迟若干年。

序言

本书讲述的是一个真实的故事。威廉·斯坦利·米利根（William Stanley Milligan）是美国历史上第一位犯下重罪，但因罹患多重人格分裂症而被判无罪的嫌疑犯。

他不是小说中虚拟的多重人格障碍患者，而是一个自始至终都存在广泛争议的真实人物。他的照片出现在报刊和杂志的头版和封面，他的心理测试结果更作为报纸和晚间新闻节目的头条迅速传遍大街小巷。他亦是第一位在四名精神病医生和一名心理学家共同见证下住院接受彻底检查的多重人格障碍患者。

我在俄亥俄州阿森斯市的阿森斯精神卫生中心第一次见到这位23岁的年轻患者时，他刚被法院送来不久。当他要求我记述他的故事时，我坦率地告诉他，我是否写他的故事，将取决于他的经历除了媒体已经报道的之外，是否还有其他值得书写的内容。他向我保证，我是第一个得知他内心感触的人，甚至他的律师和精神病医生都不完全知晓；他希望让世人了解他的精神疾病。我虽存有疑虑，但对他的情况颇感兴趣。

几天后，《新闻周刊》登载了一篇题为《比利的10副面孔》的文章，进一步激发了我的好奇心。这篇文章最后一段如下：

> 然而，仍有不少疑点，例如：威廉·米利根是如何掌握了汤姆（其人格之一）所运用的类似逃脱大师胡迪尼的逃脱术？他对受害者提到的"游击队"和"杀手"究竟是指什么？医生认为威廉·米利根可能还有尚

未被发现的其他人格,他们的罪行也不曾被发现。

在阿森斯医院病房单独与比利谈话时,我发现他全然不同于第一次见到的比利。他说话吞吞吐吐,膝盖由于紧张而不停地颤抖;记忆力很差,而且长时间地出现空白。他谈到痛苦的往事时声音禁不住发颤,但无法提供细节。鉴于多次尝试均以失败告终,我萌生了放弃的念头。

但其后的一天却发生了令人震惊的事情。

威廉·米利根的所有人格第一次完全地融合在了一起,成为一个全新的个体。此时的他不但能够清楚地记得过去发生的事情——包括所有人格的思想、行为、关系和不幸的经历,而且还能绘声绘色地描述出那些可笑的冒险行为。

我在序言中说过,读者通过阅读能够了解我采用了何种方式将比利的过去、他的个人感受以及与他的对话一一记录下来。事实上,本书所有内容均出自融合后的比利以及他的其他人格的表述,曾经在不同阶段与他有过接触的62位人士也为我提供了材料。书中的对话和情景得之于比利的回忆,而治疗过程则直接取材于录像带。书中并无我自己杜撰或改编的内容。

写作伊始,我面临的棘手问题就是整个事件的时间顺序。由于从小时候开始便经常"失落时间",比利很少看表或者日历,他还为此深感难为情。我是通过账单、收据、保险单、学校和员工的记录,以及比利的母亲、妹妹、雇主、律师和内科医生提供的材料,才最终厘清事件发生的先后顺序。比利写信很少注明日期,但他的前女友保留着几百封他在坐牢的两年里写给她的信。我便是根据信封上的邮戳确定了写信的日期。

我与比利达成了两项基本共识:

第一,所有人物、地点和机构均使用真实名称,但需要受到保护的人无论是否成年都将使用化名,包括其他精神病患者、参与犯罪的人以及我无法与之直接面谈的俄亥俄州立大学的三名受害者。

第二，为避免威廉·米利根因其他人格犯下的罪行而遭到指控，我将以"戏剧化"的方式对事件加以描述。对威廉·米利根被起诉的罪行，则不描述细节。

曾与比利共事、相识或成为受害者的人，都认为比利具有多重人格。他们大都记得比利说过和做过的事，而这些事实令他们相信"他不是装出来的"。但也有个别人认为比利是个骗子，假装精神分裂来逃避罪责。我尽量与这两类持不同看法的人交流，观察他们的反应并聆听他们的理由。

同时，我始终保持着质疑的态度。然而，在与比利共同撰写本书的两年里，他的回忆和态度又令我不得不相信，本书披露的现象的确是事实。

类似这样的争论一直为俄亥俄州媒体所关注。1981年1月2日《代顿日报》(*Dayton Daily News*) 登载的文章便是明证——距最后一次犯罪已有三年零两个月。

说谎者，还是受害者？两者皆有可能
威廉·米利根案曝光

乔·芬利报道

威廉·米利根令人难以捉摸。他可能是个精明的骗子，欺骗了公众，犯下了强奸重罪，却安然无恙；但又可能确实是一位多重人格障碍患者，无论如何，这都是一场悲剧……

唯有时间能告诉我们米利根是世间最为悲惨可怜的受害者，还是一个将全世界玩弄于股掌的超级骗子……

披露事实真相的时刻即将来临。

丹尼尔·凯斯
1981年1月3日，俄亥俄州阿森斯市

内在人格

10种人格

在接受审判时,只有他们是被精神病医生、律师、警方和媒体知晓的人物。

1. 威廉·斯坦利·米利根(比利),26岁

最初的核心人格,后来被称为"分裂的比利"或"比利"。高中时被勒令退学,身高6英尺、体重190磅,蓝色眼睛,棕色头发。

2. 阿瑟(Arthur),22岁

英国人,理性,冷酷,讲话带英国腔。自修物理、化学并研习医学,能流利地应用阿拉伯文。顽固保守,自认是资本主义者,但公开承认信奉无神论。是第一个发现有其他人格存在的人,在安全状况下负责管理,决定由谁来出现代表"家庭"。戴眼镜。

3. 里根(Ragen),23岁

充满仇恨的人格。名字来源于"再次愤怒"(rage-again)。南斯拉夫人,讲英语时带斯拉夫口音,会塞尔维亚-克罗地亚语。武器和军事权威,精通空手道。体格健壮,能有效地控制肾上腺素。信奉共产主义,是个无神论者,职责是保护"家庭"成员,特别是妇女和儿童,在危机状况下负责管理。曾犯罪、吸毒,有暴力倾向,体重210磅,虎背熊腰,黑发,八字胡,色盲,只画黑白图画。

4. 亚伦（Allen），18岁

骗子、操纵者。负责对外联络，不可知论者，人生态度为"得过且过"。会打小鼓、画人像，是唯一抽烟的人格。与比利的妈妈很亲近，身高与威廉·米利根相仿，体重略轻（165磅）。头发右分，也是唯一的右撇子。

5. 汤姆（Tommy），16岁

精通逃脱术。好斗，具有反社会倾向，经常被误认为是亚伦。会吹萨克斯管，是无线电专家，还擅长风景画。头发蓬乱，发色金黄，眼睛为琥珀色。

6. 丹尼（Danny），14岁

容易被惊吓，惧怕陌生人，特别是男人。曾被逼挖掘坟墓并被活埋，因此只画有生命的东西。留着棕色的齐肩长发，蓝色眼睛，身材瘦小。

7. 戴维（David），8岁

充满痛苦，经常代其他人格承受痛苦。非常敏感，善于理解，但不能长时间集中注意力，大部分时间精神恍惚。头发为深棕红色，蓝色眼睛，身材矮小。

8. 克丽丝汀（Christene），3岁

经常被老师叫到角落罚站，因此被称为"角落里的孩子"。是个英国小女孩，聪明，但患有失读症。喜欢画花和蝴蝶。金发及肩，蓝色眼睛。

9. 克里斯朵夫（Christopher），13岁

克丽丝汀的哥哥，说话带英国腔，性格温顺但内心不安。会吹口琴。略带褐色的金发类似克丽丝汀，留着短刘海。

10. 阿达拉娜（Adalana），19岁

性格孤独、内向、害羞。会写诗，烹调，操持家务事。一头乌黑的直发，茶色的眼睛，眼神经常飘忽不定，因此有人说她有一双"舞眼"。

不受欢迎的人格

由于他们具有令人讨厌的特点,因此受到阿瑟的压制。考尔医生在阿森斯精神卫生中心首次发现了他们。

11. 菲利普(Philip),20岁

性格粗暴。纽约人,有浓厚的布鲁克林口音,语言粗俗。以"菲尔"的名义让警方和媒体得知比利体内不止有10种人格。大错没有,但小错不断。棕色卷发、褐色眼睛、鹰钩鼻。

12. 凯文(Kevin),20岁

善于谋划。曾策划"格雷药房"抢劫案。非常喜欢写作。金色头发,绿色眼睛。

13. 瓦尔特(Walter),22岁

澳大利亚人。自认是狩猎专家。因方向感极好,常被请出确认方位。情感压抑,性情古怪。留着八字胡。

14. 阿普里尔(April),19岁

女流氓。讲话操波士顿口音,企图报复比利的继父。其他人格认为她精神不正常。会缝纫,协助做家务。黑发,棕眼。

15. 塞缪尔(Samuel),18岁

流浪的犹太人。虔诚的犹太教徒,所有人格中唯一相信神的人。雕刻家,特别擅长木雕。黑卷发,山羊胡,褐色眼睛。

16. 马克(Mark),16岁

工作狂。做事被动,若无其他人格的命令,便会无所事事。负责做单调的工作,没事可做时便凝视墙壁,有时被称为"僵尸"。

17. 史蒂夫（Steve），21岁

经常骗人，特别喜欢以模仿的方式嘲弄别人。极端自我，是唯一不接受多重人格障碍诊断结果的人格。由于嘲弄人而引起众怒，并令其他人格厌烦。

18. 利伊（Lee），20岁

喜剧演员。小丑，喜欢捉弄人，机智。由于他的挑唆引起其他人格争吵，被狱方关入禁闭室。对人生和自己的行为结果满不在乎。头发深棕色，眼睛栗色。

19. 杰森（Jason），13岁

安全阀。经常因歇斯底里发作和脾气暴躁而招致惩罚，但能减轻压力。独自一人承受不愉快的记忆，而让其他人格忘却往事，但因此丧失了记忆。头发和眼睛均为棕色。

20. 罗伯特（鲍比，Robert），17岁

梦想家。经常幻想着旅行和冒险。幻想自己能让世界变得更美好，但不具备野心，也不想学习。

21. 肖恩（Shawn），4岁

天生耳聋。注意力难以集中，反应迟钝，大脑中经常有嗡嗡的声音并能感觉到脑部震动。

22. 马丁（Martin），19岁

势利眼。自视甚高的纽约人，喜欢炫耀，装腔作势，妄想不劳而获。金发，眼睛灰色。

23. 提摩西（提米，Timothy），15岁

在花店工作。曾遇见一位有钱的同性恋者，因恐惧而压抑自己的情感，退缩到自己的世界里。

老师

24."老师"（The Teacher），26岁

23种人格的融合体，为其他人格传授知识。聪明，敏感，颇具幽默感。自称"我是完整融合的比利"，称其他人格为"我创造的傀儡"。对往事拥有近乎完整的记忆。本书由于他的帮助才得以完成。

第一部
混乱时期

第一章

1

1977年10月22日（星期六），俄亥俄州立大学警长约翰·克莱伯格派出许多队员守护医学院。全副武装的警察或乘车或徒步，随处可见，医学院的楼顶上也有荷枪实弹的警察在巡逻。妇女们被告知不要单独外出，上车前要特别留意附近是否有可疑的男子逗留。

在八天之内，已经发生了两起年轻女子在校园附近遭持枪绑架的案件，时间均在早晨7点至8点之间。第一位受害者是25岁的眼科学生，第二位是24岁的护士，她们被带到野外强奸后，又被逼去银行兑现支票，钱财被洗劫一空。

报纸登出嫌疑犯的素描画像后，警方接到数以百计的电话，收到了各种信息，但由于不确实，并无参考价值。目前尚无有关嫌疑犯的线索，校园内的气氛日益紧张。学生联合会和社区代表强烈要求警方立即拘捕"校园色狼"，克莱伯格承受着沉重的压力。

于是，克莱伯格将这个案子交由警官艾略特·博克瑟鲍姆负责。博克瑟鲍姆率性自我，1970年就读州立大学时，曾因接洽校园暴乱导致校园关闭一事而与警方有所接触。完成学业后他得到了一个加入学校警察局的机会，但是需要他剪短头发，剃掉胡须。他剪短了头发，但是拒绝剃去胡须，不过最后还是被录用了。

克莱伯格和博克瑟鲍姆查看了嫌疑犯素描画像以及两位受害人提供的

线索后，均认为作案者可能是同一个人：美国白人，男性，年龄大约在23岁至27岁之间，体重175磅[1]至185磅，头发棕色或红棕色，两次作案都身着棕色运动衣、牛仔裤和白色运动鞋。

第一位受害者名叫凯莉·德莱尔。她记得嫌疑犯戴着手套，持左轮手枪，眼睛不由自主地飘来飘去，因此怀疑他有眼球震颤症。当时，嫌疑犯先用手铐铐住她，然后将她推进车里，带到野外强奸。之后，他警告她不得向警方描述他的特征，否则会对她不利。为了表示所言不虚，他还从她的笔记本上抄下了几个人的姓名和住址。

唐娜·韦斯特是第二位受害者，身材不高但非常丰满。她说嫌疑犯拿着手枪，指甲缝里有某种油渍，但不是油污或脏东西。嫌疑犯曾说他叫菲尔，满口脏话，戴一副棕色变色墨镜，因而看不清他的眼睛。他同样也抄下了她亲友的名字，并且警告她如果去报案，她或她的亲友就会遭到他兄弟们的报复。但她和警方都认为，那只是虚张声势而已。

两次作案手法中的一个明显差异让两位警官颇感困惑：第一位嫌疑犯留着整齐的八字胡，而第二位嫌疑犯的胡子虽然大概三天没刮，但并不是八字胡。

博克瑟鲍姆笑了笑："我猜嫌疑犯在第一次作案后把八字胡剃掉了。"

妮基·米勒是哥伦布市警察局性暴力犯罪特勤小组的一名警察，刚去拉斯维加斯休了两个星期的假，10月26日星期三下午3点才回到警察局上班。上一班值勤的格拉姆利克警官告诉她，他刚将一名年轻的受害者送到俄亥俄大学医院。这个案子由米勒负责，所以他向她交代了有关细节。

波莉·牛顿是俄亥俄州立大学一名22岁的学生，当天早上8点，她在临近大学校区自己的寓所旁被绑架。当时她刚刚停好男友的一辆蓝色汽车，突然有人将她按进车内，逼着她将车开到郊外无人处并将她强奸。接着，

---

[1] 1磅约合0.45千克。

她又被迫将车开回哥伦布市去兑现两张支票，随后又将那个人送回大学校区。临走时，他建议她兑现另一张支票，再申请拒付，这样她就能自己留着那些现金，减少一些损失。

案发时由于米勒正在度假，所以她并不知道大学强奸案的情况，也没有看过嫌疑人的素描画像，第一次交班时她已经熟悉了案件的细节。米勒在报告中记录道："这起案件的情况与俄亥俄州立大学警察局辖区内发生的两起强奸案类似。"

米勒与她的同事贝塞尔警官驱车前往俄亥俄大学医院去见波莉。波莉告诉他们，绑架的人自称是"恐怖分子"，但后来又说自己是个商人，开着一辆玛莎拉蒂轿车。波莉在结束当天的治疗后，陪着两名警官去查看了自己被迫前往的地方。但由于天色昏暗，她已无法找到该地点，只好同意第二天早晨再去试试。

刑事组的侦查员在波莉的车上发现了三处清晰的指纹，可用来甄别嫌疑犯。米勒和贝塞尔开车带波莉回到刑事组，请她描述嫌疑犯的面部特征，协助警方绘制嫌疑犯的画像。然后，米勒请波莉辨认男性白人罪犯的照片，每组100张，但她看了三组后仍未发现嫌疑犯。折腾了七个小时之后，天色已晚，而且波莉已经疲惫不堪，他们只好结束了当天的工作。

第二天早晨10点15分，刑事组值早班的警察再次带着波莉前往特拉华郡。这次由于是在白天，波莉成功回想起了当时的情景，把警察带到了她被强奸的地点。警察在池塘边找到几个9毫米口径的弹壳。她告诉警察，嫌疑犯曾向他扔进池塘的啤酒瓶开过枪。

他们返回警察局时正赶上米勒来上班，于是米勒将波莉领进一个小房间，随后将门关上，让她一个人留下辨认另外一组照片。

几分钟后，博克瑟鲍姆与第二位受害者——护士唐娜来到刑事组。唐娜也被要求去辨认嫌疑犯的照片。博克瑟鲍姆和克莱伯格警长还决定让那位眼科学生出面指证嫌疑犯，这样就能形成证据链，以防嫌疑犯画像在法庭上不被采信。

米勒让唐娜坐在走廊档案柜边上的桌子旁,递给她三组嫌疑犯的照片。"天哪!"唐娜大叫道,"真有这么多性罪犯吗?"博克瑟鲍姆和米勒在一旁等待着。唐娜既愤怒又沮丧地一张接一张地看着照片,其中有一个是她过去的同学,几天前还在街上碰到。她将照片翻过来,看到背面写着"露阴癖",喃喃自语道:"真想不到。"

看到一半时,一个年轻潇洒、留着络腮胡子、两眼呆滞的男子令唐娜迟疑了一下,然后突然从椅子上跳起来,几乎撞翻了椅子,大叫道:"就是他,就是他!我敢肯定!"

米勒请唐娜在照片的背面签了字,又根据该嫌疑犯的身份证号码查出了他的姓名,然后记下:"威廉·米利根。"他是个有前科的惯犯。

接着,米勒将被唐娜指证的照片混入波莉还未看过的照片中。接着,米勒、博克瑟鲍姆、一个名叫布拉什的警探和贝塞尔便走进了房间,陪波莉辨认嫌犯照片。

米勒感觉波莉似乎明白他们正期待着她能从这些照片中找到嫌疑犯。波莉端详每一张照片,但翻看了将近一半的照片仍未找到。米勒紧张地望着她,如果波莉也辨认出同一个人,那么拘捕"校园色狼"便指日可待。

波莉看了一眼威廉·米利根的照片,然后继续翻看下一张。米勒感到自己的肩膀和胳膊都绷紧了。只见波莉又把威廉·米利根的照片——留着络腮胡的年轻男子——翻回来,"好像是他,"她说道,"但我不敢确定。"

博克瑟鲍姆犹豫是否现在就向法院申请拘留威廉·米利根。虽然唐娜已肯定他就是强奸犯,但那张照片是三年前拍的,他还不能仓促下定论,还要等待指纹鉴定报告出来。布拉什警探则拿着威廉·米利根的身份证号码,到一楼刑事鉴定组去对比从波莉车上采集的指纹。

米勒对这种拖延颇不以为然,认为既然已经确认了嫌疑犯,就应当立即将他拘捕归案。但因为受害人波莉并未明确指证嫌疑犯,所以只能等待。两个小时后鉴定报告出来了,从汽车后门玻璃上采集的右食指、右小指和右掌的指纹确实是威廉·米利根的。指纹鉴定结果与嫌疑犯的指纹完全相符,足以作为指控证据了。

但博克瑟鲍姆和克莱伯格警长仍然有些顾虑,为了确保万无一失,在拘捕嫌疑犯之前,他们还要请一位专家来鉴定指纹。

由于威廉·米利根的指纹与在受害人车上采集到的指纹相同,因此米勒警官决定申请以涉嫌绑架、抢劫和强奸的罪名拘捕嫌疑犯,然后再让嫌疑犯和其他人站在一起让波莉指证。

博克瑟鲍姆向克莱伯格警长报告了此事,但警长坚持要等专家鉴定之后再采取行动。鉴定过程只需要一两个小时,凡事还是谨慎为妙。当晚8点钟,专家确定送检指纹就是威廉·米利根的。

博克瑟鲍姆说:"我现在可以申请以绑架罪拘捕他,因为这是他在校园内犯下的唯一罪行——属于我们的管辖范围,但强奸地点并不在校园内。"他查看了刑事鉴定组提供的信息:威廉·米利根,22岁,有前科,六个月前从俄亥俄州立莱巴嫩管教所假释,最后的住址是俄亥俄州兰开斯特市春日街933号。

米勒请求特警队增援。不久,特警队队员便在性暴力犯罪特勤小组的办公室门前集合,并拟定了行动计划。他们需要知道,有多少人与比利住在同一栋公寓里,因为两位受害者均指称他是个恐怖分子,而且他还曾当着波莉的面开枪射击,所以嫌疑犯可能持有武器,行动具有一定的危险性。

特警队的克雷格警官建议先派人拿着必胜客比萨外卖盒,假装该地址有人订了比萨,威廉·米利根开门时,可以趁机观察室内的情况。克雷格警官的计划被采纳了。

但是,嫌疑犯的地址令博克瑟鲍姆颇感困惑,一位假释犯为什么会从遥远的兰开斯特市跑到45公里外的哥伦布市作案,而且在两个星期内犯下三起强奸案?他感到有些不对劲,所以在出发前拨打了411,查询比利的新地址。电话接通了,他听了一会儿,记下了新的地址。

"他搬家了,地址是雷诺兹堡老利文斯通大街5673号,"博克瑟鲍姆宣布道,"开车大约10分钟就能到达,在城东,这样就比较合乎逻辑了。"

每个人都松了口气。

9点整,博克瑟鲍姆、克莱伯格警长、米勒、贝塞尔以及来自哥伦布市的四名特警队员分乘三辆汽车出发了。由于雾浓,能见度极差,他们只能在高速公路上以每小时20公里的速度前行。

特警队员最先到达目的地,平常只须开15分钟的路程,却让他们花费了一小时的时间。到达公寓附近,他们又不得不在复杂的街道中绕来绕去,用了15分钟才找到正确的地点。特警队员在等候其他人时,先询问了一些邻居。比利的房间里有灯光。

其他警察和校警赶到后,大家便各就各位:米勒藏在公寓右侧,贝塞尔在公寓四周巡视,另外三名特警队员则站在公寓的另一侧,博克瑟鲍姆和克莱伯格警长跑到大楼后方,爬上双层推拉玻璃门。

克雷格警官从汽车后备箱里取出必胜客比萨外卖盒,盒子上用黑笔潦草地写着:"威廉·米利根——老利文斯通大街5673号。"他将上衣从牛仔裤里拉出来,遮住腰间的左轮手枪,向公寓四扇门中的一扇走去。他按下门铃,没有回音,又按了一下才听到房里发出了声响。他摆出不耐烦的姿势,一只手捧着比萨,另一只手放在屁股靠近枪的位置。

躲在屋后的博克瑟鲍姆,看见一个年轻人坐在大彩色电视机前,大门左边摆着一张红色的椅子,起居室和餐厅呈L形,屋里没有其他人。看电视的年轻人从椅子上站起来去开门。

当克雷格再次按门铃时,发现有人正从门旁的玻璃窗望着他。门开了,一位年轻英俊的男子正盯着他。

"这是您要的比萨。"

"我没订比萨呀!"

克雷格想看清屋内的情况,然而只从敞开的玻璃窗中看到了博克瑟鲍姆。

"就是您的地址,您不是米利根先生吗?"

"不是。"

"一定是这儿的人打电话订的,"克雷格问道,"那么,您是谁?"

"这是我朋友的公寓。"

"您的朋友在哪里?"

"他现在不在。"他结结巴巴地答道。

"一定是有人向本店订了比萨,是威廉·米利根先生,地址也没错。"

"我不知道,邻居应该认识这个人,或许他们能告诉你,或许比萨是他们订的。"

"您能带我去吗?"

年轻人点点头,走到隔壁敲敲门,等了一会儿又敲了一下,但没有人开门。

突然间,克雷格把比萨盒扔到一边,迅速地拔出手枪顶住年轻人的头。"不许动!我知道你就是威廉·米利根!"他用手铐铐住了米利根。

这个年轻人一脸茫然:"怎么回事?我又没做错什么!"

克雷格用枪顶住他的背,另一只手紧抓着他的长发。"进屋去!"

克雷格把他推进屋里,其他特警队员一拥而入,将他团团围住。博克瑟鲍姆和克莱伯格警长也走进屋里。

米勒警官拿出照片,发现照片中的比利脖子上有一颗痣。"他脖子上也有一颗痣,同样的面孔,就是他没错。"

众人把比利推倒在红椅子上。米勒注意到他直视着前方,目光恍惚。邓普西警官弯下腰查看椅子下面。"这儿有一支枪,"他边说边用铅笔推出枪,"史密斯-韦森9毫米手枪。"

一位特警队员将电视机前的棕色椅子翻过来,找到了弹匣和一只装着子弹的塑料袋,但邓普西制止了他。"别动,我们只有拘捕证,没有搜查证。"他转向比利,"你同意我们继续搜吗?"

比利只是茫然地望着他们。

克莱伯格警长知道查看屋里是否还有其他人并不需要搜查证,于是走进卧室。他看到在凌乱的床上扔着一件棕色运动上衣,屋里乱七八糟,地板上到处都是脏衣服。他又查看了敞开的衣柜,发现唐娜和凯莉的信用卡整齐地摆在里面,还有一些从她们那儿拿来的零碎纸片;抽屉里还有一副棕色的变色墨镜和一个钱包。

他把情形告诉了正在由餐厅改装的工作室里查看的博克瑟鲍姆。

"你看看这东西。"博克瑟鲍姆指着一幅大型画像,画中的人物似乎是一位皇后或18世纪的贵妇,身穿蓝色镶着花边的华丽长袍,手捧着乐谱坐在钢琴旁。画像惟妙惟肖,下面的署名是"威廉·米利根"。

"真漂亮!"克莱伯格警长说道,一边查看着另一些靠在墙上的画,以及作画用的画笔和颜料。

博克瑟鲍姆猛地拍了一下自己的脑袋。"唐娜说嫌疑犯指甲缝里有一些油渍,现在我知道了,他画过画。"

米勒走近仍然呆坐在椅子上的年轻人,"你是威廉·米利根,对吗?"

他看着她,目光迷茫。"不是。"他喃喃应道。

"那些漂亮的画像是你画的?"

他点点头。

"那么,"她露出了微笑,接着说,"上面的签名不是威廉·米利根吗?"

博克瑟鲍姆这时也走到年轻人面前。"比利,我是学校警察局的博克瑟鲍姆,你愿意和我谈谈吗?"

没有反应,也看不到凯莉描述过的飘忽不定的眼神。

"他拥有的权利,告诉他了吗?"没人回答。于是,博克瑟鲍姆掏出一张纸大声地念起来。"比利,你被指控在校园绑架女学生,能不能告诉我们事情发生的经过?"

比利的眼睛向上望着,仿佛受到了惊吓。"发生了什么事?我真的伤害了什么人吗?"

"你说'他们'会替你采取报复行动,他们是谁?"

"希望我没伤害什么人。"

一名警官正要走进卧室,比利看到后立即叫道:"别踢那个箱子,你会被炸翻的!"

"炸弹?"克莱伯格警长立刻问。

"就在里面……"

"能指给我们看看吗?"博克瑟鲍姆问。

比利慢慢站起身来走向卧室,在卧室门口停住,朝梳妆台旁的一只小纸箱点点头。博克瑟鲍姆走过去查看,克莱伯格警长留下来和比利站在一起,其他警官则挤在比利后面的过道里。博克瑟鲍姆跪在小纸箱旁,透过纸箱盖的缝隙,看到了电线和闹钟之类的东西。

他退出房间,对邓普西警官说:"最好叫爆破小组过来处理,克莱伯格警长和我要回警察局,比利和我们一起走。"

克莱伯格警长驾驶着警车,特警队的一名队员坐在他旁边,博克瑟鲍姆和比利坐在后座。一路上,比利没有回答有关强奸的问题。由于手铐在背后,他身体向前倾斜着,情绪沮丧,口中还断断续续地说着:"我哥哥斯图尔特已经死了……我伤到别人没有?"

"你认识那些女孩吗?"博克瑟鲍姆问道,"认不认识那位护士?"

"我母亲是护士。"比利喃喃地说道。

"告诉我,你为什么要到大学校园里寻找下手对象?"

"德国人会追杀我。"

"比利,说说发生了什么事好吗?是不是护士的长发对你很有吸引力?"

比利瞪着他:"你这个人真奇怪。"然后又说:"妹妹要是知道了,会恨我的。"

博克瑟鲍姆不得不放弃了。

他们回到了警察局,一行人自后门上三楼进了审讯室。博克瑟鲍姆和克莱伯格警长则走进另一间办公室,帮助米勒警官准备申请搜查证。

11点半,贝塞尔再次向比利说明了他拥有的权利,并询问他是否准备弃权。比利只是睁大了眼睛望着他。

贝塞尔说:"比利,你听清楚了,你强奸了三个女孩,我们想知道事情的细节。"

"是我干的?"比利问道,"要是我伤害了什么人,我很抱歉。"

说罢,比利便不再吭声。

贝塞尔将他带到四楼的鉴定室,打算取他的指纹并拍照。

他们走进屋时,一名身穿制服的女警官抬头看了一眼。贝塞尔抓起比利的手刚要按手印,比利突然推开他,仿佛受到了惊吓,躲到那位女警官的身后。

"他大概在害怕什么!"女警官说,然后转身面向脸色苍白的年轻人,轻声细语地说:"我们必须采下你的指纹,懂吗?"就好像是在对一个小孩说话。

"我……我不想他碰我。"

"那好,"她说,"我来,可以吗?"

比利点头表示同意,让她按下了指纹。拍完照,比利由另一名警官带进了拘留室。

搜查证表格填妥后,米勒警官立刻打电话给韦斯特法官。听完米勒对搜集到的证据的描述,并考虑到案件的急迫性,韦斯特法官让米勒立刻去他家里。当天凌晨1点20分,法官签署了拘捕证,米勒立刻冒着浓雾开车返回比利的公寓。

米勒接着打电话给犯罪现场搜查小组。凌晨2点15分,该小组到达公寓。她亮出搜查证之后便开始搜查。他们将从比利寓所中搜集的物品列了一份清单:

> 衣柜——现金343美元、墨镜、手枪、钥匙、钱包、威廉·西姆斯和威廉·米利根的身份证,另外还有唐娜的缴费收据。

壁柜——唐娜和凯莉的万事达信用卡、唐娜的医院挂号证、波莉的照片，以及装有五发子弹的点二五口径坦福利奥-朱塞佩自动手枪。

梳妆台——一张记着波莉姓名和地址的纸条，纸是从她的笔记本上撕下来的。

壁板——弹簧折刀，两盒粉。

抽屉——比利的电话费账单、史密斯-韦森手枪套。

红椅子的下方——史密斯-韦森9毫米手枪、弹匣和六发子弹。

棕色椅子的下方——装有15发子弹的弹匣，以及一只装着15发子弹的塑料袋。

回到警察局后，米勒将所有物品转交给了证据登记组，由他们登记后送交保管室。

"这些东西足够定他的罪了。"她说道。

比利畏缩在拘留室的角落里，全身剧烈地颤抖着，突然发出一阵轻微的哽咽声便昏了过去。一分钟后，他睁开眼睛，惊恐地望着四周的墙壁、马桶和床铺。

"上帝啊！"他大叫道，"又来了！"

他目光呆滞地坐在地板上，突然看到了墙角里的蟑螂，脸上茫然的表情消失了。他把双脚交叉在一起，弯下腰，用双手托着脸颊，看着绕着圈跑的蟑螂，像小孩儿一样地笑了起来。

2

几个小时后，比利醒过来。这时，一群警察进来将他带出了拘留室，和另外一个高大的黑人铐在一起。一群犯人被带出大厅，走下阶梯，经由后门来到停车场，然后被送上驶往富兰克林郡监狱的囚车。

囚车穿过哥伦布市商业区，驶向位于市中心的刚刚建成的监狱。监狱是个两层楼的建筑，外墙非常坚固而且没有窗户，楼的中央竖着一尊富兰克林总统的塑像。

囚车驶进监狱后面的小巷，停在装着厚铁栅栏的门前。从这个角度可以看见监狱旁边的富兰克林郡司法大厦。

铁栅栏门向上升起让囚车开进去，随后又关上。戴着手铐的囚犯鱼贯走下囚车，站在监狱的两扇大铁门之间。比利已经打开了手铐，一个人留在囚车里。

"快下车，威廉·米利根！"警官大叫道，"该死的强奸犯，你以为这是什么地方？"

原来和比利铐在一起的黑人说："这不关我的事，我发誓是他自己弄开的。"

监狱大门突然打开了，六名囚犯在监狱的过道上集合，透过四周的铁栅栏可以看见控制中心——监视器，计算机终端，十几名身穿灰色裤子或裙子、黑色上衣的男女警察。外面的大门关上后，里面的铁栅栏门便打开了，囚犯们被一一带进去。

身穿黑色衬衣的警察在大厅里走来走去，计算机键盘的敲击声此起彼伏。在入口处，一名女警官拿着一只牛皮纸袋，"值钱的东西放进去！"她叫道，"戒指、手表、珠宝和钱包。"比利将口袋里的东西掏空后，她将他的外套也拿走，仔仔细细地搜查了夹克的夹层，然后交给了保管室的警官。

另外一名年轻的警官又给比利仔细地搜了一遍身，然后让他和其他囚犯待在等候室里，等着点名和登记。比利一言不发，望着墙上四方形的小铁窗出神。那个黑大个靠近比利说："你真是个人物，居然能打开手铐，你能带我们逃离这个鬼地方吗？"

比利毫无表情地望着他。

"要是和这些警察的关系搞砸了，"他接着说，"他们会打死你，相信我说的，我已经进来过好几次了！你进来过吗？"

比利点点头说:"所以我不喜欢这儿,想离开。"

3

距离监狱一个街区远的公共辩护律师办公室里响起了电话铃声。加里·施韦卡特律师正在办公室里。他今年33岁,个子很高,留着一口胡子,正要点燃烟斗。电话是罗恩·雷德蒙律师打来的。

"我刚从司法大厦打听来的消息,"雷德蒙在电话里说,"警方昨天抓到了校园色狼,他们已经把他移送监狱了,要求的保释金是50万,你应该赶紧指派个人担任他的辩护律师。"

"罗恩,这儿没人,只有我一个人留守。"

"但消息已经公布了,各大媒体记者很快就会赶去,我知道警方一定会对嫌疑犯施压。"

警方办理重大刑事案件,在拘捕犯人后往往会继续调查。如果是一般案件,施韦卡特会随机指派一名律师前往监狱。但这并非是一个普通案件,媒体对校园色狼的广泛报道给哥伦布市警察局造成了极大的压力。施韦卡特认为警方可能会对犯人逼供,因此,有必要加倍努力以保障其权利。

施韦卡特决定自己去一趟监狱,除了向犯人简要介绍自己外,还要警告他,除了自己的律师,不要与其他人谈话。

施韦卡特得到许可进入监狱,正好看见两名狱警押着比利走出来,将犯人交给值勤狱警。施韦卡特上前要求与犯人私下谈谈。

"他们说我做过一些事,但我根本不知道,"比利抱怨道,"我不记得了,我只知道他们突然冲进来,而且……"

"听着,我只是来介绍一下自己,"施韦卡特说,"这儿太吵了,不是讨论案情的地方,一两天之内我们会与你单独谈一谈。"

"我确实不记得了,他们在我公寓里找到一些东西,还……"

"好了,不要再说了!当心隔墙有耳,他们带你上楼时要特别小心,警察的花招太多。不要和任何人谈话,包括其他犯人,他们有些人可能是卧底,总有些人等着出卖从别人嘴里打听来的消息。如果你想被公平审判,就立刻把嘴闭上!"

比利使劲地摇着头,用手搓着脸,似乎很想谈论案情。然后,他喃喃地说道:"别让他们判我的罪,那样我会发疯的。"

"我们会想办法,"施韦卡特说,"但我们不能在这儿谈论。"

"能不能找个女律师来办理我的案子?"

"我们有女律师,我来安排一下。"

施韦卡特看见狱警让比利脱下便服,换上了重刑犯穿的蓝色狱服。看来这个案子很棘手。比利非常紧张,他并未否认警方指控的罪行,只是反复说自己不记得了。这倒是十分罕见。难道他想假装精神错乱?施韦卡特想象得出媒体会如何报道这个案子。

走出监狱,施韦卡特买了份《哥伦布快报》,看到报纸头版的大标题:

警方拘捕校园色狼嫌疑犯

报道还提及了其中一位受害者。该受害者是两周前遭强奸的26岁大学研究生,警方要求她前去指证嫌疑犯。报纸的上方还登了一张附有姓名的照片:"威廉·米利根。"

施韦卡特回到办公室立即给其他报社打电话,要求它们不要再登嫌疑犯的照片,因为这可能会对将于下周一进行的嫌疑犯指证产生不良影响。然而,各报社都拒绝了他的请求,表示得到照片就一定会刊登。施韦卡特无奈地摸摸胡子,然后打电话告诉老婆今天晚点儿回家吃饭。

"嗨!"有人在办公室门口大叫,"你真像一只鼻子被卡在蜂窝里的熊。"

他抬起头来,看到了朱迪的笑脸。

"是吗?"他挂上电话,学着熊的样子咆哮着答道,"猜猜这次的委托人是谁?"

朱迪整理了一下飘散的褐色长发，露出美丽的脸庞，但浅褐色的眼睛里却闪烁着质疑的目光。

他将报纸递给她，指着照片和报上的标题。他深沉的笑声在小办公室里回荡。"下周一就要进行嫌疑犯指证了。威廉·米利根要求派一名女律师，校园色狼的案件就交给你吧。"

4

10月31日星期一早晨9点45分，朱迪来到警察局指证室。比利被带进等候室，神色异常惊慌。

"我是公共辩护律师，"朱迪说道，"施韦卡特律师说你需要一位女辩护律师，他和我一起办理这个案子。现在你需要镇定下来，你看起来好像要崩溃了。"

他递给她一张折着的纸条，"这是我的假释监督官星期五给我的。"

她打开纸条，看见那是假释委员会发出的"拘留令"，要求监禁比利，并通知他将就其违反假释规定召开第一次调查庭。因为在实施拘捕时，警方在他的公寓里发现了武器。朱迪知道他的假释将被取消，而且会立即被遣返到辛辛那提市附近的莱巴嫩管教所等候审判。

"听证会将在下周三举行，不过我们会想办法让你留在这里。你留在哥伦布市，我们才方便和你见面。"

"我不回莱巴嫩管教所。"

"你先别紧张。"

"他们说我做过的事，我一点儿都不记得。"

"这个问题稍后再谈，现在你必须站到那边的高台上去，站在那儿就行，你办得到吗？"

"好吧。"

"把头发整理一下，让他们清楚地看到你。"

025

警官领着比利走上台阶，和其他人列队站在一起。他站在第二号的位置上。

台子上站着四个人供人指证。护士唐娜已经指证过作案的嫌疑犯，因而无须再参加这次指证。她已前往克利夫兰去找她的未婚夫。辛西娅·门多萨是克罗格商店的店员，她曾被要求兑现一张支票。她没有指证比利，选的是三号。另外一位是在8月遭人强奸的妇女，是否选二号她犹豫不定。凯莉则说站在台上的人都没有八字胡，因而不敢确定，但是二号男子似乎在哪里见过。波莉则做了很明确的指证。

11月3日，陪审团认定比利有罪：三起绑架案、四起强奸案和三起抢劫案，所有指控均属一级重罪，每一项罪名均可判4年至25年有期徒刑。

检察官办公室很少干预辩护律师的指派，即使是重大的谋杀案。通常的程序是由重案组主管提前两至三周随机指派一名高级检察官负责。但是，郡检察长乔治·史密斯召见了两位高级检察官，要求他们负责这个案子，并说明校园色狼案已激起公愤，一定要严加惩处。

特里·谢尔曼检察官今年32岁，长着一头黑卷发和浓密的八字胡。他对性犯罪嫌疑犯一向非常严苛，颇以从未在任何强奸案中输给陪审团而深感自豪。他查阅档案资料时大笑着说："这个案子赢定了，拘捕证据完美无缺，这小子要倒大霉了。公共辩护律师这回没戏唱了！"

伯纳德·扎利格·亚维奇检察官今年35岁，隶属刑事检察官办公室。他是比朱迪和施韦卡特早两期的学长，因而很了解这两人的个性。施韦卡特还曾经是他的属下，因为他在未进入检察官办公室工作前担任过四年公共辩护律师。他同意谢尔曼检察官的看法，这是自他担任检察官以来对检方最有利的一个案子。

"最有利？"谢尔曼问道，"物证、指纹和身份证明，我们全拿到了，可他们什么都没有。"

几天后，谢尔曼与朱迪见面。他决定直接摊牌："比利的案子没什么商量的余地,我们已经拘捕了嫌疑犯,检方将要求判他重罪。你没什么牌可出。"

但亚维奇考虑得更多。他担任过公共辩护律师,因而知道朱迪和施韦卡特会怎么做。"他们还有一条路可走!申诉当事人患有精神病。"

谢尔曼听罢不禁放声大笑。

第二天,比利用头撞墙企图自杀。

"他不想活着接受审判。"施韦卡特得知这个消息后对朱迪说。

"我认为他经受不起审判的考验,"她说,"我们得向法庭声明,他无法为自己辩护。"

"你希望他接受精神病医生的检查?"

"我们必须这么做。"

"天哪!"施韦卡特说,"我现在就能想象报纸新闻会采用什么标题。"

"见鬼去吧!那个男孩儿一定是有什么地方不对劲。我不知道问题在哪儿,但你也看到了,他在不同的时间会有截然不同的表情。他说不记得强奸一事,我相信他说的是真话。他应该接受检查。"

"费用谁出?"

"我们有基金呀!"她回应道。

"是啊,好几百万美元呢!"

"好了,别逗了,我们应该付得起一位精神病医生的费用吧!"

"去跟法官说吧!"施韦卡特一脸的不情愿。

法院同意推迟下次开庭的时间,允许比利接受精神病医生的检查。接下来,施韦卡特便将注意力集中到即将在星期三早晨8点半由假释监督官召开的听证会。

"他们会把我送回莱巴嫩管教所去!"比利叫道。

"如果我们能帮上忙,就不会。"施韦卡特如此回答。

"他们在我的公寓里发现了手枪,而我的假释条件包括:不可购买、拥有、占有、使用或控制致命武器、轻武器。"

"这个嘛……或许是的,"施韦卡特说道,"要我们为你辩护,你最好能留在哥伦布市,在这儿我们可以帮你,在莱巴嫩管教所就没有可能了。"

"你们准备怎么做?"

"这个你不用操心。"

施韦卡特看见比利笑了起来,欣喜之情是以前从未有过的,不但整个人轻松了许多,而且还开始说笑,与第一天初次见面时紧张的神情截然不同。也许为他辩护并没有当初想象的那么困难?

"就像这样,"施韦卡特告诉他,"你要保持冷静。"

他领着比利进入会议室。假释监督官们已经在屋里坐好,每个人面前都摆着一份贝塞尔草拟的报告,详述了拘捕时在比利屋里发现的物证:一支9毫米史密斯-韦森手枪、装有五发子弹的点二五口径半自动手枪。此外,还有一份比利的假释监督官提供的报告。

"各位先生,请告诉我,"施韦卡特用手指抚摸着唇上的八字胡,"那支枪能射击吗?"

"还未试过,"主席回答说,"但都是真枪,而且还有弹匣。"

"还未测试,怎么能确定那就是致命武器呢?"

"要到下星期才能安排试射。"

施韦卡特猛地拍了一下桌子,说道:"我要求各位要么今天就撤销他的假释,要么就等到法院召开听证会之后。现在,请告诉我它到底是真枪还是玩具?"他向室内的人依次看去。

主席点点头:"各位先生,我们别无选择,必须等这支枪的鉴定结果出来,才能决定该不该取消假释。"

第二天早晨10点50分,比利的假释监督官送来一份通知,撤销假释的听证会将于1977年12月12日在莱巴嫩管教所举行,比利无须出席。

朱迪到监狱去见比利,想了解警方在他公寓里发现证据的情况。

比利绝望地望着她说:"你也认为是我干的?"

"比利,我怎么认为并不重要,重要的是这些证据。我们想知道你为什么会有这些东西。"她发现他目光呆滞,仿佛正从她面前消失,退回到自己的内心世界。

"完了,"他说道,"再说什么都没用了。"

第二天,朱迪收到一封用黄色信纸写的信。

亲爱的朱迪:

写这封信是因为我无法用语言来表达自己的想法,同时也觉得你比其他人更了解我。

首先,我要感谢你为我做的一切。你是一位善良而美丽的女人,已经尽了力,任何人都无法向你要求更多。

请纯洁的你忘了我吧!并请转告贵办公室,我不再需要律师了。

如果你也认为我有罪,那我就一定是有罪的。我想知道的仅此而已。在我的一生中,一直都在伤害那些我爱的人。最糟糕的是,我无可奈何,因为我无法控制自己。把我关进监狱里只能让我变得更糟糕,就像上次一样。精神病医生不知道该怎么做,因为他们不清楚我到底有什么问题。

现在,我必须做个了结。我准备放弃一切,因为已没有什么值得我留恋了。能请你为我做最后一件事吗?请给我的母亲或凯西打个电话,告诉她们不要再来了,我不想见任何人。让她们省点儿油钱吧!但是我真的很爱她们,而且深感抱歉。你是我认识的律师中最好的一位,我会永远记得你对我的善意。再见!

比利

当晚,值勤警官打电话给施韦卡特律师:"你的当事人又企图自杀!"

"上帝!他怎么了?"

"噢……你大概不相信,不过我们会控告他损坏郡政府的财物。他打碎了监狱里的马桶,然后用锐利的碎瓷片割自己的手腕。"

"怎么搞的!"

"我还想告诉你,你的当事人一定有问题,他是用自己的拳头击碎马桶的。"

5

施韦卡特和朱迪没有理会比利的信,依然每天按时去监狱看他。公共辩护律师办公室决定拨款支付比利的检查费用。1978年1月8日和13日,心理医生德里斯科尔对比利进行了一系列测试。

智力测试结果显示比利的智商只有68。然而德里斯科尔认为,是沮丧情绪降低了他的智商。他在测试报告中指出比利患有严重的精神分裂症:

> 他的自我认知存在严重问题,自我识别能力很差,已丧失距离感,并且几乎无法区别自己与周围的环境……他听到有个声音命令他去做某件事,若不服从,那声音就会变成吼叫声。比利认为那是从地狱来折磨他的人发出的声音。他还说有一些好人会定期进入他的身体,他们是为了制服那些坏人而来……我认为比利目前没有能力为自己辩护,亦无法与现实建立正常的联系并应对周围发生的一切。我强烈主张将他送到医院做进一步检查,并接受可能的治疗。

1月19日进行了第一次法庭辩论。施韦卡特和朱迪将医生的报告提交给了弗洛尔法官,证明他们的当事人无法为自己辩护。弗洛尔法官表示,他将命令位于哥伦布市西南社区精神康复中心检查被告的心理状态。施韦卡特和朱迪颇为担心,因为该中心通常都偏袒检方。

施韦卡特坚持在任何情况下,西南社区精神康复中心提交的报告都不能作为于被告不利的证据，但谢尔曼和亚维奇检察官均表示反对。施韦卡特和朱迪因此强调，他们会要求被告不与该中心的心理专家交谈。弗洛尔法官当场否决了他们的提议。

最后，双方达成妥协，检察官同意只有在被告能为自己辩护时，检方才可以询问他和法院指定的心理专家之间的谈话内容。如果能这样做，施韦卡特和朱迪就可以放手一搏，允许西南社区精神康复中心依协议条件与比利面谈了。

"太好了！"离开弗洛尔法官的办公室时，谢尔曼笑着说，"他们无论耍什么花招都终归无济于事，这案子我们赢定了！"

为了防止比利再度自杀，警卫将比利转移到医疗所的单人囚室，并让他穿上束缚衣。下午稍晚，希尔医生到囚室巡视时被眼前的情景惊呆了，于是叫来3点至11点值勤的警官。他们从囚室的栅栏望去，只见比利打着哈欠脱掉束缚衣当作枕头，很快就进入了梦乡。

第二章

1

西南社区精神康复中心将与比利第一次面谈的日期安排在1978年1月31日。

多萝西·特纳是一位腼腆而又颇具爱心的心理专家,她抬起头看着警官将比利带进会客室。

她看到一个身高六英尺[1]、英俊潇洒的年轻男子走了进来。他身穿蓝色外衣,连鬓络腮的胡子,目光充满了孩子般的恐惧。比利见到特纳似乎有些惊讶,但在她对面坐定之后,脸上露出了笑容,两手交叉放在膝上。

"比利,我是西南社区精神康复中心的特纳,能问你几个问题吗?你现在住哪儿?"

他向西周张望了一下:"在这儿。"

"你的身份证号码?"

他皱起眉头想了许久,眼睛一边盯着地板、黄色的煤渣砖墙和桌上的锡铁烟灰缸,一边咬着自己的指甲,还不断地端详着指甲上的碎屑。

"比利,"她说道,"如果你不合作的话,我就没法帮你。你得回答我的问题,我才知道发生了什么事。你的身份证号码?"

他耸耸肩说:"我不知道。"

1　1英尺约合0.30米。

特纳看了一眼手中的便条,念出号码。

他摇摇头。"那不是我的号码,那一定是比利的。"

她惊讶地抬起头望着他。"这么说,你不是比利?"

"不是,"他说道,"那不是我。"

她皱了一下眉头:"如果你不是比利,那么你又是谁?"

"我是戴维。"

"那么,比利在哪儿?"

"比利睡着了。"

"他在哪儿睡觉?"

比利指着自己的胸腔。"在这儿,他在睡觉。"

特纳叹了一口气放松一下,耐心地点了点头。"我必须和比利谈谈。"

"噢……阿瑟不会同意的。比利睡着了,阿瑟不会叫醒他的。如果这么做,比利会自杀的。"

她长久地端详着这位年轻人,不知道该如何继续。他说话的声调和表情都像小孩儿一样。"等等,我希望你能解释一下。"

"我办不到。我已经犯了错误,我不该说出来的。"

"为什么?"

"别人会找我麻烦!"他恐惧地说。

"你叫戴维?"

他点点头。

"你说的别人又是谁?"

"我不能告诉你。"

她用手指轻轻地敲了一下桌面。"戴维,你必须告诉我,我才能帮你。"

"不行,"他说道,"他们真的会生气,而且不会再让我出来了。"

"但是你得找个人出来谈谈,因为你非常害怕,对不对?"

"是的。"他眼睛里开始涌出泪水。

"戴维,你必须相信我,告诉我,我才知道该如何来帮你。"

他想了很久，最后耸了耸肩，"只有在一种情况下我才告诉你。你必须保守秘密，不告诉世界上的任何人，任何人，绝对不可以！"

"好的，"她说，"我答应你。"

"一辈子？"

特纳点点头。

"你得承诺。"

"我承诺。"

"好吧！我告诉你，我并不清楚所有的事情，只有阿瑟知道。你说的没错，我是吓坏了，因为大部分时间我都不知道发生了什么事。"

"你几岁？戴维？"

"八岁，还不满九岁。"

"为什么是你出来和我谈话？"

"我也不知道为什么，有人在监狱里受了伤，我出现是来承受痛苦的。"

"可不可以说清楚点儿？"

"阿瑟说我是痛苦的承受者，当被伤害时，我就必须出现来承受痛苦。"

"这一定很痛苦，很难受。"

他点点头，眼中充满了泪水。"这不公平！"

"戴维，什么是'出现'？"

"阿瑟是这样告诉我们的，必须要有人站出来。那里有一盏很大的白色光圈，每个人都待在那光圈周围，看着它或者在床上睡觉；谁要是站在光圈里，谁就得到这个世界来。阿瑟告诉我们，站在那儿的人才拥有知觉。"

"其他的人是谁？"

"有很多人，我并不都认识。我只认识其中的几个，不是全部。噢！不行！"他开始喘气。

"怎么了？"

"我把阿瑟的名字告诉你了，说出这个秘密我一定会遭殃的。"

"戴维，没关系，我答应绝不说出去。"

他忐忑不安地坐在椅子上。"我不能再说了,我好害怕。"

"好了,戴维,今天就到这吧。我明天再来,我们好好聊聊。"

走出监狱,特纳停下脚步拉紧外套,好抵挡不断吹袭而来的冷风。来这儿之前,她以为自己将面对一个为了逃避法律制裁而假装精神错乱的重刑犯,没想到情况竟会是这样。

2

第二天,特纳发现比利进入会客室时的神情与昨天截然不同。他躲避着她的目光,双膝向上抬起坐在椅子上,双手玩着鞋子。她问他感觉如何。

他起初并不回答,只是四处张望。仿佛从未曾见过面似的看了她一眼,然后摇摇头。他开口说话时却是满口的英国伦敦腔。"真吵!"他说道,"你!还有所有的人,你们大概都不知道发生了大事!"

"戴维,你的声音很奇怪,是什么地方的口音?"

他顽皮地看着她:"我才不是戴维,我是克里斯朵夫。"

"哦?戴维在哪儿?"

"戴维太差劲了!"

"你说什么?"

"这个嘛……他让大家非常生气。"

"你能解释一下吗?"

"不可以,我不想落得像戴维一样的下场。"

"他有麻烦?"特纳皱起眉头问道。

"他泄密。"

"泄什么密?"

"你知道的,他把秘密说出来了。"

"能谈谈你自己吗?你几岁?"

"13岁。"

035

"喜欢做什么事?"

"我会打一点儿小鼓,但口琴吹得更好。"

"你老家在哪儿?"

"英国。"

"你有兄弟或姊妹吗?"

"只有妹妹克丽丝汀,她已经三岁了。"

当他操着伦敦腔说话时,她更加仔细地端详着他的脸。他开朗、诚恳、快乐,与昨天的他有很大的差别。比利肯定是个不可思议的好演员。

3

2月4日,特纳第三次来探望比利。她发现走进会客室的他与前两次全然不同。他很随便地坐下,无精打采地靠在椅背上,用高傲的目光看着她。

"你今天好吗?"她问道,拿不准他会如何回答。

他耸耸肩说:"还好。"

"能告诉我戴维和克里斯朵夫他们现在如何了?"

他皱起眉,恶狠狠地瞪了她一眼,"小姐,我不认识你!"

"我是来帮助你的,我们必须谈谈曾经发生过的事。"

"别逗了,我哪儿知道发生了什么事。"

"你不记得前天和我谈过话吗?"

"你说什么?这辈子我从来没见过你!"

"能告诉我你的名字吗?"

"汤姆。"

"就叫汤姆?"

"是的,就叫汤姆。"

"几岁?"

"16岁。"

"能告诉我一些有关你自己的事吗?"

"小姐,我可不和陌生人说话,别打扰我。"在接下来大约一刻钟的时间里,她试着再与他交谈,但"汤姆"不为所动。她走出监狱大门,回想起"克里斯朵夫"以及自己对"戴维"的"承诺"。她感到自己陷入了两难的境地:一方面她曾答应保守秘密,另一方面又有责任将发生的事情告诉比利的律师。于是,她打电话到公共辩护律师办公室,想与朱迪谈谈。

"听着,"朱迪拿起电话时,特纳说,"我现在还不能和你讨论案情,但如果你没看过《人格裂变姑娘》($Sybil$)这本书的话,我建议你买来看一看。"

朱迪接到特纳的电话感到很意外,当天晚上就去书店买了一本平装的《人格裂变姑娘》,回家后立刻读起来。她了解了书的内容后,便靠在床上,眼睛盯着天花板想:"这本书描述的是多重人格,难道这就是特纳想告诉我的信息?"此刻,她脑海里浮现出比利与其他几个犯人站成一排等待指证时全身发抖,以及比利侃侃而谈、充满智慧地说笑的情景。当时她还以为,这样的改变是情绪沮丧所致。还有,警卫说过比利能挣脱束缚衣,希尔医生说比利有时会表现出超人的能力。比利说过的话更是让她感觉不安:"他们说我做过一些事,但我根本不知道……我不记得了。"

她想把熟睡的丈夫叫醒,和他讨论一下比利的事,但她猜得出他会怎么说。她也知道和其他人谈起这件事,他们会作何感想。她已经担任公共辩护律师三年多了,但从未遇见过像比利这样的被告。最后,她决定暂时不把内情告诉施韦卡特,自己先查证。

第二天早晨,她打电话给特纳。"比利在过去几周里有时行为非常奇怪,情绪变化无常,他确实非常神经质,但我无法断定他的情况与《人格裂变姑娘》中提到的一样。"

"过去几天,我也有类似的想法,"特纳说,"我对他承诺过不告诉任何人,所以得坚守承诺。我只是建议你看这本书,不过我会说服对方让我把秘密告诉你。"

朱迪提醒自己,特纳是西南社区精神康复中心的心理专家,是检方的人,于是说道:"一切都由你决定,请随时告诉我需要做什么。"

特纳第四次去见比利时,看到的是一位受到惊吓的小男孩,也就是第一天自称戴维的那个男孩。

"我答应过你绝不泄露秘密,"她说,"但我必须告诉朱迪律师。"

"不可以!"他跳起来大叫道,"你答应过我!如果你告诉她,她就不喜欢我了!"

"她会喜欢你的,她是你的律师,有必要知道内情,这样才能帮助你。"

"你承诺过的,如果你违背诺言,就是撒谎。你绝对不能说出来,我会有麻烦的。阿瑟和里根都生我气了,因为我把秘密说出去了,而且……"

"谁是里根?"

"你承诺过的,承诺是世界上最重要的一件事!"

"你不明白吗?戴维,如果不告诉朱迪,她就无法救你,那你就得一直待在监狱里。"

"我不管,那是你的承诺。"

"但是……"她发现他的眼神突然变得茫然,嘴巴开始嚅动,似乎在自言自语。然后比利又坐直身子,两手紧握,眼睛瞪着她。

"女士,你没有权利,"他用夹杂着上流社会腔调的英语爽快地说道,下巴微微动了一下,"对一个小男孩儿撒谎。"

"我不认为我们见过面。"她说道,同时禁不住抓紧椅子,试图掩盖内心的惊讶。

"他曾对你说起过我。"

"你是阿瑟?"

他点点头表示同意。

特纳深深地吸了一口气。"好吧,阿瑟,应当告诉律师事情发生的经过!"

"不,"他说道,"他们不会相信的。"

"为什么不试试?我只带朱迪来见你,而且……"

"不行！"

"这样才可能帮你从监狱里出去，我必须让……"

比利的身体倾向前方，藐视地看着她。"特纳，我这么说吧，如果你带任何人一起过来，其他人都会保持静默，那你看起来就会像个傻瓜。"

特纳与阿瑟争论了15分钟，她发现他的眼神又开始变得茫然。只见他身体向后靠在椅背上，再度倾身向前时，声音和语气已经变得随和而友善。

"你不能告诉她，"他说道，"你曾经承诺过，承诺是件很神圣的事。"

"那我现在是和谁在说话？"她低声问。

"我是亚伦，通常都是由我和朱迪、施韦卡特交谈的。"

"但是他们只知道比利·米利根！"

"我们都使用比利的名字，这样就可以保守秘密了。不过比利睡着了，他已经睡了很久。特纳女士，我可以叫你多萝西吗？比利的妈妈也叫这个名字。"

"你说通常是由你和朱迪、施韦卡特交流谈话，那除了你之外，他还和谁交谈过？"

"唔……他们并不知道，因为汤姆的声音和我很相似，而且束缚衣和手铐都无法困住他。我们有很多共同点，但不同的是，出面说话的人多半是我。他很刻薄，人际关系不如我。"

"他们还与谁见过面？"

他耸耸肩："施韦卡特第一次见到的是丹尼，当时他吓得半死，而且语无伦次。他并不知道发生了什么事，他只有14岁。"

"你几岁？"

"18岁。"

特纳叹了口气，摇摇头说："好了，亚伦，你很聪明，我想你能理解我为什么必须弃守承诺。朱迪和施韦卡特必须知道发生了什么事，这样他们才能为你辩护。"

"阿瑟和里根反对，他们说别人会认为他们疯了。"

"但是与关在监狱里相比,你不认为值得这么做吗?"

他摇摇头:"这不是我能决定的,这辈子我们一直都在保守这个秘密。"

"谁可以做决定?"

"噢……必须经过所有人的同意,阿瑟是总负责人,但秘密是属于每个人的。戴维已经告诉过你了,我不能再多说。"

她试着向亚伦解释,作为心理专家,她有职责将这些内情告诉律师。但亚伦说这样并不能保证一定会有帮助,而且,要是报刊将秘密公布于众,他们就无法在监狱里混下去。

这时戴维出现了,特纳从他小男孩般的举止断定他是戴维。他乞求特纳信守承诺。

特纳要求再度与阿瑟对话。这时阿瑟出现了,皱着眉头说:"你真的很烦人!"

她与他不停地争论着,直至感觉他已逐渐放弃。"我不喜欢和女士争吵,"他叹了一口气,靠向椅背,"如果你认为绝对必要,而且其他人都同意的话,那么我也同意。但是你必须得到每个人的同意。"

她用了几个小时说服依次出现的人,向他们解释目前面临的情况。但每当不同人格出现的时候,她仍然会觉得不可思议。到了第五天,她面对的是汤姆。"现在你理解为什么我必须告诉朱迪小姐了。"

"小姐,无论你做什么,只要让我没看见就行。"

亚伦则说:"在这个世界上,除了朱迪,你不可以再告诉其他人,而且你得让她也承诺绝不告诉别人。"

"我同意,"她回答,"我不会让你后悔的。"

下午,特纳离开监狱直接驱车前往律师事务所。她把比利提出的条件告诉了朱迪。

"你的意思是我不能告诉施韦卡特?"

"我必须信守承诺,能让你知道我已经费了九牛二虎之力。"

"我还是很怀疑。"朱迪说。

特纳点点头,说:"没错,我也一样。但我向你保证,你见到他肯定会大吃一惊!"

4

当狱警威利斯将比利带进会客室时,朱迪注意到他神态畏缩,像个害羞的少年,仿佛很怕警察。只见他迅速地跑到桌旁,坐在特纳身边。警察离去后,他才开口说话,双手相互搓着。

特纳:"可以告诉朱迪你是谁吗?"

他将身体靠向椅背,摇摇头,眼睛望着门口,似乎想确认警察是否已经离去。

"朱迪,"此时特纳说道,"这位是丹尼,我和他已经很熟了。"

"嗨!丹尼。"朱迪试图掩饰自己听到不同的声音、看到不同的面部表情时的惊讶。

他抬起头望着特纳,小声说:"你看,她看着我的样子就好像我是个疯子。"

"不,"朱迪接着说,"我只是被搞糊涂了,这是非常特殊的情况。你几岁啦,丹尼?"

他像是刚被解开手铐一般,不停地揉着手腕,好让血液循环顺畅,但是没有答话。

"丹尼14岁,"特纳说,"是个优秀的画家。"

"你通常都画些什么?"朱迪问道。

"多半是一些有生命的东西。"丹尼回答。

"你是否也会画警察在你家发现的那些风景画呢?"

"我不画风景画,我不喜欢地面。"

"为什么?"

"我不能说,否则他会杀了我。"

"谁会杀了你？"她惊讶地发现自己正在质问他，因为她难以相信他。尽管不得不佩服他的精湛演技，但她不能落入圈套。

他闭上眼睛，泪流不止。

朱迪对于眼前发生的事越来越感到困惑。她仔细地观察着对方，特别是当他将要隐退之际。只见他嘴唇无声地微微颤抖着，眼神呆滞地飘向他方，接着脸上露出了吃惊的表情，直至看见面前的两位女士，才知道自己身在何处。他端身就坐，两只脚交叉地垂着，从右脚的袜子里取出一根烟。

"有火吗？"

朱迪为他点燃。他深深地吸了一口，吐出烟圈。"有什么新鲜事吗？"他问道。

"能不能告诉朱迪你是谁？"

他点点头，又吐出一串烟圈。"我是亚伦。"

"我们以前见过面吗？"朱迪说，暗自希望自己发抖的声音不那么明显。

"在你和施韦卡特来讨论案情的时候，我曾经出现过几次。"

"但是我们一直认为你是比利·米利根。"

他耸耸肩："我们一直都使用比利的名字，这样可以省去解释的麻烦。不过我从未说过我就是比利，那是你认为的。我也不觉得说出其他人的名字对事情会有什么帮助。"

"我可以和比利谈谈吗？"朱迪问道。

"不行，他们让他睡觉了。让他出现，他会自杀的。"

"为什么？"

"他害怕受到伤害，而且他也不知道我们的事。他唯一知道的就是他失落了时间。"

"失落时间？你指的是什么？"朱迪问道。

"我们每个人都是这样，在一个地方做了一些事，然后突然发现自己在另外一个地方出现了。我们知道时间已经过去了，但是不知道曾经发生过什么事。"

朱迪摇摇头:"这一定很可怕。"

"永远都没办法适应。"亚伦应道。

当狱警威利斯前来带他回牢房时,亚伦抬起头对他笑了笑。"这位是威利斯警官,"他告诉两位女士,"我喜欢他。"

朱迪和特纳一起离开了监狱。

"现在你知道我为什么给你打电话了吧?"特纳说道。

朱迪叹了口气:"当初我认为能戳穿什么骗局,可我现在确信和两个完全不同的人谈过话,也明白了为什么他每次来都有如此大的差异。我当时以为这不过是情绪变化的结果。这件事必须告诉施韦卡特。"

"为了让他们同意,我花了九牛二虎之力,我觉得比利不会同意的。"

"他必须同意,"朱迪说,"这些事必须让其他人知道。"

特纳离开后,朱迪发现自己的心绪很乱,既害怕、生气,又深感困惑。这一切都是那么不可思议,根本就不可能发生的。然而在内心深处,她已经开始相信这是真的了。

当天稍晚,施韦卡特打电话到朱迪家,说警卫室通知他,比利又闹着自杀,用头去撞墙。

"真是怪了,"施韦卡特说,"看了他的材料,我才知道今天是2月14日,正是他23岁生日,而且还是情人节。"

5

第二天,特纳和朱迪告诉亚伦,必须让施韦卡特知道秘密。

"绝对不行!"

"但是你必须答应,"朱迪说道,"为了让你免除牢狱之灾,这件事必须告诉其他人。"

"你自己答应过的,那是我们的协议。"

"我知道,"朱迪回答,"但是这非常重要。"

"阿瑟不会答应。"

"让我和阿瑟谈谈，"特纳说。

阿瑟出现了，两眼瞪着她们。"你们真的很烦人！我有很多事情要思考、处理，你们说的这些事真让我厌烦。"

"你必须同意让我们告诉施韦卡特。"朱迪说。

"不行！两个人知道已经太多了。"

"要想帮助你，这是必要的。"特纳说。

"女士们，我不需要帮助。丹尼和戴维或许需要，但这不关我的事。"

"你不希望比利活下去吗？"朱迪问道，她被阿瑟的高傲态度激怒了。

"我当然希望他活下去，"他说，"但代价是什么？他们会说我们疯了，这些都不是我们能掌控的。比利想从学校楼顶跳下去自杀，从那以后我们就一直在帮助比利活下去。"

"你说什么？"特纳问，"你们怎么帮呢？"

"让他一直沉睡啊！"

"你知道拒绝我们会对这件案子产生什么影响吗？"朱迪说，"你们或是自由或是坐牢。在外面，你不是能有更多的时间思考，而且有更多的自由吗？你难道希望再回莱巴嫩管教所？"

阿瑟的脚交叉着垂在地上，轮流注视着朱迪和特纳。"我不喜欢和女人争论，条件还是和以前一样，你们必须得到所有人的同意。"

三天后，朱迪终于获得他们的许可，能告诉施韦卡特详情了。

2月里一个寒冷的早晨，她从监狱回到公共辩护律师事务所，为自己倒了杯咖啡，直接走进施韦卡特乱糟糟的办公室，在一张椅子上坐下，振作起精神。

她说道："告诉总机不要转过来任何电话，我要和你谈谈比利的事。"

朱迪述说着她与特纳、比利见面的经过。他望着她，就像看着一个疯子一般。

"我亲眼目睹了整个过程，"她语气坚决，"和他们都谈过了。"

施韦卡特起身在桌后来回踱步，蓬乱的头发耷拉在衣领外，松垮的衬衣下露出了皮带。"哦！别胡说了，"他反驳道，"这怎么可能。我知道他是神经错乱，我同意你的看法，但你这么做行不通。"

"你得亲自去看看，你真的不了解……我已经完全相信了。"

"好吧，但我得告诉你……我不相信，检察官也不会相信，法官更不用说了。朱迪，我相信你，你是个优秀的律师，对人有很好的辨别能力，但这是一个骗局，你大概上当了。"

第二天下午3点，施韦卡特和朱迪一同前往富兰克林郡立监狱。他们计划在那儿停留半小时。他原本不同意这样做，因为他觉得朱迪说的事根本不可能发生。然而，当他一次又一次地目睹了不同个性的当事人后，他的态度从怀疑变成了好奇。他先是看到了充满恐惧的戴维，后来又眼见他变成了害羞的丹尼。他还记得第一次与丹尼见面的情景，当时丹尼被警察送到看守所接受审讯。

"他们强行进入公寓拘捕我的时候，我不知道发生了什么事。"丹尼说。

"你为什么说那儿有炸弹？"

"我没有说过！"

"当时你告诉警察：'别踢那个箱子，你会被炸翻的！'不是吗？"

"这个嘛……汤姆经常说：'别碰我的东西，否则你会被炸翻的。'是的，他经常这么说。"

"他为什么这么说？"

"那你得问他！他是电子专家，常用一些电线或其他东西吓唬我们。那是他的东西。"

施韦卡特摸摸胡子说："他不但是逃脱专家，而且还是电子专家。那好，我们能不能和汤姆谈谈？"

"我不知道，汤姆只和他愿意见的人谈话。"

"能让汤姆出来吗？"朱迪问。

"那我办不到，得看情况。不过，我可以要求他出来和你谈谈。"

"试试看吧！"施韦卡特说，脸上露出一丝微笑，"尽量吧！"

丹尼似乎隐退了，脸色变得很苍白，目光呆滞，嘴唇嚅动着，似乎在自言自语。整个房间弥漫着紧张的气氛，施韦卡特的笑容也随之而去，屏住了呼吸。比利的目光飘来飘去，四下张望着，好似刚从睡梦中醒来。他将手放在右脸颊上，仿佛在找个依托，然后大方地向后靠在椅背上，注视着面前的两位律师。

施韦卡特吐了一口气，兴奋起来。"你是汤姆？"他问道。

"你是谁？"

"我是你的律师。"

"你不是我的律师。"

"我就是那位帮助朱迪，好让你依附的身体不被关在监狱里的人，不论你叫什么名字。"

"他妈的！难道我还需要别人帮我离开这个鬼地方吗？在这个世界上，还没有监狱能够关住我，只要我愿意，随时都可以逃出去！"

施韦卡特注视着他："这么说，你就是那位可以从束缚衣中逃脱的专家？你一定是汤姆。"

他看起来很不耐烦："是的……没错！"

"丹尼告诉我们，警察发现的那个装着电器零件的纸箱是你的。"

"他就是个大嘴巴。"

"你为什么要制造假炸弹？"

"他妈的！那不是假炸弹。就算那帮笨蛋警察找到了黑盒子，又关我什么事。"

"你这话是什么意思？"

"我是说，那个黑盒子能让电话公司的系统失灵。我不过是在汽车里做个试验，用红色胶带将那些东西固定住，那些愚蠢的警察还以为是炸弹。"

"可你告诉丹尼它可能会爆炸。"

"上帝啊！我是在吓唬那些小孩，让他们别去碰我的东西。"

"汤姆,你的电子技术在哪儿学的?"朱迪问。

他耸耸肩膀:"我自学的,从书里,从我开始有记忆以来,就一直好奇那些东西是如何发挥作用的。"

"还有脱逃术……?"朱迪问。

"是阿瑟让我学的。要是我们被绑在谷仓里,得有人能挣脱绳索呀!我学会了如何控制手部肌肉和骨头,后来我又对各种锁和螺丝产生了兴趣。"

施韦卡特思索了一会儿。"那些枪也是你的?"

汤姆摇摇头:"只有里根被允许玩枪。"

"允许?什么意思?"朱迪问道。

"这个嘛……要看我们在什么地方……我不想再告诉你们什么了;这是阿瑟的事,亚伦也可以,你让他们中的一个来回答好吗?我要走了。"

"等一下……"

朱迪慢了一步。他两眼无神,而且改变了坐姿,手指搭在一起变成金字塔的形状。当他再次抬起下巴时,现出了她所认识的阿瑟的神情。朱迪将他介绍给施韦卡特。

"你得原谅汤姆,"阿瑟冷冷地说,"他是个具有反社会倾向的年轻人,要不是因为他在电气设备和开锁方面有特殊天赋,我早就把他开除了。不过,他的确很有才华。"

"你的专长是什么?"施韦卡特问。

阿瑟挥挥手:"我只是个业余爱好者,我学习医学和生物学。"

"施韦卡特刚才正在询问汤姆有关枪的事,"朱迪说,"你知道的,持枪违反假释规定。"

阿瑟点点头。"只有里根被允许玩枪。他负责维持纪律,那是他的专长。只有在需要保护自己和求生的时候,他才会使用那些枪,就如同他在做善事时才能发挥了不起的力量一样。他不会伤害别人。你知道,他有能力控制自己的情绪。"

"他用枪绑架、强奸了四名妇女。"施韦卡特说。

阿瑟的声音变得非常冷酷："里根没有强奸过任何人，我和他谈过这件事。他的确抢劫过，因为他担心无法支付账单。他承认自己10月份抢劫过三名妇女，但否认与8月份那桩妇女案或性暴力犯罪有关。"

施韦卡特的身体向前靠了靠，仔细端详着阿瑟的脸，他知道自己不再怀疑了。"但是证据……"

"去他妈的证据！如果里根说没有干过，那问他也没用，他从不说谎。里根是个窃贼，但绝不是强奸犯。"

"你说你和里根谈过？"朱迪说，"你是怎么办到的？你们可以互相交谈？你们是进行对话，还是只进行思想交流？"

阿瑟握紧双手。"两种都有。我们在内部交流的时候，外人不知道发生了什么；我们单独在一起的时候，就会大声地交谈。要是外人看到了，一定会认为我们神经有问题。"

施韦卡特靠在椅背上，掏出手帕擦拭眉头上滴下的汗水。"谁会相信这种事？"

阿瑟笑了。"我说过，里根和其他人一样，都不会说谎。我们一直都被人称为骗子，因此诚实就成了我们的信条，我们从不在意别人是否相信。"

"可是你们也不是每次都主动说出真相呀！"朱迪说道。

"不说出真相就是说谎。"施韦卡特接着说。

"骗谁呀！"阿瑟丝毫不想掩饰他的狂妄。"作为律师，你们很清楚这个规定，如果无人发问，当事人无须自动提供情况，律师有责任告诉他的当事人有权保持沉默；除非是对自己有利的证词，才有必要进一步说明。你向我们中的任何一个人直接提问，大家肯定会诚实回答，或者保持沉默。当然，事实可能会以不同的方式表达。况且，英语本身就是含混不清的。"

施韦卡特颇有同感地点点头。"我会记得你的话，但我们已经离题了，至于那些枪……"

"里根比任何人都清楚那天早晨发生的三件事，你干嘛不去问他？"

"现在还不需要，"施韦卡特说，"没到时候。"

"我觉得你们有点儿害怕见他。"

施韦卡特犀利的目光注视着他:"这不正是你所希望的吗?你告诉我们他是如何的危险、如何的邪恶,不就是想达到这个目的吗?"

"我没说过他邪恶。"

"但你给人留下了这种印象。"施韦卡特答道。

"我认为你们有必要认识一下里根,"阿瑟说,"既然你们已经打开了潘多拉的盒子,就应该将盖子全部打开。不过,必须你们提出要求,他才会出来。"

"他愿意和我们谈?"朱迪问。

"那要看你们是不是想和他谈!"

施韦卡特发现让里根出现的念头真的把自己吓住了。

"我们愿意和他谈谈。"朱迪说道,瞥了施韦卡特一眼。

"他不会伤害你们的,"阿瑟露出微笑,"他知道你们是来帮助比利的。我们讨论过,既然秘密已经泄露了,就应该开诚布公,这是我们最后的希望。朱迪小姐已经再三强调过了,她要努力帮助我们免于牢狱之灾。"

施韦卡特叹了一口气,仰着头说:"那好!阿瑟,我愿意见里根。"

阿瑟把椅子挪到房间的角落里,尽量与他们保持距离,然后再度坐下。他的眼睛似乎在窥视着身体内部,嘴唇微微张开,用手摸着脸颊,下巴紧绷,然后全身开始颤抖,僵硬的身体突然处于准备随时出击的状态。"不能这样,不能说出秘密。"

他的话充满了敌意。他们仔细地聆听着,发觉他的声音变得低沉、深厚,而且坚决果敢。小小的会客室里回荡着斯拉夫人特有的口音。

"我告诉你们,"里根注视着他们,脸部的肌肉紧绷、眉毛立起,目光似乎要穿透面前的人,"虽然戴维已经错误地泄露了秘密,但我还是反对告诉你们。"

他的斯拉夫口音不像是装出来的,就像是在东欧土生土长的人讲的英语,夹带着一种自然的嘶声。

"你为什么反对把秘密说出来？"朱迪问。

"谁会相信？"他说，手紧紧地握着，"他们只会说我们疯了，根本没什么好处。"

"或许能让你们免于牢狱之灾！"施韦卡特说。

"可能吗？"里根忿忿地说，"我又不是傻瓜，施韦卡特先生，警方已经掌握了我抢劫的证据。我承认大学附近的三起抢劫案是我干的，但其他的事不是我干的。他们瞎说，我不是强奸犯。我会在法庭上承认自己抢劫，但如果我被关进监狱，我就杀了那几个小孩，用安乐死的方式。监狱这鬼地方不适合小孩儿待。"

"但是，如果你杀了……那些小孩儿……也就是说，你自己不是也会死吗？"朱迪问道。

"不会的！"里根说道，"我们是不同的人。"

施韦卡特不耐烦地用手指理了一下头发，"听着，比利或是其他人上星期用头去撞墙壁，不也是在伤害你的头吗？"

里根摸摸额头："是的，但是我不痛。"

"那谁感觉疼痛？"朱迪问道。

"戴维！戴维是承受所有伤害的人，他有特别的能力。"

施韦卡特从椅子上站起身来，踱着步子，但当他看到里根，又紧张地坐了回去。"戴维是唯一试着用头撞墙的人吗？"施韦卡特问道。

里根使劲地摇了下头："那是比利。"

"是吗？"施韦卡特说，"我以为比利一直都睡着呢！"

"没错，但那天是他的生日。小克丽丝汀为他画了一张生日卡，她要把生日卡送给他，所以阿瑟就允许比利在他生日那天出现。当时我反对这个主意，我是守护者，我有责任保护他。阿瑟可能比我聪明，但他也是人，会犯错误的。"

"比利醒来之后发生了什么？"施韦卡特问。

"他看看四周，发现自己被关在牢里，以为自己犯了什么错，于是就撞墙。"

朱迪退却了。

"你看，比利并不知道我们的事，"里根说道，"他已经患了——你们是怎么说的？——记忆丧失症，先按你们的说法吧！他上学的时候失落了很多时间，他爬到屋顶上要往下跳，幸好我及时制止了他。从那天起，阿瑟和我为了保护他，就让他一直沉睡。"

"那是多久以前的事？"朱迪问。

"他16岁生日的时候，我记得当时是因为他父亲让他在生日那天干活，所以他心情非常不好。"

"我的天啊！"施韦卡特说，"睡了七年之久？"

"他还在睡呢！他只清醒了几分钟，让他出现就是个错误。"

"那么，一直是由谁来代替他？"施韦卡特问，"谁代替他工作、代替他和别人交谈？到目前为止，据我们所知，还没人解释过有关英国口音以及俄国口音的事。"

"不是俄国，施韦卡特先生，是南斯拉夫。"

"对不起！"

"没关系，只要记录正确就好。多半是由亚伦和汤姆负责回答问题。"

"他们就这样想来就来，想走就走？"朱迪问。

"是这样，不同的环境里由我和阿瑟决定由谁出现，要看情况。在监狱里由我做主，决定谁出现、谁回来，因为监狱是个危险的地方。我是他们的守护者，因此有决定权和指挥权。在没有安全顾虑或需要做理智的逻辑判断时，就由阿瑟负责指挥。"

"现在是由谁控制？"施韦卡特问道，他知道自己的立场已不再中立，好奇心已经使自己完全融入了这个不可思议的情境中。

里根耸了耸肩，看看四周。"这儿是监狱！"

门被突然推开，里根像猫一样猛地跳了起来，处于警戒状态，双手摆出空手道的姿势。当他发现只是另一位律师进来查看是否有人在使用房间时，便坐回到椅子上。

施韦卡特起初只准备用15分钟或30分钟的时间和当事人谈谈，以为自己可以揭穿这家伙的骗局，没想到最后竟然在这里待了五个小时。此时，他已经完全相信比利具有多重人格。当他与朱迪在寒冷的夜晚走出监狱时，突然闪出前往英国或南斯拉夫去查看阿瑟和里根经历的念头。虽然他并不相信什么转世或者魔鬼附身，但走在寒风中的他现在已确信在会客室里见到了不同的人。

他望了一眼默默走在身旁的朱迪。"好吧，"他说，"我的确相当震惊，我完全相信了。我现在有足够的理由告诉妻子为什么回家吃饭又晚了，但我们怎么才能说服检察官和法官呢？"

6

2月21日，特纳的同事，西南社区精神康复中心的卡洛琳医生通知公共辩护律师，因治疗一位具有16种分裂人格的患者而举世闻名的科尼利亚医生，已经同意在3月10日从肯塔基州赶来探望比利。

为了让阿瑟、里根和其他人同意让另一个人分享他们的秘密，特纳和朱迪又花了好几个小时与他们轮番沟通。到目前为止，她们已经听到了九个名字——阿瑟、亚伦、汤姆、里根、戴维、丹尼和克里斯朵夫，克里斯朵夫不曾露面的三岁大的妹妹克丽丝汀，以及尚未见过的原始核心人物比利，因为他一直沉睡着。特纳和朱迪最终获准让其他人知悉秘密后，便开始安排参加会面的人，其中包括检察官，目的是让检方观察科尼利亚医生和比利会面的情况。

朱迪和施韦卡特还与比利的母亲多萝西、妹妹凯西、哥哥吉姆谈了话。虽然他们未能提供比利声称遭到虐待的第一手资料，但他母亲谈到曾被前夫卡尔莫鞭打。老师、朋友和亲戚则谈起比利的古怪行为，还有他曾企图自杀、出现过昏迷状况，等等。

朱迪和施韦卡特已确信搜集到了需要的证据。有了这些证据,再加上俄亥俄州的法律规定,应当可以证明比利没有能力接受审判。但是,他们明白目前还有个障碍,如果弗洛尔法官认可西南社区精神康复中心提交的报告,那么比利就会被送到心理医疗机构接受治疗和观察。事实上,他们并不希望比利被送到专为刑事罪犯服务的州立利玛医院。从几个犯人口中得知,如果他被送到那儿就必死无疑。

科尼利亚医生原定于星期五与比利会面,但由于私人原因而改变了计划。朱迪从家里打电话通知施韦卡特。

"今天下午你到办公室来一趟吧。"他请求道。

"我原来不准备去的。"她说。

"我们得先商量好,"他说,"西南社区精神康复中心催了好几次,说利玛医院是唯一可去的地方,但我认为还有其他选择。"

"现在降温了,办公室冷,"她说,"我先生正好外出,屋里已经升了壁炉,你还是到我家来吧,我给你来杯爱尔兰咖啡,咱们静下来好好聊聊。"

他笑了起来,"悉听尊便!"

半小时后,他们两人坐在壁炉前。

施韦卡特手握着热杯子取暖。"里根出现时,我真的给吓坏了,"他说,"不过……真正令我吃惊的是,他给人的印象非常好。"

"我也这么想。"朱迪说。

"我的意思是,阿瑟说里根是个'充满仇恨的人',所以我以为他是个可怕的家伙。但事实上他既可爱又有趣,我完全相信8月份的强奸案不是他干的。我正在考虑他声称并未强奸另外三位女士的话是否属实。"

"我对第一个案子的看法与你相同,作案手法完全不同,但后来的三个确实是绑架、抢劫和强奸案。"朱迪说道。

"我们只了解了他犯罪过程的片段,其中还有一些疑点。里根说他认得第二个受害者,这表示他们之中一定有人见过她。"

"汤姆记得自己出现过,是在温迪快餐店,他和第三个受害者点了汉堡包。因此,汤姆认为可能有人和她约会。"

"波莉也证实了曾在汉堡店停留,而且还说他的眼神很奇怪;他在两分钟后就停止了性行为,说自己不行了,还自言自语地说:'比利,你怎么了?打起精神!'然后告诉她,说想冲个冷水澡冷静一下。"

"但他曾说过一些奇怪的话,什么恐怖分子、开玛莎拉蒂车之类的。"

"他们有人在吹牛。"

"这样吧!权当我们不知道发生了什么,而且这些事也不是他们干的。"

"里根承认自己抢劫。"朱迪说。

"是啊!但他否认强奸。我是说,整个事情都不对劲儿。你能想象吗,里根在两周内的三个不同时间,都是喝了酒、服了安非他明,然后一大清早穿过市中心慢跑了11公里到达俄亥俄州立大学,这可能吗?在校园里锁定攻击目标后,他就消失了……"

"是光圈从他身上撤离了。"朱迪纠正道。

"我就是这意思,"他举起杯子要求再加点水,"因此,他每次在作案前便退下去了,后来发现自己身处哥伦布市市中心,而且口袋里有钱,于是就以为自己抢劫了,但又不记得做过什么事,三次都是这样。正如他说的,一定是有人窃取了时间。"

"对,但这其中少了一些环节,"朱迪说,"有人把啤酒罐扔到水池里,做射击练习。"

施韦卡特点了点头,"这证明不是里根干的。受害者说,他无法在几秒钟内掏出枪来射击,我是说,他无法在短时间内打开保险,而且还射不中啤酒罐,像里根这样的行家是不会失手的。"

"但阿瑟说其他人都不准碰里根的枪。"

"我知道我们该如何向弗洛尔法官解释了。"

"我们该怎么做?"

"我不知道,"他说,"用多重人格障碍患者作为当事人患有精神病的证据行不通，因为法庭会把这种情况定义为神经官能症，而不是精神病。换句话说，他们认为多重人格障碍患者不是精神异常。"

"好吧！"朱迪说，"我们为什么不能直接做无罪辩护而不提精神病？就像加州多重人格障碍案件一样，我们从行为目的着手就成了。"

"那是个小案子，"施韦卡特说道，"这是个闹得沸沸扬扬的大案子，用多重人格障碍来辩护没用，世界是很现实的。"

她叹了一口气，两眼盯着炉火。

"还有，"施韦卡特摸着胡须，"即使弗洛尔法官理解我们的做法，也还是会将比利送到利玛医院。比利在监狱里已经听说过利玛医院是个什么地方了，你还记得里根说过安乐死吗？如果送他去那儿，他会杀死那些小孩，我相信他会这么做。"

"我们得把他送到别的地方去！"朱迪说道。

"西南社区精神康复中心的人说过，在审判之前唯一的医疗地点就是利玛医院。"

"只要我还活着，就绝不允许这样的事发生！"朱迪说。

"不对，"施韦卡特一边说一边举起杯子，"只要我们还活着。"

两个人碰了一下杯子，然后朱迪又加满了咖啡。"我觉得还是有选择的余地的。"

"我们试试，看看是否还有其他办法。"他说。

"说得对！"她应道，"我们会找到的！"

"过去没人干过。"他将泡沫从胡子上拭去。

"那又怎么样？以前俄亥俄州也没出现过比利这号人物呀！"

她从书架上取下《俄亥俄州刑法手册》，两人一起翻阅，并轮流大声念起来。

"还要爱尔兰咖啡吗？"她问。

他摇摇头："来点纯咖啡，浓一点。"

两小时后，他请她再念一遍书中的一段文字，她用手指着第2945.38条：

……如果法庭或陪审团发现当事人罹患精神病，应立即将当事人送至医院，在法院的允许下进行精神疾病或心理障碍的治疗。此外，该医院必须在法院管辖范围内。如果法庭认为有必要，可将当事人送往州立利玛医院，直至当事人恢复理智，再依照法律规定的程序进行审判。

　　"太好了！"施韦卡特大叫一声跳了起来，"在'法院管辖范围内'，并未说必须是利玛医院呀！"

　　"我们有办法了！"

　　"老天！"他说，"所有人都说审判前只能送到利玛医院。"

　　"现在我们只要在法院管辖范围内找到另一家精神病医院就行了！"

　　施韦卡特"啪"地敲了一下脑袋。"上帝！太不可思议了！我正好知道一家，我退伍时曾在那儿担任过精神医疗助理，哈丁医院。"

　　"哈丁？在法院管辖范围内？"

　　"当然！地点是俄亥俄州沃辛顿市，听着，哈丁医院可是国内最古老、名声最好的精神医院之一，而且是基督复临安息日教会的附属医院。我曾听那些最难缠的检察官说过：'要是哈丁医生说某人患有精神病，我会相信他的判断，因为他不像其他医生，只经过30分钟的检查就断定一个人是否患有精神病。'太好了！"

　　"检察官是这么说的？"

　　他举起右手："我发誓，没错！我记得是谢尔曼检察官说的，而且特纳医生也说过，她经常受哈丁医院委托做检查。"

　　"这么说，我们能把比利转到哈丁医院去就好了。"朱迪说。

　　但施韦卡特猛地坐下，颇为沮丧地说："我们还得考虑一点，哈丁医院是一家收费特别昂贵的私立医院，比利可不是有钱人。"

　　"我们不能被这个难住！"她说。

　　"说的也是，但是怎么才能进那家医院？"

　　"我们得设法让医院主动提出让比利转过去。"

"那我们该怎么做？"他问。

半小时后，施韦卡特拭去靴子上的积雪，按下了哈丁家的门铃。突然间，他想起自己连胡子都没刮，就到这所豪宅来见久负盛名的精神病权威——沃伦·哈丁总统的侄孙——有些不妥。真该叫朱迪一起来，她一向能给人留下良好的印象。他把胸前松散的领带系紧，将皱巴巴的衬衣领塞进夹克。这时，大门打开了。

哈丁医生49岁，身材消瘦，面部干净、光滑，目光和声音都非常柔和。他翩翩的风度让施韦卡特颇感惊讶。"施韦卡特先生。"哈丁迎过来。

施韦卡特费了很大劲才将靴子脱掉摆在门厅，然后脱去外套挂在衣架上，随哈丁走进客厅。

"您的大名听着似乎很耳熟，"哈丁说，"接完您的电话，我翻了一下报纸，得知您正在为比利·米利根辩护，他在俄亥俄州立大学校区攻击了四位女士。"

施韦卡特摇摇头："是三位，8月份发生的那起案子与其他案件极为不同，不是他干的，我们可以说清楚的。现在案情出现了非常大的变化，希望听听您的高见。"

哈丁指着柔软的沙发请施韦卡特坐下，但自己却选了一张硬靠背椅子坐下，两手交叉，用心倾听施韦卡特叙述他和朱迪了解到的情况，以及他们星期天在监狱与比利会面的情景。

哈丁若有所思地点点头，说话遣词用字十分谨慎。"我十分尊重卡洛琳和特纳的意见，"他望着天花板，"特纳经常为我们做检查，她和我谈起过这个案子。现在，科尼利亚医生也要来这里……"他透过指缝注视着地板，"我想我没有理由不参加，是在星期天吗？"

施韦卡特点了点头，没有出声。

"嗯……我需要告诉您，施韦卡特先生，我对所谓的多重人格障碍有些保留意见，虽然科尼利亚医生曾在1975年来过哈丁医院，针对类似的案子做过专题演讲,但我还不敢确定我是否真的相信。她和其他精神病医生都非常值得尊敬……但是,在类似病例中,有时患者可能会假装丧失了记忆。不过,既然特纳和卡洛琳都参加……而且科尼利亚医生也从老远的地方专程赶来……"他站起身来,"我无法为自己或者医院做出任何承诺,但我很高兴能参加这次会谈。"

施韦卡特回到家立刻打电话给朱迪,"嗨!智多星,"他笑着说,"哈丁准备参加了!"

3月11日星期六,朱迪前往监狱告诉比利计划有变化,科尼利亚要延后一天才能到达。

"我应该昨天就告诉你的,"她说,"非常抱歉。"

他全身开始剧烈颤抖,从他的表情可以看出,和她说话的是丹尼。

"特纳不来吗?"

"她当然会来,丹尼,你怎么会有这个念头?"

"人都是做了承诺,然后就忘了。不要离开我!"

"我不会离开你的,但是你必须把握好自己,科尼利亚医生明天也来,还有卡洛琳、特纳、我……还有其他几个人。"

他的眼睛睁得很大:"其他人?"

"另外一位医生,他是哈丁医院的哈丁医生,还有亚维奇检察官。"

"男人?"丹尼连着喘了几口气,使劲摇着头,牙齿震得咔咔响。

"为你辩护需要他们的帮助,"她说,"我和施韦卡特也会到场。稍等一下,我想你现在需要服点镇静药。"

丹尼点点头。

朱迪叫来警卫,请他们将丹尼带到会客室,自己则出去找医生。几个钟头后,他们回来时,比利龟缩在房间的一角,脸上全是血,鼻子也在流血,他用头撞过墙。

他两眼迷茫地望着朱迪。她知道现在自己面对的已经不是丹尼了,而是痛苦的承受者。

"戴维？"她问。

他点点头："好痛！朱迪小姐，我伤得很重，不想活了。"

她把他拖过来用手支撑着他的身体，"你绝对不能这样，戴维，你有太多的理由活下去，很多人都相信你，而且还会帮助你！"

"我害怕被关进监狱。"

"他们不会把你关进监狱的，我们会争取的，戴维。"

"我没做过坏事！"

"我知道，戴维，我相信你。"

"特纳什么时候来看我？"

"我已经告诉……"她突然想起刚才告诉的人是丹尼，"戴维，是明天，还有另外一位精神病医生科尼利亚医生会来。"

"你不会把我们的秘密告诉她吧？"

她摇摇头："不会的，戴维，我确定不必告诉她。"

7

3月12日星期日的早晨晴朗而寒冷，亚维奇检察官来到监狱。他感觉一切似乎都很奇怪。自担任检察官以来，他还是第一次在精神病医生检查被告时到场。他反复阅读了西南社区精神康复中心和警察局的报告，但理不出丝毫头绪。

他不明白为什么这些权威医生会如此重视所谓的多重人格障碍。他对科尼利亚医生从老远的地方赶来检查比利并不感到惊讶，因为她相信这种事，而且一直在寻找这样的案例。事实上，真正让他感到奇怪的是哈丁，因为在整个俄亥俄州没有比哈丁更受尊敬的精神病医生了，也没有人敢质疑哈丁医生。在高级检察官中，虽然有不少人不相信医生出具的精神病证明，但哈丁医生是唯一的例外。

陆续到达的人都被带进楼下的警官室，因为那间屋子比较大而且有折叠椅、黑板和一张会议桌,是警卫交接班的地方。

亚维奇检察官走上前去迎接西南社区精神康复中心的卡洛琳和波拉医生,并将她们介绍给科尼利亚和哈丁。

就在这个时候,门被推开了,亚维奇第一次见到比利。朱迪搀着他的胳膊陪他走进来,特纳在前,施韦卡特在后,鱼贯进入了警官室。比利看见屋里有这么多人,脸上露出迟疑的表情。

特纳将各位分别介绍给比利,然后让他坐到科尼利亚医生身旁的椅子上。"科尼利亚医生,"特纳压低声音说,"这位是丹尼。"

"嗨,丹尼,"科尼利亚医生说,"很高兴认识你,还好吗?"

"很好。"他说,同时抓住特纳的胳膊。

"我知道在一个有很多陌生人的房间里会让你感觉到紧张。但是我们是来帮助你的,你可以信任我们。"科尼利亚医生说。

大家都坐下来,施韦卡特倾身和亚维奇低声交谈:"你看了之后,如果还不相信,我会交回我的执照。"

科尼利亚开始询问比利,亚维奇检察官的心情也随之轻松下来。科尼利亚仿佛一位和蔼却又充满活力的母亲,一头亮丽的红发,涂着鲜艳的口红。她注视着丹尼,丹尼不但一一回答了她提出的问题,还告诉了她有关阿瑟、里根以及亚伦的事。

科尼利亚转身对亚维奇说:"看到了吧?这就是典型的多重人格障碍,他愿意谈论别人,但闭口不谈发生在自己身上的事。"

又问了几个问题,她转身对哈丁医生说:"这是典型的歇斯底里症的分裂状态。"

丹尼望着朱迪说:"她要离开光圈了。"

朱迪笑着低声说:"不是的,丹尼,她不会有这种现象。"

"她里面一定也住了很多人,"丹尼坚持道,"她和我说话一个模样,后来态度又变了,就像阿瑟。"

"我希望弗洛尔法官也能目睹这一幕,"科尼利亚说,"我知道这位年轻人的身体里发生了什么,也知道他真正需要的是什么。"

丹尼四下张望,然后抱怨地看着特纳。"是你告诉她的,你承诺过不会这么做,但你告诉她了。"

"不,丹尼,"特纳说,"我没有。科尼利亚医生知道有什么问题,因为她认识其他像你这样的人。"

科尼利亚的语气坚定而柔和,让丹尼的情绪平静了不少。她一边看着他的眼睛让他放松,一边用左手按着他的前额,手上的钻戒闪闪发光,映在比利的眼睛里。

"你现在已经完全放松了,整个人感觉很舒服。丹尼,没什么可烦的,放松点,想做什么、说什么都可以,一切都随便!"

"我想离开,"丹尼说道,"我要回去了。"

"可以,丹尼,如果你要离开,我希望和比利谈谈,我是说生下来就叫比利的那位。"

他耸耸肩:"我无法叫出比利,他在睡觉,只有阿瑟和里根能叫醒他。"

"那好,你告诉阿瑟和里根,我们必须和比利谈谈,这非常重要。"

亚维奇注视着面前发生的一切。丹尼闭上眼睛时,亚维奇简直不敢相信自己看到的情景,面前的人嚅动着嘴唇,挺直身体,然后四下张望;他起初不说话,但过了一会儿要求给一根烟。

科尼利亚递上了一根烟。他的身体靠回椅背时,朱迪低声告诉亚维奇只有亚伦会抽烟。

科尼利亚首先再次自我介绍,接着又逐一介绍了亚伦尚未见过的人。亚维奇感到异常惊讶,因为眼前的比利是如此的放松和友善,面带笑容、说话诚恳,谈吐非常流利,与害羞而又孩子气十足的丹尼截然不同。亚伦回答科尼利亚有关兴趣方面的问题时,说自己会弹钢琴、打鼓,还喜欢绘画——主要是人物素描,他18岁,喜欢棒球,虽然汤姆并不喜欢。

"好了,亚伦,"科尼利亚说,"我想和阿瑟谈话。"

"好的,没问题。"亚伦答道,"等一会儿,我……"

亚维奇看着亚伦在离去前深吸了两口烟,而几乎就在同时,不抽烟的阿瑟出现了。

他的目光再次变得茫然,嘴唇嚅动着,然后又张开,身体靠向椅背,傲慢地看着四周,手指搭在一起形成金字塔形。他开始说话,满口是英国上流社会独有的腔调。

亚维奇身体前倾,仔细地听着。他发现眼前和科尼利亚对话的是一个完全不同的人,阿瑟的眼神和肢体语言显然与亚伦完全不同。亚维奇在克利夫兰的一位会计师朋友是英国人,因此对阿瑟标准的英国腔惊奇不已。

"我没见过这些人!"

他被介绍给屋里的每一个人。这时,亚维奇越发觉得不可思议,仿佛眼前的这个人是刚刚进入这个房间的。科尼利亚向阿瑟问及其他人时,他描述了他们的角色,还解释了谁可以出现、谁不可以。最后,科尼利亚说:"我们需要和比利谈谈。"

"叫醒他很危险,"阿瑟说,"他有自杀倾向,你应该知道的。"

"哈丁医生必须见他一面,这非常重要。审判结果都要根据这次面谈,自由、治疗或者是关进监狱。"

阿瑟想了一会儿,紧咬嘴唇说:"这个嘛……说真的,能做决定的人不是我,因为我们现在被关在充满敌意的监狱里,在这样的情况下由里根负责,他才有权决定谁可以出现。"

"里根扮演什么角色?"

"里根是充满仇恨的人。"

"好,那么……"科尼利亚很明确地回答,"我必须和里根谈谈。"

"这位女士,我的建议是……"

"阿瑟,我们时间不多了,很多人牺牲自己的休息日一大早跑到这儿来帮助你,里根必须同意让比利和我们谈谈。"

他的脸部表情再度变得茫然,目光呆滞,嘴唇不停地嚅动,好像是在自言自语;然后,他的下巴绷紧、眉头紧锁。

"这不可能！"他用低沉的斯拉夫腔英语大声咆哮着。

"什么意思？"科尼利亚问道。

"想和比利谈话是不可能的！"

"你是谁？"

"我是里根。这些人又是谁？"

科尼利亚介绍了在座的各位，而亚维奇再一次被眼前的变化惊呆了，那是如此标准的斯拉夫口音，他真希望自己会点南斯拉夫俚语，好验证一下里根是否也懂得。他希望科尼利亚医生能测试一下里根，因而很想提醒她，但在场的每一个人都被叮嘱过，除了自我介绍外，其余时间不可出声。

科尼利亚问里根："你怎么知道我要和比利谈话？"

里根稍显兴奋地点点头："阿瑟征求过我的意见，但我反对，我有权决定由谁出现。不可能让比利出来。"

"为什么？"

"你不是医生吗？因为比利可能会自杀，所以我不能叫醒他！"

"你怎么如此肯定？"

他耸耸肩："比利每次出现都以为自己做了什么坏事，因此就想到死。这是我的责任，我不同意。"

"你的责任是什么？"

"保护每一个人，特别是那些年纪小的。"

"原来如此。那你从未失职过？年幼者没有受到伤害或感受过痛苦，全是仰仗你的保护？"

"不完全正确，戴维感受到了痛苦。"

"换句话说，是你让戴维来承受痛苦的？"

"那是他的愿望。"

"身为一个大男人，竟然让一个孩子来承受所有的痛苦？"

"科尼利亚医生，这不是我……"

"里根，你应该感到羞愧才对，我不认为你尽了职责。我是医生，我曾处理过类似的病例，我认为应当由我决定比利该不该出现。当然，我不会让一个孩子来忍受不该由他承受的痛苦。"

里根在座位上动了一下，看起来很难堪而且似乎有罪恶感，喃喃自语地说自己并不清楚所有的情况。科尼利亚用温柔却又非常有说服力的语气继续说下去。

"好吧！"他说，"就由你来决定，但所有的男人都必须离开这个房间。因为比利曾经受到他父亲的虐待，所以他惧怕男人。"

施韦卡特、亚维奇和哈丁起身离开房间，但朱迪开口说话了。

"里根，让哈丁医生留下来，他与比利会面至关重要。你必须相信我，哈丁医生对这个案例非常有兴趣，他必须留下来。"

"我们要出去了。"施韦卡特说，同时指着自己和亚维奇。

里根环视了一下房间，估摸了眼前的形势。"我答应让他留下来，"他说道，指着房间远处角落里的一张椅子，"但是他必须坐在那儿，背对这边，保持不动。"

哈丁强挤出笑容，点点头坐了过去。

"不能乱动！"里根说道。

"不会的。"

施韦卡特和亚维奇此时已走到房间外的过道上。施韦卡特说："我还没见过比利本人，不知道他是否肯出来。你对刚才亲眼所见、亲耳所闻有什么感觉？"

亚维奇叹了一口气："刚开始我不相信，现在则是不知道该如何回答你的问题，但至少我不认为那是在做戏。"

留在房间里的人仔细地观察着比利，只见他的脸色逐渐发白，目光似乎缩了回去，双唇依然不停地嚅动，就好像在睡梦中呓语一般。突然间，他睁大了双眼。

"上帝啊！"他大叫道，"我以为我已经死了！"

他在椅子上扭动着身体。看到所有人都在盯着自己，便从椅子上跳起来，手脚着地爬到对面的角落，尽量远离那些人。他躲在两张椅子中间，身体缩成一团哭了起来。

"我又做错了什么?"

科尼利亚用温柔但肯定的语气说:"你没做错什么! 年轻人，没什么好害怕的。"

他的身体不停地发抖，背使劲往墙上蹭，似乎想穿墙而过;前额的头发垂下来遮住了眼睛，但他并未拨开，只是从发间望着这些人。

"你可能不知道，比利，这些人都是来帮助你的。现在你应该站起来，坐到那张椅子上和我们好好谈谈。"

大家都很清楚，科尼利亚已经控制住了局面。她知道自己在做什么，每一句话都正中要害，迫使对方做出反应。

比利起身坐到椅子上，膝盖神经质地不停晃动，身体也在发抖。"我还活着?"

"比利，你活得好好的，而且我们知道你遇到了困难需要援助，你需要帮助，对吧?"

他睁大眼睛，点点头。

"比利，告诉我，那天你为什么用头去撞墙?"

"我以为我已经死了，"他说，"我醒来发现自己被关在牢里。"

"在此之前，你记得的最后一件事是什么?"

"爬上学校的屋顶，因为我不想看到什么医生。兰开斯特精神卫生中心的布朗医生无法治好我的病，我以为我已经跳楼了，为什么还没死呢? 你们是谁? 为什么这样看着我?"

"我们是律师和医生，我们是来帮助你的。"

"医生? 和你们谈话，爸爸会杀死我的!"

"为什么? 比利?"

"他不让我告诉你们他做过的事。"

科尼利亚用怀疑的目光望着朱迪。

"他的继父卡尔莫,"朱迪解释道,"六年前就和他母亲离婚了。"

比利看着她,一脸不相信的模样。"离婚?六年前?"他摸摸自己的脸,想确认这个消息是不是真的。"怎么可能?"

"我们还有很多事情要讨论,比利,"科尼利亚说,"有很多缺失的记忆需要拼凑起来。"

他急切地望着四周。"我怎么会到这儿来?发生了什么事?"他开始哭泣,全身前后摇晃着。

"比利,我知道你现在已经很累了,"科尼利亚说,"你可以回去休息了。"

比利突然停止了哭泣,脸上现出警觉而又迷茫的神情,用手摸了摸脸上的泪水,皱起了眉头。

"这儿出了什么事?那个人是谁?我听见有人在哭,但不知道哭声来自哪里。天哪!不管他是谁,但我知道他想要去撞墙,他到底是谁?"

"那个人是比利,"科尼利亚说,"名副其实的比利,你是谁?"

"我不知道比利获准出现了,没人告诉过我。我是汤姆。"

施韦卡特和亚维奇被允许回到房内,汤姆也被介绍给大家。问过一些问题后,他又退下去了。亚维奇听到他们不在场时发生的事情,使劲地摇着头,一切都太异乎寻常了,比利就好像被神灵或恶魔控制了一般。他告诉施韦卡特和朱迪:"我不知道这意味着什么,但我同意你们的看法,看起来他不是装的。"

只有哈丁医生未表示任何意见,他说需要再思考一下今天看到和听到的一切,明天再把意见告诉弗洛尔法官。

8

曾带着汤姆上楼的希尔医生并不知道比利的病状,只知道有许多医生和律师到这儿来看望他的病人。比利是个善变的年轻人,能创作非常好的作品。过了几天,希尔经过牢房时看见比利正在作画。透过栅栏,他看到比利画的线条非常孩子气，上面还写了一些字。

一名警卫走过来笑着说："我两岁的孩子都比这个强奸犯画得好。"

"别打扰他！"希尔说。

警卫端着一只盛满了水的杯子，将水泼进去弄湿了画。

"你干什么？"希尔说道，"哪根筋不对了？"

泼水的警卫看到比利的脸色，倒退了几步。比利露出凶相，似乎在寻找可以扔的东西。突然间，比利从墙上抓起脸盆朝栅栏扔去，摔碎了脸盆。

警卫吓得摔了一跤，跑过去按下警铃。

"怎么啦！比利！"希尔喊道。

"他用水泼克丽丝汀画的画，破坏一个孩子的作品就是不对！"

六名警卫冲了过来，却发现比利坐在地板上，脸上一片茫然。

"他妈的！我饶不了你！"那名警卫尖声咆哮，"这是郡政府的财产！"

汤姆背靠墙壁坐着，两只手放在头后，傲慢地说："去你妈的财产！"

1978年3月13日，哈丁医生致信弗洛尔法官："根据面谈情况，我认为比利·米利根不具备接受审判的能力，因为他既无法与自己的辩护律师合作，也无法控制情绪为自己抗辩。在法庭上面对证人，他无法保持正常的状态。"

现在，哈丁必须做出另外一个决定，因为施韦卡特和亚维奇都认为比利是否接受审判并不重要；重要的是，为了鉴定和治疗，需要安排比利住进哈丁医院。哈丁认为让亚维奇检察官参加会面简直不可思议。尽管施韦卡特和亚维奇都曾向他保证，不会让他在对立的"辩方"和"检方"之间左右为难。但是，既然双方一致同意根据规定将哈丁的报告纳入审判记录，那么，他有什么理由拒绝他们的要求呢？

哈丁以院长的身份向医院行政和财务主管提出要求："我们从不逃避困难，哈丁医院不只是接受简单的病例。"

由于哈丁坚持认为这不但能为医疗人员提供学习机会，而且还能为精神医学界做出贡献，因而医院董事会同意让比利经法院同意到本院接受为期三个月的治疗。

3月14日，希尔和一名警官接走了比利。"他们让你到楼下去，"警官说，"但警长说你必须穿上束缚衣。"

比利没有抗拒，让他们系上了束缚衣，随着他们出了牢房走向电梯。

施韦卡特和朱迪早已在楼下等待，急于将好消息告诉他们的当事人。可就在电梯门打开之际，他们看到了希尔和那名警官惊讶的表情，因为比利已经挣脱了束缚衣。

"不可能啊！"警官叫道。

"我告诉过你，这玩意儿没有用，任何监狱或医院都关不住我。"

"汤姆？"朱迪问道。

"完全正确！"他带着浓重的鼻音说。

"到这儿来，"施韦卡特把他拉进会议室，"我们得谈谈。"

汤姆挣脱了施韦卡特："怎么啦？"

"好消息。"朱迪答道。

施韦卡特说："哈丁医生已提出申请，要把你安置到哈丁医院进行审判前的观察和治疗。"

"那又怎样？"

"有两种可能的结果，"朱迪解释说，"经过一段时间，你可能会被确认有能力接受审判，接着就会确定审判日期；另一种结果是，你被认定不具备接受审判的能力，那么对你的有罪指控就会撤销。检察官已经同意了，弗洛尔法官也批准你离开这儿，下星期转到哈丁医院。但是有个条件……"

汤姆立刻说："永远都有条件。"

施韦卡特向前探着身体，用食指敲着桌面，"科尼利亚医生告诉法官多重人格障碍患者是遵守诺言的人，她知道诺言对你们每个人都很重要。"

"是吗？"

"弗洛尔法官说,只要你承诺不会逃离哈丁医院,你就可以获释而且立刻住进医院。"

汤姆握着双手:"我才不会做这样的承诺。"

"你必须要!"施韦卡特大吼道,"他妈的,我们花了九牛二虎之力才阻止他们把你送到利玛医院,现在你竟然用这种态度对待我们!"

"你这样说就不对了,"汤姆说,"逃脱是我的专长,是我出现在这儿最主要的原因,而你却不让我发挥专长。"

施韦卡特把手指插进头发,仿佛要将其扯断。

朱迪按住汤姆的胳膊,"汤姆,你一定要向我们做出承诺,不为你自己,也要为那些孩子着想,你知道这个地方不适合他们。在哈丁医院,他们才可能得到适当的照顾。"

他松开双手,眼睛注视着桌面。朱迪知道自己说中了要害,她了解他对年幼者有着深厚的爱心和责任感。

"好吧!"他极不情愿地说,"好吧,我答应。"

但汤姆没有告诉朱迪,他听到有可能被送到利玛医院的消息后,已准备好了一个刮胡子用的刀片,刀片就用胶带粘在左脚上;但现在不能说,因为没有人问起。他很早以前就知道,在被转移到另一个地方时,必须携带一件武器。他不能违反不逃脱的承诺,但如果有人要强迫他,他就得自卫,或是将刀片给比利,让比利划破自己的喉咙。

在预定转往哈丁医院的前四天,威利斯警官走进牢房,问汤姆是如何挣脱束缚衣的。

汤姆看着他,问道:"我为什么要告诉你?"

"反正你快离开这儿了,"威利斯说,"我想我这个年纪还可以学点东西。"

"你一直对我不错,警官,"汤姆说,"但我不会轻易告诉别人。"

"换个角度想,你可以拯救某些人的性命。"

汤姆好奇地问,"你这话什么意思?"

"我知道你没病,但其他人有病。我们让他们穿上束缚衣是为了保护他们,如果他们挣脱了,可能会自杀。如果你告诉我你是如何办到的,我们就可以避免其他人这么做,你不是救了这些人吗?"

汤姆说这不关他的事。

但他第二天还是表演了挣脱束缚衣的技巧,还教那位警官如何阻止穿上的人逃脱。

当天晚上,朱迪接到特纳的电话。"还有另外一个……"特纳医生说。

"另外一个什么?"

"另外一个我们不知道的人格,一个19岁的女孩,叫阿达拉娜。"

"我的天啊!"朱迪低声道,"正好凑成10个!"

特纳谈到她在深夜造访监狱时,比利坐在地板上用一种很柔软的声音和她谈到自己需要爱。当时特纳凑过身去安慰他,擦去他脸上的泪水。然后,"阿达拉娜"对她谈起自己暗地里写的诗,还哭着说只有"她"有能力把其他人从光圈下拉走;到目前为止,只有阿瑟和克丽丝汀两人知道她的存在。

朱迪的脑海里出现了这样的情景:特纳坐在地板上抱着比利。

"她为什么选择当时现身呢?"朱迪问。

"阿达拉娜为那些发生在男孩子身上的事而责怪自己,"特纳说,"强奸发生时,是她窃取了里根的时间。"

"你说什么?"

"阿达拉娜说那是她干的,因为她渴望被爱和爱抚。"

"阿达拉娜是……"

"她是女同性恋。"

朱迪挂上电话,眼睛长时间地直盯着电话。她的先生问她在电话里谈了些什么,她刚想开口,又摇摇头关上了灯。

第三章

1

3月16日早晨,比利从富兰克林郡立监狱被转移到哈丁医院,比预定时间提前了两天。哈丁已经建立了为比利治疗的项目小组,但比利突然抵达时,他还在芝加哥参加精神疾病研讨会。

朱迪和特纳跟在警车后面,她们知道如果将比利送回监狱,对他会是个相当沉重的打击。哈丁医院的休梅克医生答应全权负责患者的治疗,直至哈丁医生回来。因此,副警长签署了将嫌疑人移交给哈丁医院的文件。

朱迪和特纳陪同丹尼走进了上了锁的精神病患者治疗区,那里可容纳14名病情严重的患者接受持续观察和细心照顾。床位已经安排好,丹尼被分配到两间"特别监护"病房中的一间。笨重的橡木门上有个可供24小时监察的探视孔。一位医生助理为他送来午餐,他吃饭的时候由两位女护士在一旁陪着。

午餐后,休梅克医生和三位护士过来探望。特纳认为有必要让医院同事了解多重人格障碍的症状,因而建议丹尼让阿瑟现身,让他和那些护理人员见面。

护士长阿德丽安·麦卡恩是治疗小组的一员,她曾经看过相关简报,但另外两位护士全然不知情,听到情况非常惊讶。

唐娜·耶格尔已是五个女孩的母亲,对校园色狼反应强烈。她仔细地观察着面前这位讲话像孩子般的男子,只见他目光呆滞,嘴唇不停地嚅动,仿佛在自言自语；但当他抬起头时，态度却刻薄、傲慢，说话带着英国腔。

她强忍着不笑出来，她不相信这个人是丹尼或阿瑟，心想这可能是为了免于牢狱之灾而巧妙地伪装出来的。但她很好奇比利究竟是什么样的人，为什么会有那样的行为。

特纳和朱迪向阿瑟保证他目前的处境非常安全。特纳告诉他，过几天她还会来做心理检查；朱迪也说她和施韦卡特会常来与他讨论案情。

医生助理蒂姆每隔15分钟从探视孔观察一次，然后登记在记录簿上。他第一天的记录如下：

5:00——坐在床上，两脚交叉，很安静

5:15——坐在床上，两脚交叉，发呆

5:32——站立，从窗口向外张望

5:45——晚餐

6:02——坐在床边发呆

6:07——取走餐盘，进食状况良好

7点15分比利开始踱方步。

耶格尔护士8点进入房间，在房里停留了40分钟，在护士记录簿上简要写道：

1978年3月16日，比利仍住在特别监护病房；对周围事物存有戒心；谈及自己的多重人格；大部分时间是由"阿瑟"讲话——有英国口音；他说比利有自杀倾向，为了使其他人不受伤害，从16岁起就让他沉睡；饮食和排泄状况良好；能充分摄取食物，心情愉快而且十分合作。

耶格尔离开后，阿瑟小声告诉其他人，哈丁医院是个安全且于他们有利的地方；由于在医院里需要接受各种检查，还需要理智地协助医生治疗，因此他（阿瑟）从此负责决定由谁出现。

当天凌晨2点25分，医生助理卡恩听见房内发出巨大的声响，走过去查看，发现病人坐在地板上。

从床上掉下来令汤姆深感不安。几秒钟之后他听到脚步声，并发现有人从探视孔查看。脚步声逐渐远去后，他将粘着胶布的刀片取出来，小心地将它贴在床下的木板上，这样在需要时他就能立刻找到刀片。

2

3月19日，哈丁医生自芝加哥返回医院。提前转移比利令他不太高兴，因为他已做了精心安排。他本准备亲自前往监狱去接比利的，还花了很多精力筹建了治疗小组——成员包括心理专家、艺术家、辅助治疗师、精神医学社会工作人员、医生、护士、医生助理和治疗区护士长等。他与小组成员讨论了多重人格障碍的复杂性。一些成员对治疗安排提出了异议，他先耐心听取了他们的意见，然后述说了自己最初的疑虑。他请同事们务必协助他完成法院交予的任务，以开放的态度同心协力地研究比利真正的问题所在。

艾尔斯医生在哈丁医生回来后的第二天，为比利做了一次身体检查。他在记录中提及比利的嘴唇经常嚅动，眼睛常转向右边，而这些通常都出现在回答问题前。他还发现，每当问及患者为什么要这么做时，患者都说是在与其他人交谈——特别是和阿瑟——以便回答问题。

"一般情况下称我们为比利就行了，"比利说，"这样才不会有人认为我们疯了。我是丹尼。文书工作一般由亚伦负责，我不管。"艾尔斯医生在报告中如此记载，并加了以下注释：

我们事先达成协议，只以比利为对象，由丹尼提供其他人的健康情况。但他并不清楚其他人的名字。他只记得比利九岁时接受过疝气治疗——"戴维永远九岁",所以有疝气的是戴维。亚伦视野狭窄,但其他人眼睛都很正常……

注:在进入化验室之前,我详细说明了这次检查的性质,并强调了检查疝气治疗情况,以及经由直肠检查前列腺的重要性,特别是后者,因为他排尿不正常。他听后变得非常紧张,嘴唇和眼睛快速转动,显然是在与其他人交谈。他虽然紧张,却非常有礼貌地告诉我:"这可能会令比利和戴维感到痛苦,因为那正是卡尔莫分别强奸他们4次的地方。那时他们住在农场,卡尔莫是我们的继父。"后来他又补充说,家庭一栏中填写的母亲是比利的母亲,"但她不是我母亲,我不知道我母亲是谁。"

治疗区助理医生罗莎和妮基每天都参与比利的治疗。每天上午10点和下午3点,七八名病人会集中在一起进行治疗。

3月21日,妮基领着比利从特别监护病房(晚上才锁门)进入活动室。这位年仅27岁、身材瘦长的男助理医生留着浓密的八字胡,耳朵上戴着镶有宝石的金耳环。他曾被告知由于比利幼年时曾遭性虐待,因此对男性充满敌意。虽然妮基对多重人格障碍充满好奇,但仍持怀疑态度。

罗莎小姐20多岁,一头棕色秀发,一双蓝色的眼睛,过去从未接触过多重人格障碍患者。听完哈丁医生的介绍,她发现同事们分成了两派:一派相信比利是多重人格障碍患者;另一派认为他是伪装的,想借此免于被判强奸罪而入狱。罗莎一直试图保持中立。

看到比利躲开他人独自坐在桌子的另一边,罗莎便走过去告诉他,昨天患者们决定每个人都用制作拼贴画的方式描绘出自己最爱的人。

"我没有最爱的人。"他说。

"那就为我们创造一个吧!大家都会做的。"她拿出一张图画纸,"我和妮基也准备剪贴一张。"

罗莎远远地看见比利拿了一张8×11cm的图画纸,开始从杂志上剪下图片。她听说比利很有艺术天赋，非常好奇面前这位害羞而安静的患者会做什么。只见他安静地独自剪贴，完成后，她走过去看他的作品。

他的拼贴画令她大吃一惊。画面上一位受到惊吓、满面泪水的孩子正从画的中央向外望去，孩子的上方是一个怒气冲冲的男子，下面写着名字"莫里森"，旁边还用红笔写着"危险"二字，右下角则贴着一颗头颅。

罗莎为拼贴画的简洁语言和深邃的情感所感动。她没有想到他会创作出这样的作品，完全出乎她的意料。她认为这幅画描述的是一段痛苦的往事，看画时她不禁全身发抖。此刻，不论医院其他同事怎么想，她知道能画出这样作品的人绝非一个冷血的反社会者。妮基也这样认为。

哈丁医生阅读相关精神医学杂志时，发现多重人格障碍的病例正在增加，于是打电话向那些撰文的精神病医生请教。但大多数医生都表示："愿与您分享我们浅薄的知识，但您提到的情况我们并不了解，还需要您自己去研究。"

这样就必须花费比预想更长的时间和更多的努力。哈丁医生开始怀疑当初的决定是否正确，特别是正值医院扩建和募款之际。然而，他最后的结论是，深入研究不但对比利而言至关重要，对精神医学研究也具有重大意义，有助于探讨人类心智的极限。

在将报告提交给法院之前，他必须先了解比利的过去。然而，鉴于比利丧失了记忆，这将是个巨大的挑战。

3月23日星期四，施韦卡特和朱迪用了一个小时探访比利，请他回想那些模糊的记忆片段。然后他们再将他的回忆与三位受害者的叙述进行比较，据此考虑将来如何在法庭上进行辩护。当然，具体如何做还要根据哈丁医生的报告而定。

两位律师发现，比利的情绪大有好转，尽管对自己被安排在特别监护病房、穿着印有"细心看护"字样的衣服表示不满："哈丁医生说我可以和这儿的其他患者一样行动,但那些工作人员不信任我。其他病人可以搭车到远处郊游,但我不可以。我得待在病房里,而且他们还执意叫我比利,我真的很生气。"

他们努力让他平静下来,告诉他哈丁医生正在四处寻求治疗方法,因此他必须耐心配合,不能扰乱医生的工作。朱迪认为目前出现的是亚伦,但没有点明,唯恐弄巧成拙。

施韦卡特说:"我认为你应当好好与工作人员配合,这是你离开监狱的唯一机会。"

他们离开医院后,都不禁松了一口气。比利目前已经安全了,而且他们暂时也不必每天去照顾他。

当天晚上,哈丁进行了长达50分钟的首次会诊。比利坐在会议室的窗下,起初不敢正视众人。他谈了继父虐待他的经过,但对幼年发生的很多事已没有记忆。

哈丁感到自己采用的方法可能过于谨慎,因为科尼利亚曾告诉他,必须尽快明确比利体内到底有多少不同的人格及他们各自的特性,并鼓励他们说出存在的原因,以及是如何被创造出来的。

然后,需要让这些人格彼此认识、进行沟通,共同面对问题而不是独立行动。科尼利亚建议把所有人格都集合在一起,把他们都介绍给核心人格比利,帮助他回忆过去的经历,最后再尝试进行融合。哈丁很想尝试科尼利亚的方法,因为她在监狱里曾巧妙地引出了不同的人格。然而,别人的方法不一定适合自己,他认为还是得采用自己的方法,而且要在最恰当的时机以及人员和设备都齐备的情况下进行。

日子一天一天过去,护士耶格尔单独面对比利的时间越来越多。比利的睡眠少于其他患者,每天很早就起床,因此耶格尔与他谈话的机会更多。比利时常谈起自己体内的其他人格。

一天,比利递给她一张写满了"阿瑟"的纸,惊恐地说:"我不认识阿瑟啊,也不知道这张纸上写的是什么。"

不久,医院同事向哈丁抱怨,说比利越来越难以相处,因为他常说:"不是我,是其他人干的。"但工作人员亲眼看见那些事情是他做的。他们还说,在治疗其他患者时,比利还会从中破坏,经常暗示工作人员里根会出现。工作人员认为这是无形的恫吓。

商讨之后,哈丁决定亲自治疗比利,并要求同事们在医院里不能提及或谈论其他人格的名字,特别是当着其他患者的面。第一天就参与和比利对话的耶格尔护士,现在已加入了比利的治疗小组。她在3月28日的护士日志中写道:

在一个月内,争取让比利承认别人证明他曾经做过的事。
计划:
(1)他否认会弹钢琴时,应告诉他工作人员看到或听过他弹钢琴,让他面对事实;
(2)他否认自己写过字条时,应告诉他工作人员的确看见那是他写的;
(3)当他自称是另一个人格时,应提醒他的名字是比利。

哈丁医生向亚伦解释了他的治疗方法,因为病房的其他患者经常听到不同人格的名字,对此大为不解。

"那有些人还自称是拿破仑或耶稣基督呢。"亚伦说。

"那不一样,如果我或医院的其他工作人员今天叫你丹尼,明天又叫你阿瑟、里根、汤姆或亚伦,我们都会被搞糊涂的。我建议在医护人员和其他患者面前,所有人格都使用比利这个名字,而……"

"他们不是'人格',哈丁医生,他们是人。"

"有什么不同?"

"你称他们为人格,就是说你不相信他们真的存在。"

3

4月8日,在特纳进行一系列心理测试后的几天,耶格尔看见比利生气地在房里走来走去。她问出了什么事,比利用英国腔回答道:"谁知道!"

过了一会儿,她看见比利的脸色突然变了,走路姿势和说话方式也全都变了。她知道一定是丹尼出现了。她此时清楚地看到了不同人格截然不同的表现,开始相信比利具有多重人格。现在,她是护士中唯一"相信"这一点的人。

过了几天,比利气哼哼地来找她。她很快便察觉眼前出现的是丹尼。他注视着她,感伤地说:"我怎么会在这里?"

"你说的'这里'指的是哪儿?"她问道,"你指的是这间病房,还是这个建筑?"

他摇摇头:"有些病人问我为什么会到这家医院来?"

"特纳医生为你检查时,你可以问问她。"她说。当天晚上,特纳完成所有检查后,比利便一言不发地跑回自己的房间,走进浴室洗脸。几秒后,丹尼听见房门被推开然后又关上的声音,他瞥了一眼,发现是一位名叫多莉妮的年轻女患者。

他虽然很同情她,但是对她并不感兴趣。

"你有事吗?"他问道。

"我想问问,今晚你为什么生气?"

"你不该来这儿,这样做违反规定。"

"但是你情绪不好!"

"因为我发现有人干了一些非常可怕的事,我无法再忍受下去了。"

此刻,有人走近,接着传来敲门的声音,多莉妮见状立刻冲进浴室将门关上。

"你干什么?"他严厉地低声说,"我就要有大麻烦了,全都乱了!"

她咯咯地笑了起来。

"好了，比利、多莉妮！"护士耶格尔高声叫门，"你们两个人准备好了就出来吧。"

1979年4月9日，护士耶格尔记录道：

> 发现比利和另外一位女患者在浴室里，灯关着。问他为什么，他说必须单独与她谈谈，因为他发现自己做了一些事。特纳医生做心理检查时，比利得知自己曾强奸过三名女士。他为此痛苦地流出了眼泪，并说"让里根和阿达拉娜去死吧！"哈丁医生打来电话，我们向他叙述了事情的经过。比利后来被安置在特别监护室接受监护。几分钟后，我们发现他坐在床上，手里握着浴衣腰带，两眼仍在流泪，他说要杀了他们。经过开导，他交出了浴衣腰带，腰带原来绑在他的脖子上。

特纳的测试结果表明，不同人格的智商存在相当大的差异：

	语言智商指数	行为智商指数	综合智商指数
亚伦	105	130	110
里根	114	120	119
戴维	68	72	69
丹尼	69	75	71
汤姆	81	96	87
克里斯朵夫	98	108	102

克丽丝汀年纪太小，无法接受测试；阿达拉娜不愿出现；阿瑟则说像他这样有尊严的人不会接受测试。

特纳发现，丹尼在接受罗夏测试（Rorschach Test）[1]时表现出潜在的敌

---

[1] 又名罗夏墨迹测验，是一种著名的投射法人格测验。

意，亦即他需要借助外力来抵消自卑感和缺失感。汤姆比丹尼成熟，能将压抑的情感具体表现出来。他的精神分裂症状明显，而且对其他人最漠不关心。里根的暴力倾向则最强。

她还发现阿瑟最有智慧，或许就是因为他有智慧，所以能够指挥其他人。虽然他拥有优势地位和优越感，但也会情绪不安，总认为自己受到了威胁。就情绪而言，亚伦似乎比较理智。

特纳还发现这些人格有一个共同的特点，即：具有女性身份认同和强烈的自我超越感。她并未发现他们有精神病倾向，或精神分裂症状。

罗莎和妮基宣布治疗小组将在4月19日进行信赖感训练时，阿瑟同意让丹尼出现。工作人员在康乐室里摆上了桌子、椅子、长椅和木板，布置成障碍场地。

鉴于比利对成年男性有畏惧感，妮基让罗莎给比利蒙上眼睛，领着他绕过障碍。罗莎对比利说："你必须与我配合，比利，这是让你对别人产生信心的唯一办法，如此你才能够在真实的世界生存。"

比利最终同意让她蒙上眼睛。

"现在抓住我的手！"她边说边牵着他进入房间，"我带你走一趟，绕过那些障碍物，我不会让你受伤的。"

她领着他走，不仅能够看到，同时也能感觉到他心中无法控制的恐惧，因为他不知道要前往何处，又会撞到什么东西。他们起初走得很慢，但后来越走越快，绕椅子，钻桌子，顺着楼梯上上下下……此时，罗莎和妮基在一旁不断地鼓励他。

"我不会让你受伤的，对不对，比利？"

丹尼摇摇头。

"你必须学会信任人。当然不是所有人，而是一些人。"

罗莎发现只要她在身旁，比利就表现得像个小孩。她知道此时出现的是丹尼。然而，罗莎想到在他的图画中有许多涉及死亡的图案，颇感不快。

下一周的星期二，亚伦第一次获准去另一栋大楼参加美术课程。在那儿，他可以尽情地画素描和图画。

琼斯是位温和的艺术医疗师，比利的艺术天赋给他留下了深刻的印象。他发现当比利身处一个新团体中，整个人变得非常紧张、浮躁。后来，他逐渐了解到，比利画出这些古怪的图画是想吸引别人的注意，并受到赞赏。

琼斯指着画中刻有"不得安眠！"字样的墓碑说："比利，能告诉我们这几个字的意义吗？作画时，你有什么感觉？"

"那是比利的生父，"亚伦说，"他曾经是个喜剧演员，自杀前在佛罗里达州迈阿密当演出主持人。"

"那你有什么感觉？比利，我们想要知道的不是事情的细节。"

亚伦非常不高兴被称为比利，怒气冲冲地扔下画笔，抬头望着墙上的钟："我要回房整理床铺了。"

第二天，他和耶格尔谈及昨天发生的事，说感觉一切都不对劲。她告诉他，他的行为影响了工作人员和其他患者。他因此而更加气愤，说："我决不为其他人做的事负责！"

"别扯上你体内的其他人格，"耶格尔说，"我们只针对比利。"

他大叫道："哈丁医生并未按照科尼利亚医生的方法治疗我，这样是根本治不好的！"

他要求看自己的病历而遭到耶格尔拒绝后，就说自己有办法让院方同意自己的要求，而且还说他认为工作人员并没有记录下他的行为变化，以及他无法找回失落的时间等等。

当天晚上，在哈丁医生探视之后，汤姆向工作人员宣布他已经开除了给他治疗的医生。后来亚伦从病房走出来，说他要重新雇用哈丁医生。

比利的母亲多萝西获准与儿子会面后，几乎每星期都在女儿凯西的陪同下来医院探望。比利的反应无法预期，在母亲离去后，他有时候会变得非常高兴、友善，有时却显得十分沮丧。

精神医学社工温斯洛在小组会议中报告说,比利的母亲每次探访之后,她都会与他母亲交谈。她发现多萝西是一位友善而又慷慨的女士,害羞,性格柔弱,对报告中提到的虐待事件反应并不强烈。多萝西曾经说她觉得似乎存在着两个比利,一个是可爱而有爱心的男孩,另一个伤害了别人却满不在乎。

4月18日,在多萝西探望之后,妮基在记录中写道:比利似乎非常气恼,独自留在房内,用枕头蒙住头。

4月底,12个星期已经过了一半,但整个治疗进度非常缓慢,因而哈丁认为必须想办法让比利体内的各种人格都与原始的核心人格比利沟通。如此,他就必须寻求突破,与比利本人见面。从上次科尼利亚说服里根让比利现身后,他还没有和比利本人见过面。

哈丁突然想到,可以用录像机将比利和其他人格的言行记录下来。于是,他将这个想法告诉了亚伦,并说明这样做有助于其他人格与比利沟通。亚伦同意采取这种方式。

亚伦后来告诉罗莎,用录像机拍摄他们令他感到非常高兴,而且哈丁医生已经说服他,这样可以让他对自己有更多的了解。

5月1日,哈丁举行了第一次录像会议,特纳也在场。因为哈丁知道有她在场,比利会比较放松。哈丁希望能让阿达拉娜出现。起初,比利拒绝让新的人格出现,但了解到探讨女性人格的重要性之后,表示了同意。

哈丁反复阐明让阿达拉娜与他们谈话的重要性。于是,在几次人格更替之后,比利的面部表情变得柔和起来,脸上淌着泪水,说话时声音哽咽并带鼻音,全然像个女性。她的眼神飘忽不定。

"说起这些事总让人很伤心!"阿达拉娜说。

哈丁努力掩饰着内心的兴奋,虽然一直希望见到她,但她的出现仍令他感到十分意外。"你为什么伤心?"他问道。

"因为我闯了大祸,让那些男孩子惹上了麻烦。"

"你做了什么？"他问。

特纳在比利从监狱转到医院的前一天晚上曾见过阿达拉娜，现在她也坐在一旁静静地听着。

"他们不懂得什么是爱，"阿达拉娜说，"不知道关心和爱护意味着什么，我窃取了那段时间，我受到里根吃的药物和酒精的影响。哎！提起这事我就非常难过……"

"那好，让我们谈谈，"哈丁说，"帮助我们深入了解。"

"是我干的，现在说抱歉太晚了，对吗？我毁了那些男孩子……但是……他们不知道……"

"不知道什么？"特纳问。

"爱代表什么？对爱的渴求是什么？我只是想被别人拥抱，想感觉到温暖以及被人关心，可我不知道为什么我会做出这些事来。"

"当时……"特纳问，"你感觉到被爱、被关心了吗？"

阿达拉娜停了一会儿，低声答道："那种感觉很短暂……我窃取了别人的时间，阿瑟没有安排我出现，我只是希望里根暂时离开而已……"

她含着泪水望望四周，"我不希望经历这些事，也不想去法院；我不想和里根说话……我想离开那些男孩子。我再也不想和他们混在一起了……我真的有罪恶感……我为什么要这么做呢？"

"你是从什么时候开始出现的？"哈丁问。

"我从去年夏天开始窃取时间。那些男孩被关进莱巴嫩管教所时，我窃取时间写诗，我很爱写诗……"她啜泣着，"他们会如何处置这些男孩子？"

"我们不清楚，"哈丁温柔地说道，"我们会尽量了解。"

"别对他们过于严厉。"阿达拉娜说。

"去年10月发生的那些事情，你知道事前有什么计划吗？"他问。

"是的，我知道所有的事，有些甚至连阿瑟都不知道……但是我无法制止，我一直感觉到药物和酒精的影响。我不知道自己为什么会做出这些事来，我感到非常孤独。"

她开始抽泣，要了张面巾纸。

哈丁仔细地观察着阿达拉娜的表情，生怕吓走了她。"你有能让你高兴的朋友吗？……帮你排解孤独？"

"我从不和别人说话，甚至不和那些男孩交谈……但我曾和克丽丝汀说过话。"

"你说在夏天还有在莱巴嫩管教所时你曾出现过，那么在那之前你也曾经出现过吗？"

"没出现，但我一直在，而且很久了。"

"当卡尔莫……"

"是的，"她打断医生的话，"别提他。"

"你和比利的母亲交谈过吗？"

"没有，她甚至不和那些男孩说话。"

"比利的妹妹凯西呢？"

"是的，我也和凯西说过话，但我觉得她并不知道，我们还一起上街买过东西。"

"比利的哥哥吉姆呢？"

"没有……我不喜欢他。"

阿达拉娜擦干了眼泪，身体靠向后方望着录像机，神情有些紧张，然后沉默了很长一段时间。哈丁知道她已经离开了。他观察着比利迷茫的表情，等待另一个人格出现。

"如果我们能与比利谈谈，"他温和地说道，"会对整件事有很大帮助。"

比利迅速地环顾四周，脸上露出惊恐的表情，哈丁知道他是谁了，就是上次科尼利亚在富兰克林郡立监狱见到的比利。

哈丁说话的口气非常温和，生怕在接触之前他就消失。比利的双腿不安地抖着，两眼恐惧地张望着。

"你知道自己在哪吗？"哈丁问。

"不知道。"他耸耸肩，就好像在学校参加考试回答问题，拿不准自己的答案是否正确。

"这里是医院,我是你的医生。"

"上帝啊!如果我和医生说话,他会杀了我!"

"谁会杀你?"

比利看了一下四周,发现录像机正对着自己。

"那是什么?"

"那是录像机,要拍摄今天的谈话,这样你才能知道发生过什么事。"

但是,他离去了。

"那东西把他吓跑了!"汤姆一脸不屑地说道。

"我向他解释那是录像机,而且……"

汤姆窃笑道:"他可能根本听不懂你在说什么!"

面谈结束后,汤姆被带回病房。哈丁独自坐在办公室里,长时间地陷入沉思。他知道自己必须向法庭说明,就精神病症状而言,比利并未失常;然而从医学角度看,比利无法为自己的行为承担法律责任,因为他早已远离了现实世界。

他还需要说明,应继续治疗这位患者,以便使他具备接受审判的能力。

然而,法院批准的三个月治疗时间只剩下不到六周了,如何才能取得科尼利亚医生用了10年时间才获得的成果呢?

第二天早晨,阿瑟决定和里根分享他与哈丁医生关于阿达拉娜的谈话内容,因为他觉得必须这么做。他在房里来回踱着步,大声对里根说:"强奸案已经清楚了,现在我知道是谁干的了!"

他的声音随后又变成里根的:"你怎么知道的?"

"我掌握了一些新情况,凑在一起才知道的。"

"谁干的?"

"我想……因为你否认干过那些事,所以你有权知道事实。"

谈话经由快速的人格互换进行着,有时候声音非常大,有时则是通过思想沟通，没有任何声响。

"里根，你听见过女人的声音吗？"

"听过，是克丽丝汀的声音，噢……对了，还有其他女人的声音。"

"没错，去年10月你曾经三次出来抢钱，当时有一个女的也参与了。"

"什么意思？"

"有个女孩你从未见过，她叫阿达拉娜。"

"没听说过。"

"她长得甜美而且也很温柔，给我们做饭、打扫卫生，当初亚伦去花店工作时，就是由她来整理花的，我只是不知道……"

"这和她有什么关系？她偷了钱？"

"没有，但她强奸了那些女人！"

"她强奸女人？阿瑟，她怎么强奸女人？"

"里根，你听说过女同性恋吗？"

"听说过！"里根说，"但是，女人怎么强奸女人？"

"对呀，所以他们才指控你呀！如果是我们中的一位男性出现，确实可以进行性行为，尽管大家都知道我曾规定必须保持独身，但她利用了你的肉体。"

"你是说，因为这个婊子干的好事，所以大家都来责怪我？"

"没错，我希望你和她谈谈，看她怎么解释。"

"这就是强奸案的经过？我杀了她！"

"里根，保持理智！"

"理智？"

"阿达拉娜，我要你和里根见面。里根是我们的保护者，他有权知道出了什么事。你必须解释自己的行为，和他说明原因。"

这时，在他脑海里响起了一个温柔的声音，如同幻觉或梦境中的呓语一般。"里根，我很抱歉给你带来麻烦……"

"抱歉？"里根大吼着，"你这龌龊的淫荡女人！你为什么要去强奸女人呢？你知不知道你害惨了所有人？"

他转身离去了。突然间，房里传出一个女孩哭泣的声音。耶格尔从探索孔向内张望："需让我帮忙吗，比利？"

"别管我！"阿瑟说，"让我们安静一会儿。"

耶格尔虽然不高兴，但还是走开了。耶格尔离开后，阿达拉娜开始解释："里根，你得理解，我的需要与你们不同！"

"你怎么会和女人发生性行为呢？你自己就是女人啊！"

"你们男人是不会了解的，但小孩都知道什么是爱，什么是爱抚。你知道用胳膊搂住一个人并对他说'我爱你，关心你，对你有特别的感情！'的意义吗？"

"对不起，"阿瑟说，"但我始终觉得肉体的爱既不符合逻辑，也不符合时代，特别是在科技迅猛发展的当今时代……"

"你疯了！"阿达拉娜大喊，"你们两个都一样！"随后，她的声音又温柔起来，"如果你们被拥抱过，有过被关心的感觉，你们就会理解了。"

"你听着，婊子！"里根冲口说道，"我不在乎你是谁，如果再和医生或其他人说话，我就杀了你！"

"等等，"阿瑟说，"这个你做不了主，得由我做决定，你必须听我的。"

"难道你要让她置身事外吗？"

"我不会的。现在由我来处理，你无权决定她能否出现。她窃取了你的时间，正说明你是个白痴，你无法控制自己。你喝酒、吸大麻、吃安非他明，所以才让比利和大伙的生命受到威胁。没错，案子是阿达拉娜犯下的，但责任在你。身为保护者，你让自己处于易受伤害的境地，实际上就是让大家都处于危险之中！"

里根开口说话，但语气已缓和了许多。他看见了窗台上的花盆，便伸手去摆弄，不小心把花盆碰到地板上。

"我已经说过了，"阿瑟继续道，"我同意将阿达拉娜列入'不受欢迎的人'。阿达拉娜，你绝对不能再出现，也不准再窃取别人的时间。"

她走到房间的一个角落，对着墙壁哭泣起来，直至离开。沉默了许久，戴维出现了。他拭去脸上的泪痕，看见地板上摔碎的花盆，知道那株植物快要死了。看到植物的根暴露在空气中令他很难过。

耶格尔护士再次来到门前，手中端着一盘食物。"真的不要让我帮忙？"

戴维畏缩在墙角。"我弄死了一盆花，你们会把我送进监狱吗？"

她将餐盘放下，用手拍拍他的肩膀："不会的，比利，没人会送你去监狱的。我们会照料你，治好你的病。"

5月8日星期一，哈丁去参加在亚特兰大举行的全美精神医学会年会了。上周五，哈丁曾探望过比利，并为他安排了更周详的治疗计划。哈丁医生不在医院时，由玛琳娜医生负责。

玛琳娜是纽约人，虽未公开表示，但对多重人格障碍一直持怀疑态度。一天下午，她正和亚伦谈话，耶格尔走过来和玛琳娜打招呼："嗨！玛琳娜，最近好吗？"

亚伦立刻转过头，脱口喊道："玛琳娜是汤姆女朋友的名字！"

亲眼见到比利瞬间做出反应，根本就没有时间思索，玛琳娜知道这不是装的。

"我也叫这个名字，"玛琳娜说，"你说她是汤姆的女朋友？"

"噢……她不知道汤姆，她称呼我们为比利，但她手上戴的订婚戒指是汤姆送的。她不知道我们的秘密。"

玛琳娜伤感地说："要是她发现了，肯定会大受打击。"

参加全美精神医学会议时，哈丁向科尼利亚叙述了比利的近况，并告诉她，他现在已经完全相信比利是个多重人格障碍患者。哈丁还谈到比利拒绝在大众面前承认其他人格的存在，以及由此导致的问题。

"在接受普格利泽医生的集体治疗时，比利与其他患者相处得并不好。医生要求比利谈谈自己的问题，他坚持说'我的医生不让我告诉别人'。可想而知其他患者会有什么感觉。比利还企图捉弄资历较浅的医护人员，目前他已不再参加集体治疗了。"

"你必须明白，"科尼利亚说，"那些未被认知的人格可能受到的影响。没错，他们现在会对比利这个名字做出反应，但一旦秘密被公开了，他们会觉得自己不受欢迎。"

哈丁考虑了一会儿，又询问了如何在剩下的短暂时间内治疗比利的问题。

"我认为你该要求法院至少再给你90天的宽限，"她说，"然后你想办法让不同的人格相互融合，以便给辩护律师提供帮助，确保他能出庭受审。"

"大约两个星期后，也就是5月26日，俄亥俄州政府会让法院指派一名精神病医生探视比利。你能以顾问的身份提供一些帮助吗？"

科尼利亚医生同意了这个请求。

虽然年会要持续到周五，但哈丁在周三就离开了亚特兰大。他次日便召开了关于比利的小组会议，向同事们通报了他与科尼利亚讨论的结果。他提出必须确定各种不同的人格，才可能有效治疗。

"我们曾经认为，有意忽视多重人格的存在可能会使他们融合在一起，但事实上，这样反而使他们隐藏起来不再露面。我们必须继续履行责任和义务，但同时也必须避免阻碍不同人格的出现。"

他指出，如果想让不同的人格融合在一起，使得比利有可能接受审判，就必须确认每一种人格的存在，而且也有必要与他们分别交谈。

罗莎松了一口气，因为她私下曾与他们交谈过，特别是丹尼。现在，她可以放心让他们出来了，不必再偷偷摸摸地交谈。

耶格尔笑着在1978年12月的护士日志上写下了新的计划：

比利能够自由地与其他人格交谈了，一起交流内心难以表达的感受。从此以后，他也可以和同事们公开讨论了。

计划：

（1）不要否认他经历人格分裂的事实。

（2）当他自认是另一种人格时，询问他当时的感觉。

4

5月中旬医疗小组在花园活动时，罗莎和妮基发现丹尼非常害怕手动碎土机。于是，他们开始实施"去条件反射"计划，要求丹尼渐渐靠近那部机器。当妮基告诉丹尼，他总有一天会不再害怕甚至能勇敢地自行操作时，丹尼几乎吓昏过去。

过了几天，罗莎的另一位男性患者拒绝配合花园活动计划。亚伦早就发现那名患者很喜欢时不时地作弄罗莎小姐。

"真笨！"那名患者大叫，"你根本不懂园艺！"

"没错，但我们可以一起尝试啊！"罗莎说。

"你是个笨娘们儿，"患者说道，"你对园艺一窍不通，也不懂集体治疗！"

亚伦看到罗莎气得快哭了，但在一旁没有说话，而是让丹尼出现帮助妮基。回到病房，亚伦出现了，他觉得自己被人猛地一下按到墙上，这种事只有里根做得出来，而且是在人格互换的时候。

"干什么？你到底想干什么？"亚伦低语道。

"今天在花园里，你竟然允许那个大嘴巴如此对待一位女士！"

"那又怎样？不关我的事！"

"你知道规矩的，看见妇女或小孩儿受到伤害时，我们不可袖手旁观，必须采取行动。"

"是啊，那你为什么不采取行动？"

"我不在现场！那是你的职责，给我记住，否则下次我要打烂你的头！"

第二天，当那名粗暴的患者再次伤害罗莎时，亚伦立刻上前抓住他，怒气冲冲地注视着他："你说话给我小心点！"

他希望对方不会做出反应，如果有所行动，亚伦就会离去，而让里根出来打架。里根一定会这么做的。

罗莎必须不断地为比利辩护，以说服其他同事。他们认为比利就是罪犯，不过为了避免牢狱之灾而在装模作样。而亚伦对特权的要求、阿瑟的自大，以及汤姆的反社会态度也确实让一些人感觉受到了冒犯。

她听到一些护士抱怨哈丁医生为了这个病人占用了医院太多的时间和资源，感到非常愤怒。她还经常听到有人私下议论："他们关心那个强奸犯，远远超过了受害者。"但她坚持认为，医护人员在帮助一位心智失常的患者时，必须暂时抛开仇恨，与他坦诚交往。

一天早晨，罗莎望着坐在屋外台阶上的比利，只见他嘴唇嚅动，自言自语，脸部表情也开始发生变化。他的眼睛看着上方，不停地摇头，摸自己的下巴。

正在这时，比利看见了一只蝴蝶，于是伸手将它捉住。当他看见自己手掌里的东西时，突然哭着跳起来，不断地摇着双手，似乎想要帮助蝴蝶再次飞翔。那只蝴蝶扑腾了一下便落到地上，他十分懊悔地看着它。

罗莎走近时，他转过身来，显然受到了惊吓，泪水在眼里打转。她感到自己面对的是一个以前从未见过的人，但不知道原因。

他捡起蝴蝶："它飞不起来了。"

她对他温和地笑了笑，拿不准应当如何称呼他，最后低声说道："嗨！比利，我等你很久了。"

她在他身旁的台阶坐下。他正摸着自己的双腿，惊恐地望着草地、树木和天空。

几天后，治疗小组上手工课时，阿瑟允许比利再次出现，让他玩黏土。妮基在一旁鼓励他捏个人头，比利听话地用了一个小时去完成。他先将黏土捏成球状，然后再加上眼睛和鼻子，还在眼睛上压了两个小泥球当瞳孔。

"我捏了一个人头！"他骄傲地说。

"捏得非常好！"妮基说，"他是谁？"

"一定得是某个人吗？"

"不，我还以为他是某个人呢！"

比利离去后，亚伦出现了。他鄙夷地看着用黏土捏成的人头，"有什么了不起的！"他拿起工具重新整形，将人头改成亚伯拉罕·林肯或哈丁医生的半身像，然后递给妮基，似乎是在告诉他，这才是真正的雕塑。

亚伦回身时胳膊不小心碰到了工具，立刻血流不止。

亚伦张大了嘴巴，他知道自己不会如此笨拙的。突然间他感觉自己又被摔向了墙壁。他妈的！又是里根干的好事。

"我又犯了什么错？"他低语道。

答案在他脑海里响起："你不能碰比利的东西！"

"去你的！我只是想……"

"你就是喜欢显摆，向别人展现你的艺术家天赋！但现在最重要的是让比利接受治疗。"

当晚，比利独自待在房里。亚伦向阿瑟抱怨说自己病了，而且非常讨厌被里根推来搡去。"他这么能干，那就让他负责所有的工作好了！"

"你们一天到晚吵来吵去的，"阿瑟说，"就是因为你们，普格利泽医生才不让我们参加集体治疗。你们的争执已经使很多医护人员对我们产生了敌意。"

"那好，让其他人出来管理吧！换个不婆婆妈妈的人。比利和其他孩子需要接受治疗，就让他们和外面的那些人周旋吧！"

"我曾经想给比利更多的出现机会，"阿瑟说，"我们已经见过哈丁医生了，是该让比利与其他人见面的时候了。"

5

5月24日星期三，比利走进会客室时，哈丁医生注意到他的眼中充满了恐惧和绝望，仿佛随时会逃走或崩溃。哈丁觉得注视着地板的比利好像是被一根绳索束缚着。大家沉默地坐了很久，比利的膝盖一直神经质地抖着。过了一会儿,哈丁温和地说:"你能告诉我你和我谈话的感受吗?"

"我丝毫没有感觉。"比利的回答充满了哀怨。

"你不知道要和我见面吗?那么你是什么时候出现的?"

比利似乎很困惑:"出现?"

"你什么时候才知道要见我?"

"刚才有个人过来,他让我跟他走。"

"你以为会发生什么事?"

"他告诉我要见一位医生,我不知道为什么。"他的膝盖不停地颤抖着。

对话缓慢地进行着,平静中夹杂着不安。哈丁试图确认他是在和比利本人说话,这是个关键的时刻。仿若用精美的鱼杆钓鱼收线时一般小心翼翼,他低声问道:"你感觉如何?"

"我想我很好。"

"你遇到了什么问题?"

"噢……我做了一些事,但已经不记得了……我睡着了……大家都说我做过某些事。"

"他们说你做了什么?"

"坏事……犯法的事。"

"是你想做的事吗?大多数人在不同的时间都会想做不同的事。"

"每次我醒来,总有人告诉我,说我做了坏事。"

"别人说你做了坏事,你有什么感觉?"

"我就想死……因为我并不想伤害任何人。"

他全身抖得非常厉害,因此哈丁换了话题。

"那好,能不能告诉我你睡眠的情况,你睡了多久?"

"唔……时间似乎不长,但实际却很长,我经常听到一些声音……有人想和我交谈。"

"他们想说什么?"

"我不知道。"

"因为声音太小？还是不清楚？你听不清他们说的话？"

"声音很轻……好像来自远方。"

"来自隔壁房间或另一个国家？"

"对！"比利说，"好像是另一个国家。"

"哪个国家？"

想了一会儿，他答道："好像是詹姆斯·邦德电影中的人物，另外一个好像是俄国人。有人说我体内有女人，是她们的声音？"

"有可能。"哈丁的声音低得几乎听不见。比利脸上的紧张表情令他有些担心。

比利提高了声音："他们在我体内干什么？"

"他们对你说了什么？知道这些对我们了解情况可能有所帮助，他们是否给了你指令、忠告或建议？"

"他们好像一直在说'我们听听他说什么，听听他怎么说……'"

"听谁说？是听我说？"

"好像是。"

"我不在的时候，也就是当你一个人的时候，你是否也听到有人对你说话？"

比利叹了一口气："他们好像在谈论我，和其他人一起谈论。"

"他们是要保护你？他们和别人交谈，是想为你提供保护？"

"我觉得他们是想让我去睡觉。"

"他们什么时候想让你去睡觉？"

"我非常气愤的时候。"

"你无法控制自己愤怒情绪的时候？有些人睡觉就是想逃避令他气愤的事物。你现在是不是觉得自己足够坚强，不再需要他们的保护？"

"他们是谁？"他大叫道，再度紧张起来，"那些人是谁？他们为什么不让我清醒？"

哈丁知道必须再转移话题了。

"你最不擅长处理什么事情？"

"别人对我的伤害。"

"你会害怕吗？"

"那会让我上床睡觉。"

"但你仍然会受到伤害呀！"哈丁医生坚持说，"即使你并不知情。"

比利把双手放在发抖的膝盖上说："如果我去睡觉，就不会受到伤害了。"

"后来发生了什么事？"

"我不知道……每次醒来，我都没有受到伤害。"长时间沉默后，他抬起头来，"一直没有人告诉过我，那些人为什么会在这里。"

"你是说那些和你说话的人？"

"是的。"

"也许就像你刚才说的，当你不知如何保护自己时，你的另一面就会想办法让你避免受到伤害。"

"我的另一面？"

哈丁微笑着点点头，等待比利的反应。比利的声音在发抖："为什么连我自己都不知道我有另一面呢？"

"因为你内心有强烈的恐惧感，"哈丁说，"这使你无法采取必要的行动来保护自己；你感到非常害怕，所以就去睡觉，好让你的另一面采取合适的行动。"

比利似乎陷入了沉思，过了一会儿又抬起头来，仿佛想进一步了解。"我为什么会变成这样？"

"一定是你在很小的时候受过惊吓。"

经过一段时间的沉默，比利哭了起来。"我不想再回忆那些事，那只会让我更痛苦。"

"但是是你在问我，为什么在面对伤害的时候就会去睡觉。"

比利环顾四周，声音哽咽地说："我怎么会来这家医院？"

"特纳、卡洛琳医生和科尼利亚医生都认为，你到了医院就不必再去睡觉了。在这儿,你可以学会解决困难、消除恐惧。"

"你是说你们有办法?"比利哭着问。

"我们当然愿意帮助你,但是你愿意让我们尝试吗?"

比利再次提高声音大叫道:"你是说,你能让那些人走开?"

哈丁坐回椅子,他必须小心避免做出过多的承诺。"我们愿意帮助你,让你不必再睡觉,帮助你成为一个坚强健康的人。"

"我再也不会听见他们说话?他们不能再强迫我睡觉?"

哈丁谨慎地选择字眼:"如果你变得足够坚强,就没有必要强迫你睡觉了。"

"我从来不知道有人可以帮我,我……我不知道……我一直都在打转……我每次醒来……就被锁在房里,躲到箱子里……"他大声哭起来,眼球因为恐惧而不停地上下晃动着。

"这的确很恐怖,"哈丁说道,试着安抚他,"可怕的威胁。"

"我一直被关在箱子里,"比利提高了声音,"他知不知道我在这儿?"

"谁?"

"我爸爸。"

"我不认识你父亲,也不清楚他是否知道你在这儿。"

"我……我什么都不能说。如果他知道我和你谈过话,他就会……噢……他会杀了我……然后把我埋在谷仓里……"

比利的表情非常痛苦,不一会儿整个脸便垂了下去,像是断了线,哈丁知道他走了。

这时响起了亚伦温和的声音。"比利睡着了,不是阿瑟叫他睡的,是他自己要睡的,因为他又想起往事了。"

"讨论那些往事很痛苦,对不对?"

"你跟他说了什么?"

"卡尔莫的事。"

"哦……原来如此……"他瞄了一眼录像机,"这机器是干什么用的?"

"我告诉过比利,我希望把整个谈话过程录下来,他说没有问题。你怎么出现了?"

"是阿瑟让我出现的,我猜想大概是因为比利被那些记忆吓坏了!他觉得自己被困在这儿了!"

哈丁叙述了他与比利的谈话内容,随后提出:"我有可能在这儿同时和你、阿瑟一起说话吗?我们三个人一起讨论到底发生了什么事,好吗?"

"这个嘛……我得问问阿瑟。"

"我是想同时问你和阿瑟,比利现在是否比以前坚强了,是否不再想自杀,而且能够应付更多的事情。"

"他不再想自杀了。"传来了一个温和而清晰的声音,带有英国上流社会特有的口音。哈丁知道阿瑟决定亲自出现了。自科尼利亚会诊之后,阿瑟还从未出现过。

为了不表现出惊讶,哈丁继续说道:"不过……和他谈话是否还得小心翼翼?他是不是还很敏感?"

"是的,"阿瑟边说边将双手的指尖搭在一起,"他很容易受到惊吓,也很多疑。"

哈丁说他现在并不想谈论卡尔莫,但比利好像很想讨论这个话题。

"你让他想起了过去,"阿瑟措辞谨慎,"想起往事,恐惧也随之而来,足以迫使他去睡觉。是他自己要去睡的,倒是我让他别睡。"

"比利醒时说过的话你都知道吗?"

"只知道一部分,并非全部。他的想法我不一定都清楚,但是他思考时,我可以感受到他内心的恐惧。因为某种原因,实际上他无法清楚地听到我对他说的话。不过他好像知道什么时候是我们让他入睡的,什么时候是他自己要睡的。"

哈丁和阿瑟谈论了不同人格的背景。然而,正当阿瑟开始回忆时,却突然摇了摇头,终止了讨论:"有人在门口。"说完便离开了。

来者是医务助理杰夫。他说过要在11点45分过来带走比利。

阿瑟安排汤姆出现随杰夫返回病房。

第二天,也就是科尼利亚来访的前两天,看到面前的人不停地颤抖着双腿,哈丁知道比利再度出现了。比利听说过阿瑟和里根的名字,现在他想知道他们是谁。

该怎么告诉他呢?哈丁寻思着。此刻,他脑海里出现了比利因得知真相而自杀的恐怖情景。巴尔的摩市的一位患者在得知自己患有多重人格障碍后,竟于监狱中上吊自杀。想到这里,哈丁深深地吸了口气,说道:"那个说话声音像詹姆斯·邦德电影里人物的是阿瑟,阿瑟是你的一个名字。"

比利的腿停止了晃动,睁开了双眼。

"阿瑟是你的一部分,想见见他吗?"

比利的身体又开始颤抖,注意到自己的腿抖得厉害,便试图用双手按住。"不想,这会让我想睡觉。"

"比利,我认为只要你努力试试,即使阿瑟出来,你也可以保持清醒听他说话,而且他也可以了解你的问题所在。"

"那太可怕了!"

"你相信我吗?"

比利点点头。

"那就好。你坐在这儿,阿瑟出现和我说话的时候你不必去睡觉,这样你就能听见并记住他说的每一句话,就像其他人格一样。你虽然离开了,但还有意识。"

"什么是'出现'?上次你也这么说,可你没告诉我那是什么意思?"

"那是阿瑟的用语,每当有事发生,你身体中的某个人格就会出来应对。当光圈照在他身上的时候,就意味着轮到他出场了,他会保持清醒。现在,把眼睛闭上,你依然能看见。"

比利闭上了眼睛,哈丁医生则屏住了呼吸。

"看到了!我好像站在一个漆黑的舞台上,光圈就照在我身上。"

"怎么样?比利,现在你只要转向一边,离开灯光的范围就行。我知道阿瑟会出现和我们谈话的。"

"我已经离开光圈了。"比利说道，膝盖停止了颤抖。

"阿瑟，比利要和你谈一谈，"哈丁说，"很抱歉叫你出现，但为了治疗比利，我们必须这样做，我要让他认识你和其他人。"

哈丁发现自己的掌心竟然冒汗了。比利睁开眼睛，眼神已明显变化，眉头不再紧皱，目光锐利，从紧绷的下唇发出的英国音与昨天一样。

"比利，我是阿瑟。我想告诉你，这里很安全，所有人都在帮你。"

比利的脸部表情随之改变，睁大双眼望着四周，惊讶地问："为什么我以前不认识你？"

他再次变回阿瑟："我觉得在你真正做好准备之前告诉你也没用，你一直有自杀倾向，所以我们必须等待适当的时机告诉你这个秘密。"

哈丁在一旁聆听他们的对话，心中颇为惊讶。但是在他们谈了大约10分钟后，哈丁开始高兴起来。阿瑟向比利谈到了里根以及其他八个人格，还告诉他哈丁医生准备让所有的人格融合在一起。

"你能办到吗？"比利转向哈丁医生。

"我们称之为'融合'，比利，我们会慢慢进行的。首先是让亚伦和汤姆融合，因为他们有许多相似之处；接下来，我们会融合其他人格，一个接着一个，直至你成为一个完整的个体。"

"为什么要把我和他们融合在一起，为什么不让他们消失？"

哈丁紧握着双手。"因为其他医生曾经尝试过这种方法，但结果并不理想，最理想的状态就是你的所有部分都融合在一起。首先，让他们彼此沟通，然后回忆自己做过的事。最后，所有人格都聚集在一起，这就是融合。"

"什么时候开始？"

"科尼利亚医生后天会来看你，我们要和曾经帮助过你的工作人员一起讨论。他们中的一些人从未有过类似的经验，所以我们会播放录像，让他们进一步了解你。这样对你更有益。"

比利点点头。他的注意力开始转向内部，眼睛随之睁大。只见他接连点了几下头，然后惊讶地望着哈丁医生。

"怎么了？比利？"

"阿瑟说他得想想那天由谁出现。"

6

哈丁医院一派兴奋。科尼利亚曾在1955年的夏天来此演讲。但这次完全不同，因她要面对的是一个臭名远扬的患者，也是哈丁医院第一个接受24小时监护的多重人格障碍患者。虽然医护人员仍然存在不同看法，但大家都希望亲耳倾听科尼利亚医生与比利的谈话。

医院行政大楼地下室里挤满了大约100人，一开始预计只有10~15人会来。除各科医生和各部门的工作人员外，一些工作人员家属也挤在后面，尽管他们与比利并无关系。有人坐在地板上，有人靠在墙边，还有人站在邻近的会客室里。

哈丁医生将录像播放给在场的人观看。录像内容包括医生与不同人格之间的交谈。阿瑟和里根的出现引起了观众极大的兴趣，因为治疗区之外的工作人员从未见过这种情景。只有特纳见过的阿达拉娜出现时，一些人露出了恐惧的神情，也有一些人不屑地冷笑。最后，当比利出现在屏幕上，整个房间突然静了下来。他大叫道："这些人是谁？他们为什么不让我清醒？"此时，包括罗莎在内的所有观众，无不用手擦拭着脸上的泪水。

录像播完后，科尼利亚领着比利走进另一个房间简短交谈。她分别与阿瑟、里根、丹尼以及戴维对话，他们也依次回答了问题。但是，罗莎可以看出他们非常不满意。谈话结束时，罗莎从大家七嘴八舌的议论中感到同事们似乎也都很不满。麦肯和菲舍尔护士抱怨不该让比利成为特殊人物；罗莎、妮基和耶格尔则对让比利在众人面前亮相表示不满。

科尼利亚离开后，哈丁再次改变了治疗策略，开始专注于人格融合。

玛琳娜医生安排了定期谈话，让各个人格回忆他们受到的虐待和痛苦的往事——这些往事导致比利在八岁时出现了人格分裂——以便进一步消除造成比利人格分裂的因素。

玛琳娜不赞同融合计划。她认为科尼利亚医生的这个治疗方法对于某些病例或许可行，但不一定适合比利。如果里根与其他人融合成功，而事后比利却被送进监狱，那么在一个充满敌意的环境中，比利将无法保护自己，极可能再度自杀。

"他不是在监狱里活下来了吗？"有人指出。

"没错，那时有里根保护他。但是，如果他再次被男人强奸，很可能会自杀，这种事在监狱里时有发生。"

"融合各种人格是我们的责任，"哈丁说，"是法院要求我们做的工作。"

医生鼓励比利倾听其他人格的意见并回答他们的问题，以此了解并进一步认识他们。在不断的提示下，比利出现的时间越来越长。融合的过程必须分为几个阶段进行，首先是人格相近或素质相通者，融合后的新人格再和其他人格结合在一起，直至最后与比利完全融合。

亚伦和汤姆性格比较接近，所以这两个人格率先融合。然后哈丁医生用了几个小时与他们争论并分析了融合的进展情况；而亚伦与阿瑟、里根则花费了更长时间在内部进行讨论。亚伦和汤姆都努力配合哈丁的融合工作，但进展并不顺利，因为汤姆具有亚伦所没有的畏惧感。例如，亚伦喜欢棒球，但汤姆害怕棒球，因为他小时候在担任二垒球手时曾因为犯错而受罚。哈丁建议丹尼、亚伦和其他人格帮助汤姆消除恐惧，并且鼓励他打棒球。与此同时，艺术疗法也在持续进行，包括油画在内。

亚伦认为那些年幼的孩子无法理解什么是"融合"，因此阿瑟通过比喻的方式给他们解释。孩子们都知道可乐是什么，因此阿瑟就以可乐为例，向他们说明可乐本来是多种成分混合而成的固态的粉末，加入水后，固体颗粒就会溶解；但水分蒸发掉后，又会恢复原来的固体颗粒状态，在这个过程中并没有增加也没有减少任何东西，只不过是形态曾经改变过。

"现在大家都明白了，"亚伦说，"融合的意思就是将可乐配方粉末放到水里搅拌。"

6月5日，格雷夫斯护士记录道："比利说用了一个小时将'汤姆'和'亚伦'融合在了一起。他觉得实在是不可思议。"

耶格尔则报告说："比利曾对融合有所担心，因为他不希望有人死去，也不希望让他们失去或减弱原有的天赋和特长。"但亚伦向她保证"我们正在努力"。

第二天，施韦卡特和朱迪前来探望，带来了法院批准延长比利在哈丁医院接受监护治疗的好消息。完成人格融合至少还需要三个月的时间。

6月14日星期三晚上，罗莎在音乐室里仔细聆听着汤姆敲小鼓。她知道亚伦曾玩过这种乐器，在目前的融合阶段，他的水平显然无法与亚伦单独敲时相比。

"我觉得自己偷了亚伦的天赋。"他告诉她。

"你还是汤姆吗？"

"我是融合体，还没有名字，这令我很担心。"

"可别人叫你比利，你不是也答应了吗！"

"没错，我是答应了。"他说道，然后继续敲出爵士乐节奏的鼓点。

"什么原因让你觉得无法继续这么答应？"

他耸耸肩。"我想，要是一个人就会简单些。好吧！"他继续打鼓，"你就继续叫我比利吧。"

融合工作无法一蹴而就，不同阶段所需时间亦不相同。现在除了阿瑟、里根和比利外，已有7种人格融合成了一体。为了避免错误，阿瑟将这个新融合的人格称为"肯尼"。然而大家却无法接受，还是将"他"称为比利。

晚上，一名患者将从比利的字纸篓中找到的一张纸条交给耶格尔。纸条看来像是遗书，因此比利立即受到严密的监控。根据耶格尔的报告，这个星期以来，比利不断重复融合与分裂的过程，但进行融合的时间似乎越来越长。7月14日，比利几乎一整天都在进行融合，外表看来非常平静。

日子一天天过去，融合工作持续进行，但比利有时会出现意识失控的现象。

8月28日，朱迪和施韦卡特再次来到医院探望他们的当事人。他们告诉哈丁医生，距离法官规定提交鉴定报告的时间只剩下三个星期了。如果哈丁医生认为融合工作已完成，而且当事人也具备了行为能力，那么弗洛尔法官便将确定开庭日期。

"我们需要事先讨论一下在审判时采取什么策略，"阿瑟说道，"因为我想改变辩护方式。里根愿意承认那三件抢劫案并接受惩罚，但他并无强奸企图。"

"但在法院起诉的10项罪行中，有4项是强奸罪。"

"根据阿达拉娜的说法，那三名女子都十分合作，"阿瑟说，"她们之中并没有人受到伤害，而且都有逃跑的机会；阿达拉娜还说，她已经把一部分钱分别还给了她们，若再加上社会保险，她们实际得到的钱比损失的还要多。"

"那些受害者并没有提及这一点。"朱迪回应道。

"那你相信谁呢？"阿瑟不屑地说，"她们？还是我？"

"如果三个人中只有一个人反驳阿达拉娜的说法，我们会质疑那个人。但是，如果三个人都不承认……你知道，这些受害者彼此并不相识，而且也不会互通消息。"

"也许有一个人愿意说出事实。"

"你怎么知道当时发生了什么事？"朱迪问，"你并不在现场呀！"

"但阿达拉娜在！"阿瑟说。

朱迪和施韦卡特都不认为受害者会合作，但他们知道阿瑟所说的是阿达拉娜的看法。

103

"我们可以和她谈谈吗？"施韦卡特问。

阿瑟摇了摇头："因为她做了那些事，已经被我们放逐，不能再让她出现。没有可能。"

"这样的话，我们只好维持最初的抗辩立场，"施韦卡特说，"做无罪辩护，因为当事人患有精神病。"

阿瑟冷酷地看着他，嘴唇微颤："你不能代替我们承认患有精神病！"

"这是我们唯一的希望。"朱迪说道。

"我并没有精神病，"阿瑟的语气相当坚定，"不要再说了。"

第二天，朱迪和施韦卡特收到一张纸条，比利声明不再需要他们的辩护，他要为自己辩护。

"他又开除我们了，"施韦卡特说，"你怎么看？"

"我没看到什么纸条，"朱迪说，同时将纸条归档，"纸条丢了。我是说，由于我们伟大的档案系统，这张纸条或许需要六七个月的时间才能找到。"

在随后的几天里，另外四封解雇通知书都被锁进了档案柜。由于朱迪和施韦卡特拒绝答复这些信，阿瑟最终放弃了解聘他们的念头。

"提出精神病抗辩，我们就能赢？"朱迪问。

施韦卡特点燃烟斗吐出一口烟："如果卡洛琳、特纳、玛琳娜、哈丁和科尼利亚愿意做证，说明犯罪发生时比利正处于精神分裂的状态。根据俄亥俄州的法律，我想我们有机会赢。"

"但以前你说过，迄今尚无多重人格障碍患者在犯下重大刑事案后，能以精神分裂为由免受刑罚。"

"这个嘛……"施韦卡特微笑道，"威廉·米利根将会是第一个案例。"

7

哈丁医生正在与自己的良心交战。他很清楚，比利无疑已经或接近融合到可以接受法院审判的程度。8月下旬的一个夜晚，哈丁尚未入睡，一边翻看写给弗洛尔法官的报告,一边思忖着能否以多重人格障碍作为抗辩的理由。

他非常重视"刑事责任能力"的问题,担心自己的证词会被他人误用。倘若如此,将会对多重人格障碍患者的治疗造成不良影响,包括病人、医学界以及其他证人在内。但是,如果弗洛尔法官能够接受他的说法——因人格分裂导致的犯罪行为应被判无罪,那么这将会是俄亥俄州一个史无前例的判决,或许在全国也是首例。

哈丁相信,比利对10月下旬的犯罪行为毫无控制能力。哈丁的主要任务是深入了解,并将这个病例引入一个新的领域,以便在今后遇到相同问题时予以借鉴。为了这个病例,他打了不少电话向专家请教,或与同事商讨。1978年9月12日,他向弗洛尔法官提交了一份长达九页的报告,阐述了比利病例在医学、社会学以及心理学方面的意义。

"患者谈道,"他写道,"在他的家庭里,母亲和孩子们均遭到肉体上的虐待。他自己曾遭到包括肛交在内的性虐待。按照患者的说法,事情发生在他八九岁之时,共持续了大约一年时间,通常是他和继父在农场里独处时发生的。患者担心继父会杀了他,因为继父曾威胁说,'我要把你埋在谷仓里,然后告诉你母亲说你逃跑了。'"

哈丁对整个病例进行分析时指出,比利亲生父亲的自杀让他失去了父爱和关怀,令他处于"不正常的精神压力之下",而"极度的罪恶感导致了他内心的紧张和冲突,并产生了一些幻觉"。他成了"继父为满足心理和性需求而实施暴力和性虐待的牺牲品"。

比利幼年时曾亲眼目睹母亲遭到继父无情的鞭打,体会到"母亲的恐惧和痛苦……"因而"出现了分离焦虑,使他的心理处于一种不稳定的虚幻状态,各种人格随时都会出现在梦境里。再加上继父的轻视、暴力和性虐待等行为,终于导致人格不断分裂的现象……"

哈丁医生结论道:"我认为患者已具备接受审判的能力,他的多重人格业已完成融合……我还认为,患者在此之前患有精神疾病,因此无法为

1977年10月下旬犯下的罪行负责。"

9月15日，朱迪将辩护词改为："被告患有精神病，因此做无罪辩护。"

8

迄今为止，除了相关医护人员、法官和辩护律师外，公众尚不知晓比利的多重人格障碍治疗情况。公共辩护律师坚持该项治疗必须保密，因为公布于众将对治疗和审判造成困难。

亚维奇检察官也同意不对外宣布，更何况法院尚未进行听证。

然而，9月27日早晨，《哥伦布快报》却发布了一个头条新闻：

人格"融合"只是为了接受审判
强奸嫌犯同时拥有10种人格

报纸登载的消息在哈丁医院传开后，医护人员便鼓励比利向其他患者说明情况，以免他们轻信外界的传言。于是，比利告诉治疗小组里的其他患者，因为他是多重人格分裂患者，所以无法确定这些被指控的罪行是不是自己犯下的。

晚间电视新闻也报道了相同的消息，比利看完后含泪回到自己的房间。

几天后，比利画了一幅画，画中年轻漂亮的女孩有一种奇怪的眼神。格雷夫斯护士认为那是阿达拉娜的画像。

10月3日，施韦卡特驱车前来探望比利，以便带回比利的画作。他向比利解释，朱迪和她的丈夫目前正在意大利度假，所以无法参加听证会，但她会赶回来参加法庭的审判。他们会共同努力。为了让比利有心理准备，施韦卡特还告诉比利，他在听证会举行前可能会被转往富兰克林郡立监狱。

哈丁确信比利已完成人格融合，没有精神分裂症状，而且似乎已经综合了各种人格的气质。他相信任务已经完成。起初，他观察到某个人格的一部分与另一个人格的一部分融合在一起。但逐渐地，他看到了一种均衡的现象。其他医护人员也有同感，所有人格的各种特征已经在一个人——威廉·米利根——的身上显现。哈丁表示，他的病人已经做好了准备。

10月4日，在比利被转往监狱的前两天，《哥伦布快报》记者弗兰肯发表了有关比利的第二篇报道。报道指出，他从匿名人士那里获得了哈丁医生鉴定报告的复印件。他找到了朱迪和施韦卡特，征求他们的意见，并表示将在报纸上披露相关情况。施韦卡特和朱迪立刻将此事通知了弗洛尔法官，于是法官决定让《哥伦布快报》了解相关情况。鉴于案情已经泄露，因此公共辩护律师同意发表这个消息，并允许记者拍摄施韦卡特自医院带回的那几幅画，包括《摩西摔毁刻着十诫的石碑》《吹兽角的犹太乐师》，以及一幅风景画和阿达拉娜的画像。报纸登载的消息激怒了比利，在和玛琳娜医生进行最后一次谈话时，他的情绪变得非常沮丧。因具有女同性恋人格，他不知道其他犯人会如何对待自己。

他告诉玛琳娜医生："如果他们认为我有罪，把我送回莱巴嫩管教所，那我必死无疑！"

"这样一来，卡尔莫就胜利了！"

"那我该怎么做？我体内累积了太多的仇恨，几乎无法控制了。"

玛琳娜很少提出意见或建议，而更重视患者的自发性，但她知道此时已没有时间进行治疗了。

"你可以化仇恨为动力，"她建议道，"你是在幼年时遭受了虐待，你有能力击败那些可怕的记忆，击败那些让你痛苦的人。只要决心用生命去抗争，这一切都可以办到。记住，只要活着就能取得胜利，如果你死了，获得最后胜利的便是虐待你的人，你就是失败者。"

当天晚上，比利在病房里和耶格尔谈话时，取出了汤姆大约七个月前藏在床下的刮胡子刀片。

"拿去，"他说，"我不再需要它了，我要活下去。"

耶格尔抱住他，眼中充满了泪水。

比利告诉罗莎:"我不准备再参加小组活动了,我要独自做心理准备,我必须坚强起来!不要对我说再见!"

尽管如此,小组成员仍为他制作了一张卡片。罗莎将卡片送给比利时,他放声大哭起来。

"这是我一生中的第一次,"他说道,"我想我已经有正常人的反应了,我能感受到所谓'悲喜交加'的情感了,而我过去从未有过这种感觉。"

10月6日星期五是比利离开医院的日子。罗莎当天正值轮休,但还是到医院来陪他。她知道一定会遭到其他同事的白眼和讽刺,但并不在意。她走进活动大厅看望比利,只见他身着三件套式西装,非常冷静地在那儿踱步等待。

罗莎和耶格尔陪他走到行政大楼时,戴着墨镜的副警长正在服务台前等候。

当副警长取出手铐时,罗莎挡住了比利,质问是否有必要像铐野兽一样铐住比利。

"没办法,女士,"副警长说,"这是法律规定。"

"上帝!"耶格尔大叫道,"他来时由两位女士陪着也没戴手铐,现在你一个大男人却要铐住他,这是为什么?"

"女士,这是规定,非常抱歉。"

比利将手伸过去。扣手铐时,罗莎看见比利有些畏缩。他上了警车。警车沿着弯曲的道路缓缓驶往石桥。她们跟着车子往前走,挥手道别。回到医院后,罗莎和耶格尔不禁嚎啕大哭。

第四章

1

亚维奇和谢尔曼读完哈丁的报告,认为这是他们看过的最完整的一份报告。作为检察官,他们都受过攻击心理医生证词的训练,哈丁医生的这份报告,从他们平时常用的攻击点出发,找不出问题。报告不是仓促之作——检查时间超过七个月,而且除了哈丁医生的意见,还包括了其他许多专家的看法。

1978年10月6日听证会结束后,根据哈丁提出的报告,弗洛尔法官宣布比利已具备足够的能力接受审判,因此将于12月4日开庭。

施韦卡特对这样的安排十分满意,但要求根据案发当时的法律进行审判。(俄亥俄州自11月1日起实行修订后的法律,证明"被告患有精神病"的工作由辩方律师承担,而非检察官。)

亚维奇检察官提出了异议。

"我会考虑这个要求,"弗洛尔法官说,"我知道法律修订后,审理其他案子时也有人提出过类似的要求,而且被告有权选择根据于自己有利的法律条文进行辩护。但是,我不清楚那些案子的判决结果如何。"

施韦卡特在走出法庭时告诉亚维奇和谢尔曼,他准备代表他的当事人要求放弃由陪审团审判,改为由弗洛尔法官来审理。

施韦卡特离开时,亚维奇说道:"这件案子大概可以告一段落了。"

"并不像当初想象的那么单纯。"谢尔曼答道。

稍后，弗洛尔法官表示，检方一致同意接受哈丁的报告，但不认同比利在犯罪期间患有精神病的看法。这令他颇感为难。

施韦卡特和朱迪发现比利在返回监狱后情绪再度陷入低潮，大部分时间都在画画、沉思。不断增加的关注令他烦恼不堪。随着日子一天天过去，他睡觉的时间也越来越多，似乎在逃避着周遭冷漠而好奇的关注。

"开庭前我为什么不能留在哈丁医院？"比利问朱迪。

"这是不可能的，法院让你去那儿住了七个月已经很幸运了。忍耐一下，两个月后就要开庭了。"

"你现在必须振作起来！"施韦卡特说，"我有一种强烈的预感，如果你能接受审判，会被判无罪；如果因为精神崩溃而无法接受审判，那么他们就会送你去利玛医院。"

一天下午，一名警卫看见比利躺在床上用铅笔画画，画中一个衣衫褴褛的洋娃娃脖子上系着一条绳子，吊在一片破镜子前。

"嗨！比利，你为什么画这幅画？"

"因为我很气愤，"一个低沉的斯拉夫口音说道，"是某人该死的时候了。"

警卫听见斯拉夫口音后立即按下警铃，里根则用一种玩世不恭的目光望着他。

"不论你是谁，现在都给我往后退！"警卫叫道，"画留在床上，背靠墙！"

里根按照他的命令做了，看着其他警卫陆续朝牢房门口集合。他们打开牢门，迅速冲进去把画拿走，然后又将门关上。

"天啊！"一名警卫叫道，"这画真是病态！"

"叫他的律师过来，"有人建议，"他又开始崩溃了。"

施韦卡特和朱迪到达时看到的是阿瑟。阿瑟解释说，比利还未完全融合成功。

"但他的融合程度已足以接受审判，"阿瑟向他们保证说，"比利已经知道被起诉的罪名，在自我抗辩中他会合作。但是我和里根仍是独立的个体，你看到了，这儿充满了敌意，因此目前还得由里根做主。不过，要是不把比利送回医院，我无法保证他是否能保持部分融合。"

富兰克林地方警长哈利告诉报社记者，说副警长目睹过里根的强壮和耐力。里根曾被带到健身房室，他选择了拳击沙包，结果他"直拳连续攻击沙包达19分30秒之久"！哈利说："正常人根本无法用直拳攻击超过3分钟。他的力量很强，我们担心他的胳膊会受伤，就带他去检查，结果医生发现他毫发无伤。"

10月24日，弗洛尔法官再次要求西南社区精神康复中心对比利进行检查，并提交他是否能够接受审判的报告。此后又下令将比利立刻从监狱转到俄亥俄中央精神病院。

11月15日，西南社区精神康复中心法院援助项目主任科罗斯基医生提交的报告指出，经卡洛琳和特纳医生检查，比利有能力接受审判并帮助律师为自己辩护，但又说明道："他目前的心理状态非常脆弱，已融合的人格随时可能再度分裂，这在以前已经出现过了。"

11月29日，《代顿日报》和《哥伦布快报》分别登载了卡尔莫否认曾性虐待养子的消息。美联社则报道说：

继父卡尔莫否认曾虐待威廉·米利根

卡尔莫异常愤怒，因为媒体报道说他曾对养子威廉·米利根施暴并进行性虐待，医生还说比利具有10种人格。

"没有人问过我是怎么说的！"卡尔莫抗议道，并声称比利指控的性虐待纯属"无稽之谈"！

根据一份由哈丁医生签署的报告，专家们指出比利是多重人格障碍患者，因此无法知道其他人格曾经做过的事。他们认为造成这种现象的部分原因是比利幼时受到的虐待……

卡尔莫表示，这些报道令他受到了极大伤害。

"你对我有太多误解，真让人受不了！"

他还表示，最令人气愤的是，那些报道并未说明这些指控只是比利和医生的片面之词。

"都怪那孩子，"卡尔莫说，"所有报道都是在一味地重复他们（医生和比利）所说的！"

卡尔莫不愿表明他是否准备诉诸法律。

虽然比利有越来越大的可能因精神病而获判无罪释放，但朱迪和施韦卡特知道其中仍存在一层障碍。迄今为止，类似案件的判决结果都是将被告送往利玛医院。然而，再过三天，即12月1日，俄亥俄州法律中一条有关精神病患者的条款即将生效。该条款的大意是：因精神病而获判无罪者，可不再以罪犯的身份而是以患者的身份接受治疗。这条新法律的要义在于将犯人送往管制较松的州立精神病院，因为这样做对当事人及其他囚犯相对安全，而患者也能处于法院的管辖之下。

审判日期定在12月4日，因此比利将成为根据俄亥俄州新法律接受审判的第一个被告，审判结果很可能是将比利送到一个可以接受更好治疗的地方，而不一定是利玛医院。

由于费用之故，当然不可能送往哈丁医院，但必须是有能力治疗多重人格障碍患者的州立医院。

科尼利亚提到了一家距哥伦布市大约75公里的州立精神病院，那儿有一位医生曾治疗过多重人格障碍患者，同时享有盛名。她推荐的是俄亥俄州阿森斯市阿森斯精神卫生中心的主治医生大卫·考尔。

检察官办公室要求向梅特卡夫法官澄清在俄亥俄州新法律下的审判程序，弗洛尔法官表示同意并安排了一次会议。但朱迪和施韦卡特知道，会议主题一定不仅于此。弗洛尔法官届时会决定哪些证据可以在周一提出，是否会因罹患精神病而判比利无罪，以及会将他送往何处治疗。

施韦卡特和朱迪需要搞清楚考尔是否同意接受比利。朱迪听说过考尔这个人，还曾去信索取过有关多重人格障碍的资料，但她从未提起过比利。于是她打电话给考尔，询问他是否愿意收容比利，并请他尽可能参加星期五在哥伦布市召开的会议。

考尔说他需要先与院长商量，而院长也需要和上级主管部门，也就是州政府的心理卫生局接洽。此外，他表示会考虑收容比利，并同意参加星期五的会议。

12月1日，朱迪焦急地等候着考尔医生的到来。梅特卡夫法官办公室外的大厅里挤满了本案相关人员，包括哈丁医生、卡洛琳医生、特纳医生和亚维奇检察官等。10点左右，她看见接待员指着一位身体微胖、满头白发、目光锐利的中年男子。

她将考尔医生介绍给施韦卡特以及其他人，然后将他带进梅特卡夫法官的办公室。

考尔坐在第二排，聆听着律师们讨论新法律与比利案件之间的关系。不一会儿，弗洛尔法官和梅特卡夫法官走了进来，律师们又重述了一遍刚才讨论的内容。亚维奇检察官介绍了他所搜集到的专家意见，并表示很难反驳有关被告在犯罪时精神状态不正常的证据。他不会驳斥西南社区精神康复中心及哈丁医院提出的报告。施韦卡特则表明，被告不打算否认比利曾犯下的罪行。

考尔并没有参与有关下周一法庭辩论如何进行的讨论，他认为这是审判前的一次预演。施韦卡特和朱迪首先提出法庭记录应删去受害者的姓名，接着他们又讨论了可能的判决结果，以及如果弗洛尔法官认定比利患精神病又会发生什么……

这时，施韦卡特站起来说："这位是阿森斯精神卫生中心的考尔医生，曾治疗过多重人格障碍患者。该院是州立医院，加州的科尼利亚医生极力推荐考尔负责治疗工作。"

考尔发现所有人的目光突然都集中到了自己身上。弗洛尔法官问道："考尔，你愿意为他治疗吗？"

他突然意识到那些人扔给了自己一个烫手山芋，因而赶紧表明立场。

"是的，我会接纳他。但他如果到本院来，我将采取以前治疗其他多重人格障碍患者的方法，就是说一种开放的方法，"他看看四周的人，然后语气坚定地继续说，"如果要限制我的治疗，那就别送他过来。"

所有人都点头表示同意。

返回阿森斯医院的路上，考尔寻思，如果按照刚才的会议方式进行审判，那么比利将成为犯下重罪却因多重人格障碍而获判无罪的首宗案例，同时这也将是史无前例的精神病案例。

2

12月4日早晨，比利被从中央精神病院带到法院。他从车镜中看见自己的八字胡不见了，大吃一惊。他不记得自己刮过胡子，那么这是谁干的？他的八字胡在第一次与第二次强奸案之间刮过一次，但后来又长起来了。现在，他再度失去了时间感，出现了在哈丁医院和富兰克林郡立监狱最后几天时的奇怪感觉。里根和阿瑟的人格仍然是独立的，除非确定不会被送回监狱，否则他们拒绝与其他人格融合。目前的比利，至少已经完成了部分融合，可以接受审判了。

虽然他知道自己并非纯粹的比利或完全融合的比利，但当别人称他为比利时，他仍会回答。他目前处于两种状态之间。他不知道完全融合后，自己会有什么样的感觉？

刚才，他走向停在医院门口的警车时，发现副警长正用一种异样的目光望着自己。在前往法院的路上，警车故意绕路以摆脱可能尾随而来的记者。但是，警车刚到监狱门口，一位女士和一位手提录像机的男士还是在大门关上之前挤了进来。

"到了，比利。"驾驶员打开了车门。

"我不下车，"比利说，"除非记者和录像机都撤离！如果不保护我，我就通知我的律师！"

驾驶员转身发现了那两个人。"你们是谁？"

"第四频道新闻部，我们有许可证。"

驾驶员看看比利，比利摇摇头："律师说我不能接近任何记者，我不出来。"

"走吧！你们在这儿他是不肯出来的！"警官告诉记者。

"我们有权利……"女记者抗议道。

"但你们侵犯了我的权利！"比利在车内大喊。

"出了什么事！"一名警官从警卫室冲出来吼道。

驾驶员答道："他们在这儿，比利不肯下车。"

"嘿！朋友，"威利斯警官说，"你们必须离开，我们才能让他下车。"

记者不情愿地离开后，比利才下车由威利斯带他进门。屋里，警长的黑衣助手们聚在一起看着比利被带进去，威利斯走在前面，为比利开路。

威利斯一面带他上三楼一面问道："还记得我吗？孩子。"

走出电梯时，比利点点头："你很尊重我。"

"是啊，除了洗脸盆，你从未找过我麻烦，"威利斯递给他一根烟，"你现在出名了。"

"我可没有这种感觉，"比利说，"我恨死了。"

"我看到了第四、第十频道、全国广播公司、美国广播公司和哥伦比亚广播公司的记者，从来没见过这么多电视台记者。"

他们走到紧邻小接待室的入口处，准备从那里进入法院大厅。

警卫向他点了点头："少了八字胡，快认不出你了！"然后按铃通知中央控制室开门。

门开了，几个法警为比利搜身。

"好了，"一位法警说，"走我前面，沿着过道走。"

到达法院七楼时，他们看到了在那里等候的朱迪和施韦卡特。两个律师发现比利的八字胡不见了。

"没胡子好看多了,"朱迪说道,"更干净。"

比利将手指竖在嘴唇上。施韦卡特立刻识到发生了什么,正要开口,一位手持对讲机的警官走过来抓住比利的胳膊,说警长要比利到二楼去。

"等一下,"施韦卡特说,"审判地点在这儿。"

"先生,我不知道为什么,"警官说,"但警长让我立刻带他下去。"

"你在这儿等着,"施韦卡特对朱迪说,"我和他一起下去看看是怎么回事。"

施韦卡特、威利斯警官和比利一同走进电梯。电梯到达二楼,施韦卡特在电梯门开启之际便立刻明白了——闪光灯对着他们,是《哥伦布快报》的记者和摄影师。

"这是搞什么鬼?"施韦卡特吼道,"骗子!快住手!"

记者说他们只是想拍几张照片,最好是戴手铐的,警长已经答应了。

"见鬼去吧!"施韦卡特叫道,"你无权对我的当事人这么做!"他带着比利转身进入电梯。

他们随后来到审判厅旁的休息室。特纳和卡洛琳这时也赶到了,她们拥抱比利以示安慰。她们离开后,休息室里只剩下比利和威利斯警官。这时,比利开始发抖,双手紧紧地抓住椅子的两侧。

"来吧,比利,"威利斯说,"你现在可以进去了。"

比利被带进法庭时,在座的所有素描画家无不睁大了眼睛,随后迅速拿起橡皮开始猛擦。看到这个情景,施韦卡特忍不住笑了,因为他们擦去的是比利的八字胡。

"法官先生,"施韦卡特靠近长椅说,"检察官和被告都已同意不传唤证人,比利也不用站在询问席上。案情经过采用宣读的方式,这是双方的一致意见。"

弗洛尔法官看了一眼字条:"就是说你不反对检方的指控,而你的当事人除了性攻击之外,承认其他被指控的罪名?"

"是的,法官大人。但是,因为被告患有精神病,我们希望他能获判无罪开释。"

"亚维奇检察官,你对西南社区精神康复中心和哈丁医院的报告是否持有异议?"

亚维奇检察官起身说道:"没有,法官先生,我们对哈丁、特纳、考尔医生以及科尼利亚医生的报告均无异议。根据这些报告,被告是在无意识的情况下犯罪的。"

朱迪宣读了被告的证词,由书记官做了记录。她一边念一边瞥着比利,看到他的脸色苍白,十分担心他会因精神痛苦而再度出现人格分裂。

玛格丽特太太证实曾多次目睹比利的母亲遭卡尔莫鞭打后的样子。有一次,比利去找她,说他的母亲遭到毒打。于是玛格丽特去了比利家,看见多萝西——比利的母亲——躺在床上发抖。她还找来了一名医生和一名牧师,并陪护了多萝西一天。

被告的母亲多萝西表示,如果被传唤,她将出庭做证她的前夫卡尔莫经常在酒后对她施暴。卡尔莫在打她的时候通常会把孩子锁在屋里。她还表示"卡尔莫在打人后经常会性兴奋"。卡尔莫嫉妒比利,常殴打他"出气"。有一次,他将比利绑在犁上,后来又把比利绑在谷仓大门上"教训"!多萝西还表示,此前并不清楚前夫对比利严重虐待的情况,甚至鸡奸,直至本案发生……

施韦卡特看见比利在聆听证词时用双手捂着眼睛。"有纸巾吗?"比利问。有十几个人都拿出纸巾递给他。

多萝西愿意做证,有一次比利在为她准备早餐时曾表现出阴柔的一面,走路像个女孩子,说话也细声细语。有一次她发现比利站在兰开斯特市中心一栋大楼的防火梯上,目光"恍惚"。那天他逃了学,是校长打电话通知她的。她曾多次见到比利处于"恍惚"状态，而且每次事后都不记得曾发生了什么。

多萝西说她并不想和卡尔莫分手，因为她希望家人能在一起。直到孩子们强烈要求，她才与卡尔莫离婚。

西南社区精神康复中心医生卡洛琳和特纳的报告也在庭上宣读。接下来是比利哥哥吉姆的证词：

如果被传唤出庭，吉姆将证实他和比利经常被卡尔莫带到家里的谷仓。到达后，卡尔莫会让吉姆去野地里抓兔子，而把比利留下来。他每次返回谷仓时，都会看到比利在大哭。比利多次说过继父伤害了他。卡尔莫发现比利将这些事告诉吉姆，每次都会问比利："谷仓里什么都没有发生，对吧？"于是，非常害怕继父的比利就会回答"没有"。卡尔莫还会接着说："我们都不想让妈妈生气，对吧？"然后，在回家之前，继父会带着他和比利去吃冰激凌。

吉姆还表示愿意就比利在家中受虐待做证。

12点半，弗洛尔法官询问是否需要进行最后的辩论，双方均表示放弃。"现在进行有关精神病的抗辩，"弗洛尔法官说，"所有证据都是符合规定的医学证据。毫无疑问，所有医生、学者均认为被告作案时处于精神不正常的状态，无法分辨是非，这意味着被告丧失了抗拒犯罪的能力。"

此刻，施韦卡特屏住了呼吸。

"由于没有其他证据，根据现在掌握的证据，本庭只能宣判威廉·米利根因患有精神病而无罪释放。"弗洛尔法官将法锤子敲了三下，宣布退庭。

朱迪强忍住放声大哭的冲动，拉着比利避开人群进入休息室。特纳赶来向她致贺，卡洛琳和其他人也哭着走过来。

只有施韦卡特抱着双臂靠着墙站在一旁，陷入沉思。这是一场持久战，无数个不眠夜，还有濒临破碎的婚姻让他疲惫不堪，现在一切都要结束了。"好了，比利，"他说，"现在我们必须赶在梅特卡夫法官之前先到达认证法院，但是出去的时候一定会遇上记者和摄影师。"

"不能走后门吗？"

施韦卡特摇摇头："我们已经胜诉了，我不希望你得罪媒体。他们已经等待了好几个小时，你必须面对镁光灯，回答一些问题，我可不希望他们说我们偷偷从后门溜走了。"

施韦卡特和比利走入大厅时，记者和人群立刻一拥而上，镁光灯闪烁不停。

"威廉·米利根先生，你现在感觉如何？"

"很好。"

"审判结束了，你现在的心情是否好些了？"

"没有。"

"为什么？"

"这个……"比利说道，"还有很多事情等着处理。"

"你今后有何打算？"

"希望成为一个普通人，我想重新认识生命的意义。"

施韦卡特轻轻推着比利向前走去。他们来到八楼梅特卡夫法官的办公室，但法官已经出去吃午饭了。因此，施韦卡特和比利下午1点还得再次返回法院。

亚维奇给每一位受害者都打了电话，告诉她们审判的经过。"根据证词和法律，我相信弗洛尔法官的判决是正确的。"谢尔曼也同意他的看法。

午餐后，梅特卡夫法官查看了精神病医生的建议，批示将比利送往阿森斯精神卫生中心由考尔医生治疗。

比利再次被带往会议室。第六频道的记者问了他一些问题，还拍了一些特写镜头。朱迪和施韦卡特当时被请了出去，因而在他们回来之前，比利已经被送往阿森斯医院了。

无法向施韦卡特和朱迪道别，比利有些难过。突然，一名警官走过来用手铐铐住他，将他带到楼下，上了停在外面的警车。另一名警官给比利端了杯咖啡，随手将车门关上。热咖啡在警车转弯时溅到比利的西服外套上，于是他将杯子扔到座椅上，他感觉很不自在，心情也越来越沉重。

他不知道阿森斯医院是什么样子，或者那就是一座监狱。他必须牢记痛苦还远未过去，还有很多人想把他关进监狱。他知道假释委员会已经通知了施韦卡特，由于比利违法携带武器，所以治疗结束后仍要把他关起来。比利觉得大概不会把自己送到莱巴嫩管教所，因为他有暴力倾向，所以很可能会被关进鲁卡斯维尔（Lucasville）监狱。阿瑟到哪儿去了？还有里根呢？他们是否愿意进行人格融合？

押解比利的警车沿着堆满了雪的33号公路前行，经过了他长大成人的城市兰开斯特，那儿也是他上学以及企图自杀的地方。在那座城市里，有太多他无法承受的压力。他太累了，想要离开，于是闭上双眼，想忘掉一切……

几秒钟后，丹尼睁开眼睛望着四周，不知道自己要被送往何方。他只感到一阵寒意，还有孤独和恐惧。

第五章

1

他们抵达阿森斯医院时,天色已晚。那是一栋维多利亚式的建筑,建立在积雪的山腰上,可以俯瞰俄亥俄大学。车开过宽敞的大道,拐上了一条狭窄弯曲的小路。丹尼不禁开始发抖,两位警官陪着他登上石台阶,向一座有着白色柱子和古老红砖墙的建筑走去。

他们领着他穿过破旧的走廊,乘电梯上了三楼,电梯门打开时,警官说道:"你真走运。"

丹尼退缩了,但警官将他推进了一扇厚重的铁门,门上写着"入院和强化治疗"。

这儿既不像医院也不像牢房,走廊的一侧是一间间类似旅店里客房的小房间,地板上铺着地毯。屋里的天花板上挂着吊灯,陈设着窗帘和真皮椅子,两面墙上均有门,护士站看起来像是个服务台。

"天哪!"警官说道,"简直就像度假中心!"

一位肥胖的年长女士站在住院处门口右侧,慈眉善目的脸埋在乌黑的像是刚刚烫染过的卷发里。他们进入住院处,她微笑地说:"请问你叫什么?"

"女士,不是我住院。"

"我知道!"她说道,"但我们需要登记是谁送来了患者。"

警官不太情愿地报出了姓名。丹尼站在一旁很不自然地将手指张开,因为手铐太紧,手有点儿麻木了。

考尔见状,便对警官说:"快把手铐取下来!"

警官摸出钥匙,依言将手铐打开。丹尼揉了揉手腕,望着皮肤上深深的痕迹,沮丧地问:"我发生了什么事?"

"年轻人,你叫什么名字?"考尔医生问道。

"丹尼。"

那位给他解开手铐的警官大笑道:"老天!又来了!"

考尔起身关上门,他对再度出现人格分裂的现象并不感到意外。哈丁曾告诉他,融合的结果并不巩固。而且,根据以往治疗多重人格障碍患者的经验,他知道审判之类的情况可能会造成精神分裂的现象。目前的当务之急是取得丹尼的信任。

"很高兴见到你,丹尼,"他问道,"你几岁啦?"

"14岁。"

"在哪儿出生的?"

他耸耸肩:"我不知道,也许是兰开斯特?"

考尔想了几分钟。看到比利面容疲倦,便将笔放下:"以后再问吧,今晚先好好休息。这位是凯瑟琳太太,心理健康技师。她带你去你的房间,你可以打开皮箱,整理好衣服。"

考尔离开后,凯瑟琳带他穿过大厅走到左边的第一个房间。门是开着的。

"我的房间?不可能!"

"是真的,年轻人,"凯瑟琳走进房间打开窗户,"这儿的视野很好,可以俯瞰阿森斯市和俄亥俄大学。现在天黑看不见,明天早上就能看见了,到这儿不用见外!"

她离开后,丹尼仍然坐在门外的椅子上。他害怕离开那张椅子,直到另一位技师将走廊的灯关掉。他走进房间坐在床上,身体不断地发抖,泪流满面。他知道,有人对他好,他一定得报答那个人。

他躺在床上,不知还会发生什么事。他试着保持清醒,但因为过于疲倦，终于昏昏入睡。

2

1978年12月5日早晨，丹尼醒后发现阳光从窗子照射进来。他站在窗前眺望着河流和对面的大学。这时有人敲门，进来的是一位成熟、漂亮的女人，留着短发，眼睛大大的。

"我是诺玛，早班主任，如果你愿意的话，我可以给你介绍一下这儿的环境和餐厅。"

他跟着她参观了电视室、台球房和饮食区。穿过两道门，可以看见里面有一间小咖啡厅，厅中央摆着一张长桌，沿墙还摆着四张方桌，远处有个服务台。

"去拿餐盘和餐具，这儿吃的是自助餐。"

他取了餐盘，然后将手伸进一只圆形容器去取其他餐具，当发现摸出的是一把餐刀，便立刻将刀扔开。餐刀碰到墙壁后掉在地板上，发出很大的声响，所有人都抬起头看发生了什么事。

"怎么回事？"诺玛问。

"我……我怕刀子，我害怕。"

她捡起餐刀，拿了一把叉子放在他的餐盘上。"去吧！"她说道，"拿一些吃的东西。"

他早餐后经过护士站时，诺玛向他打招呼。"对了，如果想出去走走，就在墙上的本子里登个记，我们就知道你出去了。"

他瞪着她，声音有些沙哑地问："你是说我可以离开病房？"

"这儿是开放式医院，你可以在这栋房子里到处走动。如果考尔认为你可以，只要签个名字就可以去花园走走。"

他疑惑地望着她："花园？但花园没有围墙呀！"

她笑了："没错！这儿是医院，不是监狱。"

当天下午，考尔来到比利的房间。"感觉如何？"

"很好，但我想其他人也许不能像我一样自由走动吧？在哈丁医院，一直都有人监视。"

"那是在受审前，"考尔说，"有件事你必须记着，你接受过审判，获判无罪，如今在我眼里你已不是罪犯。无论你曾经做过什么，或者是你体内的人做过什么，都已经是过去的事了，你开始了一个新的人生。你在这儿所做的一切，你的进步状况、接受各种事物的情况——如何与比利相处、自我融合——都是为了使病情好转。你必须有这样的愿望，在这儿不会有人看不起你。"

当天晚上，《哥伦布快报》登载了比利转到阿森斯医院治疗的消息，并简要报道了审判过程，其中包括卡尔莫的妻子和孩子指控卡尔莫虐待比利的证词。同时，还登载了卡尔莫和他的律师寄给报社的声明：

我是卡尔莫，1963年10月与比利的母亲结婚，我接纳了比利、他的哥哥和后来出生的妹妹。

比利指控我曾鞭打、虐待和强奸他，特别是在他八九岁时。这些指控都是无稽之谈。那些心理学家、精神病医生将有关比利的检查报告呈交给弗洛尔法官之前，并未与我商讨。

我坚信比利一直在胡说，欺骗了那些为他检查的医生和学者。在我与他母亲维持婚姻关系的10年里，他对骗人撒谎已习以为常。

多家报刊和杂志都报道了比利对我的指控，已对我造成了极大的伤害，给我带来了心理压力和痛苦。我发表此声明的目的，是要证明自己的无辜和清白。

比利住进阿森斯医院一周后的某天早晨，考尔再度来访。"从今天起我们开始治疗，先到我的办公室来。"丹尼跟在他身后，心里忐忑不安。考尔指着一张舒适的椅子让他坐下，然后自己坐在对面的椅子上。

"我想告诉你,通过档案我已经知道了许多关于你的情况。资料还真多。现在,我们要做一些类似科尼利亚医生曾做过的事。我和她谈过,我知道她先让你放松,然后再和阿瑟、里根以及其他人谈话,这就是我们要做的事。"

"怎么做?我无法叫他们出来呀!"

"你只要靠在椅背上放松地坐着听我说话。我相信阿瑟会知道我和科尼利亚医生一样是你们的朋友。你被送到这儿接受治疗是她的建议,因为她对我有信心。我希望你对我也有信心。"

丹尼在椅子上扭动了几下,然后靠在椅背上坐好,整个人放松下来,两只眼睛左顾右盼,几秒钟后又向上看,突然警觉起来。

"是的,考尔医生,"他握着双手,"我很感激科尼利亚医生推荐了你,你会得到我完全的合作。"

由于考尔预想到会出现英国口音,因而毫不紧张。他曾多次与多重人格障碍患者交谈过,所以突然出现另一种人格,于他而言并不陌生。

"噢……对……是的,可以告诉我姓名吗?我必须记下来。"

"我是阿瑟,是你想和我谈话的。"

"是的,阿瑟,我当然知道你是谁,特别是你的标准英国口音。我相信你知道我不会做任何假设……"

"考尔医生,我没有,你才有口音!"

考尔面无表情地看了他一眼:"啊!是的,很抱歉,希望你不介意回答几个问题。"

"尽管问吧!这是我来这儿的目的,只要可能,我有问必答。"

"我想和你讨论有关不同人格的重要事实……"

"是人,考尔,不是人格。正如亚伦告诉哈丁的,当你们称呼我们为人格时,给我们的感觉是,你们并不承认我们的存在,这不利于治疗。"

考尔仔细地观察着阿瑟,决定不理会他的傲慢态度:"对不起,我想知道关于人的事情。"

"我尽可能给你提供数据。"

考尔陆续提出问题,阿瑟则依次叙述了哈丁医生记录过的九个不同人格的年龄、外表、特点、能力以及出现的原因。

"怎么还有孩子?我是指克丽丝汀,她的角色是什么?"

"陪伴孤独的孩子。"

"她的性情如何?"

"害羞。里根行为粗暴的时候她就会出现。因为里根喜欢她,所以她有办法不让他使用暴力。"

"她才3岁?"

阿瑟自信地笑了笑:"重要的是,必须让其中的一个人少知道或完全不知道发生过什么事,这样她就能起到保护作用。如果比利必须隐藏什么,她就会出现。她画画、玩跳房子游戏或抚摸阿达拉娜的洋娃娃。她很可爱,我对她特别宠爱。你不知道她是英国人吧?"

"不知道。"

"是的,她是克里斯朵夫的妹妹。"

考尔打量了他一会儿:"阿瑟,你认识其他人吗?"

"认识。"

"一直就认识?"

"不是。"

"你是如何知道他们存在的?"

"用减法呀!我发现自己失落了时间,就开始仔细观察其他人。我发现他们各不相同,然后就想办法通过提问发现事实的真相。经过几年的努力,我慢慢摸索到了与其他人沟通的方法。"

"真高兴能与你见面,帮助比利也就是帮助你们所有的人,我需要你的帮助。"

"你随时可以找我。"

"在你离开前,我有个重要问题想问你。"

"说吧。"

"施韦卡特告诉我一些报纸上曾提及的事,他说从这件事的发展看,你们叙述的与受害者的描述有些地方不吻合。比如关于犯罪行为的说法和'菲尔'这个名字,他认为除了已知的九种人格外,可能还有其他人格存在。这个情况你了解吗?"

他没回答,两眼发呆,嘴唇开始颤动,逐渐露出畏缩的表情。几秒钟后,他的两只眼睛又开始转动,看看四周说:"我的天哪!别再发生了!"

"你好!"考尔说道,"我是考尔,为了记录,能告诉我你的名字吗?"

"比利。"

"好的!比利,我是你的医生,你被送到这儿来由我治疗。"

比利的手放在头上,目光茫然。"我走出法庭,上了警车……"他迅速地看了看手腕和衣服。

"比利,你还能想起什么?"

"警察把我的手铐得很紧,然后递给我一杯很烫的咖啡,接着关上了车门。车子启动的时候咖啡溅到了我的西服外套上,这是我记得的最后一件事。我的西服外套呢?"

"比利,在你的衣柜里。我们可以送去干洗,那些污渍能洗掉的。"

"我觉得很奇怪。"他说。

"能说说吗?"

"脑子里好像少了什么。"

"记忆?"

"不是。审判前我好像和其他人融合在一起了,可现在似乎又分裂出去了,你知道吗?"他敲敲自己的头。

"没错,比利,或许再过几天或几星期,我们能将那些分裂出去的部分再融合回来。"

"这是什么地方?"

"这儿是俄亥俄州阿森斯市的阿森斯精神卫生中心。"

他安静下来。"我知道！这儿是梅特卡夫法官提到过的医院，我记得他说要送我到这儿来。"

意识到自己正在与融合中的比利谈话，考尔说话的语气尽量温和，谨慎地问了他一些比较中性的问题。人格交替时面部表情显著的变化令考尔感到惊讶：阿瑟下巴绷紧、双唇紧闭、目光深沉，看起来很自负；丹尼畏惧的表情中带着些许体贴；而比利看起来很狼狈，他的大眼睛露出呆滞的目光，整个人看来虚弱、易受伤害，虽然想努力回答问题让医生满意，但显然并不知道那些问题的答案。

"真不好意思，有时候你问我问题，我以为自己知道答案，但事实上却找不到。阿瑟或者里根可能知道答案，他们都比我聪明，记忆力也比我好。可是我不知道他们去哪儿了。"

"没关系，比利，你的记忆力会恢复的，而且会比你想象的好。"

"哈丁医生也这么说，他说我融合后就可以恢复记忆。事实上也是这样。但是审判过后，又有人分裂出去了，这是怎么回事？"

"比利，答案我还不清楚。你是怎么知道发生了这种现象呢？"

比利摇摇头："我只知道阿瑟和里根现在不和我在一起。他们不在的时候，我的记性就比较差。我一生中失落了很多东西，因为他们让我沉睡了很久，是阿瑟告诉我的。"

"阿瑟和你谈得很多？"

比利点点头："在哈丁医院，自从哈丁医生把我介绍给他，都是阿瑟告诉我该怎么做。"

"我认为你应该按照阿瑟说的做。在多重人格障碍患者的众多人格中通常有一个人格认识其他所有的人，并且会帮助他们。我们将这个人格称为'内部自我救助者'（inner self helper），又叫作ISH。"

"阿瑟？他是ISH？"

"大概是吧！他聪明，也了解其他人格的特点，很适合这个角色。"

"阿瑟很有道德观念，规矩都是由他制定的。"

"什么规矩？"

"如何行事，什么能做，什么不可以做，等等。"

"我想阿瑟对你的治疗会有很大帮助，如果他愿意与我们合作。"

"我相信他会的，"比利说道，"因为阿瑟经常说我们必须聚在一起，只有和平相处，我才可能成为有用的公民，对社会有所贡献，但我不知道他现在到哪儿去了。"

谈话的时候，考尔觉得比利对他的信心正在加强。

考尔把他带回了病房并介绍了他的房间，还再次将他介绍给值班主任以及其他工作人员。

"诺玛，这位是比利，"考尔说，"他是新来的，需要有人带他熟悉一下环境。"

"当然，考尔。"

然而，诺玛带着比利走回房间时却盯着他说："你已经知道这儿的情况了，没必要再走一趟。"

"什么是AIT？"他问道。

她把比利带到病房的主入口，打开厚重的门，指着门牌上的"入院强化治疗"（Admissions and Intensive Treatment）的字样对他说："入院强化治疗，我们简称AIT。"然后转身走了。

比利得知母亲和妹妹晚上会来看他，变得非常紧张。在审判时，他看见自己那个当初只有14岁的妹妹凯西，已长成了一个21岁的亭亭玉立的女人。在他的坚持下，母亲并未到庭旁听。尽管凯西告诉他，母亲曾多次去哈丁医院探望他，也去过莱巴嫩管教所，但他毫无印象。

上次见到母亲时他只有16岁，当时体内的其他人格还未让他沉睡。母亲在他心目中的形象还是很久以前的样子：美丽的脸上到处是鲜血，一大束头发从头皮上掉下来……那是他记忆中的面孔，当时他只有14岁。

见到母亲和妹妹时，他真不敢相信母亲已是如此苍老。她的脸上爬满了皱纹，卷曲的头发看起来好似假发，但是蓝色的眼睛和翘起的嘴唇依然很可爱。

她和凯西回忆起当年的时光，似乎是在比赛谁的记忆更好。那段日子是他最迷茫的时光，现在他们终于知道了，那是因为存在着其他人格。

"我一直就知道有两个人，"母亲说道，"我觉得其中一个是我的比利，而另一个我根本不认识。我告诉他们比利需要帮助，但是没有人愿意听我说。我也告诉过医生和律师，可没人相信我的话。"

凯西望着母亲："要是你告诉他们卡尔莫的事，就会有人相信了。"

"可我当时不知道啊，"母亲说，"凯西，上帝可以做证，如果我知道他对比利做了什么，我一定会把他的心挖出来。我真后悔将那把刀拿走，比利。"

比利皱起眉头："什么刀？"

"这件事就像是昨天发生的一样，"母亲说道，整理了一下腿上的裙子，"那时你大概14岁。我发现你的枕头下有一把小刀，我问你是怎么回事，你知道你是怎么回答的吗？我想大概是另一个你回答的，'女士，你的丈夫今天早晨难逃一死！'这是你亲口说的，上帝可以做证。"

"查拉现在怎么样了？"比利改变了话题。

他母亲望着地板。

"怎么了？"比利又问。

"她很好。"母亲说。

"出了什么事？"

"她怀孕了，"凯西说，"她和丈夫分开了，要回俄亥俄州和母亲住在一起，直到孩子生下来。"

比利挥了挥手，像是要挥去烟雾："我知道，我感受到了。"

他母亲点点头："你总能知道，好像长了千里眼。怎么说来着？"

"第六感觉。"凯西答道。

"你也一样，"他母亲说，"你们两个人什么事情都知道。即使不说话，也知道别人在想什么，这一直让我害怕。"

一个多小时后她们离开了，比利躺在床上凝望着窗外阿森斯市灯火辉煌的夜景。

3

接下来的几天，比利在医院的草坪上慢跑、读书、看电视和接受治疗。哥伦布市的报纸刊登了有关他的报道，《人物》杂志发表了关于他人生的故事，他的照片也出现在《哥伦布月刊》上。媒体报道了比利的故事后，很多人打电话到医院，要求购买他的画作。经考尔同意，他得到了一些绘画材料。他在屋里支起画架，画了十几幅静物和风景画。

比利告诉考尔有不少人曾与施韦卡特、朱迪洽谈，希望购买有关他生平故事的版权，还有人希望他能参加电视节目《60分钟》以及其他节目。

"你希望有人写你的故事吗，比利？"考尔问。

"有钱最好！痊愈之后，我必须回归社会，到时候就需要有生活费。谁会给我工作呢？"

"除了钱之外，你觉得社会对你的遭遇会有什么看法？"

比利皱起眉头："我认为有助于人们了解虐待儿童的后果！"

"好，如果想找人写你的故事，我可以安排一位我认识并且信任的作家与你见面。他在俄亥俄大学教书，他写的书有一本已经拍成了电影。我只是想让你有更多的选择。"

"作家愿意写我的故事吗？"

"不妨见见面，你可以听听他的想法。"

"好吧！好主意。"

当天晚上，比利想象着他与作家谈话的情景：他是什么样的人，可能穿着斜纹软呢西装，嘴里叼着阿瑟抽的那种雪茄。在大学教书一定很了不起吧？作家不是都住在纽约或贝弗利山庄吗？考尔为什么会推荐他？他一定是个谨慎的人。施韦卡特说过写一本书可以赚很多钱，更别说是拍成电影了。饰演他的人会是谁呢?

他整夜辗转难眠,就这样度过了一晚。他既兴奋又害怕,要和一位真正的作家见面,而且这位作家的书还被拍成了电影,那会是多么难得的经历啊!当他终于睡着时,天已经快亮了。阿瑟认为比利没有能力和作家交谈,因此想让亚伦出面。

"为什么是我?"亚伦问。

"你是最佳演员,没人比你更合适?你机警,不会吃亏上当。"

"每次都是我当挡箭牌。"亚伦抱怨道。

"那是你的专长!"阿瑟如此说道。

第二天,亚伦与作家见了面。他大吃一惊,而且非常失望。那位作家并不像他想象中的那般高大、有魅力,只是个留着胡子、戴着眼镜的瘦小男人,身穿一件棕色的灯芯绒运动衣。

考尔介绍他们彼此认识,然后把他们让进办公室。亚伦坐在皮椅上点燃一根烟,作家在他对面坐下也点上一根雪茄。闲聊了一会儿,亚伦转到了主题。

"考尔说你可能有兴趣写我的故事,"亚伦说道,"你认为我的故事有价值吗?"

作家笑了笑,吐出一口烟。"不一定,我必须多方面了解你,确定出版商是否有兴趣出版,我讲的故事必须与报纸或杂志上登载的有所不同。"

考尔将手放在肚子上微笑着说:"这没有问题。"

亚伦探着身将臂肘支在膝盖上:"我还有很多故事,但我不能就这样告诉你。我在哥伦布市的律师说有很多人想得到版权,好莱坞的一个人打算买下电视和电影的拍摄权,本周会有另一位作家飞来洽谈购买条件和合同的事。"

"不错嘛!"作家说,"你已经是个名人了,应该有很多人想读关于你人生的故事。"

亚伦点头笑了笑,决定进一步了解对方。

"我想拜读一下你写的书,好了解你的作品,考尔说你的一本书还拍成了电影。"

"我会送你一本小说,读完之后,如果有兴趣,我们再见面。"

考尔在作家离开后,建议比利在采取进一步行动前,先请一个当地律师负责维护自己的权益。哥伦布市原来的公共律师将不再代表他。

那个星期,亚伦、阿瑟和比利轮流阅读作家送来的小说。读完后,比利告诉阿瑟:"我觉得可以让他为我们写书。"

"我同意,"阿瑟说,"他表现内心世界的手法符合我们的要求。若想了解比利的问题,必须洞察他的内心世界,作家必须站在比利的立场来写这本书。"

里根叫道:"反对,我不同意把我们的故事写成书。"

"为什么?"亚伦问。

"这么说吧!比利和那个作家谈话,你们也会发言,这样很可能把以前犯的事都说出来。"

阿瑟考虑了一会儿说:"我们可以不把这些事说出来呀!"

"此外,"亚伦说,"我们还可以随时脱身。如果发生伤害我们的事,比利可以随时中止这本书的写作。"

"应该怎么做呢?"

"只要否认我们说过的一切就行了,"亚伦说,"就说我们是假装自己具有多重人格,说明那些都是虚构的故事,就不会有人去买它。"

"他们会相信吗?"里根问道。

亚伦耸耸肩:"这没关系,出版商不会愿意冒险出一本可能是虚构的书。"

"亚伦说得没错。"阿瑟说。

"同样办法也可用于比利签署过的合同。"亚伦补充道。

"就说他无法胜任签约?"里根问。

亚伦笑了:"我们不是'因精神病获判无罪'吗?我在电话里和施韦卡

133

特律师谈过这个问题。根据他说的,我们永远都可以说自己是在精神病状态下签署这份合同的,是考尔强迫我们签的。必要的话,还可以宣布那份合同无效。"

阿瑟点点头:"也就是说,我们可以放心让作家为这本书寻找出版商。"

"我还是觉得这样做不明智。"里根说道。

"我认为出书对于我们来说非常重要,"阿瑟指出,"把我们的故事公诸于世!虽然也有不少书涉及了多重人格障碍,但还从来没有过像比利这样的故事。如果世人因此了解了这些现象是如何发生的,那我们就为关爱人类的心理健康做出了巨大贡献。"

"另外,"亚伦说,"我们还可以赚很多钱!"

里根接话道:"这是我今天听到的最好,也是最明智的讨论。"

"你就喜欢钱。"亚伦说。

"这也是里根最有趣的矛盾,"阿瑟说,"他是忠诚的共产党员,却因贪财而偷钱。"

"但是你知道,我每次都把我们剩下的东西和钱拿去帮助贫困的人。"里根说。

"是吗?"亚伦笑了,"那我们还可以因慈善捐赠而抵税?"

4

12月19日,当地报纸《阿森斯信息报》的主编给医院打电话,要求采访比利。比利和考尔均表示同意。

考尔领着比利走进会客室,将他介绍给《阿森斯信息报》的主编赫伯、记者鲍勃以及摄影师盖尔。考尔展示了比利的画作,比利则回答了有关他的过去的问题,诸如企图自杀以及由其他人格主导等等。

"对那些暴力行为你有何看法?"赫伯问,"阿森斯市的居民如何才能保证安全?如果你获准自由行动,如何确保你不会对本地居民的安全构成威胁？"

"我认为，"考尔答道，"关于暴力行为的问题不应由比利，而应由另一个人格回答。"

他带着比利走出会客室回到自己的办公室，要比利坐下。

"比利，我认为你必须和阿森斯市的媒体搞好关系，公众有必要知道你不会对他们的安全构成威胁。总有一天，你会在不受监视的情况下自由地上街买绘画材料、看电影或者买汉堡包。报社的工作人员显然并无恶意。我想应该让他们与里根谈谈。"

比利安静地坐在那儿，嘴唇微微动了一下，过了一会儿，把身体探向前说："考尔，你疯了？"

考尔辨别出了这个粗鲁的声音："里根，怎么了？"

"不能这么做，我们得让比利醒着。"

"如果不重要，我不会叫你出来。"

"当然不重要，那不过是报纸的宣传！"

"是宣传，"考尔谨慎地说，"但是公众需要保证，保证你们确实像法院说的那样不会对社会构成威胁。"

"我不在乎别人怎么看，我不想让个人隐私出现在报纸的头条新闻里。"

"但在阿森斯市，必须与媒体保持良好的关系，当地居民的看法对你的治疗和你的权益有很大的影响。"

里根想了一会儿，觉得考尔是想通过媒体证实他所说的是真实的，但考尔的话也有一定的道理。

"你认为这么做是正确的？"他问。

"当然，否则我不会这么建议。"

"那好！"里根说，"我同意接受记者的采访。"

考尔把他带回会客室，三位记者感激地抬起了头。

"我会回答问题的。"里根说道。

这种完全不同的口音令鲍勃颇感惊讶，有些迟疑地说："我……我的意思是……我们想知道……想确认本市不会……比利不是暴力分子。"

"除非有人要伤害比利、欺负女士或小孩时,我才会使用暴力,"里根说,"发生类似情况时我才会介入。你会让别人伤害你的孩子吗?不会!你会保护你的妻子和孩子,还有妇女们。要是有人想伤害比利,我就会保护他。在不被激怒的情况下使用暴力是一种野蛮行为,我可不是野蛮人。"

提出几个问题后,记者要求同阿瑟谈话。考尔转达他们的要求后,只见里根充满敌意的表情消失了,取而代之的是一种傲慢、深沉的表情。阿瑟环顾四周后,从口袋里掏出烟斗点燃,吸了一口,缓缓吐出一缕长烟。

"真荒唐!"他说道。

"怎么了?"考尔问。

"让比利沉睡却让我们出来!我尽了最大的努力让比利醒着。你知道让他控制一切有多么重要?但是……"他将目光转向记者,"我来回答有关暴力的问题。我可以向这座城市的所有母亲保证,她们晚上可以不必锁门。比利已不同于过去了,他从我这儿得到了理智,从里根那儿得到了控制暴力的能力,我们正在帮助他,他也在不断地学习。比利掌握了我们教他的东西后,我们就会消失。"

记者立即将这些记录下来。

考尔要求比利出现。他咳嗽了几声,再度出现。"天哪,这玩意儿让我喘不过气来!"他把烟斗扔在桌上,"我不吸烟。"

回答了几个问题后,比利说他已经不记得考尔带他离开房间后发生的事情。接着他热切地谈起了自己的理想,并表示希望出售自己的画作,将一部分钱捐给儿童基金会。

报社的三名记者带着震惊的表情离开了。考尔在陪比利回房间的时候说:"看来,有更多人相信我们了。"

朱迪忙着处理另外一个案子,因此施韦卡特陪同事务所的主管前来阿森斯市探望比利。施韦卡特想要进一步了解那位准备写书的作家和阿伦·戈尔兹伯里律师。这位女律师是比利聘请来为自己处理权益问题的。上午11点他们在会客室见面,参加的还有考尔医生、比利的妹妹和她的未婚夫鲍伯。比利坚持说是自己决定让这位作家写书的。施韦卡特转身递给戈尔兹伯里律师一张清单,上面列着接洽过的出版商、作家以及希望将故事拍成电影的制片人。

会面结束后,施韦卡特抽出时间与比利单独聊了一会儿。"我正在处理一件报纸头条新闻的案子,"他说,"点二二口径手枪枪击案。"

比利表情严肃地说:"你得答应我一件事。"

"什么事?"

"如果真是那个人干的,就别为他辩护。"

施韦卡特笑了,"从你口里说出来这话,比利,说明你真的变了。"

施韦卡特离开时心情非常复杂。比利的问题现在已由别人接手处理,过去的14个月真的十分不易,忙得他团团转。

为了办理这个案子,他没有时间和家人待在一起,妻子因此和他离了婚。此外,由于他为声名狼藉的强奸犯辩护,让这个疯子无罪开释,深夜里常接到抗议电话。这些骚扰造成了家人的心理负担,他的儿子因父亲为比利辩护的事甚至与同学大打出手。

他不得不耽搁其他委托人的事,好让自己有更多的时间办理比利的案子。朱迪说的不错:"我们为了对得起他人没日没夜地工作,结果是我们的家庭和家人为此付出了代价。"

打开车门准备上车前,他望了一眼巨大、丑陋的维多利亚式建筑,然后点了点头。现在,处理比利的问题已经是其他人的责任了。

5

12月23日,比利因为要与作家面谈而感到紧张。幼年的生活没有给他留下太多的记忆,只有一些从别人那里听来的零星片段!他该如何向作家讲述自己的故事？早餐后，他走到大厅尽头倒了第二杯咖啡，然后坐在椅子上等待作家的到来。他的律师戈尔兹伯里几经周折，上周终于代表他与作家和出版商签订了一份合同。但是，麻烦刚刚开始！

"比利，有客人。"诺玛的叫声吓了他一跳。他从椅子上站起来，把咖啡洒在了衣服上。他看见作家正沿着前门的台阶朝他走来。

"嗨！"作家微笑道，"准备开始？"

比利将他领到自己的房间，目视着这位留着胡子的作家取出录音机、笔记本、铅笔、烟斗和烟丝，然后在椅子上坐下。"为了写作需要，每次开始的时候都要先报出你的名字。请问，我现在是与谁说话？"

"比利。"

"好的。我们第一次在考尔办公室见面时，你曾经提起过光圈，当时你不太认识我，所以未加说明，现在能谈谈吗？"

比利看着地板，显得很难为情："那天和你说话的不是我。我怕羞，是不会和你说话的。"

"是吗？那么，那天是谁在和我说话？"

"亚伦。"

作家皱起眉头，若有所思地吐了一口烟。"好的，"他在笔记本上做了记录，"能不能告诉我什么是'光圈'？"

"我也是后来才知道的，就像在哈丁医院完成部分融合时得知的其他事情一样。那是阿瑟告诉其他人走进真实世界时用的词。"

"那个光圈是什么样的？你看到的是什么？"

"地板上有一个白色的大圆圈，发着光，大家都站光圈旁边或者躺在四周的床上，有人注意看着、有人睡觉，也有人忙着自己感兴趣的事。但不论是谁，只要站到光圈里，就有了意识。"

"被称为比利时，是不是每个人都有反应？"

"睡觉时，如果有人呼唤'比利'，所有人都会响应。科尼利亚医生曾向我解释，为了掩饰多重人格的事实，其他人也会做出反应。他们的存在之所以暴露，是因为当时戴维非常害怕，对特纳医生说漏了嘴。"

"你过去知道存在其他人吗？"

他点点头，靠在椅背上沉思着："克丽丝汀在我小时候就存在了，我不记得是从什么时候起。大概在八九岁的时候，他们大部分都已经存在了。我的继父卡尔莫他……卡尔莫……"他突然停住了。

"如果这件事让你伤心，就别说了。"

"没关系，医生说，突破自我对我很重要。"

他闭上了双眼，"我记得是在愚人节之后的那个星期，当时我上四年级。他让我到农场帮他整理田地，他带我走进谷仓将我绑起来，然后……然后……"他眼中充满了泪水，声音哽咽，表现得像个孩子一样。

"如果太痛苦，就别……"

"他打我，"他边说边揉着手腕，"他打开了发动机，当时我想我会被机器撕裂、被叶片绞碎。他说，如果我告诉妈妈，他就把我埋在谷仓里，然后告诉妈妈，我因为恨她而逃走了。"他的泪水不断涌出，"后来再发生同样的事，我只要闭上眼睛，画面就会消失。多亏哈丁医生帮我恢复了记忆，我现在知道了，当时被绑在发动机上的人是丹尼，后来又由戴维出现承受痛苦。"

作家的身体因愤怒而颤抖不停，"上帝！你能活过来真是个奇迹！"

"现在我明白了，"比利低声说道，"警察拘捕我实际上是救了我，对于受害者我深感抱歉。但是，我最终感觉到上帝对我露出了微笑，这是22年来从未有过的。"

第六章

1

圣诞节的第二天,作家驱车驶过弯弯曲曲的漫长道路,前往阿森斯精神卫生中心与比利进行第二次面谈。他觉得比利在医院里过节情绪一定会非常低落。

作家听说在圣诞节的前一周,比利曾请求考尔允许他去洛根市的妹妹家里过节,但考尔认为他不宜外出,因为他住院才两个星期。医院里的其他患者都有一个短假,所以比利认为,如果他与其他患者的治疗并无不同,那么他也应当享受同样的待遇。考尔知道比利是在试探他,也知道获得比利信任的重要性,所以帮他向医院申请。但考尔很清楚,这是不可能被批准的。

这个申请果然引起了各方的强烈反应,包括假释委员会、州政府精神卫生局和哥伦布市检察官办公室。亚维奇检察官甚至打电话询问施韦卡特,阿森斯市到底在搞什么鬼,施韦卡特回答说会去查一查。"不过,我现在已经不是他的律师了。"他补充了一句。

"如果我是你,就打电话问他的医生,"亚维奇说,"让他冷静想想,在判决两周后就让他外出休假,那么公众一定会要求针对精神病刑事犯制定新的法律。"正如考尔预想的,申请被驳回了。

作家打开厚重的铁门走向比利的房间时,发现整个医院仿佛空无一人。他敲敲比利的房门。

"等一下。"传出一个睡意蒙眬的声音。

门打开了,比利像是刚刚起床。他看了看戴在手腕上的电子表,一脸茫然:"我不记得买过这只表。"他走到桌前看了一眼桌上的纸条,然后递给作家。那是医院小卖部开具的26美元购物收据。

"我没买过这块表。有人花了我的钱,那是我卖画挣来的,这样做不对。"

"你可以到小卖部退了。"作家答道。

比利看了一下:"留下来也好,反正我也需要。质量不怎么好,但是……我看看。"

"你没买,那会是谁买的?"

他四下望了望,似乎是在查看房间里是否有其他人:"我听到了几个奇怪的名字。"

"说说看?"

"凯文和菲利普。"

作家尽量掩饰自己的惊讶。他读过有关比利具有十种人格的报道,但从未提起过刚才那两个名字。作家检查了录音机以确保它能正常运转。"这件事告诉考尔了吗?"

"还没有,"他说,"我会告诉他的,但我不知道这意味着什么。他们是谁?为什么我会想到他们?"

比利说话的时候,作家想起了《新闻周刊》12月18日登载的文章中的一段话:"总之,其中还有一些未解开的疑点……他对受害者提到的'游击队'、'杀手'究竟指的是什么?医生认为,比利可能还有其他未被发现的人格,其中一些人格可能有犯罪行为。"

"比利,谈话之前,我认为我们有必要制定一些基本规则。首先,我必须确认,你对我说的话不会被别人用来伤害你。如果你觉得有些事可能会被别人利用,就告诉我'不要列入记录',我会关掉录音机。在我的档案里不会有于你不利的材料。如果你忘记说,我会主动制止你,同时关掉录音机。清楚了吗？"

比利点点头。

"另外，如果你有什么犯罪计划，千万别告诉我。如果你告诉我，我就得立即向警方报案，否则我会被视为同犯。"

比利仿佛受到了惊吓："我不会有什么犯罪计划的。"

"很高兴听到你这么说。来，告诉我那两个名字。"

"凯文和菲利普。"

"这两个名字对你意味着什么？"

比利看看桌上的镜子："没什么，我不记得了。但我总会想起'不受欢迎的人'这句话。这可能与阿瑟有关，不过我不清楚究竟是怎么回事。"

作家的身体向前探了下。"给我讲讲阿瑟，他是什么样的人？"

"没有感情。他让我想起《星际迷航》中的史波克，是那种在餐厅里一不顺心就发脾气的人。他经常为自己辩解，但如果别人不明白他在说什么，就会非常生气。他令人无法容忍。他永远说自己很忙，许多事情要安排、计划和组织。"

"他从来不放松一下吗？"

"有时候会，通常是和里根下棋，不过他最讨厌浪费时间。"

"听起来你好像不太喜欢他？"

比利耸耸肩："阿瑟不是那种你喜欢或不喜欢的人，他令人尊敬。"

"阿瑟和你长得不像？"

"身高、体重和我差不多，他身高6英尺、体重190磅，但是他戴金丝眼镜。"

第二次谈话持续了三个小时。他们谈到报纸上曾经提及的人格、比利的家庭以及他幼年时的事情。作家摸索着按照自己的方式收集资料，目前遇到的主要问题是"失去的记忆"。由于比利的记忆有许多空白，因此很难了解他的幼年生活，以及他在过去的七年里如何被其他人格支配。作家最后决定，虽然他需要增加一些内容，但仍会忠于比利的真实经历。除了那些未知的罪行外,其他都按照比利叙述的写。然而,他担心这个故事的情节存在太多疑问,因此难以成书。

2

考尔听到办公室外的吵闹声,于是抬起头来。他看到自己的秘书正在和一位操着布鲁克林口音的男子说话。

"考尔很忙,现在无法见你。"

"小姐,我不管他有多忙,我必须见他,我有东西要给他。"

考尔刚刚起身,办公室的门就被推开了。比利站在那儿。

"你是比利的医生吗?"

"我是考尔。"

"你好!我是菲利普,我们认为这个东西应该交给你。"他将文件"啪"的一声扔在桌上,然后转身离去。考尔看了一眼,发现那是一个名单,上面列着包括比利在内的10种人格以及其他名字,但最后一个写的却不是具体的名字,而是"老师"。

他想追出去,但突然想起一个更好的办法,于是接通了微波治疗室的电话:"乔治,我今天和比利、戴夫约好要进行一次面谈,请你帮忙做全程录像。"

挂上电话,他开始研究那份名单,上面一共列了24个人,其中有很多他不熟悉的名字。简直难以置信,其他人遇到过类似案例吗?那个"老师"又是谁?

午饭后,考尔敲响了比利的房门。不久,比利打开了门,满脸睡意,头发蓬乱。"什么事?"

"比利,我们今天下午治疗,过来参加吧!"

"好的,考尔。"

比利随着这位身材矮小但精力充沛的医生走出精神卫生中心。他们沿着走廊朝现代化的老年医学大楼走去，经过自动售货机，推开微波治疗室的门。

乔治已在屋里等候，录像机也准备完毕。乔治向比利和考尔点点头。屋内右侧有一排椅子，似乎是为不存在的观众准备的，左侧的推拉门前摆着录像机和监测器。比利坐在考尔指定的位子上，乔治帮比利把麦克风挂在胸前。此时，一位黑发男子走进房间，考尔上前去迎接他。来者是资深临床心理医生戴夫。乔治做了个手势示意录像机准备就绪，于是考尔正式开始。"为了记录，请告诉我们，你叫什么名字？"

"比利。"

"好，比利，我需要你帮助收集一些信息。我们知道'你们'当中出现了几个新名字，你知道还有其他人吗？"

比利显得很惊慌，目光轮流停在考尔和戴夫身上。

"哥伦布市有位心理专家向我询问有关菲利普名字的事。"考尔说道。他发现比利的膝盖上下不停地抖动，神情异常紧张。"还有肖恩、马克或罗伯特等，这些名字你知道吗？"

比利想了一会儿，眼睛望着远方、嘴唇嚅动着，像是自言自语地喃喃道："我刚才听见他们在说话，阿瑟正在和一个人争论，好像提起了那些名字，但我不清楚。"他迟疑了一下，"阿瑟说：'肖恩的智力并不迟钝，精神也没问题，但他天生是个聋子，动作慢。就他的年龄而言，这个状况并不正常……'自从科尼利亚医生唤醒我之后，每晚睡着之前我都可以听到持续不断的争论。"

他的嘴唇又开始嚅动，考尔使了个眼色让乔治给比利的脸部来个特写镜头。

"你希望由谁出来解释？"比利神经质地问道。

"你觉得我应该和谁谈？"

"我不知道。这几天我的脑子一直很混乱，我不知道该问谁。"

"你自己是否可以离开'光圈'？"

比利立刻现出惊讶、受到伤害的表情，以为考尔要让他走。

"比利，我并不是要……"

比利两眼茫然地呆坐了许久后又开始四处张望，好像刚被惊醒。他扳动着手指的关节，两眼冒出怒火。

"你已经树立不少敌人了，考尔。"

"能说清楚点吗？"

"不关我的事……是阿瑟。"

"为什么？"

"因为那些'不受欢迎的人'来了。"

"谁是'不受欢迎的人'？"

"那几个被阿瑟弄哑的家伙，因为他们已经失去利用价值了。"

"如果他们没有利用价值，为什么会存在呢？"

里根瞪起眼睛："那你让我们怎么办？杀了他们吗？"

"我知道了，"考尔说，"继续说吧。"

"我不同意阿瑟的决定，他和我一样是守护者，我不是什么事都办得到。"

"能多谈谈那些'不受欢迎的人'吗？他们很残暴？是罪犯吗？"

"我是唯一有暴力倾向的人，但只是在某种情况下。"突然，他一脸惊讶地注视着手表。

"是你的手表吗？"考尔问。

"我不知道是哪儿来的，一定是比利趁我不注意时买的！我说过，没有人会偷东西，"他笑了笑，"阿瑟对'不受欢迎的人'态度很坚决，他告诉大家绝不能提起那些人，这是秘密。"

"在此之前，为什么从来没有人提起？"

"也没人问过呀！"

"从来没人问过？"

他耸耸肩:"可能有人问过比利或戴维,但他们不知情。在未获得完全信任之前,那些'不受欢迎的人'不会被公开的。"

"既然如此,为什么告诉我?"

"阿瑟开始控制不住了,那些'不受欢迎的人'正在反抗,他们自己跳出来的。名单是凯文写的,那是必要的第一步。在没有建立足够的信任之前,我们对公开这个秘密持保留态度,否则我们会丧失防御能力。我发过誓不泄密,但又不会说谎。"

"里根,以后会发生什么?"

"我们会团结起来,同舟共济,控制好自己就不会再丧失记忆,而且只有一个人拥有支配权。"

"那个人是谁?"

"'老师'。"

"谁是'老师'?"

"他被大家尊重,但和普通人一样,有优点也有缺点。他了解现在的比利,而且他的情绪也会随着环境而变化。'老师'没有公开自己的名字,不过我知道他是谁。你要是知道了谁是'老师',一定又会把我们当精神病。"

"为什么?"

"考尔,其实你已见过'老师'的一部分了。换句话说,我们这些人的知识都是'老师'教的!他教汤姆电子知识和逃脱术;教阿瑟生物学、物理学和化学;教我武器知识和如何控制肾上腺素,这样我就可以发挥最大的能量;他还教我们画画,'老师'无所不知。"

"里根,谁是'老师'?"

"'老师'就是完整的比利,但比利自己不知道。"

"里根,你为什么告诉我这些?"

"因为阿瑟在发脾气,由于他控制不严,让凯文和菲利普暴露了'不受欢迎的人'的存在。阿瑟虽然聪明,可也是个普通人。我们内部现在到处都是抗议之声。"

考尔做个手势,让戴夫把椅子拉近。"不介意戴夫医生参加吧?"

"比利在你们面前会很紧张,可我不会,"里根扫了一眼周围的电线和设备,摇摇头,"就像是汤姆的玩具室。"

"能再讲讲'老师'的事吗?"戴夫问。

"我这么说吧,比利小时候是个天才,当时我们是一个整体,可现在的他并不知道这些。"

"那他为什么需要你呢?"戴夫问。

"我是为了保护比利的肉体而被创造出来的。"

"但是你知道,实际上你只是比利想象出来的。"

里根靠向椅背笑着说:"是有人这么说过,我也同意这个说法,但比利不接受。比利做事总是失败,这就是存在'不受欢迎的人'的原因。"

"比利知道自己就是'老师'吗?"戴夫问。

"他要是知道了,一定会生气。但是,你和'老师'谈话就是在和一个完整的比利对话,"里根又看了看手表,"花了比利的钱却不让他知道,这不公平。不过手表能让比利知道自己失落了多少时间。"

这时,考尔问道:"里根,你不认为你们现在应当面对现实,这样才能解决问题吗?"

"我没有问题,我是问题的一部分。"

"如果比利知道他就是'老师',会有什么反应?"

"如果他发现了,会崩溃的。"

在接下来的疗程中,里根告诉考尔,他和阿瑟经过长时间的激烈争论后,同意把比利就是"老师"的事实告诉比利。最初,阿瑟认为比利无法承受这样的打击,知道了一定会精神错乱。但是他们现在一致认为,为了让比利康复,有必要让他知道真相。

听到这个决定,考尔非常高兴。里根和阿瑟的分歧,以及"不受欢迎的人"闹事等等,都说明情况已经十分紧急。他认为是让比利见见其他人的时候了。让比利知道自己就是那位知识渊博、通晓多种技能并传授出去的"老师"，可以增强他的信心。

考尔提出与比利谈话。看到上下抖动的膝盖，他就知道是谁出来了。他把阿瑟和里根的决定告诉了比利。比利点头允诺并说已经做好了准备，脸上露出既兴奋又恐惧的复杂表情。考尔将录像带放进录像机、调整好声音，然后靠在椅子上观察患者的反应。

看到屏幕上的自己，比利忍不住笑了起来。看见影像中发抖的膝盖，并发现自己的膝盖也在不停抖动时，他立刻用双手按住膝盖；而当屏幕上出现嘴唇嚅动的画面时，他立刻用手按住嘴，睁大了眼睛，似乎无法相信这一切。随后屏幕上出现了里根的脸，看来和比利的一模一样，接着响起了里根的声音："你已经树立不少敌人了，考尔。"

直到此时比利才真正相信了别人所告诉他的，他有多重人格这一事实，即便他从未感觉到别的人格存在。他所能感觉到的只有偶尔听到的谈话和丢失的时间。他虽然相信医生所说的，但从未真实感受到。现在他亲眼看到了，也第一次真正理解了。

里根谈到名单上的24个名字以及"不受欢迎的人"时，比利立刻表现出恐惧和迷惑；而里根提及"老师"时，比利更是张大了嘴。"老师"教导过所有的人，但"老师"是谁呢？

"'老师'就是完整的比利，但比利自己不知道。"录像中的里根如是说。

考尔看着比利步履蹒跚地离去，身体似乎很虚弱、全身不停地冒汗。

比利离开微波治疗室，沿楼梯爬上三楼，途中有人打招呼，但他毫无反应。走过空荡荡的医院大厅，他突然全身瘫软，倒在椅子上。

他就是"老师"。

他就是那个聪明智慧、有美术天赋、体格强健又精通逃脱术的人。

他试图了解这一切。最初存在的是一个核心人格，即拥有出生证明的比利；后来他分裂成好几个部分，在这些部分的背后是一个没有名字的实体，他就是里根所说的"老师"。（在某种意义上，正是这个看不见的、分裂的、精灵般的"老师"创造了所有人,包括孩子和恶魔。)因此,"老师"应当为所有的罪行承担责任。

这24个人格融合为一体就是"老师",也就是完整的比利。他会有什么感觉?他知道这些吗?考尔医生应当见见"老师",这对治疗而言意义重大。作家也需要"老师",以便知悉发生过的一切……

比利闭上双眼,感到一股奇怪的暖流从脚底升上胳膊、肩膀和头部,感到了自己的心跳和脉搏。他低下头,看到了光圈,白色的光芒刺痛了他的双眼。此刻,他知道所有的人都必须站在光圈下同时出现。所有人都出现了,他也站在光圈下……穿过光圈……坠落……相互碰撞着……所有人都一起漂浮着……滑动着……彼此结合在了一起……

然后,他从光圈的另一侧出来了。

他握紧双手举到眼前注视着。现在,他明白为什么之前无法完全融合了,因为当时有一些人没有出现。他创造出的所有人格,以及自幼年至今的所有活动、思想和记忆,全部浮现在眼前。所有的成功者和失败者,包括阿瑟曾试图掩盖的"不受欢迎的人",现在都历历在目。他现在知道了自己的历史,所有人格的荒谬、不幸和未被公开的罪行;同时,他也明白,自己对作家回忆往事时,其他23个人格都在听着。他们一旦知道了自己的故事,记忆便不再丧失。他们将不同以往。想到这里,比利不禁感伤起来,仿佛失去了什么。那么,自己究竟迷失了多久?

他发现有人向大厅走来,于是转身去看。来者是个矮小的医生。他知道,自己的一部分曾经见过这位医生。

考尔穿过大厅走向护士站,看见比利坐在电视室外的椅子上。比利站起来转身之际,考尔立刻意识到,他已不是以前的比利或者其他人格了。他仪态大方,目光直率,毫无戒心。考尔猜想一定发生了什么。他认为让患者知道主治医生具有敏锐的洞察力十分重要,值得冒点风险,于是双手交叉,两眼直视着对方的眼睛。

"你是'老师',对吗?我一直在等你。"

"老师"低头望着身材矮小的考尔,点了点头。他的笑容中带着一股坚毅。"你已经让我消除了戒备之心,考尔。"

"即使我没有这么做,你也应该知道,时机到了。"

"一切都将改观。"

"你还想见他们吗?"

"不,不想。"

"现在你可以给作家讲述完整的故事了,你能回忆起多久以前的事?"

"老师"凝视着他。"所有的事情。我记得刚满月的比利被从佛罗里达的医院带回家。因为喉咙被阻塞,他差点儿夭折,所以被送到医院。我记得他的生父约翰尼·莫里森是个犹太裔喜剧演员,后来自杀身亡。我还记得比利幻想中的第一位玩伴。"

考尔微笑着点头拍了一下"老师"的胳膊:"很高兴与你合作,'老师',我们还有很多事要去研究!"

在某种意义上，
正是这个看不见、分裂的、
精灵般的"老师"创造了所有人，
包括孩子和恶魔。

第二部
老师诞生

第七章

1

多萝西回想起1955年3月的一天,她发现怀中刚满月、面色红润的儿子在吃药之后突然口吐白沫。

"莫里森!"她尖声叫道,"快带比利去医院!"莫里森急急忙忙冲进厨房。

"他什么都咽不下,"多萝西说,"一喂就吐!他是吃过药才这样的。"

莫里森大声唤来管家咪咪照顾大儿子吉姆,然后径自奔到门外发动汽车。多萝西抱着比利坐上车,赶往迈阿密海滩的芒特西奈医院。在急诊室里,一位年轻的实习医生看了孩子一眼说道:"夫人,已经太迟了。"

"他还活着呀!"她大吼,"别胡说!一定要救救我的孩子!"

在多萝西的催促下,实习医生接过婴儿,结结巴巴地说:"我们……我们会尽力而为。"

挂号台后的护士请他们填写挂号单。

"孩子的姓名、地址?"

"威廉·斯坦利·莫里森,"莫里森回答,"北迈阿密滩,154街,东北1311号。"

"宗教信仰?"

他停住望了一眼妻子。他原本想说"犹太教",但看到妻子脸上的表情后,不禁犹豫了。

"天主教。"多萝西说。

莫里森转身走向候诊室,多萝西跟着走过去坐在长椅上,看着丈夫吞云吐雾。她猜想莫里森可能还在怀疑比利不是自己的亲生骨肉。比利与大他一岁半的哥哥吉姆长得不像,吉姆一头黑发,肤色也比较深。吉姆诞生的时候,莫里森欣喜若狂,曾说要找前妻办理离婚手续,但一直未付诸行动。尽管如此,他还是买了一栋粉红色的房子,还在后院栽了不少棕榈树。因为他认为艺人拥有一个美满的家庭非常重要。而对多萝西而言,现在的婚姻生活比与前夫迪克在俄亥俄州过的日子要好得多。然而,她知道莫里森目前的状况不好,年轻的喜剧演员本应是票房的保证,但他的笑话不太受欢迎。莫里森曾是当地的红角,可现在已沦为龙套演员,是夜总会第一个出场的热场人物,而不再是压轴戏的主角。演出机会少了,他便沉湎于赌博和酗酒。

他不再是以前的莫里森了,以前他会为她安排好演出、送她回家,还经常说:"保护一个21岁的俄亥俄漂亮姑娘是我的责任。"曾经的莫里森给了她足够的安全感,她会警告那些纠缠她的花花公子们说:"嘿!看清楚了!我可是莫里森的女人。"

莫里森36岁,左眼失明,身体却强壮得像个战士。莫里森对多萝西来说更像是个父亲。

"少抽点烟吧!"她说。

他将烟掐灭,双手插在口袋里。

"今晚我不想去演出了。"

"这个月已经好几场没去了,莫里森。"

他瞪了她一眼,打断了她的话。莫里森刚要开口,医生走过来说:"你们的孩子已无大碍了,是有东西呛到气管里了,现在问题已经解决,情况稳定了。你们可以先回家,如果情况有变化,我们会打电话通知你们。"

比利活过来了。一岁前,他在迈阿密住了好几次医院。莫里森和多萝西到外地演出时,比利和吉姆就由管家咪咪照顾,或者送到托儿中心。比利出生一年后，多萝西又怀了第三胎。莫里森要她去古巴堕胎，但她拒绝了。多年后，她告诉孩子们这么做是犯法的。1956年12月31日新年夜晚，凯西出生了。分娩费用让莫里森一筹莫展，他欠了不少债，也更加变本加厉地喝酒、赌博。多萝西知道他借的6000美元都是利滚利的高利贷，因此和他吵起来，莫里森还动手打了她。

1956年秋天，由于酗酒和情绪失常，莫里森住进了医院。10月19日莫里森获得医院许可回家一天参加吉姆的五岁生日会，而事实上吉姆的生日是10月20日。那天多萝西结束演出回到家时已经很晚，一进门就看到被莫里森掀翻的桌子，地板上扔着半瓶威士忌和一个空的安眠药瓶。

2

"老师"还记得，比利不知道自己心目中的第一位朋友叫什么名字。那天距他四岁生日还有四个多月，因为吉姆不愿意和他玩、凯西年纪太小，而父亲又只顾自己看书，比利只好孤独无聊地坐在屋里摆弄玩具。不久，他看见一个黑头发、黑眼珠的小男孩坐在对面注视着他。比利将玩偶士兵推向小男孩，后者拿起士兵放在卡车上，将卡车推来推去，但他们没有说话，即使不说话也比一个人待着好。

那天晚上，比利和那个不知名的小男孩看见父亲从柜子里取出药瓶。父亲倒出瓶里所有的黄色药片吞下时，他们从镜子里看到了整个过程。后来，父亲坐在桌子前默默不语，比利躺在婴儿床上，那个不知名的小男孩消失了。午夜时分，他被母亲的尖叫声惊醒。吉姆和他站在窗旁看着她焦急地给警察打电话。过了不久，比利看见父亲被抬上一个带轮子的担架，被一辆闪着灯的车拉走了。

之后的几天，父亲没有回来陪他玩，母亲情绪不佳，忙碌着，吉姆又不在身旁，所以比利想和凯西玩耍、说话，但母亲说她太小了，必须当心。因此，孤独无聊的他只好闭上眼睛睡觉。

"克丽丝汀"睁开眼睛爬上凯西的小床,凯西哭泣时,她能从凯西的表情中看出她想要什么。于是,克丽丝汀走到妈妈面前,告诉她凯西肚子饿了。

"比利,谢谢你,"母亲说,"好孩子,照顾一下妹妹,我去做晚饭。我外出工作前会为你读一段故事。"

克丽丝汀不认识比利,也不知道别人为什么要叫她比利,但她很高兴能与凯西玩。她拿起一根红色蜡笔,在婴儿床边的墙上为凯西画了一个洋娃娃。

克丽丝汀听见有人进来,抬头一看,原来是那位美丽的女士正低头看着她在墙上画的画,然后又看了看她手中的蜡笔。

"哎呀!别乱画!你这个讨厌的孩子!"多萝西吼道。

克丽丝汀闭上眼睛离去了。

这时,比利睁开眼睛,看到了母亲愤怒的表情。她抓住比利使劲地摇晃着,比利吓得哭了起来,不知道自己为什么被惩罚。后来,他看到了墙上的画,心想不知道是谁干了这缺德事。

"我不是讨厌的孩子!"他哭叫着。

"你在墙上画画,还不讨厌?"她继续高声喊着。

他摇摇头:"不是比利,是凯西画的!"他用手指着婴儿床。

"不准说谎!"多萝西用手指使劲地戳着比利的胸部,"说谎……不……好,骗子都会下地狱的!你现在给我回屋去!"

吉姆没有搭理他。比利心想,墙上的画会不会是吉姆画的?哭了一会儿,他闭上眼睡着了……

克丽丝汀睁开眼睛,看到一个年纪较大的男孩睡在房间的另一头。她想找个洋娃娃玩,但看到的都是玩具兵和卡车。她不喜欢这些玩具,她想要洋娃娃和奶嘴瓶,还有凯西的毛绒玩具。

她溜出房间去找凯西的婴儿床,连续找了三个房间才找到。凯西已经睡着了。克丽丝汀拿起凯西的洋娃娃回到自己的床上去睡觉。

早上，比利因拿走了凯西的洋娃娃而遭到了惩罚。多萝西发现洋娃娃在比利的床上，于是使劲地摇他，直到他感觉自己的头都要被摇下来了。

"以后别再拿了！那是凯西的洋娃娃。"

克丽丝汀明白了，比利的母亲在家时，她不能招惹凯西。起初，她以为屋里的那个男孩是比利，可是大家都叫他吉姆，因此她知道那是哥哥。她自己的名字虽然是克丽丝汀，可是大家都叫她比利，她还必须答应。她很喜欢与凯西一同玩耍，还教她认字。凯西学走路时，克丽丝汀就在一旁看着；凯西肚子饿了，她知道凯西喜欢吃什么；她还知道凯西容易受到哪些伤害，出了问题，她就会跑去告诉多萝西。她们一起玩盖房子的游戏。母亲不在时，她喜欢和凯西一起玩穿衣服的游戏，穿戴上多萝西的衣服和帽子，打扮得像是要去登台演出。克丽丝汀喜欢为凯西画像，但不敢画在墙上。多萝西给她们买了许多纸和笔，大家都对比利的绘画天赋称赞不已。

莫里森刚出院，多萝西就开始担心。他与孩子们玩耍，或是创作新曲、准备演出节目的时候，一切都很正常。然而，只要她不在家，他就会打电话给地下赌场下注。她要是阻止他，就会遭到诅咒和毒打。后来，莫里森干脆离开家住进旅店，不与孩子们共度圣诞节，也不在新年夜为凯西庆祝三岁生日。1月18日，多萝西被警察局打来的电话惊醒。有人在汽车旅店外的车里发现了莫里森的尸体，一根管子从排气管接到车的后窗下。莫里森留下了一封长达八页的遗书。遗书中除了谴责妻子多萝西的话外，还解释了如何用保险公司的赔偿金去为他还债。

多萝西告诉孩子们父亲已经去了天堂，于是吉姆和比利就跑到窗口抬头仰望天空。

一个星期后，放高利贷的人来了，逼着多萝西偿还6000美元的借款，威胁说如果不还就让她和孩子不得安生。多萝西只好带着孩子逃离家园，搬到基拉戈市的姐姐家。后来，她又搬到俄亥俄州的瑟克而维尔市，并在那里遇到了前夫迪克。迪克向她保证会痛改前非，于是，经过几次约会后，他们复婚了。

3

在比利将近五岁的一天早晨，他走进厨房，踮起脚尖想从架子上拿洗碗布，但架上的糖罐突然摔到了地上。他想将摔碎的罐子粘好，但是已经来不及了。他听到有人走进来，不禁浑身发抖，因为他既不想受罚，也不想被伤害。他知道自己做了错事，但不想知道会有什么结果，更不愿听母亲的训斥，于是闭上了眼睛……

"肖恩"睁开眼睛看了看四周，发现地板上到处都是糖罐的碎片。发生了什么事？我为什么会在这里？

一位漂亮的女士走进来，怒气冲冲地看着他，嘴巴一张一合的，但是他什么都听不见。她用力地摇晃他，不断地摇，但他仍然听不见。她用食指戳他的胸部，脸涨得通红，嘴巴一张一合。但他不知道她为什么生气。她把他拖进房间，关上房门。他安静地坐在那儿，搞不明白究竟是怎么回事，过了一会儿就睡着了。

比利醒来了。他担心会因打破了糖罐挨打，然而，他并没有受到惩罚。他是怎么回到房间的？好在他已经习惯了。他在某个地方只要闭上眼睛，再睁开眼就会发现自己所处的时间变了，地点也变了。他以为每个人都会碰到这样的事。可是经常有人叫他骗子，而且会为了他根本没有做过的事惩罚他。但这次相反，他做错了事，醒后却没有挨罚。他不知道母亲什么时候会惩罚自己，因而忐忑不安。那天，他一直待在房里不敢出来，只盼着吉姆早点放学回家，或是再见到那个摆弄士兵和卡车玩具的黑发小男孩。他眯起眼睛，盼望着看到那个小男孩，但什么也没发生。

奇怪的是，他不再感到孤独了。每次他感到孤独、悲伤或无聊时，只要闭上眼睛就行了。而且每次再睁开眼睛时，他都会发现自己是在一个不同的地方，所有的事情都变了。阳光太强烈的时候，他有时也会闭上眼睛，醒来时往往已是夜晚时分了,但有的时候情况正好相反。他有时候会和凯西或吉姆玩,可经常是一眨眼的工夫,他又是一个人坐在地上了。发生这种情形后,他的胳膊有时会出现红色的捏痕,或是后背有一种被打过的疼痛感觉。

但令他高兴的是,再也没有人惩罚他了。

4

多萝西和迪克的再婚只维系了一年,最后还是分手了。她在兰开斯特乡村俱乐部找了份招待员的工作,同时还在大陆酒吧和高顶礼帽酒吧唱歌维持生计。她将孩子们送到俄亥俄州瑟克而维尔市的圣约瑟夫学校。

一年级时,比利的日子过得还不错,修女们无不称赞他的绘画天赋。他画素描极快,以六岁的年龄而言,他对光和色彩的把握确实令人惊讶。二年级时,史蒂芬修女告诉他必须用右手写字和画画:"你的左手里有魔鬼,比利,必须把它赶出来!"看到她拿起尺子,他赶紧闭上眼睛……

肖恩环顾四周,看到一位身穿黑衣服、系着浆过的白色围裙的女士拿着一把尺子向自己走来。他知道自己是来这儿接受惩罚的,但是为了什么?她的嘴巴在动,可他听不见她在说什么,只能一脸无辜地望着她那张因生气而涨得通红的脸。她抓起肖恩的左手,高高地举起尺子一言不发地在他的手心使劲地打了几下。

他顿时泪如泉涌。他想了又想,就是不明白自己为什么要为没做过的事受罚?太不公平了!

肖恩离去,比利睁开眼睛时发现史蒂芬修女已经走了。他看看左手心上的伤痕,感到一阵刺痛;脸上似乎也有什么东西,用手去摸,才知道是泪水。

虽然吉姆只年长比利一岁多,但他永远不会忘记在比利七岁那年的暑假,他们一起离家出走的事。他们拿了一些食物,比利还让他准备了小刀和衣服，说是要去探险。比利还说，他们回来会一举成名，还能带回钱财。他被比利的计划和决心打动了，于是同意和他一起行动。他们背上行李溜出家门，穿过市中心来到了到处长满苜蓿的田野。比利指着田野中的几棵苹果树说，咱们就在那里儿吃午餐吧，吉姆对他言听计从。

两个人靠着苹果树坐下，一边吃着苹果一边讨论着探险计划。突然，苹果纷纷从树上掉下来，吉姆觉得要刮大风了。

"快跑！"吉姆说道，"暴风雨要来了。"

比利望了一眼四周。"看那儿，蜜蜂！"

放眼望去，田野里到处是发出嗡嗡声的蜜蜂。"不好！我们被包围了，蜜蜂会把我们蜇死的，我们完蛋了！救命呀！救命呀！"吉姆高声大叫，"快来救我们呀！"

比利迅速收拾了一下，"我们来的路上没有蜜蜂，还是沿着原路往回跑，快跑！"

吉姆停止了吼叫，跟着他穿过田野跑回马路上，果真没有被蜇到。

"你的反应真快！"吉姆说。

比利望着逐渐昏暗的天空，说："要变天了，今天就到此为止，我们回家吧！但绝对不能说出来，以后我们还有机会出来的。"

回家的路上，吉姆暗自想道：我为什么要听比利的呢？

暑假快结束的时候，他们又到瑟克而维尔附近的丛林去探险。走到哈吉溪时，他们看到水面上有一条从树枝上垂下来的绳子。

"我们可以荡过去！"比利说。

"我先来，"吉姆说，"我是哥哥，我先过去，要是没事，你再过来。"

吉姆抓住绳子后退几步荡了出去，但刚荡过四分之三的水面，便手一松掉下了泥潭，开始往下沉。

"是流沙！"吉姆大喊。比利见状，立即找来一根长树枝扔给吉姆，然后自己爬上树顺着绳子爬下去，把吉姆拖到安全的地方。回到溪边，吉姆躺在地上望着比利。

比利没有说话。吉姆抓住比利的胳膊说："比利，你救了我一命，我欠你一个人情。"

凯西与比利和吉姆不一样，她喜欢天主教学校，也很敬仰修女。她决定长大了也去当修女。她很崇拜父亲，一直努力探寻着与父亲有关的事物。母亲告诉她，父亲是因病被送进医院的，后来病故了。才五岁的她不论做什么都要先问问自己："这是父亲希望我做的吗？"如此状况一直持续到她成年。

多萝西用当歌手攒下的钱买下了酒吧的部分股份。后来，她遇见一位潇洒、能言善辩的小伙子。这个小伙子提议他们一起到佛罗里达开一家晚餐俱乐部，而且动作要快。他让多萝西带着孩子先去佛罗里达找地方，自己则留下来帮她出售酒吧的股份。他说事成后会去佛罗里达与她会合，她要做的就是签署一份股份让渡授权书。

她采纳了他的建议，让孩子住在佛罗里达妹妹家，自己则去拜访那几家准备出售的酒吧。她就这样等待了一个月，但他一直没有出现。明白自己上当受骗后，她只得空着手回到了瑟克而维尔。

1962年，多萝西在一家保龄球俱乐部演唱，在那里遇见了卡尔莫。卡尔莫的妻子亡故，和小女儿查拉住在一起。查拉的年纪与比利相仿，大女儿已经长大成人，是个护士。卡尔莫开始与多萝西约会，还介绍她到自己就职的公司上班。工作是铸造电话零件，而他自己在那里的工作是操作冲压机床。

比利从一开始就不喜欢卡尔莫，他对吉姆说："我不相信这个人。"

瑟克而维尔的南瓜节是美国中西部有名的节日，也是一年一度的重要日子。除了游行队伍和花车占据的地方，整个街道都变成了南瓜集市。小贩们叫卖着南瓜甜甜圈、南瓜糖和南瓜汉堡包，全城张灯结彩就像过狂欢节一般。1963年的南瓜节，充满了欢乐。

多萝西觉得自己的生活状况正在好转。她遇到了一个有固定工作的男人，不但照顾她，而且还答应接纳她的三个孩子。他会是个好父亲。当然，她也会善待查拉。1963年10月27日，多萝西与卡尔莫结婚了。婚后三个星期，也就是11月中旬的一个星期天，卡尔莫带着全家人去了俄亥俄州不来梅镇的小农场。这个小农场是他父亲的，开车15分钟就到了。孩子们沿路看到白色的农舍感到十分兴奋。他们还在阳台上荡秋千，在后面的冷库和离山脚只有几步远的红色旧谷仓里玩捉迷藏。卡尔莫告诉孩子们，他们周末得到这儿来干活，因为地里种了蔬菜，有许多杂事要处理。

比利望着烂在地里的南瓜，记下了谷仓的样子和农场的全貌。他决定回家后画一幅画送给新父亲。

在下一周的星期五，女子修道院院长和梅森神父走进了三年级的教室。他们与史蒂芬修女耳语了几句。

"同学们请起立默哀。"史蒂芬修女流着眼泪说。

梅森神父严肃的语气令孩子们感到很惊讶，都凝神聆听着。"孩子们，大家可能不了解当前的世界形势，我也不想让你们了解这样残酷的事实，但我必须告诉大家，今天早上肯尼迪总统不幸遇刺身亡了。让我们为他祈祷。"

祈祷完毕，同学们被安排下课，等候巴士送他们回家。受到大人们悲伤情绪的感染，孩子们都默默地站在那儿。

周末，全家人围坐在电视机前收看新闻和总统的葬礼仪式。比利发现母亲在掉眼泪，心里非常难过。他无法忍受这样的情景和看到母亲哭泣，于是重重闭上了眼睛……

肖恩出现了。他看了一眼无声的电视画面和正在看电视的家人，走到电视机前将脸贴近屏幕，顿时感受到了电视机的震动。查拉见状使劲将他推开。于是，肖恩回到自己的房间坐在床上。他发现咬紧牙关慢慢地从口中吐出空气，他的头也会发出奇怪的嗡嗡声。他坐在那儿反复吐气，嗡嗡……

卡尔莫将三个孩子从圣约瑟夫学校转到瑟克而维尔的公立小学上学，因为身为爱尔兰清教徒，他们家从来没有人去上天主教会的学校，都是在美以美教会学校就读。

祷告词中没有了圣母马利亚和基督耶稣令孩子们不悦，因为他们已经说习惯了。他们更不喜欢专为小孩准备的祷告词，例如查拉念的："现在，我要躺下睡觉。"

比利暗自决定，如果要他改变宗教信仰，他宁愿像生父莫里森一样信奉犹太教。

第八章

1

婚后不久,一家人搬到离兰开斯特不远的地方居住。多萝西发现卡尔莫对四个孩子非常严苛:用餐时不许说话、大笑;必须依顺时钟方向传递盐罐;有客人在座时,必须坐直,脚平放于地,双手放在膝盖上。

他不准凯西坐在母亲腿上,"你已经长大了!"卡尔莫对七岁的小女孩儿说。

有一次,吉姆让比利把盐罐递给他,但比利手短没有递到,盐罐掉地上摔碎了。卡尔莫便对他大吼:"怎么老出错?都九岁了,还是小孩吗!"

他们对继父越来越畏惧,特别是在他喝酒之后,更是害怕他。

由于压抑着内心的不满,比利更加胆怯、畏缩。然而,他不明白继父为什么这么严厉、充满敌意,而且经常惩罚他们。有一次,卡尔莫对他大声嚷,比利就用两眼瞪着他。最后,卡尔莫的声音成了嚎叫:"我和你说话时,别这样看着我!"

他的怒吼令比利恐惧,于是闭上了眼睛……

肖恩睁开眼睛时,总是会看到面前的人不断地张嘴、闭嘴,对他怒目而视,有时是那位美丽的女士,有时是男孩儿或女孩儿,年纪较大的男孩儿会推他或抢走他的玩具。他们张嘴时,肖恩就张嘴发出怪声,于是他们就笑了。但那个大男人不笑,而是气愤地瞪着他。遇到这种情形,肖恩就大哭，头脑里会出现一种奇怪的感觉。接着，他就会闭上眼睛离开。

凯西想起了比利小时最喜欢的游戏。

"比利，快扮成蜜蜂的样子，"凯西说，"让查拉看看。"

比利望着她们，不知道她们在说什么："什么蜜蜂？"

"你常做的动作呀！嗡嗡……"

比利只好模仿着蜜蜂发出的声响。

"你真逗！"

"你晚上为什么总会发出嗡嗡的声音？"有一次吉姆在房里问他。他们睡在一张旧双人木床上，比利发出的怪声经常把吉姆从睡梦中惊醒。

吉姆和女孩儿们提到的事令比利深感难为情，他根本不知道这究竟是怎么回事。

然而，他立刻回应道："那是我发明的游戏。"

"什么游戏？"

"叫作'小蜜蜂'，我表演给你们看。"他在床单下用双手比划出一个圈四处游走着，"嗡嗡，嗡嗡，就是这样！这是床下的蜜蜂家族。"

吉姆觉得那嗡嗡声就像是从床单下传出来的。比利从床单下抽出一只手握成杯子的形状，声音仿佛来自手心，然后吉姆的手也像蜜蜂一样上上下下沿着枕头和床单前进，直到比利突然捏疼了他的胳膊为止。

"干什么捏我？"

"有一只蜜蜂蜇你呀！你抓住它，我们可以打死它或抓在手里。"

吉姆多次抓住或拍死了蜇他的"蜜蜂"，他每抓住一次，嗡嗡声便会响彻漆黑的房间，而且声音越来越大，越来越猛烈。这时，比利伸出手更加用力地捏了他。

"啊！啊！你弄疼我了！"

"不是我，"比利说，"你抓了小蜜蜂，它父亲和兄弟来报仇了！"

于是，吉姆放开了手中的"蜜蜂"。这时，比利让整个蜜蜂家族都围绕在枕头上那只被吓坏的"小蜜蜂"周围。

"这游戏真好玩！"吉姆说，"我们明天晚上再玩！"

黑暗中，比利躺在床上，想着这可能就是发出嗡嗡声的真正原因。他想，也许是他的大脑正在发明这个游戏所以才会发出嗡嗡的声响。他没有意识到屋里的人能否听见他发出的怪声，或者这种事会不会发生在其他人身上，就像失落的时间一样。他以为每个人都会失落时间。他常听母亲或邻居说，"天哪！不知道时间是怎么过的！""已经这么晚了？"或者"日子怎么这么快就过去了？"

2

"老师"记得很清楚，事情发生在4月1日愚人节过后的一个星期天。七个星期前，比利刚刚满九岁，他觉得卡尔莫一直在注意他。一天，比利在翻看杂志时抬起头，发现继父正看着自己。卡尔莫的手撑着下巴，毫无表情地坐着，蓝绿色的眼睛凝视着他的一举一动。比利站起来将杂志小心地放回咖啡桌上，坐在常被指定的椅子上，脚平放在地上，双手放在膝上。可是，卡尔莫仍然盯着他。最后，比利站起来走到外面的阳台上，无所适从。他想去找大狗杰克玩。大家都说杰克凶恶，但比利却与它相处得很好。这时，他发现继父从浴室的窗后直盯着他看。

比利受到惊吓，想要逃离卡尔莫的视线。他走到前院，虽然那是一个暖和的午后，比利却坐在那里打着寒战。报童把报纸抛过来，比利伸手接住，转身准备送回家，却发现卡尔莫隔着前窗仍在注视着他。

一整天，包括晚上在内，继父的目光一直注视着他。比利害怕得发抖，不知道继父要干什么。但继父没有说话，只是用眼睛注视着他的每一个动作。

全家人坐在电视机前观看沃尔特·迪斯尼的电影《奇妙的色彩世界》。比利躺在地板上，不时地回头张望继父。继父的面孔还是像扑克牌般冷峻。

比利起身坐到母亲身旁，卡尔莫也站起来迈着重重的步伐走出客厅。

当天晚上，比利失眠了。

第二天早餐前，卡尔莫走进厨房，看起来昨晚也没睡好。他说今天活儿多，要带比利一起去农场。卡尔莫选择路程较远的小路前往农场。一路上，卡尔莫一言不发。到了农场，他打开车库门将卡车开进谷仓。比利闭上眼睛，内心充满了痛苦……

哈丁医生向法院提交的报告有如下内容："患者表示……他受到虐待，包括卡尔莫强迫他进行肛交。患者说那是在他八九岁时发生的，前后持续一年之久，都是在他和继父卡尔莫单独在农场时发生的。患者害怕继父会杀了他，因为继父曾威胁要把他埋在谷仓里，然后告诉他母亲，说他离家出走……从那时起，他的精神、情感和灵魂分裂成24个部分。"

3

凯西、吉姆和查拉事后都证实了"老师"有关母亲第一次挨打经过的回忆。多萝西回忆说，因为她与工厂里一位黑人同事坐在附近的长椅上说话，卡尔莫非常气愤。当时，她负责生产线的冲压程序，发现那位同事在工作时打瞌睡，便走过去叫醒他告诉他这样做很危险，后者向她微笑，并表示了谢意。

回到工作台，她看见卡尔莫一脸愤怒的表情。在回家的路上，卡尔莫仍然怒气冲冲，但没有说话。

回到家里，她终于开口问道："你到底怎么了？说呀！"

"你和那个黑鬼有什么不可告人的关系？"卡尔莫反问。

"什么关系？你瞎说什么呀！"

孩子们在客厅里看见继父殴打母亲，比利站在那儿吓坏了。他想帮助母亲阻止继父，但一闻到酒味，就担心继父会杀了自己，然后埋在谷仓里，告诉母亲他失踪了。

比利跑回房间,砰的一声将房门关上,用背紧紧地顶着。他虽然用双手蒙住了耳朵,却仍然能听见母亲的尖声哭叫。他的身体慢慢地滑下去,最后瘫在地板上。他使劲地闭上眼睛。肖恩出现了,他天生耳聋,所以听不见任何声音……

"老师"回忆,那是第一个"混乱时期"。比利整天精神恍惚,生活混乱,由于时间不断失落,根本搞不清年月日。他当时上四年级,老师发现他行为异常,特别是当某个人格因为不知道曾经发生过什么而说出一些奇怪的话、或起身在教室里走动之时。出现这种情况,比利就会被叫到教室的角落里罚站。事实上,面对墙壁罚站的往往是三岁大的克丽丝汀。

她可以站在那儿很久不说话,避免让比利再惹上更多麻烦。马克对任何事都只有短暂的好奇心,不能长时间坚持;汤姆性格叛逆;戴维是出气筒;杰森是压力安全阀,经常大声叫喊;鲍比常在幻想中迷失;塞缪尔是犹太人,像比利的生父莫里森一样善于祈祷。他们做错的任何事都会让比利迷惑不解。只有不足三岁的克丽丝汀能够安静地站在那儿一言不发。

小女孩克丽丝汀的任务之一,就是站在墙角挨罚。

第一个听到其他人格说话的也是克丽丝汀。一天早上,她在上学途中停下来摘野花,结果发现了野漆树和桑树。她想采一束花送给老师,这样老师或许会少让她罚站。可是,她走到苹果树下又改变了主意,决定改为摘苹果。她将野花扔了去摘苹果,但是够不着高高的苹果树,于是伤心地哭了起来。

"小姑娘,怎么啦?为什么哭呀?"

她看看四周,并没有人。"我够不着苹果。"她说。

"别哭了,里根给你摘。"

里根用全身的力气使劲摇晃着苹果树,折弯了一根大树枝。"拿去吧,"他说道,"这些苹果都给你。"他为她摘了很多苹果,还带克丽丝汀去上学。

里根刚离开,克丽丝汀怀里的苹果便纷纷掉到马路上。一辆急驶的汽车正向其中最大、最鲜亮的一个苹果冲去,那是她准备送给老师的。她急着想去捡回来,就在此刻,里根将她推到一边,没有被卡车撞到。看到汽车压烂了苹果,她放声大哭。里根见状,捡起了另一个没那么好的苹果在身上擦拭干净交给她,让她带到学校去。

她把苹果送给老师,老师说:"谢谢你,比利。"

克丽丝汀很不高兴,因为苹果是她拿来的。她走进教室,却不知道座位在哪儿,于是挑了左边的一个。几分钟后,一个大个男生说:"快滚,那是我的位子!"

她很难过。她觉得里根会出来揍那个男孩,于是起身走向另一张椅子。

"喂!那是我的座位!"站在黑板前的女孩儿叫道,"老师,比利坐了我的椅子。"

"你不知道自己的座位在哪儿吗?"老师问道。

克丽丝汀摇摇头。

老师指着教室右边的一张空椅子:"回到自己的座位上,比利,现在就去!"

克丽丝汀不知道老师为什么生气,她曾尝试过很多办法想博得老师的欢心。她流眼泪的时候感到里根想再度出来与老师对抗,因此只好紧闭着双眼、使劲跺着脚,想制止里根出现。随后,她也消失了。

比利睁开眼睛,发现自己在课堂里。天哪!我怎么到这儿来的?同学们为什么都盯着自己?他们在笑什么?

下课后,老师叫住他:"比利,谢谢你送的苹果,太客气了。真的很抱歉,我惩罚了你。"他目视着老师走下楼梯,不明白老师究竟是什么意思。

4

凯西和吉姆第一次听到比利用英国口音说话时,还以为他是在逗乐。当时,吉姆和比利在屋里整理需要清洗的衣物,凯西走到门口看比利是否已经准备好与他们一起去上学。

"比利,怎么啦?"看到他一脸茫然,她问道。

他看看她,又看看屋里的另一个男孩。那个男孩也在瞪着他。他不认识这两个人,也不知道自己为什么会在这里。他不知道谁是比利,只知道自己叫阿瑟,来自英国。

他低头看着自己脚上穿的袜子,是一只黑色、一只紫色。"这两只袜子不是一双。"

女孩咯咯地笑了起来,那个男孩也笑了。"比利,你真帅!说话的口音好像福尔摩斯电影里的华生医生,是吧,吉姆?"女孩说完便走了,那个叫吉姆的男孩也跟着跑出去,嘴里还大喊着:"再不快一点就要迟到了!"

自己明明叫阿瑟,他们为什么叫我比利?

我是冒名顶替的?混在其他人中间潜入房间当奸细?或者我是个侦探?搞清楚这一切,看来还得下一番工夫!我为什么会穿着两只颜色不同的袜子?谁给我穿上的?到底怎么回事?

"比利,快点!再迟到,你知道爸爸会怎么惩罚我们!"

阿瑟心想如果自己是冒名顶替的,就必须跟他们一起去上学。他一路都没讲话。经过一间教室时,凯西说:"比利,你去哪儿?快进教室吧!"

他走到教室最后面,发现有一个空位子便坐下来,觉得还是坐下来比较安全。他直视前方,头抬得高高的,不敢开口说话,因为其他人已经嘲笑过他奇怪的口音了。

女老师将油印的数学考卷发给同学们。"答完了把试卷夹在书里,到外面休息,休息之后再检查答案,然后我会收回考卷打分数。"

阿瑟看了一眼考卷上的乘法和除法试题,冷笑了一声。他拿起笔迅速地答题。写完后,他将考卷夹在书里,双手交叉,两眼看着高处。这些题目太简单了。

同学们在运动场上发出的吵闹声令他厌烦,他闭上了眼睛……

休息过后,老师说:"请大家拿出考卷。"

比利不知所措地抬起头来。

他在课堂里干什么？是怎么到学校来的？他只记得早晨起了床，但不记得自己穿过衣服和上学的事。起床以后发生的事，他一点儿都不记得了。

"交卷前，大家检查一下答案！"

什么考卷？他不知道发生了什么事。如果老师问起，他就告诉她，忘记把考卷放哪了，或者说放在外面了。他必须编个理由。他打开自己的书，简直无法相信自己的眼睛，里面居然有一张考卷，50道题全部答好了。他注意到那不是自己的笔迹——虽然有点像，而且很潦草。他经常碰到这种事，所以每次都假装东西是自己的。然而他非常清楚，以他那么差劲的数学水平，根本不可能答出这些题的。他瞄了一眼旁边的女同学，她还没答完！他耸耸肩，捡起铅笔在考卷上方写下自己的名字"比利·米利根"。他没有检查，因为他根本不知道如何检查。

"你写完了？"

他抬起头来，发现老师就站在面前。"是的。"

"你没检查？"

"没有。"

"你认为能通过吗？"

"我不知道，"比利说，"你看完就知道了。"

老师将考卷拿到她的桌上。几秒钟后，他看见老师的眉头皱了起来，然后走到他背后。"比利，让我看一下你的书。"

他把书递给老师，老师翻了几页。

"让我看看你的手。"

他让老师检查了手心。老师又查看了他的袖口和衣服口袋里装的东西，最后又看了一眼书桌抽屉。

"好吧！"老师最后说，"我不明白，你是不可能事先知道答案的，因为今天早上我才用油印机印好考卷，而且唯一的答案就在我的包里。"

"我通过了吗？"比利问。

173

她十分不情愿地将考卷交给他。"你考得很好。"

比利的老师们称他是逃学生、闯祸者和骗子，从四年级到八年级，他经常出入训导处、校长室和心理辅导室。随着年龄的增长，他必须不断地编造故事、歪曲事实，以避免承认大多数他并没有做过的错事。这些事也许就在几天、几小时甚至几分钟前才刚刚发生。大家注意到他经常昏睡，都说他是个怪人。

他了解到自己与众不同后，才发现并非每个人都会失落时间。周围的人都能指出他曾做过或者说过什么，唯独他自己不知道。他觉得自己一定有精神病，但把这个想法隐藏了起来。

无论如何，他必须保守这个秘密。

"老师"回忆道，那是在1969年的春天，当时比利14岁，读八年级。有一天卡尔莫把他带到农场，在玉米地里扔给他一把铲子，让他挖洞……

卡洛琳医生后来在提交法院的报告中如此写道："……继父对比利进行性虐待，并且威胁比利，如果他把这件事告诉母亲，就会将他活埋。他甚至真的埋过比利，只插一根管子让他呼吸……在铲去比利身上的泥土之前，他从管子口将尿撒在比利的脸上。"(《新闻周刊》1978年10月18日)

……从那天起，丹尼非常惧怕泥土，再也不敢躺在草地上、触摸地面或者画风景画。

5

几天之后，比利进入自己的房间，伸手去开床头灯，但没有反应。他反复转动开关，电灯仍然不亮。他悄悄走进厨房拿了一个新灯泡。学妈妈的样子换灯泡时，他被电了一下，立刻退向墙壁……

汤姆睁开眼睛四下看了看，不知道会发生什么事。他看见床上有个灯泡，便拿起来拧在灯座上，但不小心碰到了灯头，被电了一下。他妈的！怎么回事？他取下灯泡查看灯座的内部，用手去摸时又被电了一下。他坐在那儿想办法。电是哪儿来的？他沿着电线找到了电源插座，将插头拔出来摸了摸，没有发现问题。这么说电是从墙壁那边来的？

他看了看插座上的两个小孔，然后跑下楼沿着电线从天花板追踪到保险盒，又沿着上面的电线一直找到户外。当他看到电线连接着马路上的电线杆时，便停了下来。原来这些讨厌的电线杆是干这个用的！

汤姆顺着电线杆查找它们的源头，来到一栋建筑物前，当时，夜幕已经降临。他看到墙上挂着一块牌子，上面写着"俄亥俄州电力公司"，于是心想，电这东西是从哪儿来的？威力还大，能把人电得七荤八素。

回到家里，他拿出电话簿，找到俄亥俄州电力公司，记下了公司的地址。天已经黑了，他决定明天上午再去查看。

第二天，汤姆来到位于市中心的"俄亥俄州电力公司"。他走进去一看，感到非常惊讶，有很多人坐在里面接电话、打字，根本无法问话。这就是个办公室！他回到街上，在主街道上闲逛，仍在琢磨着如何查找电的来源。突然，他看到市政大楼前方有一栋挂着"图书馆"牌子的建筑。

对了，可以去查书呀！他上了图书馆二楼，到目录中去查找"电力"一栏。他找到了一些相关书籍，开始阅读。他才惊奇地明白什么是水库、水力发电、火力发电以及其他燃料发电等等。他们的能量可以使机器运转，点亮灯泡。

他一直读到天黑才罢休。走在兰开斯特的街道上，望着陆续亮起的电灯，他兴奋异常。他知道电是从哪儿来的了。他打算继续学习有关机械和电力方面的知识。他站在一家电器商店的橱窗前，看到一群人正在围观电视，画面中一个身穿航天服的飞行员正在缓缓地走下扶梯。

"你相信吗？"围观人群中有个人说道，"这些画面其实是从月球上传回来的！"

"……这是人类的一大进步……"电视里传出播音员的声音。

汤姆抬头望了一眼月亮，又回过头去看看电视，这也是他未来的学习目标。

然后，他看到窗玻璃上映出一个女人的身影。

多萝西说："比利，该回家了。"

他抬头看着比利的漂亮母亲，告诉她自己是汤姆。但是她仍将手搭在他的肩上，拉着他上车。

"比利，别再到城里逛悠了。最好在爸爸回来之前到家，否则有你好受的。"

一路上，多萝西一直注视着比利，但他没有做声。

她给汤姆拿来一些吃的东西，然后说："你为什么不进屋去画画？你画画的时候就能安静下来，你最近太急躁了。"

他耸了耸肩，走进摆放着许多绘画材料的房间。他很快就画了一幅两旁立着电线杆的马路夜景。画完之后，向后退了几步，欣赏着自己的作品。对于一个初学者来说，画得真是不错。第二天，他很早就起了床，又画了一幅有月亮的风景画，尽管背景是白天。

6

比利喜欢花和诗，也喜欢帮妈妈做家务，卡尔莫因此叫他"胆小鬼""小基佬"。

所以，他不再写诗，也不再帮妈妈做家务，常常是阿达拉娜偷偷出来替他做。

一天晚上，卡尔莫在看电视。电视播放的是一部描述第二次世界大战的影片，屏幕上出现了盖世太保用橡皮管鞭打罪犯的画面。看完电视，卡尔莫走到花园剪了一根四英尺长的橡皮管，把管子对折起来用黑胶布将两端粘在一起当把手。他走进屋，看见比利正在洗碗。

阿达拉娜毫无防备，突然感到有人在抽打自己的后背，随后应声摔倒在地板上。

打完了，卡尔莫将橡皮管挂在墙上，回屋睡觉去了。

从此，男人在阿达拉娜心目中就是残暴、充满仇恨和永远不能信任的家伙。她希望多萝西或姐姐——凯西和查拉——能拥抱、亲吻和安慰她，让自己好过些。但她知道这样会带来更多麻烦，于是只好独自在屋里哭泣、睡觉。

卡尔莫经常拿橡皮管打人，多数是抽打比利。多萝西记得，她常常用睡袍或大衣遮住挂在门后的橡皮管，希望卡尔莫看不到橡皮管，想不起去碰它。过了好久，卡尔莫果然不再碰橡皮管，于是多萝西便把橡皮管扔掉，而他也没有问橡皮管的下落。

除了偷着玩发动机和电气设备外，汤姆还开始学习脱逃术。他阅读了有关胡迪尼和西尔维斯特等脱逃大师的文章和书籍。然而，了解到他们的一些技巧不过是魔术后，他不禁大失所望。

吉姆记得弟弟常让他用绳子将自己紧紧地捆绑起来，但每次弟弟都能立刻解脱出来。汤姆独自一人时还学习各种结绳的方法，然后琢磨如何让手腕从绳套中脱出。

汤姆阅读了所谓"非洲猴子的陷阱"的文章。这些文章描述了猴子如何将手伸入狭窄的缝隙中取食物，又如何因为舍不得放弃食物而被猎人捕获。后来，他又开始研究人类的手部结构。他从百科全书中了解了人类骨骼的结构，发现如果能将手缩得小于手腕，就能够轻易挣脱束缚。他丈量了自己的手掌和手腕，开始练习缩紧、挤压自己的骨头和关节。当最终能将手掌缩紧到比手腕还小时，他知道从此没有任何锁链或刑具可以困住自己了。

汤姆还认为有必要掌握从上了锁的房间脱逃的技巧。有一次，趁着妈妈外出留下他一个人在家之时，他用螺丝刀将门锁拆下，仔细研究起锁的结构和功能。他将锁的内部结构画成图，然后记下。此后，每当看见不同的锁，他就会将其拆开，研究之后再组装回去。

有一天,他逛街时走到一家锁店,在老板的许可下观察不同形状的锁。他在脑子里记下了各种锁发挥功能的原理。那位老板还慷慨地借给他一本有关磁性锁、曲轴锁和开锁工具的书。汤姆非常用功,努力地进行了各种研究。他在一家运动器材店看到了几副手铐,于是决定等他一有钱就买一副回家研究开手铐的技巧。

一天吃晚饭时,卡尔莫又表现出恶劣的态度。于是,汤姆开始琢磨用什么办法来惩罚他而又不会被发现。后来,他想到了一个好主意。

他从工具箱中找来锉刀,拆下卡尔莫的电动刮胡刀,将刀片磨钝,然后又组装回去。

第二天早上,汤姆站在浴室外看卡尔莫刮胡子。不一会儿,就听见刮胡刀"咔哒"一声响,接着听到了卡尔莫的嚎叫声。因为磨钝了的刀片刮不动胡子,把他的胡子都扯断了。

卡尔莫冲出浴室。"看什么看,混蛋家伙!别站在那儿。"

汤姆将手插在裤兜里走开了,头扭向一边,免得卡尔莫发现他在偷笑。

亚伦是在比利被附近几个流氓欺负时第一次出现的。当时,比利和他们发生了争执,被那几个家伙扔进一个大楼施工现场的地基大坑里。亚伦与他们争执,费尽口舌说服他们都无济于事。他们还往坑里扔石块砸他,于是比利心想,不能再等下去了……

丹尼听见石块砸向自己的声响,抬头一看,发现有几个小流氓正站在坑边往里面扔石块,其中一块打中了他的脚,另外一块打中了背。于是,他赶紧躲到坑的另一侧,寻思脱身的办法。然而,他发现坑洞太陡,根本爬不上去,于是索性盘腿坐下……

一块石头砸中他的背时,汤姆向上望去。他迅速看清了形势,意识到应该马上逃跑。但是他练习的开锁和解绳结的技术在这里完全用不上,这次需要的是力量。

里根站起来,从口袋里掏出折叠刀,跳起来一鼓作气攀上洞口向小流氓冲过去。刀刃出鞘,他用愤怒的眼睛瞪着那些家伙,要是有人敢动手,他一定会用刀去捅。那些流氓以前也捉弄过比他们矮一头的孩子,万万没有想到这个家伙竟然如此凶猛,吓得一哄而散。里根随后也回家去了。

吉姆后来回忆这件事时说,那些孩子的父母说比利用刀恐吓他们的孩子,卡尔莫听信了他们的一面之词,将比利拖到屋后毒打了一顿。

7

多萝西觉得小儿子变了,而且行为非常古怪。

"有时候,比利像是变了一个人,"她后来回忆说,"他喜怒无常,经常心不在焉,和他说话也得不到回应。他经常眼睛望向远方,人也似乎在很远的地方。他会梦游般地在街上闲逛,甚至会从学校溜出来。有时候,他还没溜出校门就被抓回去。然后,老师就打电话通知我到学校去接他。学校找不到他也会打电话给我。我到处找他,最后经常发现他在市中心闲逛。我带他回家后,就对他说:'好了,比利,回屋睡觉去吧!'可他竟然不知道自己的房间在哪,还得我带他去。我常常会想,天啊,这可怎么办?'感觉怎么样?'他醒来时我会问他,但他往往神情古怪地回答:'我今天一直待在家里?'"

我说:"不是,比利。你今天没待在家,你不记得我去找你吗?你去上学,然后老师打电话告诉我找不到你了,后来我就去找你。你忘了是我带你回家的吗?"

他一脸茫然:"是吗?"

"真不记得了?"

"我今天不太舒服。"

"老师说他的情况可能与吸毒有关,"多萝西接着说,"但我知道事实绝非如此,因为我的孩子从不吸毒,甚至连阿司匹林也不吃,要他吃药还得讨价还价。有时候他放学回家,整个人像是错乱了,要不就是处于恍惚的状态。除非清醒了,否则不愿意和我说话。清醒的那个才是我儿子比利。"

"我曾告诉大家,比利需要帮助。"

8

阿瑟有时也会在课堂中出现,在世界史课上纠正老师的错误,尤其是有关英国及其殖民地的历史。他经常到兰开斯特公共图书馆去看书,从书籍和第一手材料中学到的知识比老师教的还多。

学校老师对"波士顿倾茶事件"的解释令阿瑟很不以为然,因为他曾在一本加拿大出版的书——《事实的真相》中读到过这段历史,那本书揭露了一群喝醉的水手策划阴谋的经过。然而,阿瑟一开口说话,大家都笑话他。于是他走出教室,将那些笑声抛诸脑后。他走回图书馆,因为漂亮的图书管理员不会嘲笑他的口音。

阿瑟知道还有其他人存在,因为他查看日期时经常发现有些事情对不上。根据他了解和观察到的现象判断,他睡觉的时候可能还有人醒着。

没多久,他开始问凯西、吉姆、查拉或多萝西:"我昨天都做了什么?"

但是,他们描述的事他却全然不知,只能靠逻辑推理才能找到答案。

一天,他刚要入睡,却发现脑海里出现了其他人。于是,他强迫自己保持清醒。

"你是谁?"他问道,"你必须告诉我!"

有个人答道:"你他妈的又是谁?"

"我叫阿瑟,你呢?"

"汤姆。"

"汤姆,你在这儿干什么?"

"你又在这儿干什么?"

他们一来一往地问答。

"你是怎么来的?"阿瑟问。

"我不知道，你知道吗？"

"我也不知道，不过我会去查明。"

"怎么查呢？"

"我们需要找到其中的规律。我有个主意，咱们分别记下自己清醒时发生的事，看看加起来能否凑够一整天。"

"好啊！这主意不错！"

阿瑟说道："每过一小时，咱们就在衣柜门内侧画个记号，我也会这么做，我们这些时间加起来，然后与日历对照，算算是不是一天的时间。"

答案是否定的。一定还有其他人。

阿瑟清醒的时候便会努力寻找失落的时间，以及和自己分享时间和躯体的人。遇见汤姆之后，他又陆陆续续地遇见了其他人，总共有23位，包括他自己和外界所称的比利。经过推理，他得知了他们的姓名、行为特点以及曾经做过的事。

在阿瑟之前，似乎只有克丽丝汀知道还有其他人存在。阿瑟后来发现，在其他人清醒的时候，她能够知道脑子里发生的事。阿瑟希望自己也拥有这个能力。

他和亚伦讨论了这个想法。亚伦的口才很不错，经常妙语连珠，使自己从棘手的状况下脱身。

"亚伦，下次轮到你清醒的时候，你就努力记下，然后把周围发生的事情告诉我。"

亚伦答应了。后来他出现时，便把自己看到的一切都告诉阿瑟。阿瑟便去想象推理，直到把事情弄得清楚明了。经过努力，阿瑟得以通过亚伦的眼睛了解了外部世界。他后来发现，在自己清醒时刻意做的事，在不清醒的情况下也能办到。于他而言，这证明了精神确实能够战胜物质。

阿瑟清楚地知道，由于自己知识丰富，他实际上已经成了这个庞大、复杂家庭的负责人。他觉得既然大家都寄身于同一个躯体，就必须制定一套游戏规则，以免发生混乱。由于他是唯一能理性处理事情的人，所以必须在了解全部情况的基础上，想出一个公平可行的办法。

9

比利神情恍惚地在校园走廊里走动时，同学们就趁机欺负他。但他并不理睬，只是忽而自言自语，忽而做出女孩子的举动。在一个寒冷的下午，课间休息时有几个男同学围在他身边辱骂他，还有人用石块打中了他的脸。起初，他不知道发生了什么事，只想着自己绝不能发火，否则会受到爸爸的惩罚。

这时里根出来了，露出凶狠的目光。有个男孩捡起石头朝他扔过来，里根一把接住，立刻扔了回去，击中了那个男孩的头。

里根从口袋里掏出弹簧刀，男孩子们立刻被吓得逃之夭夭。里根站在那里四处张望，想搞明白自己身在何处，又是怎么来到这里的。他将刀收起来放进口袋，然后走开了，并不明白刚才发生了什么。

但是，阿瑟感觉到了里根的出现，还有他敏捷的身手和愤怒的情绪。阿瑟也知道里根为什么会出现。他知道里根这种火爆脾气在什么时候能够派上用场。然而，在自我介绍前，他需要先了解对方。最令他吃惊的是，里根讲话带着斯拉夫口音。在阿瑟的心目中，斯拉夫人是最早的野蛮民族。所以，他认为与里根打交道就如同与野蛮人交往。虽然危险，但在紧急时刻，里根却很有用。

几个星期后，凯文和几个调皮的孩子与邻近社区的孩子打起了泥仗，地点是在一个建筑工地前的垃圾堆。凯文抓起泥块扔向对方，每次没击中而泥块被撞碎时，他都会放声大笑。

后来，他听到一个奇怪的声音在喊："扔啊！扔低一点！快扔！"

他停下来张望，发现身边并没有人。过了一会儿，他又听见了叫喊声："扔啊！低一点！瞄低一点！"就像战争电影里布鲁克林战士的声音，他曾在电视上看过。"你应该再把土块扔低一点。"

凯文感到困惑,他停下来坐在垃圾堆上,思索着到底是谁在和他说话。

"你在哪里?"凯文问。

"你在哪里?"那声音也问。

"我在泥坑后的垃圾堆上。"

"是吗?我也是。"

"你叫什么名字?"凯文问道。

"菲利普,那你呢?"

"凯文。"

"名字好奇怪!"

"是吗?如果让我看到你,我准会把你揍扁。"

"你住哪儿?"菲利普问。

"我住春日街。你是哪儿来的?"

"从纽约布鲁克林区来的,不过我现在也住在春日街。"

"我住在春日街933号,一栋白色的房子,是卡尔莫的房子,"凯文说,"他都叫我比利。"

"天哪!我也住那儿!我知道那个人,他也叫我比利,我怎么从来没见过你!"

"我还没见过你呢!"凯文说道。

"他奶奶的!"菲利普说,"咱们去砸学校的玻璃窗吧!"

"太棒了!"凯文应道,然后便跟着菲利普跑到学校砸碎了12扇窗户。

阿瑟听到了他们的对话,知道这两个人有犯罪倾向,将来可能会惹麻烦。

里根知道有人与他共享一个身体,也知道有比利存在。他从开始有知觉时就知道戴维是痛苦忍受者,丹尼一直生活在恐惧中,三岁大的克丽丝汀让他无比疼爱。此外,他还知道存在其他人,其中有许多尚未见过,因为他见过的那五个人与说话的声音和发生过的事对不上。

里根知道自己姓瓦达斯科维尼奇,家乡在南斯拉夫,他的使命是尽一切努力保护其他人,特别是孩子。他身体强壮、感觉灵敏,可以迅速察觉任何侵犯者,就像蜘蛛能立时感知到入侵者带来的晃动,他在感觉到其他人受到威胁后便会立即采取行动。他发誓要加强自我训练、提高体能和学习军事技术。但是,在这个充满敌意的世界里,这些仍然不够。

里根到城里的运动器材店买了一把小刀,然后在树林里练习"靴侧抽刀"和"快手飞刀"的技巧,直至天黑才回家。他把刀插回靴筒时,决定从今以后随时随地携带武器。

在回家的路上,他突然听到一个英国口音的说话声,于是迅速转身蹲下、拔出小刀,但没有发现半个人影。

"我在你脑子里,里根,我们在一个身体里。"一路上,阿瑟向他讲述了身体里的其他人。

"你真的在我脑子里吗?"里根问道。

"没错!"

"你知道我正在做的事?"

"最近我一直在观察你,你的刀法不错,但是你不能只玩一种武器,还得学习枪支和弹药的知识。"

"我对炸药一窍不通,也不懂电气和线路。"

"那是汤姆的专长,他在电气、机械方面很在行。"

"谁是汤姆?"

"我过两天会介绍给你认识。如果我们想在这世界生存下去,就必须从混乱中理出头绪。"

"你说的'混乱'是什么意思?"

"比利失去意识时,会有不同的人陆续出现应付外面的那些人,结果干的事都有头无尾,出了问题也没人解决,因为大家都不知道发生了什么。我把这种情形称为'混乱',我们必须找出一个控制的办法。"

"我不喜欢被人控制。"里根表示说。

"重要的是,"阿瑟接着说,"学习如何控制事物,如何控制别人,这样我们才能生存下去。我认为这才是最重要的。"

"那第二重要的呢?"

"自我修养。"

"我同意。"里根附和道。

"我给你介绍一本我读过的书,它解释了如何控制肾上腺素,进而获得最大的体能。"

里根一听到生物学就很兴奋,因为他对通过肾上腺素和甲状腺素将恐惧转化为力量十分感兴趣。他对阿瑟高傲的态度虽不以为然,但是又无法否认这个英国人确实博学广识。

"你会下棋吗?"阿瑟问。

"当然会。"里根答道。

"那我的兵到国王四。"

里根想了一会儿,答道:"骑士到女王旁的主教三。"

阿瑟想象着棋盘:"哈!古印度防御,下得好!"

结果是阿瑟赢了一盘。从此以后,他们经常一起下棋。里根不得不承认,阿瑟比他的注意力更为集中。令他欣慰的是,阿瑟的体能无法与自己相比。

"我们得靠你来保护。"阿瑟说道。

"你怎么知道我心里在想什么?"

"很简单,总有一天你也能办到。"

"比利知道我们存在吗?"

"不,不知道。他只能听见我们的声音,看见我们的幻象,却不知道我们存在。"

"不告诉他吗?"

"没有这个必要。他知道了,很可能会精神分裂。"

第九章

1

1970年3月，史坦伯利中学的心理专家马丁提交了以下报告：

比利经常不记得自己在什么地方、东西放在哪里，在无人搀扶时走不了路，他的瞳孔在这些时候很小。最近，比利经常因为与老师、同学发生口角而逃学。他情绪很低落，经常哭泣，难以和其他人沟通。最近有人看见比利站在一辆正在行驶的汽车前。为此，他被带到医院检查，诊断结论是"精神恍惚"。

根据我的检查，比利虽然情绪沮丧，但仍能控制自己的行为。我们发现，他很讨厌他的继父，而且因此对家庭极为反感。比利认为他的继父是个死板且毫不顾及他人的暴君，这点已得到他母亲的证实。他母亲表示，由于比利的生父是自杀身亡，因此比利的继父经常将比利与他的生父进行比较。比利的继父还声称是比利和他母亲逼死了他的生父（比利母亲的原话）。

2

史坦伯利中学的校长约翰发现，比利经常旷课。上课时，他时常坐在校长办公室前或体育馆后面的台阶上。如果约翰校长看到他，就会坐在他身旁和他聊几句。

比利曾谈及他过世的父亲，并说长大后也要当个演员。他还曾谈起当年家中的窘境。但是，校长知道比利大部分时间都处于精神恍惚的状态。他常常让比利坐进自己的车，然后送他回家。屡次发生类似事件后，约翰校长向费尔德郡精神卫生中心报告了比利的情况。

精神病医生布朗于1970年3月6日第一次见到比利。布朗医生身材瘦削，留着灰色的胡须，下巴后缩。他透过厚厚的镜片注视着眼前这个干净、健康的15岁男孩。他顺从地坐着，不紧张也不惊慌，但目光有点儿畏缩。

"他的声音很平稳，"布朗医生在记事本上如此描述比利，"但精神不甚集中。"

比利看着他。

"你感觉如何？"布朗问道。

"像做梦一样来来去去。我爸爸恨我，我听见他大吼大叫，我房间里有一盏红灯，我看见一座花园和一条路，那里有花、水和树，但是没有人。我看见许多不真实的事情。一扇门上有很多锁，有人在敲门想要出来。我看见一位妇女从楼上掉下来，突然间变成了一块金属，但我无法救她。我不需要吃迷幻药就可以梦游。"

"你对父母有何看法？"布朗医生问。

"我担心他会杀了母亲。都是因为我的缘故，因为他恨我，他们曾为了我吵架。另外，我常做一些无法解释的噩梦。有时候，我有一种很奇怪的感觉，好像我真的很轻盈，有几次甚至觉得自己能够飞翔。"

布朗医生在他的第一份报告中写道："……与以往情况不同的是，他似乎能够认知现实世界，没有精神不正常的症状。他的注意力能够集中，记忆能力也不差。但由于受到前述状况的影响，他的判断能力明显遭到严重的损害。由于控制力薄弱，他无法改正自己的行为。诊断：伴随转换反应而产生的严重歇斯底里——APA编号300.18。"

事后，"老师"解释说，布朗医生并未与比利交谈过，当时是亚伦出面述说了戴维的想法和幻觉。

5天后,在未预约的情况下,比利再次来到医疗所。布朗医生看到他神情恍惚,便同意为他治疗。他发觉眼前的这个男孩似乎知道自己身在何处。

"去给你母亲打个电话,"医生说,"告诉她,你在我的医疗所里。"

"好的。"戴维说完便起身走出去。

几分钟后返回来见医生的是亚伦。他静静地坐在那儿,医生则在一旁观察着他。

"今天发生了什么事?"医生问。

"今天在学校里,"亚伦说,"11点半的时候我开始做梦。醒来时,我站在大楼的屋顶上往下看,好像要往下跳。接着,我走下楼去了警察局,让他们给学校打电话,免得老师担心我。后来,就到这儿来了。"

布朗医生用了很长时间为他检查,最后轻轻抚摸着自己灰色的络腮胡,问道:"比利,你服用过什么药吗?"

亚伦摇摇头。

"现在,你目视前方,能看到什么?"

"我看见了几张脸,不过只有眼睛、鼻子和奇怪的颜色。我看见他们发生了意外,他们在汽车前跌倒了,从悬崖上摔下去,在水里挣扎。"

布朗医生一言不发地观察着比利,仿佛在查看一个画面。"比利,说说家里的事。"

"卡尔莫喜欢吉姆,但是恨我。他每次都对我大吼大叫,母亲和我都快被他逼疯了。我丢了杂货店的工作。我为了能和母亲一起待在家里,故意偷了一瓶酒,让他们辞退我。"

3月19日,布朗看到比利穿了一件高领衬衣和一个蓝色夹克,看来好像个女人。"我认为,"他检查后写道,"这位患者不适于门诊治疗,而应转到州立哥伦布市医院儿童青少年科住院治疗。有关事宜已联系过罗杰医生。最终的诊断结果是歇斯底里症,伴有多种被动攻击表现。"

在15岁生日过后的第五个星期,经父母亲同意,比利以"志愿患者"的名义被送进哥伦布市医院。

比利认为由于自己的恶劣行为和抱怨情绪,妈妈选择了卡尔莫而决定将自己送走。

3

州立哥伦布市医院记录(机密)

3月24日——该患者与另一位患者丹尼尔打架,丹尼尔的右眼下方被割破。打架地点在RV3病房外的走廊,时间是下午4点。很明显,当时比利和丹尼尔正在玩,比利生气先打了丹尼尔,丹尼尔反击,旁边的人将两人分开。

3月25日——从患者身上发现一把餐刀,他的病房里还藏着一把锉,是从木工房拿的。罗杰医生与患者谈过,患者表示想自杀。后来患者被带到隔离室,以防其自杀。

3月26日——患者相当合作。经常说看到一些奇怪的事情。患者不愿参加娱乐活动,大部分时间都是一个人呆坐。

4月1日——患者大叫说墙壁向他压过来,他不想死。罗杰医生将患者隔离,严厉地告知患者不得携带香烟和火柴。

4月12日——患者连续几天在晚上睡眠时间开始活动。今晚,患者要求增加药量,已向患者解释,应当努力自然入睡。患者变得充满敌意、好斗。

4

杰森的脾气开始暴躁起来,常常通过高声尖叫缓解过度的压力。他的作用是"安全阀",不出现时通常很内向。被关在隔离室里的正是杰森。

为了控制暴躁的情绪，杰森在八岁时被创造出来。但是，他从未被允许出现过。因为他一出现，比利就会遭受惩罚。在州立哥伦布市医院里，当压力大和恐惧感强烈时，杰森就会以大吼大叫的方式发泄情绪。

有一次，他从电视里看到四名肯特大学的学生被杀害，就大声地吼叫起来。阿瑟发现杰森每次爆发都会被关进隔离室，便决定采取行动。在医院和在家里一样，他们都不能表现出愤怒情绪，一个人做错事会连累大家受罚，因此阿瑟不让杰森清醒过来，并将他列入"不受欢迎的人"。杰森从此永远待在黑暗里。

其他人都忙着参与艺术疗法。汤姆在不练习开锁的时候，大部分时间都埋头画风景画；丹尼画静物；亚伦画人像；里根也试着画画，但只能画黑白素描。阿瑟由此发现里根是色盲，并推测穿错袜子的事是里根干的。克丽丝汀画的都是花和蝴蝶，她是为哥哥克里斯朵夫画的。

看护人员报告说比利近来很沉默，而且很配合。自此，比利开始享受更多的特权，允许他在天气暖和时外出散步、绘画。

在此期间，一些人"出现"了，由于不喜欢周围的环境，又离开了。只有里根对罗杰医生的斯拉夫名字和口音感兴趣，愿意吃氯丙嗪，而且愿意听从他的指示，丹尼和戴维一直很听话，按时服用医生开的药；汤姆则会将药含在嘴里，事后再吐掉；阿瑟和其他人也是如此。

丹尼和一个大个儿头的黑人男孩交了朋友，一起聊天、玩耍，有时候一聊就是几个小时。他们诉说自己长大以后想做的事情，丹尼第一次开怀大笑。

一天，罗杰医生将丹尼从 RB-3 区转到 RB-4 区。这个区住的都是些年龄较大的孩子，丹尼不认识他们，也不知道该和谁说话，只好躲到房间里独自哭泣。

不久，丹尼听见一个声音说："哭什么？"

"走开，别烦我！"丹尼说道。

"我能去哪儿?"

丹尼看看四周,没有人。"是谁在说话?"

"是我,戴维。"

"你在哪儿?"

"我不知道,大概就和你在一起。"

丹尼看看床铺底下,又看看衣柜,没有看到说话的人。"听见你说话了,可是你在哪儿?"

"就在这儿啊!"

"我看不见,你在哪儿?"

"闭上眼睛,"戴维说,"现在我看见你了。"

他们用了很长时间谈论过去发生过的事,彼此有了更多的了解。然而,他们并不知道,阿瑟也在一旁听着他们谈话。

5

菲利普遇见了一位14岁的金发女孩。她非常可爱,大家都夸她漂亮。她和他一同散步、聊天,并且试着挑逗菲利普,但都没有回应。她经常看见他坐在池塘边的野餐桌旁写生,那里通常没有人。

6月里的一天,天气晴暖,她坐在他身边看着他画花。"嘿!比利,画得真不错!"

"一般吧。"

"你是个名副其实的画家。"

"嗨,别逗了。"

"真的,我没开玩笑,你和这儿的其他人不同。我不喜欢那些孤陋寡闻的男孩。"

她把手放在他的腿上。

菲利普挪开身体,"别这样。"

"比利,你不喜欢女孩儿?"

"当然喜欢,我不是同性恋,我只是……我……"

"你好像很紧张,比利,怎么回事?"

他只好挪过来坐在她身边,"我讨厌性方面的事。"

"为什么?"

"这……"他答道,"我小时候被一个男人强奸过。"

她无法置信地看着他:"我以为只有女孩子才会被强奸。"

菲利普摇摇头,"不止如此!强奸后他还打我,导致我的脑袋非常混乱。我常常梦到当时的情景。一提到性,我就会联想到那件痛苦、肮脏的事。"

"你是说,你从未与女孩有过性行为?"

"我从未与任何人有过正常的性行为。"

"比利,性不是痛苦的。"

菲利普挪了一下身子,涨红了脸。

"咱们去游泳吧!"她提议道。

"好吧,好主意!"他说完便跳下水,潜入池子里。

当他浮上水面时,发现她已经脱去了衣服,全身赤裸着。

"天哪。"他又再次潜入水中。

他再次浮上水面时,她靠过去用胳膊搂着他。他感到她的脚在水里缠住他,也感觉到她胸部的接触。她的手继续往下……

"比利,不会痛的,我保证。"

女孩用一只手划水,另一只手拉着他游向一块斜插入水中的大石头。他跟着她爬上了岸,她脱下他的内裤。她抚摸时,他知道自己的表情很木讷,还担心如果自己闭上双眼,眼前的一切都会消失。她很漂亮,他不想睁眼时发现自己身处别处,不想忘记发生过的事,感觉太棒了。做爱时,她紧紧地抱住他。事后,他竟然兴奋得大叫起来。当他离开她的身体时,一不小心失去平衡,从湿滑的石头上掉到了池塘里。

他看起来像个傻子,惹得她大笑起来。但是他的确非常快乐,他不再是处男了,也不是同性恋者,而是一个真正的男子汉。

6

6月19日,在母亲的要求下,比利出院了。社工人员在出院报告中写道:

> 出院前,比利与医护人员和其他患者依依不舍地告别。他经常为了摆脱困扰而说谎,对他人造成伤害也毫无歉意。他经常说谎,所以其他人和他交往不深,对他也不信任。
> 患者的行为对病房的破坏性愈发严重,不适于住院治疗,因此建议该患者改为门诊治疗。患者家属应接受看护辅导。
> 处方:可乐静(Thorazine,盐酸氯丙嗪)25毫克,每日三次。

回到家,丹尼的情绪立刻跌到了谷底。他画了一幅9×12英寸[1]的静物画,背景为黑色和深蓝色,画面中一只破碎的酒杯里插着一朵凋零的黄花。他把作品拿到楼上想给妈妈看,看到卡尔莫也在那儿,他愣住了。卡尔莫拿过画,看了一眼便扔在地板上。

"你这个骗子!"他说道,"这不是你画的!"

丹尼忍住泪水,捡起画走回画室,生平第一次在画上签了名:"丹尼,1970年",接着在画布背面写下:

> 作者:丹尼
> 名称:孤独的死亡
> 时间:1970年

---

[1] 1英寸约合2.5厘米。

汤姆和亚伦继续向别人展示作品，以寻求肯定。但是从那时起，丹尼再也不主动将自己的画拿给别人看了。

1970年秋，比利进入兰开斯特高中就读，学校位于兰开斯特市北边，是一栋非常现代的建筑。比利的功课成绩不太好，他讨厌老师和学校。

阿瑟逃了好几次学，溜到图书馆阅读医学方面的书籍。他对血液学十分着迷。

汤姆利用闲暇时间修理电器，还继续练习逃脱术，现在绳索已经无法束缚住他了。他能解开任何绳结，也能从任何捆住他的绳索中逃离出来。他买了一副手铐，经过练习，只用圆珠笔套就可轻易地将其打开。他提醒自己，今后一定要随身携带两样能打开手铐的东西，一个放在上衣的口袋，另一个放在后面的口袋。这样一来，无论铐在什么地方，打开手铐都不成问题。

1971年1月，比利在一家杂货店找了一份计时送货员的工作。他决定用第一次领到的工资给爸爸买一份牛排。因为上个月过圣诞节时，全家人相处得很愉快，他心想：如果能向继父表示关心，那么继父就不会老找自己的麻烦了。

他从后门走进家，发现厨房门上的锁链被拔掉了，爷爷、奶奶、凯西、查拉和吉姆都坐在那儿。母亲用一条沾满血迹的毛巾裹着头，脸上青一块紫一块。

"爸爸把妈妈抓起来撞向那扇门，门都被撞坏了。"吉姆说。

"他从她头上抓下一把头发。"凯西加了一句。

比利一言不发地看着母亲，把牛排扔在桌上，然后回到自己的房间将门锁上。他在黑暗中闭着眼睛坐了许久，心中在想，为什么家里会有这么多的痛苦和伤害。如果继父死了，一切问题就都解决了。

他突然有一种空虚感……

里根睁开眼睛，他再也无法忍受了。由于继父对丹尼和比利所做的一切，再加上他对母亲的虐待，他必须死。

他慢慢地站起来走向厨房，只听见客厅里有人在低语。他拉开餐柜抽屉，拿出一把六英寸长的牛排刀藏进衬衣里，然后回到自己的房间将刀放在枕头下。他躺在那儿，打算等全家人都睡着之后，用刀向那个坏男人的心脏刺下去，或割断他的喉咙。他在脑子里反复练习着，等待全家人安静下来。但是，夜晚12点，大家还在聊着，他却睡着了。

晨光刺醒了亚伦，他跳下床，既不知道自己身在何处，也不知道发生了什么事情。他迅速地跑进浴室，就在那儿，里根将昨天的计划告诉了他。他返回时，妈妈正在为他整理房间。她手中握着一把刀子，问道：

"比利，这是什么？"

他毫无表情地看着刀子："我原本想要杀死他的。"

她猛地抬起头来。儿子低沉而又毫无感情的声音令她感到十分诧异："你要干什么？"

亚伦盯着她："你丈夫今天早晨本来应该死的。"

她的脸变得煞白，小声说道："上帝啊！比利，你在说什么？"她抓起儿子的胳膊摇晃着，压低声音不让别人听见，"不能这么说，也不能这么想！你知道这么做会有什么后果吗？对你有什么好处？"

亚伦望着她，冷静地说："看看你自己的样子。"然后转身离开。

在教室里，比利尽量不去理会同学们的嘲笑和讽刺。大家私下议论他是精神卫生医疗所的患者，传来一阵阵的笑声，女同学还向他伸舌头。

课间时，几个女孩儿在女厕所附近把他围了起来。

"来呀！比利，我们要给你看个东西。"

他知道她们是在捉弄他，但他太害羞了，根本不知道如何拒绝女孩子。她们将他推进女厕所，团团围住。

这些女孩知道，他没胆量碰她们。

"比利，你真的是处男吗？"

他脸红了。

"你没和女生做过爱?"

他不知道菲利普在医院和那个女孩儿经历的事,因此摇摇头。

"他可能在农场和动物做过爱!"

"比利,你是不是在农场和动物杂交呀?"

他还没来得及反应,就被推到墙边。她们脱下了他的裤子,他顺势滑倒在地上,使劲拉着裤子。就在这时,女孩们一哄而散,留下他一个人穿着内裤坐在厕所里。他哭起来。

一位女老师走进来看了看他,又转身出去。不一会,她拿着他的裤子回来了。

"比利,那些女孩应该受到严厉的惩罚。"女老师说。

"她们可能是受了那些坏家伙的鼓动吧!"比利回答。

"你又高又壮,还是个男生,"她说,"怎么能让她们这么干?"

他耸耸肩:"我从来不欺负女孩儿。"他走出厕所,不知道自己以后如何去正视班上的女同学。他在走廊上徘徊,觉得活着已没有意义。他抬起头,发现校工忘记锁通向楼顶的门。他慢慢地走过长长的走廊,登上阶梯、跨过门槛,爬上了楼顶。天气好冷。他坐下来在书的封皮上写下了遗书:"再见了,很抱歉,我再也无法忍受了。"

他放下本子,向后退了几步,准备向前冲去。他深呼了一口气,开始冲……

就在他冲到边缘时,里根绊倒了他。

"真险,就差那么一点点!"阿瑟小声说。

"该拿他怎么办?"里根问,"放任他这样游荡太危险了!"

"对我们每个人而言,他都是危险人物。一旦情绪低落,他就可能自杀。"

"怎么制止他?"

"让他睡觉!"

"怎么睡?"

"从现在开始,我们不能让比利清醒过来。"

"谁能控制得住他?"

"你和我呀!我们分担责任。我去告诉大家,在任何情况下都决不能让他清醒过来。外面一切顺利、比较安全的时候,由我负责管理;如果情况危急,你就接手负责。谁可以或者不能清醒过来,咱们商量决定。"

"我同意。"里根说道。他低头看了一眼比利写在书页上的遗书,撕成碎片抛向空中。"以后我就是保护者了,"他说,"绝不让比利危害其他人的性命。"

里根想了一下说:"以后由谁出面说话呢?别人一听到我的口音就笑,你也一样。"

阿瑟点点头:"我也想过这件事。亚伦口齿伶俐,就由他出面吧。只要我们能控制局面、保守所有的秘密,我们就能活下去。"

阿瑟先将情况解释给亚伦听,然后亚伦又一一向其他人解释,让他们了解发生了什么事情。

"情况是这样的,"阿瑟说,"我们大家,包括那些你们还没见过的人,就好像待在一间黑屋子里,屋子的地板中央有一个光圈,谁走进那个光圈,谁就可以保持清醒,与外面的现实世界接触。外面的人可以听到和看到他的言行。他出现在光圈里的时候,其他人可以去做自己感兴趣的事,学习、睡觉、聊天或者玩耍。但是,那个清醒的人必须非常谨慎,绝不能向外界透露我们存在的秘密。这是我们这个大家庭的机密。"

大家都明白了。

"好了,"阿瑟继续说,"亚伦,你回教室去吧。"

亚伦出现,捡起书本走下楼梯。

"可是比利在哪儿?"克丽丝汀问道,其他人也等着阿瑟回答。

阿瑟神情严肃地摇摇头,食指竖在嘴前,小声说:"不能叫醒比利,他在睡觉。"

第十章

亚伦在兰开斯特市的一家花店找了份工作,起初一切都很顺利。由于提摩西喜欢花,大部分工作都是他承担,虽然阿达拉娜偶然也会出现帮他整理花束。亚伦说服花店老板在花店的橱窗里挂了几幅画,如果卖出去,老板可以提成。这个赚钱的办法汤姆也知道。卖出几幅画后,汤姆比以前画得更加努力,还从赚的钱里拿出一部分购买颜料和工具。他画了很多风景画,卖得比亚伦的肖像画和丹尼的静物画还要好。

6月的一个星期五晚上,老板(一个中年男人)在花店关门后把提摩西叫到自己的办公室。提摩西没想到老板竟然会猥亵他,受到这突如其来的惊吓,立刻退回到自己的世界。这时丹尼出现了,发现这家伙也想干在农场里发生过的那种事,于是尖叫着逃开了。

下一周的星期一,汤姆想知道卖出了几幅画,于是到花店去上班。可是,等他赶到时花店已经关门,老板不但没有留下地址,而且带走了所有的画。

"狗娘养的!"汤姆在橱窗外大声咆哮,"我一定会找到你,混蛋家伙!"他捡起一块石头打破了玻璃,以解心头之恨。

"都怪他妈的资本主义制度!"里根怒吼着。

"我看不出二者有什么逻辑关系,"阿瑟说,"那家伙一定是害怕别人发现他是同性恋。一个人的品德与经济制度有什么关系?"

"都是追求利益的结果,像汤姆那样的年轻人,思想都被污染了!"

"嘿!我还不知道你是个共产主义者!"

"总有一天,"里根说,"资本主义社会将全面崩溃。我知道你信奉资本主义,不过我得提醒你,阿瑟,一切权力都属于人民!"

"无论如何,"阿瑟不耐烦地说,"花店关张了,我们得去找份其他工作。"

亚伦在兰开斯特东区的"老人之家"找到一份夜班工作。"老人之家"是一栋现代化的低层砖石建筑,正门入口处是一个宽敞、镶着玻璃的大厅,里面有许多系着围嘴、坐在轮椅上的老人。这里的工作十分辛苦,但马克却毫无怨言,努力地擦洗地板、换尿布、倒马桶。

阿瑟对医学方面的工作最感兴趣。如果他发现护理人员在偷懒、玩牌、看小说或打盹,就主动去照顾病人或者那些临终者。他倾听他们的怨言,清理环境,还做一些他认为医护人员应当做的事。

一天晚上,阿瑟看见马克在一间房间里跪在地上擦地板,住在这个房间里的老人已经离世。他不禁摇摇头:"出卖劳力,就是你这辈子要干的吗?这是行尸走肉干的苦力活!"马克看看身上的破衣服,又看看阿瑟,耸耸肩说:"支配命运需要大智慧,执行计划就让笨人来吧。"

阿瑟扬起眉头,发现马克也蛮有学问。不过,这样更糟,好好的人才竟然把精力浪费在毫无意义的工作上。阿瑟摇摇头,径自去查看他的患者了。他知道托瓦先生快不行了,于是走进老先生的房间,坐在床边。这是他过去一周来每天晚上的例行工作。托瓦先生谈起年轻时故国的情形,以及后来移民美国在俄亥俄州定居的往事。托瓦先生眨了眨他那昏花的双眼,疲惫地说:"我年纪大了,喜欢唠叨。"

"托瓦先生,您太客气了,"阿瑟说,"我们应当从长者身上学习智慧和知识,您的知识是从书本上学不到的,所以应该亲口传授给年轻人。"

托瓦先生笑了笑:"你是个好孩子。"

"痛吗?"

"没什么可抱怨的。我曾拥有美好的一生,现在已经准备好面对死亡了。"阿瑟把手放在老人枯瘦的手上。"你会带着荣誉和尊严死去。你若是我父亲，我会为你感到骄傲。"

托瓦先生咳了几声，指了指空水瓶。

阿瑟拿着水瓶去打热水，返回时，托瓦先生已经没有呼吸了。阿瑟静静地站了一会儿，望着老人安详的脸，为他掩上了眼睛。

"亚伦，"阿瑟低声说，"叫护士过来，托瓦先生已经过世了。"

亚伦出现了，按下床头上方的按钮。

"没错，"阿瑟小声说，"这是标准的操作程序。"

在那一瞬间，亚伦感到阿瑟嘶哑的声音里含着一股感伤的情绪。没等他开口，阿瑟已经离去了。

"老人之家"的工作仅仅持续了三个星期。行政人员发现比利只有16岁，年纪太小不适合上夜班，因此把他辞退了。

秋季开学几个星期后，卡尔莫要比利在星期六到农场帮忙割草。汤姆看见卡尔莫沿着两块长木板将黄色的新割草机开上卡车货台。

"你让我干什么？"汤姆问。

"别问这些蠢问题，干活就是了。要想吃饭就得干活。我割草之前，得有人把树叶清理干净，这是你的活。"

汤姆看见卡尔莫已经把割草机固定在卡车上了。固定的方法是将离合器推入倒档，再插入一根 U 形的插销，以防止操作杆滑动。

"快把木板收好，准备上车。"

"他妈的！"汤姆暗自骂道，"你自己去收拾吧！"然后扬长而去。

丹尼站在那儿，不知道卡尔莫为什么瞪着自己。

"还不快把木板推上车，混蛋！"

丹尼用力去搬那两块木板，但是，对一个14岁的男孩来说，板子实在是太重了。

"没见过这么笨的！"卡尔莫把他推到一边，自己将长木板推上卡车，"在我揍你之前，快给我爬上车坐好！"

丹尼赶紧坐上车,两眼直视着前方。他听到卡尔莫打开啤酒罐的声音,立刻感到一种彻骨的凉意。到了农场,丹尼马上把地上的树叶耙干净,整个人如释重负。

卡尔莫在离丹尼很近的地方开着割草机,令他提心吊胆,因为他之前曾被卡车吓到过,因此这台黄色的新割草机让他感到恐惧。不久,开始有人出现,先是戴维,后来是肖恩,不断变换,直到活干完为止。最后,他听到卡尔莫大吼道:"把卡车上的木板拖下来!"

丹尼跌跌撞撞地走过去,对那辆割草机仍然心有余悸。他强撑着从卡车上拖下那两块厚重的木板,卡尔莫随后将割草机倒回卡车上停稳。过了一会儿,丹尼听见卡尔莫又打开了一罐啤酒,没几口就喝光了。

目睹了这一切的汤姆再次出现,他知道丹尼已经被这个机器吓得半死,决定摧毁这个怪物。趁卡尔莫转身走开之际,汤姆迅速地爬上卡车。他先拔掉了起固定作用的U形插销,然后将离合器推到空档。卡尔莫绕了一圈往回走时,汤姆立刻跳下车,顺势将插销扔进草丛,然后在前座坐好。他目视着前方,静候着好戏登场。他知道,只要卡尔莫像往常一样突然启动卡车,割草机必定报销。

卡尔莫行驶的速度很慢,一路上畅行无阻开进了不来梅镇,什么也没发生。汤姆盘算,到了"磨坊"应该会有动静。但是,卡尔莫却无比顺利地驶向了兰开斯特市。汤姆心想:到了第一个红绿灯路口,等着瞧吧!

到了兰开斯特市,事情终于发生了。红灯变成绿灯,卡尔莫刚要发动卡车,突然传来了轮胎刺耳的摩擦声。汤姆知道割草机就要完蛋了。他想控制自己的表情,但做不到,只好将脸转向车窗。这样,那家伙就看不见他脸上得意的表情了。汤姆再次向后望时,割草机已经摔落在马路中央。卡尔莫从后视镜里看到这一切,惊讶地张大了嘴,赶紧刹住车跳下去,一路捡起散落的零件。

汤姆终于放声大笑了,"他妈的!那机器再也伤不了丹尼和戴维了!"他一箭双雕,不但毁了机器,还惩罚了卡尔莫。

比利的成绩大多是C，D，F，在整个求学过程中只得过一次A，那是十年级生物学第三学期期中考试的成绩。阿瑟对生物学感兴趣，上课专心听讲，认真完成作业，所以才得到了这个A。

阿瑟知道同学会笑话自己的口音，因此要亚伦代他回答问题。他突然改变的态度和机敏的反应令老师大吃一惊。虽然阿瑟并没有对生物学失去兴趣，但是为了应付家里越来越糟糕的情况，必须不断地换人。

阿瑟在生物课上不再那么积极，接下来的两次考试，他都没有及格。他觉得很对不起生物老师，因此决定自己找时间进修。一个学期下来，他的总成绩是D。

由于越来越频繁地换人出现去应付各种状况，阿瑟忙得不可开交。他将这段精神极为不稳定的时期称为"混乱时期"。有一次，学校遇到了炸弹威胁，全体师生不得不撤离。尽管没有人能够拿出证据，但所有人都怀疑这是比利干的。汤姆否认他制造过炸弹，因为那并不是真的炸弹。他并没有说谎，但如果瓶里装的是硝酸而不是水，那就真的是炸弹了。汤姆没有说谎，他也从不说谎。虽然他曾教另外一个男孩如何制作炸药，甚至还画了图表，但他自己从未做过，他没那么傻。

看到校长激动、郁闷的表情，汤姆很兴奋。看起来校长不得不去应付一大堆难题了。

这位校长最终解决了其中的一个难题。他把比利开除了。

因此，在比利17岁生日过后的第五周，也就是哥哥吉姆进入空军服役的前一个星期，汤姆和亚伦加入了海军。

第十一章

1

1972年3月23日，亚伦在多萝西的陪同下前往新兵报到处，他和汤姆在入伍服役文件上签了名。对于儿子加入海军一事，多萝西的心理极为复杂。然而，她明白最重要是让比利离开家，离开卡尔莫，特别是在他被学校开除、情形变得更为糟糕之后。

兵役官迅速地看过文件，问了一些问题，其中大部分都是由多萝西代替回答的。

"你是否接受过心理机构的精神疾病治疗？"

"没有，"汤姆说，"我没有。"

"等一下，"多萝西说，"你曾在哥伦布市州立医院住过3个月，布朗医生说你有歇斯底里的症状。"

兵役官抬起头，有些犹豫地停住了手中的笔。"这可以不列入记录，"他说，"每个人都会出现类似的现象。"汤姆得意地看了多萝西一眼。

在接受有关教育和发展的检测时，汤姆和亚伦商量着回答问题。汤姆的能力和知识不足以应付测试时，就由亚伦出面回答问题。可是丹尼不久也出现了。他看看试卷，不知该如何下笔。

看到他一脸困惑，监考官轻声说："没问题，只要把框涂黑就行了。"

丹尼耸耸肩，也不看考题，就直接将框涂黑了。丹尼通过了测试。

一周后，亚伦前往伊利诺伊州的大湖海军训练中心。在那儿，他被分配到21大队109中队接受新兵训练。由于比利高中时曾在空军民防团服过役，因此被指派为RPOC（下士训练官），负责训练160个新兵，他干得非常认真。亚伦得知，只要在规定的16个项目中获得优异成绩，那么该中队即可获得"荣誉中队"的称号。于是，他和汤姆研究如何在晨练中节省不必要花费的时间。

"节省洗澡时间，怎么样？"汤姆提出建议。

"不行，有规定的，"亚伦说，"即使没有肥皂也得洗澡。"汤姆坐下来，从工厂生产线程序的角度去考虑采用何种方式洗澡。

第三天晚上，亚伦命令部下："把毛巾卷起来放在左手，右手拿着肥皂。左侧直排站16人，对面横排站12人，右侧直排站16人。水温已经调好了，不必担心会被烫伤或冻坏。你们先走过去清洗身体的左侧，到转角处时换手拿肥皂、向后转继续向前，清洗身体右侧和头发，经过喷头时用清水冲洗干净，最后用毛巾擦干就行了。"

全体新兵都瞪大了眼睛，因为亚伦说完便穿着制服一边做示范，一边计算洗澡所需的时间。"采用这个方法，每个人淋浴只需要45秒，全体160人洗澡和穿衣服，不到10分钟就能完成。希望每天早晨我们能第一个到达集合地点。我们要成为'荣誉中队'。"

第二天清晨，比利带领的中队果然率先到达集合地点。亚伦对此颇为得意。汤姆告诉亚伦，他还在研究其他几种节省时间的方法。为此，比利获得了服务勋章。

两周后，情况恶化了。亚伦打电话回家，发现卡尔莫又开始殴打母亲。里根知道后非常气愤，阿瑟不太在乎，但对汤姆、丹尼和亚伦却造成了很大的困扰。他们情绪低落，"混乱时期"再度来临。

肖恩经常穿错鞋，鞋带也不系；戴维衣着邋遢；菲利普尽管明知身在何处，却表现得满不在乎。109中队的新兵不久就发现，他们的训练官似乎不太正常。他今天可能是个杰出的领导，但第二天就可能一百八十度大转弯，到处闲逛、聊天，让公文堆积如山。

有人告诉汤姆曾目睹他夜游，于是他睡觉时就把自己绑在床上。被解除训练官职务后，汤姆变得非常沮丧。丹尼则是一有机会就往医院跑。

阿瑟开始对血液实验室产生了兴趣。有一天，海军派了一位督察官前来观察他。督察官发现菲利普穿着制服躺在床上，白色的海军军帽盖在脚上，正用手指一张一张地弹掉一叠纸牌。

"你在这儿干什么？"西蒙斯上校质问道。

"站起来！"上校的副官命令道。

"去他妈的！"菲利普大声吼道。

"我是上校，你居然……"

"耶稣基督来了我也不怕！还不快滚！别打扰我！"后来，一名上士走进来，也被他以同样的方式赶走。

1972年4月12日，汤姆在海军服役两周又四天后，菲利普被调往新兵评估处。

原部队中队长的报告如下："该士兵刚入伍时在本单位担任训练官一职，但后来却整日无所事事，到处骚扰他人。被解除训练官职务后，他变成了职业病号，状况越来越糟，经常找理由不上课，根本无法跟上其他士兵的进度。该士兵必须接受严格的监管。"

一位精神病医生找戴维谈话，但戴维丝毫不知道发生过什么。查阅从俄亥俄州调来的记录后，海军发现他曾在精神病院接受过治疗，但他们并未接到兵役检查单位的相关报告。精神病医生报告说："该士兵不够成熟和稳定，无法在海军正常服役，建议以不适合接受军事训练为由令其退伍。"

5月1日，在入伍一个多月后，比利自美国海军"光荣退伍"。

他领了军饷和一张飞往哥伦布市的免费机票。可是，在从大湖海军训练中心前往芝加哥机场的途中，菲利普遇到了两名前往纽约休假的新兵，于是不顾一切地跟着他们搭上了开往机场的巴士。菲利普想去看看那个他很熟悉但从来没有去过的大城市纽约。

2

到了纽约巴士总站,菲利普与同行者道别后,便背上军用行李出发了。他在服务台要了一份地图和纽约市简介,便向时代广场走去。他感觉自己回到了家,街道、人群、声音……一切都那么熟悉,更令他深信这里就是他的故乡。

菲利普花了两天时间参观这座城市。他先乘渡轮登岛一览自由女神像,然后到巴特利公园转了一圈,接着又在华尔街附近的大街小巷中漫步,还拜访了格林威治村。他在一家希腊餐馆用餐后,便找了一家便宜的旅店住下。第二天,他又去了第五大街和第三十四大街,观赏雄伟的帝国大厦,乘电梯到顶层俯瞰整座城市。

"布鲁克林区在哪儿?"他问女向导。

向导往前一指。"就在那儿!那有三座桥,威廉斯伯格桥、曼哈顿桥和布鲁克林桥。"

"我要去看看。"他乘电梯到了楼下,叫了一辆出租车:"布鲁克林桥。"

"布鲁克林桥?"

菲利普把行李扔进车。"我说得很清楚。"

"你想从那跳下去,还是把它买下来?"司机问道。

"去你的!开车吧,别耍嘴皮子!"

菲利普在桥上下了车,然后开始步行。一阵风吹来,天气变得很冷,但菲利普却感觉很舒服。走到桥中央时,他停下脚步往下看,多美的河流啊!但他突然又莫名其妙地感到沮丧。站在桥的正中央,他感到自己是如此地渺小。他无法继续前行了,于是将行李扛在肩上,转身朝曼哈顿方向走去。

他越来越沮丧。是的,他来到纽约了,但是并不觉得快乐。还有一些东西他想去看,还有一些地方他想去拜访,但他不知道究竟是什么。他搭上一辆巴士一直坐到终点,然后换乘另一辆,接着再换一辆。他茫然地望着车窗外的房屋和人群，不知道自己要去向何方，也不知道自己究竟在寻找着什么。

他在一座大型购物中心前下了车，在那闲逛。他在购物中心的中央看到了一个许愿池，于是投了两枚硬币。在投第三枚时，有人扯了扯他的衣袖，一个黑人小孩儿正可怜兮兮地望着他。

"真倒霉！"菲利普把硬币给了那个孩子。小孩笑着跑开了。

菲利普捡起行李，心情又沮丧起来。他在那儿站了一会儿，身子开始颤抖，他退了回去……

戴维吃力地扛起行李，因为实在太重，又放在了地上。对一个八岁的孩子来说，行李的确是太重了。他一边拖着行李往前走，一边浏览着商店的橱窗，猜想着自己是在什么地方。"我怎么到这儿来的？"他找了张椅子坐下，环顾四周。望着那些玩耍的孩子，他真希望自己也能和他们一起玩。然后，他站起来拖着行李继续往前走。行李实在太重了，于是他扔下行李，轻松地到处闲逛。他走进一家军用品商店，看着琳琅满目的军品和报警器，随手拿起一个半圆的塑料球，按下了开关。警报器忽然响了起来，球体里的红灯闪烁不停。他吓坏了，扔下球冲出门去，撞倒了停在店外卖冰激凌的车。他的胳膊被刮伤了，但仍然继续向前狂奔。

发现没人追上来，他停止了奔跑，开始在街上漫步。他不知道怎么才能回家，母亲可能正在家里担心呢。他的肚子饿了，真想吃个冰激凌。他心想，如果遇到警察，一定要问问怎么才能回家。

"阿瑟常说，如果迷路了，可以请求警察帮助。"亚伦眨眨眼睛。

亚伦从小商贩那买了一个冰激凌正要吃，看到一个满脸脏兮兮的小女孩儿正望着他。

"天哪！"亚伦把冰激凌给了那个小女孩儿。他对小孩儿特别怜爱，更受不了他们饥饿的眼神。

他又回到刚才的冰激凌店。"再给我来个冰激凌。"

"孩子，你一定饿了。"

"闭上你的嘴！把冰激凌给我！"

他边走边吃，决定做点什么讨那些小孩儿的欢心，让他们和自己一起玩。可是，周围根本没有什么小孩儿。

他到处转悠，观赏着他以为是芝加哥的高大建筑。随后，他搭上了前往市中心的巴士。他知道当天赶到机场为时已晚，必须在芝加哥住一晚，明早再乘飞机回哥伦布市。

突然，他看到一栋建筑物上的电子屏显示出："5月5日，气温20摄氏度。""5月5日？"他掏出钱包查看了一下，军饷500美元，退伍日期是5月1日，从芝加哥飞往哥伦布市的机票也是5月1日。这到底是怎么回事？他竟然糊里糊涂地在芝加哥闲逛了四天。那么行李到哪儿去了？他这时已饥肠辘辘，身上的蓝制服弄脏了，手腕和左臂上都有擦伤。

他现在需要吃点东西、睡个觉，明天早上再乘飞机回哥伦布市。他买了两个汉堡包，花了九美元到一家廉价旅店过夜。

第二天早上，他叫了一辆出租车，要司机送他去机场。

"拉瓜迪亚机场吗？"司机问。

亚伦摇摇头，他不知道芝加哥有什么拉瓜迪亚机场。

"不，另外一个大机场。"在去机场的路上，他努力回想着发生的事情。他闭上眼睛想找阿瑟，但是找不到。里根？也找不到。他陷入了另一个"混乱时期"。

机场到了，他走到联合航空公司的柜台，将机票交给女服务员。

"飞机什么时候起飞？"他问道。

女服务员看看机票，又看看他："这是芝加哥飞往哥伦布市的机票，不能从这里登机。"

"你说什么？"

"得从芝加哥登机。"她说道。

"对呀！怎么了？"

一位主管走过来看了一眼机票。亚伦不明白出了什么问题。

"你好,海军先生,"主管说,"你不能用这张机票从纽约飞往哥伦布市。"

亚伦摸了一下长满胡须的脸:"纽约?"

"没错,这儿是肯尼迪机场。"

"上帝啊!"

亚伦深呼了一口气,语速极快地说:"噢……这个嘛……一定是有人搞错了。你看!我已经退伍了,"他掏出退伍证,"一定是有人在我的咖啡里下了药,结果我意识不清乘错了飞机,本应去哥伦布市的,结果飞到了纽约。我的行李还在飞机上,没有拿下来。你一定要帮我个忙,这是航空公司的错。"

"机票改签要付手续费!"那位女服务员说道。

"你们干吗不打个电话到大湖海军训练中心证实一下?他们有责任送我回哥伦布市,找他们结账就行了。我是军人,有权要求部队支付返乡费用。你只要给海军打个电话,问题就解决了。"

主管看着亚伦说:"好的,请稍等一下,让我们看看怎么帮助你。"

"男厕所在哪儿?"亚伦问。

女服务员向旁边指了一指,亚伦立刻跑过去。进入空无一人的厕所,他抽出一大堆卫生纸向墙壁扔去。"他妈的!他妈的!"他大声吼叫着,"王八蛋!我实在受不了!"

待情绪稳定后,他洗了把脸、整理了一下头发。为了给柜台服务员留下好印象,又将白色的海军帽戴正。

"好了,"服务员说,"问题解决了。我重新给你出一张机票,下一班飞机还有座位,两个小时后起飞。"

在飞往哥伦布市的途中,亚伦思忖着:在纽约待了五天,但除了出租车和肯尼迪机场,其他什么也没看到。他既不知道自己是怎么来到纽约的,也不知道是谁窃取了时间和发生了什么。这一切以后能否搞清楚吗?在开往兰开斯特市的汽车里,他靠在椅背上自言自语:"一定是有人把事情搞砸了!"他希望阿瑟或里根能够听到。

3

亚伦在一家机械公司找到了一份推销吸尘器和垃圾压缩机的工作。因为口才好,亚伦第一个月里的销售业绩非常好。看到同事山姆经常与女招待、秘书或者客户约会,亚伦羡慕不已。

1972年7月4日,两个人一起聊天时,山姆问道:"你怎么不找个可爱的姑娘约会呢?"

"我没时间,"亚伦回答,话题一涉及性,他就感到不安:"而且也没兴趣。"

"你该不是同性恋吧?"

"当然不是。"

"都17岁了,竟然对女孩没兴趣。"

"是这样的,"亚伦说,"我在考虑其他的事。"

"天哪!"山姆又说,"你从来没有做过爱吗?"

"我不想谈这个。"亚伦不知道菲利普在康复中心做过的事,满脸通红地将头扭开。

"你不会还是处男吧?"

亚伦没回答。

"这样吧,哥们,"山姆说,"我来为你安排,一切都交给我,今晚7点我去你家接你。"

当晚,比利洗了澡、换了衣服,还喷了吉姆的古龙香水。吉姆目前在空军服役,用不着香水。

山姆准时到达,开车带他进城。他们在布朗德大街的一家夜总会门口停下,山姆说:"待在车里,我马上就回来。"

几分钟后,山姆出来了,还带着两个容貌一般的年轻女孩。

"嗨!亲爱的,"其中一个金发女郎靠近车窗,"我是特瑞娜,这位是多莉,你很英俊嘛!"多莉将乌黑的长发甩到后面,上车与山姆坐在一起,亚伦和特瑞娜坐在后座。

他们朝郊区驶去，一路上有说有笑。特瑞娜把手放在亚伦的腿上，玩弄着他裤子上的拉链。他们来到一片空地，山姆把车开了过去。"来吧！比利，"他说道，"后备箱里有毯子，帮我拿出来。"

两人往后备箱走时，山姆递给他两个小包。"知道怎么用吗？"

"知道，"亚伦说，"但我不需要同时戴两个吧？"

山姆碰碰他的胳膊："你真幽默。一个和特瑞娜，另一个和多莉用。我已经告诉她们了，我们要交换着来，两个都要玩一玩。"

亚伦低头迅速地看了一眼后备箱，发现里面有一支来福枪。这时山姆走过来将毯子递给他，自己也拿了一条，然后关上后备箱，径自和多莉走到一棵树后。

"过来！我们也开始吧！"特瑞娜帮亚伦解下皮带。

"我们可以不做那事！"亚伦说。

"如果你没兴趣，亲爱的……"

没过多久，山姆把特瑞娜叫过去，多莉则来到亚伦身旁。

"怎么样？"多莉问道，"你可以再来一次吗？"

"听着，"亚伦说，"我刚才告诉你的朋友，即便你们不做，我们也仍然是朋友。"

"亲爱的，你做什么都行，我不想惹山姆生气，你是个好男孩儿。他正与特瑞娜忙着呢，不会注意我们的。"多莉说道。

山姆完事后走到后备箱，从冰箱里取出两罐啤酒，把一罐递给亚伦。

"怎么样？"他问道，"她俩怎么样？"

"山姆，我什么都没做。"

"你是说你什么都没做，还是她们什么都没做？"

"我告诉她们不必做的，如果有需要，我自然会去结婚。"

"他妈的！"

"没关系，别生气！"亚伦说，"别在意。"

"当然在意！呸！"山姆冲着她们发火，"告诉你们了，他还是个处男，你们得好好伺候他！"

山姆站在后备箱旁，多莉走过去，发现里面有一支来福枪。"你会惹上麻烦的。"

"闭嘴，给我上车！"山姆说道，"我带你们回去。"

"我不上车。"

"去你妈的！"

山姆关上后备箱。"走吧，比利，让这两个蠢货自己走回去。"

"为什么不上车？"亚伦问她们，"你们不是想单独留在这儿吧？"

"我们自己会回去，"特瑞娜说，"但你们得付钱。"

山姆发动车子，亚伦坐了进去。

"我们不该留下她们。"

"他妈的！就是两个婊子！"

"这不是她们的错，是我自己不要她们做的。"

"至少我们没花钱。"

四天后，也就是1972年7月8日，山姆和亚伦坐在警长办公室里接受讯问。随后两人被警方以挟持、强奸、携带武器之名拘捕。

审判前，法官听取了证词，删除了挟持的罪名，判二人交200美元保释金。多萝西想办法筹了200美元给保释人，带回了自己的儿子。

卡尔莫执意把比利送进监狱，多萝西只好安排比利到她迈阿密的姐姐家暂住，直到少年法庭10月份开庭为止。

比利和吉姆不在时，凯西和查拉要求多萝西采取行动，还说如果多萝西不与卡尔莫离婚，她们就离家出走。最后，多萝西终于决定与卡尔莫离婚。

亚伦在佛罗里达州上学，成绩不错，还在一家油漆店找到了工作。老板对他的组织能力十分赞赏。塞缪尔虔诚地信奉犹太教，他知道比利的父亲也是犹太人。与迈阿密的犹太居民一样，他对11名以色列选手在德国慕尼黑奥运村被杀害感到非常愤怒。星期五晚上，塞缪尔在工作时为死去的以色列选手祷告，并祈求在天之父让亚伦获判无罪释放。

10月20日，他回到匹克威郡后，便被送到俄亥俄州少年感化院。从1972年11月至1973年2月16日——他过完18岁生日两天之后——他一直被关在匹克威郡立监狱。虽然他已经18岁，但法官同意按少年罪犯起诉他。多萝西聘请的律师凯尔纳告诉法官，不论判决结果如何，最好不要将这位年轻人送回他破碎的家庭。

法官最后判被告有罪，送至俄亥俄州少年监狱不定期服刑。3月12日，亚伦被移送少年监狱。就在同一天，法院也判决卡尔莫与多萝西离婚生效。里根嘲弄塞缪尔说，这个世界根本不存在神。

第十二章

1

在少年监狱,阿瑟决定让其他人也站到光圈下。这样,他们就有机会学习竞走、游泳、骑马、露营和其他运动。

在这里担任训导主任的迪恩是个身材高大的黑人,留着小平头、八字胡,是个颇富同情心和值得信赖的年轻人,因而阿瑟很喜欢他。总体而言,这儿看起来似乎没有什么危险。里根也同意阿瑟的看法。

但是,汤姆对监狱的规定却不以为然。他不想剪掉头发、穿上狱服,也不喜欢与其他30多名少年犯住在一起。社会工作者琼斯给新来的少年犯讲解了监狱的规定:所有人都要根据表现分配到监狱的四个区,每个月调整一次。一区和二区位于这栋T形建筑的左侧,三区和四区在右侧。

琼斯说第一区是个"魔鬼营",在那里,所有人都必须听从指挥,要剃掉头发;到了第二区,头发可以稍微留长一些;进入第三区,只要完成每天指定的工作,就可以不穿狱服,换上自己的衣服;转往第四区后,不再睡大通铺,每个人都有一个单独的小房间,而且也不必按规定活动,因为能来这儿的多半是模范犯人,甚至可以去参加在赛欧托乡村女孩营地举办的舞会。

听到这儿,男孩们都笑了。他们必须根据评分从第一区依序转往第四区。琼斯还说,每月初每个人都有120分,若想转往上一区,就必须达到130分;行为良好、有特殊表现者可以加分,表现不好或有反社会行为者则减分。监狱工作人员和第四区的学长负责给他们评分。

按照规定,被评分小组成员提醒一次,扣一分;被劝说一次,扣两分;被告诫一次,除扣两分外,还要待在床上反思两个小时;擅自离床被警告,扣三分;如果给了"送牢房!"的评价,要扣四分,这意味着将要被转送到郡立监狱。琼斯告诉大家,这儿有很多工作要干,希望每个人都积极努力。"如果觉得这儿不好,想逃跑,那么还有更好的地方可待,那就是俄亥俄州中央训导所。一旦被送到那儿,就该想念少年感化院了。现在大家去仓库领生活用品,然后到大厅用餐。"

晚上,汤姆坐在床上想:到底是谁让自己落到这个地步?为什么会来到这里?他并不理会评分、规定和分区这些事,因为他决定找机会逃出去。到这里来的时候,他并非完全清醒,所以不知道出去的路线。但他发现监狱四周没有铁丝网和围墙,周围是一片树林,想来脱逃并不是什么难事。

刚到餐厅,他就闻到一股浓郁的香味,于是决定逃跑之前先看看这儿有什么好东西。

在新到第一区的少年中,有个戴眼镜的小男孩,年纪可能还不到14或15岁。汤姆在排队时注意到他,心想一阵风就能把他吹跑。小男孩吃力地扛着床垫和被褥,正走着时被一个留着长发的强壮男孩绊倒了。只见那个小男孩立刻爬起,朝那个大男孩的肚子重重地打了一拳,大男孩应声倒地。

大男孩不可思议地望着小男孩,拳头还紧握着。

"得啦,小家伙。"他说道。

"嘿!去你妈的!"小男孩回应道。

"嘿,冷静一点!"大男孩站起来,拍拍身上的灰尘。小男孩眼里含着泪水,"来呀,想打架就过来!你这混蛋!"

"嘿,冷静一点,回床上去!"

这时,一个瘦高的男孩拉走了小男孩。"住手,托尼!"他说道,"你已经被扣两分了,还得在床上躺两个小时。"

托尼冷静下来,捡起自己的床垫。"好啊!戈迪,反正我也不饿。"

汤姆静静地在餐厅里吃着饭。伙食还不错,但他开始担心这个地方了。如果遇到被大孩子欺负和扣分的事,他必须控制住自己的脾气。回到宿舍,他发现那个叫戈迪的瘦高男孩就睡自己旁边。戈迪为那个小男孩带了点食物,他们正在聊天。汤姆坐在自己的床上注视着他们,他知道规定中有一条是不准在宿舍里吃东西。这时,他眼角的余光看到那个大男孩走过来了。

"小心!"他低声说,"那个混蛋又来了!"

名叫托尼的小男孩立刻把餐盘塞到床底下,躺到床上。检查之后,那个大男孩看到托尼按照规定躺在床上,满意地走了。

"谢谢!"小男孩说,"我叫托尼,你叫什么名字?"

汤姆看着他:"他们叫我比利。"

"这位是戈迪,"他指着那个瘦高男孩说道,"是因为卖大麻被抓进来的。你是什么罪名?"

"强奸,"汤姆说,"但是我并没有做。"

从笑声中,他知道他们不相信。但是,不相信又怎么样。"那个恶棍是谁?"汤姆问道。

"乔丹,是第四区的。"

"我会讨回公道的!"汤姆说。

在这里,多数时间都是汤姆出现,比利的母亲来探望时,也是由他和她见面。汤姆喜欢她,但对她心怀歉意。因此,当她说起已经与卡尔莫离婚时,汤姆很高兴。"他经常欺负我。"汤姆说。

"我知道,比利,他一直找你麻烦,可我没有办法,那时我们还是一家人。我有三个孩子,也把查拉当作自己的孩子一样对待。现在卡尔莫走了,你要听训导员的话,争取早日回家。"

汤姆目视着她离去。在他心目中,她是世界上最美丽的母亲。真希望她是自己的母亲!他不知道自己的母亲是谁,也不知道她长得什么样。

2

年轻的训导主任迪恩发现,比利多半时间都处于精神恍惚之中,不是看书就是望着天空发呆。一天下午,他找比利谈话。"哈!你在这里呀!"迪恩搭话道,"你要尽量表现自己,高兴点,找点儿事做。你喜欢什么?"

"我喜欢绘画。"亚伦答道。

隔了一个星期,迪恩自掏腰包给他买了一套绘画用具。"是想让我给你画一幅吗?"亚伦问道,一边将画布放在桌上做好准备。

"你喜欢什么?"

"老式的谷仓怎么样?"迪恩说,"有那种斑驳的窗户,大树上挂着一只轮胎,还有一条雨后的乡间小道。"

亚伦画了一昼夜,终于完成了。早上,他把画交给训导主任。

"啊!太棒了!"训导主任说道,"你的画能赚很多钱!"

"我也希望能,"亚伦回答,"我喜欢绘画。"

迪恩知道,要让比利摆脱心神不定的状态,必须主动出击。一个星期天的早晨,他带着比利前往蓝岩州立公园。比利作画时,迪恩就在一旁看着。有几个人靠过来围观,迪恩顺便卖了几幅画。第二天,迪恩又开车带比利出去,当晚卖画一共赚了400美元。

周一早上,院长把迪恩叫到办公室。由于比利是州政府的犯人,出售画作是违反规定的。因此,院长要求迪恩将钱退还给买画的人,收回画作。

迪恩同意把钱还给那些人,但声明他之前并不知道有这个规定。离开办公室时,他问道:"你怎么知道卖画的事?"

"不少人打电话给我,"院长说,"说想再买一些比利的画。"

4月份很快就过去了,天气变得暖和起来。克丽丝汀在花园里玩耍,戴维四处追逐着蝴蝶,里根在健身房锻炼。丹尼仍然惧怕户外的环境,担心被活埋,因此大部分时间都待在屋里画静物。13岁的克里斯朵夫在外面骑马,阿瑟整天在图书馆研读法律,并说除非打马球他才会去骑马。大家都很高兴,因为他们已经升级到第二区了。

比利和戈迪被派到洗衣房干活。汤姆在那里乐此不疲地修理旧洗衣机和烘干机。他盼望转到第三区,因为在那里晚上可以穿上自己的衣服。一天下午,霸道的乔丹拿来了一大堆脏衣服,"马上把这些衣服洗干净,明天有客人来。""没问题。"汤姆说完就继续忙手上的活。

"我是说现在就立刻清洗!"乔丹大声说。

汤姆没有理睬他。

"我可是第四区的模范,小子给我听好,我可以扣你的分,让你永远升不到第三区!"

"你给我听着!"汤姆回应,"我不管你在几区,我没有义务清洗你的私人物品!"

"嘿!"

汤姆怒视着乔丹,心想这家伙无权扣他的分。"滚蛋!"

"嘿!冷静一点!"

汤姆握紧拳头,但乔丹已经出去向负责人报告说要扣汤姆的分。汤姆回到宿舍,得知托尼、戈迪和自己的分都被扣了,因为乔丹知道他们三人是一伙的。

"我们一定要采取行动!"戈迪说。

"说得对!"汤姆表示赞同。

"怎么办?"托尼追问。

"现在还不知道,"汤姆说,"但我会想出办法的!"

汤姆躺在床上盘算着如何整乔丹,越想心里越生气。最后,他起身到宿舍后面找了根粗木棍,向第四区走去。

阿瑟把这个情况告诉了亚伦,要他在汤姆惹出麻烦之前制止他。

"不能这么干,汤姆。"亚伦说。

"他妈的!我不能让那恶棍扣我的分,让我们无法转到第三区。"

"你太冲动了。"

"我要打烂那狗娘养的脑袋！"

"汤姆，冷静一点。"

"别跟我说那些字眼！"汤姆大吼。

"对不起，但你这么做会坏事的，让我来处理吧！"

"他妈的！"汤姆扔下木棍，"你根本没本事处理！"

"你总是出言不逊，"亚伦说，"回去吧！"

汤姆离开了。亚伦回到第二区宿舍，找戈迪和托尼商量。

"现在，我来说说怎么办。"亚伦说道。

"我知道该怎么做，"戈迪说，"把可恨的办公室炸翻天！"

"不行，"亚伦反对，"我们先搜集事实，明天去琼斯先生的办公室，告诉他这样不公平。乔丹也是少年罪犯，并不比我们好多少，却要评判我们的言行。"

托尼和戈迪惊讶地望着亚伦，他们从来没有听他如此流利地说过话。

"给我纸和笔，"亚伦说，"我们必须谨慎地处理这件事。"

第二天早上，他们三人去找琼斯，由亚伦代表大家发言。

"琼斯先生，"亚伦说，"刚来的时候，你告诉我们述说自己的感觉不会招惹麻烦。"

"没错。"

"我们对由囚犯负责评分的做法有意见。看一下我们的统计，你会发现这个做法有多么不公平。"亚伦将乔丹给他们扣分的记录递给琼斯，说明了每次扣分是由何引起的，如因为私仇，拒绝为他打杂或者受他差使。

"比利，这套制度我们已经实行很长时间了。"琼斯说。

"但这并不代表它是正确的制度。少年感化院的宗旨，是要帮助我们回归正常的社会生活。但它让我们看到社会是不公平的，还如何践行宗旨呢？任由托尼这样的孩子受乔丹那样的恶霸摆布，你认为这是正确的吗？"

琼斯听完他的话，陷入了沉思。亚伦一一列举了这套制度的缺陷，托尼和戈迪在一旁听着，对亚伦的口才佩服得五体投地。

"这样吧，"琼斯说道，"这件事我再考虑一下，下周一你们再过来，我会给你们一个答复。"星期天傍晚，托尼和戈迪在戈迪的床上玩扑克，汤姆躺在一旁，想着托尼和戈迪刚才提及的在琼斯办公室发生的事情。

正在这个时候，戈迪抬起头说："那个恶棍又来了！"

乔丹走到托尼面前，把一双脏鞋扔到扑克牌上。"我今天晚上就得看到一双干净的鞋。"

"你自己去洗呀！"托尼说，"我才不管呢。"

乔丹朝托尼的头重重地击了一拳，托尼应声摔到床下，哭了起来。就在乔丹转身离开之际，汤姆迅速地跑上去拍了拍乔丹的肩膀。乔丹刚一回头，汤姆就狠狠地给了他一拳，正好击中鼻梁。乔丹的身体撞向墙壁。

"我扣你四分！杂种！"乔丹大吼。

戈迪跑过来，一脚从下方踹在乔丹腿上，让乔丹倒在了两个床铺中间，两人轮番揍了他一顿才罢手。

里根一直关注着汤姆，以确保汤姆安全无恙。如果汤姆受到威胁，他就出来干涉。但他不会像汤姆一样穷追猛打，他会专攻某一个部位，直到打断骨头为止。然而今天汤姆没出事，所以里根也无须出面。

第二天早上，他们决定向琼斯先生报告昨晚发生的事，以免乔丹恶人先告状。

"看看托尼的头，他在毫无防备的情况下被打了一拳，现在还肿着呢！"亚伦告诉琼斯，"他就是一直利用这儿的制度欺负弱小。就像我们上星期说的，这是一套错误而且有潜在危险的制度，因为那些人也是犯人。"

星期三，琼斯向大家宣布，今后评分事宜将完全由狱方人员负责。乔丹以不正当手段扣掉他人的分，全部计在他自己的名下，因此被降到第一区。托尼、戈迪和比利的分数，目前已足够转到第三区了。

3

第四区犯人的一个特权就是可以外出休假,可以回家。汤姆焦急地盼望着外出假的到来。到了那天,他收拾好行李等着多萝西来接他。可一想到要离开,他又不禁感到茫然。他很喜欢这个地方,但得知卡尔莫已经走了,还是非常希望能回到春日街的家。现在家里只剩查拉、凯西和自己了。对他而言,家里的这些变故并非坏事。

多萝西开车来接他回兰开斯特市。一路上,他们没有过多交谈。没想到的是,他们回到家还没几分钟,就有个男人登门拜访。这个人他曾经见过,身材高大、吸烟。

多萝西介绍道:"比利,这位是摩尔,他拥有一家保龄球馆和我以前唱歌的那家夜总会,今天他要和我们共进晚餐。"汤姆从两个人的眼神中看出了他们之间的关系。他妈的!卡尔莫刚走了还不到两个月,就又来了另一个男人。

晚餐时,汤姆说:"我不回感化院了!"

"你说什么?"多萝西问道。

"我无法忍受那儿的一切。"

"比利,这么做不好,"摩尔说,"你母亲告诉我,你就剩下一个月的时间了。"

"这是我的私事,与你无关!"

"比利!"多萝西出言制止。

"现在我是这个家庭的朋友了,"摩尔说,"你不该让母亲担忧。在里面再坚持一阵子就好了,你必须乖乖地服完刑期,否则必须先过我这一关。"

汤姆低头看着餐盘,静静地将晚餐吃完。

后来,他问凯西:"那个男的是谁?"

"妈妈的新男朋友。"

"他自认有权教训我该做什么!他常到家里来吗?"

"他在城里有栋房子，"凯西说，"虽然没人议论他们同居的事，但我知道。"

第二周的周末，汤姆见到了摩尔的儿子斯图尔特。他的年龄与比利相仿，比利初次见面就十分喜欢他。斯图尔特喜欢踢足球，还擅长各项运动。但是，最令汤姆欣赏的还是他驾驶摩托车的技术。他能骑着车做很多汤姆未曾见过的动作。

亚伦也喜欢斯图尔特，里根则因为他的运动能力、技巧和胆识而尊敬他。那个周末过得非常愉快，他们都希望有更多时间与这位新朋友在一起。斯图尔特并不在意比利的古怪行为，也从不责备他心不在焉或者叫他骗子。汤姆希望将来有一天自己也能像斯图尔特一样。

汤姆告诉斯图尔特，从少年感化院出来后，他无法再待在家里了，因为他不喜欢摩尔待在自己家里。于是斯图尔特表示，到时候他愿和比利共同租住一间公寓。

"你说话当真？"汤姆问道。

"我把这个想法告诉爸爸了，"斯图尔特说，"他认为这个主意不错，他说这样我们就可以互相监督。"然而，在出狱前的几周，汤姆得知多萝西不会再定期探视他了。

1973年8月5日，斯图尔特在骑摩托车急转弯时撞到了一辆拖车上拉着的游艇，摩托车和游艇顿时起火燃烧，斯图尔特不幸当场丧命。

听到这个不幸的消息，汤姆非常惊讶。这么一位勇敢、自信、笑容可掬的朋友，这么一个有勇气征服世界的人，就被一把火夺去了生命？汤姆无法接受这个事实，不愿再待下去了。于是，戴维出来忍受斯图尔特逝世带来的痛苦，汤姆也放声大哭⋯⋯

第十三章

1

斯图尔特去世一个月后,比利从少年感化院获得假释。回家后不久,一天亚伦正在屋里看书,摩尔进来问他想不想去钓鱼。亚伦知道,他这么做是为了讨好多萝西。凯西说他们快要结婚了。"当然,"亚伦说,"我很喜欢钓鱼。"

摩尔做好了一切准备,第二天向公司请了假就到家里来接比利。

汤姆恶狠狠地看着他:"钓鱼?去你妈的!我才不去呢!"

汤姆走出房间时碰到了多萝西,多萝西问他为什么出尔反尔,汤姆一脸惊讶地望着他们。"天哪!他从来没有问过我!"

摩尔气呼呼地冲到门外,发誓说比利是他这辈子见过的最卑鄙的骗子。

"我再也无法忍受了!"亚伦独自一人在房间时,将这件事告诉了阿瑟,"我们必须离开这里,每次摩尔来,我就觉得自己成了外人!"

"我也有同感,"汤姆说,"多萝西就像我的母亲一样。如果她和摩尔结婚,我就搬出去。"

"好吧!"阿瑟说,"我们先找份工作,存些钱,然后出去租房子住。"

其他人都赞成这个主意。

1973年9月11日,亚伦在电镀厂找到了一份工作。这份工作收入不多,工作环境也很差,完全不是阿瑟所希望的。

装卸工单调无聊的工作由汤姆负责。他的工作是卸下吊车,一车接一车地将里面的东西倒进电镀槽里。吊车排列的长度与保龄球道相差无几。他需要降低吊车、等待,升高吊车、推动、降低,然后再等待。

阿瑟对如此卑微的工作不屑一顾,将注意力转移到了其他事情上。他需要帮助其他人自力更生。

在感化院干活期间,他一直在思考那些被允许出现的人格的行为。他最后认识到,若想在社会中生存,大家必须学会自我控制。如果不定下规矩,大家就会乱作一团,而这是十分危险的。他在少年感化院学到的管理规则正好派上用场——将表现不佳者退回到第一区或第二区。在这个规定的震慑下,那些顽劣分子就会收敛起乖张的行为。他们进入社会时,确实需要这样的管理规则。

他向里根解释了自己的想法。"因为有人和那两个坏女人接触,才被指控犯下了强奸罪,使我们都受到了牵连,"阿瑟说,"虽然我们没有犯罪,却被送进了监狱。我绝不允许这样的事再度发生!"

"你将如何阻止呢?"

阿瑟若有所思地接着说:"我通常可以阻止一些人出现。我注意到,在危急情况下,你也有能力立即替换出现的人。我们两人应该好好地支配意识。我已决定永远驱逐那些'不受欢迎的人',不准他们再出现。其他人则必须规范自己的生活,我们就像是一个大家庭,必须有严格的家规。谁触犯了家规,就得列入'不受欢迎的人'里。"

经里根认可后,阿瑟向大家说明了这些规定。

第一条:不能说谎。我们一直被世人误解,因为我们确实不知道其他人做过的事。

第二条:善待妇女和儿童,包括不说脏话,言行举止要有礼貌。例如:开门动作要轻;用餐时身体坐直,将餐巾放在腿上;任何时候都必须保护妇女和儿童,每个人都应该这样做。如果看到男人欺负妇女或儿童，必须立刻退下，让里根处理（如果自身面临威胁时则无须主动退下，因为里根会自动出现）。

第三条：禁欲。绝对不允许再出现被他人指控强奸的情况。

第四条：自我完善。不可浪费时间去看漫画书或电视，专业要精益求精。

第五条：保护家庭每一个成员的财产。这一条是针对卖画而定的，将以最严格的标准执行。任何人都有权出售没有签名或署名"比利"或"威廉"的画。若画作上签了"汤姆、丹尼或亚伦"的名，则属于私人财产，任何人都不得出售不属于自己的画作。

违反规定者将被判永远不得出现，到阴影里去与那些"不受欢迎的人"为伍。

里根想了一下，问道："那些'不受欢迎的人'是谁？"

"菲利普、凯文，他们均有反社会和犯罪倾向，已经被放逐了。"

"汤姆呢？他有时候也有反社会倾向。"

"是的，"阿瑟表示赞同，"不过，我们需要汤姆的好斗性格。一些年幼者太守规矩，如果对陌生人言听计从，一定会受到伤害。只要汤姆不违反其他规定，不利用脱逃术和开锁技巧去犯罪，那么他就可以出现。但我会随时警告他，让他知道我们在注视着他的行动。"

"那我呢？"里根问道，"我也有犯罪倾向！"

"你也不可以违反规定，不可以犯罪！"阿瑟说，"即使你的行为并未伤害他人，无论出于什么原因都不行。"

"你得知道，"里根说，"为了生存或防卫，有时候我也会犯罪。在情急之下，就顾不得法律了。"

亚伦合起手指思考里根提出的理由，然后点点头，"你是唯一的例外，因为你的力量太强大了，一个人足以应付攻击。但是，只准许你在自我防卫或保护妇女儿童时这样做。作为家庭守护者，在不伤及无辜和保护大家生命的情况下，你是唯一有权采取必要行动的人。"

"好，我同意这些规定，"里根温和地说，"但是制度不一定永远有效。在'混乱时期'，有人会跑出来窃取时间，但我们却完全不知情，包括你、我和亚伦在内。我们可能完全不知道发生了什么。"

"没错，"阿瑟应道，"我们必须在可控范围内做该做的事。我们必须维持家庭的稳定，防止'混乱时期'再度出现。"

"这大概很难！你必须和其他人保持良好沟通。我还没认全所有的家庭成员，有些人来了又走了。有时候，我甚至不知道出现的是不是我们的人。"

"当然，就像在医院或少年感化院里一样，我们得先了解自己周围的人，然后才能发现其他人的存在。但情况往往是，在外面的人也不互相沟通，尽管他们离得很近。我会和每一个人沟通，告诉他们应当注意的事。"

里根打趣道："我虽然力气大，但你的知识让你拥有比我更大的力量。"

阿瑟点点头："这就是我下棋总能赢你的原因。"

阿瑟随后和每个人都进行了沟通，把规定告诉他们。他还强调，除了这些规定外，站在光圈下的人还必须遵守其他规定。

只有三岁大的克丽丝汀常常令大家感到难堪。但是，里根坚持特许她不被放逐或被列入"不受欢迎的人"，因为她是家庭的第一个成员，也是唯一的儿童。在出现无法沟通或不知道发生了什么事的情况下，克丽丝汀的出现或许会有所帮助。但她也必须努力学习，要在阿瑟的帮助下学习阅读和写字，克服她的失读症。

汤姆继续学习他喜爱的电气知识，并提高运用机械的能力。他开锁和保险柜的能力仅在逃跑时才会应用，绝不会用于行窃或帮助他人偷东西，他不会变成一个窃贼。闲暇之余，他学习吹奏萨克斯管，并提高绘画技巧。他还在努力练习控制情绪，以便在必要时出来应对危急情况。

里根练习空手道和柔道，以使体能保持在最佳状态。在阿瑟的帮助和指导下，里根学会了控制肾上腺素，这使得他在危急情况下能全力出击。

他还在继续学习有关炸药的知识。他决定下一次领了工资,就去买一把枪,以便练习打靶。

亚伦磨练自己的口才并提高画肖像画的技巧。压力大时,他就敲鼓放松情绪。通常都是由他出面应付外面世界的人,作为最擅长社交的成员,他必须多跟人接触。

阿达拉娜继续写诗,并提高烹调技术。搬到外面住时,她还得负责整理房间。丹尼继续学习画静物和使用喷枪。他还负责照料年纪小的孩子,因为他已经是十几岁的少年了。

阿瑟继续研习科学,特别是医学,他已申请参加临床血液学基础函授课程。与此同时,他还运用他的逻辑和分析能力钻研法律。

所有的人都被清楚地告知,要不断提高他们的能力、丰富知识。阿瑟警告他们不能无所事事,浪费时间,也不能胡思乱想;每个人都必须努力实现自己的目标,还要不断进修;不出现时,要不断学习,一旦出现,就要利用一切机会去练习。

此外,阿瑟还规定年纪小的人不能开车,如果发现自己坐在方向盘前,应立即换位置,让年长的人驾驶。

大家都认为阿瑟的思路严谨,各项提议也都符合逻辑。

塞缪尔阅读《旧约》,只吃犹太人认可的食物,喜欢砂岩雕刻和木雕。他在9月27日犹太新年的那天出现了,为比利的犹太父亲祷告。

塞缪尔知道阿瑟有关卖画的规定。有一天他需要用钱,但没有人告诉他应当怎么做以及会有什么后果,于是他卖掉了一幅署名亚伦的裸体画。他认为画裸体画有违宗教信仰,所以不想见到这种画。他告诉买画的人:"我不是作者,但我认识这位画家。"

他后来又卖了一幅描绘谷仓的作品。这幅画充满了一种恐怖的气氛。

这些画是他人的心爱之物,不是为陌生人画的。塞缪尔知道出售他人心爱作品的后果,但还是卖了画,因此阿瑟得知后非常气愤。于是,阿瑟让汤姆找来塞缪尔最心爱的作品——用石膏制成的维纳斯和丘比特像。

"毁了它！"阿瑟命令道。

汤姆将维纳斯像拿到屋后，用铁槌敲碎。

"塞缪尔私售他人作品，应被列入'不受欢迎的人'，永远不得再出现！"阿瑟说道。

但塞缪尔不服，他辩解说自己是家庭成员中唯一信奉神的人，所以不应当被放逐。

"神是由那些畏惧未知事物的人创造出来的，"阿瑟说，"人们崇拜耶稣，是因为他们畏惧死后可能发生的事。"

"说得对！"塞缪尔立刻回应，"有这一层保障未必不是好事。如果我们死后发现有神存在就糟糕了，我们当中应该至少有个信神的。"

"如果真有灵魂存在的话。"阿瑟说。

"何必急着下结论！反正再给我一次机会也没什么损失！"

"规矩是我制定的，"阿瑟说，"我已经决定了。10月6日是你的圣日，你可以在那天出现过完禁食日，然后被放逐。"

阿瑟后来向汤姆承认，这是他在愤怒之下做出的决定。这个决定可能是错误的，因为他无法确定神是否真的存在，他不该仓促决定放逐他们之中唯一信神的人。

"你可以改变决定，"汤姆说，"让塞缪尔偶尔出现。"

"只要我清醒就不可以，"阿瑟说，"我确实是意气用事，那是我的错误。然而，决定一旦做出，就不能更改。"

汤姆发现自己不断想到天堂和地狱的问题，感到十分困惑。如果死后下了地狱，不知是否有办法逃脱。

2

几天后，亚伦在城里遇见了同学哈伯瑞。他记得哈伯瑞好像是过去的一个朋友。哈伯瑞现在留了像嬉皮士一样的长发，邀他到自己的住处喝啤酒、聊天。

那是一间宽敞的旧公寓。亚伦坐在厨房和哈伯瑞聊天时，屋里不时有人出出进进。亚伦觉得他们是在进行毒品交易。亚伦起身离去之际，哈伯瑞告诉他周六晚上有个派对，希望他能参加。

亚伦接受了邀请。这是一次少有的社交机会，阿瑟鼓励亚伦参加。

亚伦依约去了，却不喜欢看到的一切，因为那儿有许多人在饮酒、吸大麻，还嗑药。他认为那些人都是在虚度人生，因此打算喝杯啤酒就离开。几分钟后，他感觉很不舒服，于是退去了。

阿瑟环视四周，对于眼前的情景很不以为然。不过，他决定在一旁观察底层社会的生活状况。观察这些人在不同药物作用下的丑态是相当有趣的事。有些人喝醉了会斗殴，有些人在吸食大麻后会无缘无故地傻笑，还有些人吃了安非他明后会昏睡，有些人服用了迷幻药之后胡言乱语……这里就像是一个毒品试验所。

阿瑟发现有两个人也像他一样躲得远远的。一个身材高挑、留着乌黑的长发、嘴唇丰满但眼神迷茫的女孩不断地望着他。他觉得她可能会走过来和自己打招呼。这个念头令他不舒服。

就在这时，坐在那个女孩旁边的男子开口问阿瑟："你常参加哈伯瑞的派对吗？"

阿瑟让亚伦出来应付。亚伦看了一眼周围。"你刚才说什么？"

"我朋友说，她曾在派对里见过你，"年轻人说道，"我也觉得你很眼熟。你叫什么名字？"

"他们都叫我威廉·米利根。"

"查拉的哥哥？嘿！我是史坦利，我见过你妹妹！"

那女孩走了过来，史坦利说道："玛琳娜，这位是比利。"

史坦利说完便走开了。玛琳娜和亚伦聊了大约一小时，议论着屋里的人。亚伦觉得她可爱、温柔、充满了魅力，一双黑色的眼睛好像会说话。

她令亚伦倾倒。但是他知道阿瑟的规定,知道他和眼前的这个女孩不会有什么结果。

"玛琳娜!"刚才的那个男子从房间的另一个角落叫她,"过来一下!"

她没有理睬。

"你男朋友在叫你。"亚伦说道。

"哦!"她微笑着,"他不是我男朋友。"

她令他不知所措。他刚因被控强奸罪从少年感化院假释出来,现在又有女孩来招惹他了。

"对不起,玛琳娜,"亚伦说,"我该走了。"

她一脸惊讶:"我们以后可能还会见面。"

亚伦头也不回地走了。

第二天是星期日,亚伦认为这是打高尔夫球的理想日子。他把球具放进车里,驱车来到兰开斯特俱乐部。他在那儿租了一辆电动车,打了几洞,但成绩不理想。他第三次将球击进沙坑时,对自己的表现非常不满意,于是退下了。

马丁睁开眼睛,惊讶地发现自己手里握着一根高尔夫球杆。他需要将沙堆里的球打出去。他挥动球杆,打完了那洞球。他不知道前几洞挥了几杆,索性记下"三杆"。

他看到下一洞前挤了很多人,于是大声抱怨那些人破坏了他这个高手的兴致。

"我是纽约来的,"他对前面一个四人组里的一个中年人说,"我经常到私人俱乐部打球,那儿会限制打球的人数。"

趁那个人不知所措之际,马丁插了进去,"你不介意我先打吧?"未等对方回答,他已经挥杆上阵了,击球后又开着高尔夫球车奔向前面。

他用同样的办法插到了另外一个三人组的前面,但是把球打进了水塘。他将电动车停在水塘边去找球,但是没有找到。于是,他挥动球杆击打另一个球。球越过了池塘。就在他跳上车准备去捡球的时候,不慎扭伤了膝盖。

又是戴维出来承受痛苦。他不知道自己为什么会坐在这辆电动车里，也不知道自己身在何处。疼痛稍微减轻后，戴维开始玩弄电动车的方向盘，嘴里还模仿着发动机的声音。他用脚蹬了一下踏板，刹车闸立刻打开了，车子开始下滑，直到前轮陷在池塘里才停止。受到惊吓的戴维退了回去，马丁再度出现。马丁不知道车出了什么问题，只好用了半个多小时前前后后地推动车子，好不容易才将前轮推出泥潭。他推车时看到一拨拨去打球的人经过，心里无比气愤。

电动车终于回到干燥的路面后，阿瑟出现了。他告诉里根，决定将马丁列入"不受欢迎的人"。

"不就是把车开进了池塘嘛，惩罚太重了吧？"

"不是因为这个，"阿瑟说，"马丁是个自大狂，就想穿名牌、开豪车，整天做白日梦。他从不想完善自己或发挥创造力，他是个骗子。更为严重的是，他是个势利鬼！"

里根笑道："我才知道'势利鬼'也得被列入'不受欢迎的人'。"

"我亲爱的伙伴，"阿瑟的口气冷峻，他知道里根的话是什么意思，"除非你很聪明，否则没有资格看不起别人。我有这个资格，但马丁没有。"

阿瑟以标准杆数打完了最后四洞球。

1973年10月27日，大约是在多萝西和卡尔莫结婚10年后，她与第四任丈夫摩尔结婚了。

摩尔想做一个好父亲，但孩子们并不领情。阿瑟对摩尔定下的规矩很不以为然。

多萝西禁止小儿子骑摩托车，汤姆知道这是因为斯图尔特的缘故，但他不认为因此就可剥夺其他人的权利。

一天，他向朋友借了一辆雅马哈350摩托车。快要骑到自己家的时候，他低头发现车的排气管快要掉下来了。他心想，如果排气管撞到地面，肯定车毁人亡。就在这个危急时刻，里根把他扔下了车。他站起身来，掸掸磨破的牛仔裤，慢慢地将车推进了前院，然后回到屋里清洗额头上的血迹。

他刚走出浴室，就听到多萝西冲着自己尖叫："我说过不准骑摩托车，你是要折磨我吗？"

摩尔这时正好从花园回来，也大声吼道："你是故意的！你知道我痛恨摩托车，居然……"

里根摇摇头退下了，让汤姆出来解释排气管的事。

汤姆抬起头，发现妈妈和摩尔正在怒视着自己。

"你是故意的，"摩尔问，"对吗？"

"你们疯了，"汤姆看了一眼身上留下的瘀伤，"只不过是排气管掉下来了，我……"

"又撒谎！"摩尔说，"我查过了，排气管根本没断，连痕迹都没有！"

"你再说一遍试试！"汤姆大吼着回应道。

"你就是个骗子！"摩尔喊道。

汤姆气冲冲地跑出屋。他觉得再怎么解释也是白费口舌，要不是里根及时出现，摩托车早就毁了。不管他说什么，他们都会叫他骗子的。

汤姆已经无法承受不断累积的怒火，于是退了下去……

看见儿子气愤地冲出屋跑进车库，多萝西也跟了过去。她站在车库外向里张望，看见比利恶狠狠地走向柴堆，捡起一根木柴一下子劈成两半，接着又连续劈断了好几根，算是出了气。

阿瑟决定搬出这个家。

几天后，亚伦找到了一套便宜的公寓房，在布罗德大街808号的一座白色木结构住宅内。公寓有两间半房子，离多萝西的住处不远，虽然不够舒适，但是有电冰箱和壁炉。他自己添置了一张床、一张桌子和几把椅子。多萝西用自己的名义给他买了一辆庞蒂克汽车，但是钱要由比利支付。

里根买了一把点三零口径的卡宾枪、一把点二五口径的半自动手枪和九发装的弹匣。

拥有一套属于自己的公寓真是令人兴奋,只要高兴,随时可以画画,不会有人与他争吵。

阿瑟买的阿司匹林和其他药品全部是瓶装,为的是不让年纪小的孩子们随便拿药。他甚至告诉里根必须买密封的伏特加酒,还提醒里根,枪支必须放在上锁的柜子里。

阿达拉娜和阿普里尔在厨房里争吵起来,阿瑟虽然听到了,但决定暂时不予理会。他专注于学习、研究和规划未来,时间很紧,所以尽量不去管那些婆婆妈妈的事。如果她们吵得太凶,他就让阿达拉娜去做饭,让阿普里尔去缝衣服、洗碗,把二人分开。

阿瑟原本对阿普里尔的印象不错。她身材瘦小、黑头发、棕色眼睛,比平淡无奇的阿达拉娜漂亮,而且也比较聪明。她的智力可与汤姆或亚伦相比,有时候甚至比自己还聪明。起初,阿瑟对她的波士顿口音颇有好感,但是在得知她的计划后,便对她失去了兴趣。

阿普里尔一直在谋划如何折磨、杀死卡尔莫。她想把卡尔莫骗到公寓,把他绑在椅子上,然后用焊枪一寸一寸地烧他。她还想给他吃安非他明,让他保持清醒。焊枪足可切断他的手指和脚趾,慢慢地烧,不会流出血来。她希望他在下地狱之前尝尽苦头。

阿普里尔开始与里根讨论这个计划。

她对他耳语道:"你必须去杀死卡尔莫,只需要有一把枪,你就可以干掉他了!"

"我不是杀手。"

"这不是杀人,这是他罪有应得!"

"我不是法律,判决是法院的事。我只有在保护妇女和儿童时才能使用暴力。"

"我是个女人。"

"你是个疯女人。"

"你只要带上枪,藏在他们家对面的山丘上就可以干掉他。不会有人知道是谁干的。"

"距离太远了。卡宾枪上没有狙击镜,我们没钱买。"

"里根,你又不笨,"她轻声说,"我们有望远镜,你可以将望远镜架在枪上,再用两根头发交叉成十字当准星用。"

里根想躲开她。

但阿普里尔仍不死心,她提醒里根,卡尔莫曾经折磨过孩子们。她知道里根很关心克丽丝汀,因此特别提到卡尔莫是如何虐待克丽丝汀的。

"我去干掉他!"里根说道。

他从头上拔下两根头发,用水小心地将两根头发粘在望远镜上,然后爬上屋顶,用自己的望远镜瞄准前方。他试射后觉得有几分把握,便用胶水将头发粘好,把望远镜架在卡宾枪上,到树林里去测试。他应当可以从卡尔莫新居对面的山丘上击中他。

第二天早上,在卡尔莫上班前一个小时,里根把车开到卡尔莫家附近。停好车后,他溜到屋子对面的树林里,躲在树后等待卡尔莫出现。他瞄准了卡尔莫家的大门,他知道卡尔莫会从那里出来取车。

"不能这么干!"阿瑟大声叫道。

"他必须死!"里根回答。

"这违反了我们的规定!"

"但符合保护妇女和儿童的规定。他伤害了孩子们,就得为自己的行为付出代价。"

阿瑟知道难以说服里根,于是把克丽丝汀叫到光圈旁,让克丽丝汀看看里根要干什么。克丽丝汀一面放声大哭,一面跺着双脚求里根别做傻事。

里根紧咬牙关。卡尔莫就要走出大门了。里根伸手卸下装有九发子弹的弹匣,退空枪膛,将枪举起,用望远镜瞄准卡尔莫,轻轻地扣动了扳机。然后,他将卡宾枪扛在肩上走回停车处,开车打道回府。

当天,阿瑟以"阿普里尔精神错乱,对大家构成威胁"为由,将她列为

"不受欢迎的人"。

3

凯文正独自一人待在公寓里,突然响起了门铃。他打开门,看见一位漂亮的小姐正对着自己微笑。

"我给哈伯瑞打了电话,"玛琳娜说,"他说你自己租了房子。那天晚上我们谈得很愉快,所以我想来看看你。"

凯文根本不知道她在说什么,但还是请她进了屋。"刚才我情绪不好,"他说,"直到打开这扇门为止。"

那天晚上,玛琳娜观赏了他们的画作,还和凯文谈起了几个熟人。她很高兴自己主动过来看他,拉近了彼此的距离。

她起身离去时,凯文问她什么时候还会再来。她表示只要他愿意,她一定会再来。

1973年11月16日,是比利正式离开少年感化院的日子。凯文坐在附近的一家酒吧里,想起戈迪在感化院时说过的话:"如果想要毒品,"戈迪说,"可以来找我。"

对!就这么做!

当天傍晚,他开车前往哥伦布市东面的雷诺斯堡郊区。戈迪的家是远处一栋看起来造价不菲的农舍。

戈迪和他的母亲茱莉亚见到他非常高兴。茱莉亚还用性感的声音说随时欢迎他光临。

茱莉亚忙着倒茶时,凯文问戈迪能否借给他一些钱买药做生意。他现在没钱,但日后一定会还给他。

戈迪把他带到附近的一栋房子,在那里向一个朋友买了价值350美元的大麻。

"这些大麻能卖1000多美元,"戈迪说,"卖掉之后再还我钱吧。"

凯文双手发抖,神情茫然。

"你卖什么?"凯文问。

"吗啡,如果能搞到的话。"

不到一个星期,凯文就将大麻卖给了玛琳娜在兰开斯特的朋友,净赚了700美元。凯文回到公寓后,吸了口大麻,然后打电话给玛琳娜。

过了一会儿,玛琳娜来到凯文的住处。她从哈伯瑞那得知凯文卖大麻的事,告诉凯文她很担心他。

"我知道自己在干什么。"凯文边说边吻她。他关上灯,把她带到床上。可是,他们刚刚抱在一起,阿达拉娜就让凯文退下去了,因为她渴望拥抱和温存。

阿达拉娜知道阿瑟的有关规定,也听见阿瑟告诉男孩子们,如果违反规定,就会被列为"不受欢迎的人"。但是,颇具英国绅士风度的阿瑟从来没有和阿达拉娜谈及过性。她不赞同这个荒谬的规定,阿瑟也从未对她起过疑心。

第二天早晨亚伦清醒过来,看到了抽屉里的钱,不知道发生了什么。他十分担心,但是又无法找汤姆、阿瑟或里根问清楚。

下午,哈伯瑞的几个朋友过来买大麻,但亚伦不明白他们在说什么。那几个人态度恶劣,将钞票在亚伦的眼前挥来挥去。亚伦怀疑家里有人贩毒。

于是,他去了哈伯瑞的住处。在那里,一个男子拿了一把点三八口径的史密斯-韦森左轮手枪给他看。亚伦并不清楚自己为什么需要枪,但还是用50美元买下了。对方还送了几颗子弹。

亚伦把枪藏在汽车座椅下。

里根出来了,不断地把玩着枪。枪是他让亚伦买的,尽管那并不是他最喜欢的型号。他想要的是9毫米口径的枪,但觉得这把作为收藏也不错。

亚伦决定搬出这栋环境恶劣的公寓。他四处寻找出租广告,浏览报纸上的出租广告时发现了一个熟悉的号码。他从脏兮兮的电话簿上找到了地址和该电话所有者的姓名。他发现这个叫凯尔纳的人就是上次帮助他打官司的那位律师。他求多萝西替他打电话租房,结果凯尔纳同意以每月80美元的价格出租。

出租的公寓位于罗斯福大道后的白色大楼内。亚伦租的是二楼的一间卧房。一个星期后,亚伦搬了进去,将房子收拾得十分舒适。他决定不再做毒品买卖,也不再与那帮人来往。

玛琳娜前来拜访令他十分惊讶,因为自从哈伯瑞家的派对后,亚伦再没有见过她。然而,她似乎对这里的一切都十分熟悉。他不清楚究竟是谁在和她约会,不过他知道她不是自己的意中人,也不想和她发展任何关系。

玛琳娜下班后常过来为他准备晚饭,待一会儿才回父母家,不过偶尔也会住下来。整个事情因此而变得非常复杂,亚伦不喜欢这样。

每当玛琳娜想亲热时,亚伦便会退下去。他不知道谁会出现,也不想知道。

玛琳娜对这个新住所很满意。比利有时会说脏话或者大发脾气。她起初颇为惊讶,但后来慢慢习惯了他多变的性格——刚才还温柔体贴,转眼间就大发脾气;一会儿聪明、幽默,一会儿又突然变得异常笨拙,连小孩都不如。她知道他需要有人照料。她认为是毒品和他接触的那帮人在作怪。她想让比利明白哈伯瑞那伙人是在利用他,这样他就会发现他根本就不需要那些人。

有时,他的言行令她害怕。他说要是有人看见她来了,一定会来找麻烦。从他的口气可以听出,他所谓的"有人"指的是一家人。她觉得他和黑手党一定有关系。她每次来,他都会在窗前摆一幅画,说这是"暗号",目的是告诉其他人不要进来,因为她在屋里。她坚信他口中的那些人是黑手党。

他们开始做爱时他会说一些粗俗下流的话，而后总是会变成温柔的爱抚。他的做爱方式也令她困惑。虽然他很强壮、男人气十足，但她却觉得他总是在压抑自己，从来没有尽兴。尽管如此，她知道自己爱他，觉得只要能谅解他，相处时间长了，一切都会好起来。

一天晚上，阿达拉娜溜走了。戴维发现自己站在光圈下，心里非常害怕，忍不住哭了起来。

"我还是第一次看到大男人哭，"玛琳娜轻声问，"你怎么了？"

戴维蜷着身体，放声痛哭，如同一个无助的婴儿。当他看起来如此脆弱时，玛琳娜也很受触动，她靠近他，紧紧地抱着他。

"比利，告诉我出了什么事。不告诉我，我就无法帮助你。"

戴维不知该如何回答，退了下去。汤姆出现了，看见自己正被一位美丽的小姐抱着，也赶紧溜走了。

"如果你还哭，我可要走了。"她觉得他是在耍自己，非常气愤。

汤姆看着她走进浴室。

"搞什么鬼！"他低声骂道，紧张地四处张望，"阿瑟会杀了我！"

他从床上跳起来穿上裤子，在屋里踱来踱去，想搞明白这到底是怎么回事。"她究竟是谁？"

他看见客厅的椅子上放着一个女皮包，便走过去迅速地翻看，发现她驾照上的名字是"玛琳娜"，于是赶紧把驾照放回包里。

"阿瑟？"他低声唤道，"能听见吗，告诉你，我和这件事没有关系。我没碰过她，相信我，我不会违反规定。"

他走向画架，拿起笔开始画风景画，心想：阿瑟会知道我在努力提高绘画水平，这正是他希望我做的。

"比起我，你更关心你的画。"

汤姆转过身，看见玛琳娜已经穿好了衣服，正在梳头发。他什么也没说，继续画画。

"画，除了画，还是画，比利，和我说话呀！"玛琳娜在一旁说。

他记得阿瑟说过对女人要有礼貌。汤姆放下画笔，坐在她对面的椅子上。她非常漂亮，尽管穿着衣服，但仍然能看出她身材丰满、凸凹有致、线条优美。他从未画过裸体女人，但是他很愿意为她画一幅。可这并非自己的专长，得亚伦才行。

他与她聊了一会儿，为她深色的眼睛、噘起的嘴唇和细长的脑子所吸引。他知道不论她是谁，为什么来到这里，他都会疯狂地爱上她。

4

没人知道比利为什么开始旷工，而且变得如此笨拙。有一次，他爬到箱子上去修理锁链，结果掉到溶液池里，害得他们不得不把他送回家。有一天他又旷工了，于是在1973年12月21日，比利被公司解雇了。于是，他就待在家里画画。有一天，里根拿起枪，开车到树林里去练习射击。

里根现在已拥有了好几支枪，除了点三八口径史密斯－韦森、点二五口径自动手枪和点三零口径卡宾枪外，还有点三七五口径的连发手枪、M-14步枪，点四四口径大型连发手枪和M-16步枪。他特别钟爱以色列手枪，因为它不但小巧而且声音小。另外，他也买了武器收藏家喜欢收藏的点四五口径汤普森圆型弹匣。

在极度"混乱时期"，凯文让戈迪给自己介绍一个销售网，准备全力投入毒品交易。一个小时后，戈迪打来电话，告诉他去往黑森林的路线。这个地方在哥伦布市东面，离雷诺斯堡不远。

"他叫布莱恩，我已经把你介绍给他了。他希望和你单独见见，好观察你。如果他喜欢你，那你就成功了。"

凯文按照戈迪说的路线小心翼翼地开车前往。他从未去过那个地方，但还是提前10分钟到达了约定地点。他将车停好，坐在车里等候。大约过了半个小时，一辆奔驰汽车开了过来，从车里走出来两个人。其中一个身材高大的麻子身穿棕色皮衣，另外一个身材中等，留着八字胡，身穿细条纹西装。车里面还坐着一个人从后座向外监视着。凯文讨厌这样的情景。他坐在方向盘后，浑身冒汗，不知道自己怎会落到这个地步，是不是应当离开？

大个子走过来，弯下身靠在车窗旁盯着凯文。从紧身外套可以看出，他的腋下夹着东西。"威廉·米利根？"

凯文点点头。

"布莱恩先生想和你谈谈。"

凯文刚下车，就看见布莱恩从奔驰车后座走出来，斜靠在车门上。布莱恩看起来并不比凯文大，约莫18岁，棕色的头发披在肩上，很难与他的驼毛大衣区分开来，喉结很明显。

凯文刚要走过去，突然有人拽住他，把他摁到车上。那个大个子用枪顶着他的头，中等身材的男子则走过来搜查他的身体。于是，凯文退了下去……

里根抓住中等身材男子的手，猛地一拉将他甩到持枪的大个子面前。随后，里根敏捷地跳起来夺下了大个子手上的枪，把他当作人质躲他身后瞄准布莱恩。一直站在车旁的布莱恩目睹了发生的一切。

"别动！否则我就不客气了！"里根冷静地说，"你一动，立刻会有两颗子弹击中你的脑门！"

布莱恩举起双手。

"你！"里根朝留着八字胡的男子说，"把枪掏出来放在地上！"

"照他的话做！"布莱恩命令道。

那个男子慢吞吞地伸出手，里根又喊道："快点，否则让你脑袋开花！"

那个男子解开夹克，取出手枪放在地上。

"把枪踢过来！"

那个男子把枪踢过来，里根才放开人质，捡起地上的枪，分别瞄准这三个人。"你们就是这么迎接客人的吗?"

他把所有的子弹都退下来,转了转枪,将两支枪归还给他们,然后走向布莱恩。

"你得找个好点的保镖。"

"把枪收起来,"布莱恩说道,"到他的车旁去等着,我要和米利根先生谈谈。"

布莱恩示意里根坐进奔驰车后座,然后自己也坐了进去。他按下开关,打开小酒吧。

"喝点什么?"

"伏特加。"

"听你的口音我就知道,名字虽然像,但你一定不是爱尔兰人。"

"我是南斯拉夫人,名字说明不了什么。"

"你用枪也像用手一样利落?"

"能借用一下枪吗?"

布莱恩从车座下取出一把点四五口径的手枪。

"好家伙!"里根说道,掂量了一下,"我比较喜欢9毫米的枪,但这把也不赖。你挑个目标!"

布莱恩按下车窗电动开关。"马路对面的啤酒罐,靠近……"

话音还没落,里根瞬间开了几枪,啤酒罐应声滚到地上,滚动中又被击中几枪。

布莱恩笑道:"有了你,我什么都不怕了。威廉·米利根先生?还是其他名字?"

里根说道:"我需要钱,只要有活儿我就干。"

"违法的事干不干?"

里根摇摇头:"除非生命受到威胁,否则我不伤人,另外,我也不攻击女人。"

"很好。现在你上车跟着我们走,到我那儿坐坐,咱们好好聊聊。"

两名保镖瞪着里根，看着他走向自己的车。

"下次再这样，"大个儿说，"我杀了你！"

里根立刻扭住他的胳膊顶向车门，只要再稍稍用点力就会扭断他的胳膊。"你的动作太慢了，最好小心点儿，我可不那么容易对付。"

布莱恩在车里大吼："莫瑞！他妈的，快给我滚回来！别惹比利，他现在为我工作了！"

里根开车跟着他们，但并不明白这是怎么回事，以及自己为什么会在这儿出现。

开了许久，车子远离雷诺斯堡之后驶进了一片宽阔的私人宅邸。眼前的景象令里根十分惊讶，宅邸四周竖着高耸的围墙，三条大狼狗在院子里跑来跑去。

那是一栋维多利亚式的巨型建筑，地板上铺着长毛地毯，是简约的现代设计风格，有很多画和艺术品。布莱恩领着里根参观房子，显然对自己的财富颇为得意。然后，他把里根带进酒吧，给他倒了一杯伏特加。

"现在，米利根先生……"

"大家都叫我比利，"里根说，"我不喜欢威廉·米利根这个名字。"

"我知道那不是你的真名。好吧，比利，我雇用你。你敏捷、聪明、强壮，还是神枪手，我很需要像你这样善用短枪的人。"

"你什么意思？"

"我从事的是运输业，运输人员必须受到严密的保护。"

里根点点头，伏特加已经在体内产生了效果。"我是守护神。"他说。

"很好，把你的电话号码告诉我。每次出货前一两天，你必须住在这里，这儿有很多房间。你无须知道货物情况和送货地点，这样可以把走漏风声的可能性降到最低。"

"听起来不错！"里根边说边打哈欠。在返回兰开斯特的路上，里根睡着了，由亚伦开车，他纳闷刚才去了哪里，又做了什么。

在接下来的几个星期，里根根据约定负责护送货物，穿梭于哥伦布市的中间商与客户之间。他喜欢护送大麻和可卡因，因为可以亲眼见到报纸上经常曝光的黑道名人。

有一次，他们把 M-1 来福枪运往西弗吉尼亚黑人区。里根不知道他们要这些枪干什么。

里根曾几次三番想找阿瑟，但当时正处于"混乱时期"，要不就是阿瑟拒绝见他，总之，他没有如愿。他知道菲利普和凯文窃取了时间，因为他发现藏在公寓里的镇静剂和安非他明的瓶子被打开过。有一次，他还发现衣柜里藏了一把枪。他非常生气，因为如此粗心大意可能会伤害到其他人。

他想好了，那几个"不受欢迎的人"下次如果再出现，他一定要把他们推到墙边狠狠教训一顿。毒品会严重危害身体，伏特加和大麻含有天然成分，适量的话危害较轻。他不希望家里的任何人沾上毒品。他对有前科的凯文和菲利普产生了怀疑。

一周后，里根完成了从印第安纳将大麻送给一个汽车商的任务，准备在哥伦布市用晚餐。他刚走下车，便看到一对上了年纪的男女在分发共产党的宣传册，有几个人正围在身旁刁难他们。里根上前询问这对男女是否需要帮忙。

"你也相信共产主义？"那个妇女问道。

"是的，"里根回答，"我是共产党员，我在工厂里目睹过工人们是如何被奴役的。"

那位老人送给他一些有关共产党的，以及抨击美国政府和独裁政权的宣传册。里根向布罗德街走去，将这些宣传册硬塞到过往行人的手里。

他手中还剩下最后一册，决定自己留下来。他回去找那两位老人，但他们已经离开了。他走过几条街道继续寻找，心想要是能找到聚会地点，就去参加共产党组织的活动。他曾观察过汤姆和亚伦在兰开斯特电镀厂的工作情况。他认为要想改变劳工的生活状况，人民必须起来革命。

后来，他在汽车保险杆上看到了一幅标语："全世界劳工团结起来！"心想一定是那两位老人贴的。他蹲下来，看到标语右下方印着哥伦布市制版公司的字样，认为那儿一定有人能告诉他共产党的聚会地点。

他查了电话簿，发现那家公司并不远，于是开车前往。他先坐在车里观察这家公司，然后把车开到旁边街角的公共电话亭，下车用钳子将电话线剪断，接着又剪断了另一个街角电话亭的电话线。完成后，里根走进了那家公司。

公司负责人大约60岁，头发花白，戴着一副很厚的眼镜。他否认那个共产党标语是他们公司制作的。"那是一家位于北哥伦布的印刷厂制作的。"他说道。

里根握紧拳头敲敲柜台："给我地址！"

老人紧张得愣住了："你有身份证吗？"

"没有！"里根叫道。

"那我怎么知道你不是美国联邦调查局派来的？"

里根揪起老人的衣领，靠过去说道："老头，我要知道那些标语送到哪儿去了？"

"为什么？"

里根拔出枪来。"我在寻找我的同志，但没找到。他们在哪儿？快告诉我，否则子弹是不长眼睛的！"

那老人害怕地透过镜片盯着他，"好吧！"他取出笔在纸上写下了地址。

"我要查查你的账本确定一下。"里根说。

老人指着桌上的账簿："在那里，但是……但是……"

"我知道，"里根说，"共产党客户的地址不在里面。"

然后再次用枪指着他："打开保险柜。"

"你要抢劫？"

"我只要地址！"

老人打开保险柜，拿出一张纸放在柜台上。里根看了一下，很满意找到了地址。他顺手扯断了电话线。

"你要是想在我到达之前打电话通知他们,得用这两条街以外的公用电话。"

里根回到车里,估算出印刷厂距离这家公司大约四公里,心想在那老头找到能用的电话前,他早就到了。

地址注明的地方是一栋住宅,一楼的玻璃窗上贴着一块小招牌"印刷"。印刷间就在客厅里,摆着长桌子、小型印刷机和油印机。里根很惊讶,因为这里并没有什么印着镰刀锤子的海报,看起来就是一个小型家庭印刷厂。但是,从脚下感觉到的震动判断,他知道地下室也有印刷机。

出来开门的是一位大约45岁的中年男子。"我是波卡尔,有什么事能为您效劳?"

"我要为革命事业工作。"

"为什么?"

"因为我认为美国政府就是黑手党,他们压榨劳工,用大笔金钱支持那些独裁者。我相信人生而平等。"

"进来吧,年轻人,我们谈谈。"

里根随他走进厨房,在桌旁坐下。

"你从哪里来?"波卡尔问道。

"南斯拉夫。"

"我刚才就觉得你是南斯拉夫人。我们得调查一下,不过我们没有理由不让你加入。"

"我希望有一天能到古巴去,"里根说,"我很尊敬卡斯特罗,他带领蔗糖工人上山闹革命。现在,古巴人人平等。"

谈了一会儿,波卡尔邀请里根参加当天下午召开的地区会议。

"在这儿?"里根问。

"不,在威斯特维尔附近,你可以开车和我一起去。"

里根开车跟着他们来到一个看起来颇为富有的社区,不禁有些失望,他以为会议地点在贫民区。

里根是以南斯拉夫人的身份被邀请参加会议的。与会的人并没有什么特殊之处，他坐在后排倾听着。可是，当演说者高谈阔论之时，他开始遐想。他努力保持清醒，但最终还是放弃了。他只想睡一会儿，然后就能重新变精神。这些人是他找到的，他一直想加入这个团体，他们反对压榨工人的资本主义。他睡着了……

阿瑟挺直身体，保持着警惕。他观察了里根的最后一段行程，看见里根开车跟着另外一辆车。他不明白，这么聪明的一个人为什么会这样做，这是共产党的会议啊。他想站起来告诉在座的人：苏联才是最大的独裁国家，那儿的政权从来就不属于人民。

阿瑟站起来看了一眼在座的听众，冷漠地说了句："胡言乱语！"然后径自离开了。在场的人无不感到惊讶。那个南斯拉夫家伙完全自我矛盾，靠抢银行、押运毒品为生，却扬言要解放人民！

阿瑟找到了车，在里面坐了一会儿。他讨厌车辆右行的交通规则，但无法找到其他人开车。他骂了一句"该死的混乱时期！"，然后心情逐渐平静下来。他坐在驾驶座上，伸长脖子注视着马路中央的分隔线，尽量远离人行道，以每小时20公里的速度行驶着。

阿瑟一边开车一边留意着路标，突然发现眼前的森伯里路可能离胡佛水坝不远。他将车停到一旁，取出地图，找到了自己所在的位置。没错，他的确就在自己一直想去看看的水坝附近。

他听那些修建这座水坝的士兵说过，水坝旁有很多淤泥。他曾反复想过，这些淤泥会不会成为滋生蚊蝇的温床？若情况确实如此，他得请环保局来消灭这些害虫。重要的是，他必须采些标本回去，放在显微镜下观察。虽然这不是什么大事，但必须有人去做。

因为他在考虑这件事，所以车开得很慢。突然，一辆卡车从后面驶来，超过他的车后又回到原来的车道上。就在此时，前方的一辆车为了闪躲，猛地冲到了沟里。阿瑟见状立即刹车,冷静地下了车。一位女士被卡在车里,正努力往外爬。

"嘿!不要动!我来帮你!"

看到她的伤口不停地流血,阿瑟便用按压的方法为她止血。她的牙齿被撞断了,开始不停地呕吐、咳嗽,显然喉咙里有异物阻塞。他决定帮助她呼吸,于是从自己的口袋找出一根圆珠笔。他抽出笔管,用打火机将笔管烧软,然后插入她的喉咙。他将她的头移向另一边,让血从口中流出。

阿瑟做了简单的检查,发现她的下巴和手腕都有撕伤,肋骨可能也被压断了几根,一定是撞到了方向盘。

救护车到达后,他说明了事故发生的经过,以及他采取的急救措施,然后走进围观的人群。

他放弃了去看水坝的念头。天色已晚,他必须在天黑前回家,因为他不喜欢夜间靠右行驶。

第十四章

1

　　最近发生的事令阿瑟越来越难以忍受。亚伦在潘尼物流中心负责填写送货单，给卡车装货。有一天他正在工作，戴维突然出现，导致他驾驶的铲车撞到铁柱上。亚伦因此被解雇。汤姆在兰开斯特和哥伦布市两地跑了许久都找不到工作。里根为布莱恩工作，定期护送军火和毒品，还喝大量伏特加、吸食大麻。里根在印第安纳波利斯用四天时间护送一批军火，然后到了达德顿市。汤姆出现时，发现自己正在州际高速公路上行驶。不知道是谁服用了大量镇静剂，他觉得头晕，胃也不舒服，于是退了下去。这时戴维出现了，把车开到一家汽车旅店。旅店老板感觉情况不对劲，于是把他扣下来。戴维被送到医院，医生认为他服药过量，给他洗了肠。后来，汽车旅店老板决定不检举他，放走了他。亚伦返回在兰开斯特市的公寓后，玛琳娜过来了。过了不久，某个"不受欢迎的人"又服用了大量红色胶囊。根据布鲁克林口音判断，那个人可能是菲利普。玛琳娜看到比利情况不妙，只好打电话叫来救护车把他送到医院。洗肠之后，她留下来安慰他。

　　玛琳娜告诉亚伦，她知道他和一些不良分子混在一起，担心他会惹上更大的麻烦。但不论出现什么情况，她都会永远和他在一起。对此，阿瑟感到十分气愤。他知道正是因为他们当中有人表现得不可救药、软弱无能，才令玛琳娜产生了怜悯之心。这是他无法容忍的。

　　玛琳娜待在公寓里的时间越来越久，给大家的生活增添了很多麻烦。

阿瑟必须小心行事，以防她发现他们的秘密。越来越多的时间被窃取了，但他无法控制。不过，他确信他们当中有人在吸毒，因为他在衣袋里发现了保释金收据。他还知道有人因伪造处方而被警方拘捕，另外，有人与玛琳娜发生了性行为。

阿瑟认为现在是离开俄亥俄州的最佳时机，因而让里根从黑市购买护照。他查看了里根从布莱恩那儿买来的两本护照，一本用的姓名是里根·瓦达斯科维尼奇，另一本是阿瑟·史密斯。这两本护照不是偷来的，就是高明的伪造品，很难看出破绽。

他打电话到泛美航空公司订了一张前往伦敦的单程机票，拿走了他在柜子、抽屉，以及书里能找到的所有的钱，并准备好了行李。阿瑟要回故乡了。

在前往肯尼迪机场的路上和飞越大西洋的旅途中，一切都非常顺利。到了伦敦希思罗机场，他把行李放在柜台上，海关人员看了一眼就挥挥手让他过了关。

阿瑟来到伦敦霍普威区，在一家酒店楼上的小旅店住下，他认为这个区的名字有很好的寓意。然后在一家精致的小餐厅吃了午饭。饭后，他叫了一辆出租车前往白金汉宫。因为错过了卫兵交接仪式，他决定第二天再去观看。他在伦敦街头漫步，心情十分舒畅，还用英国俚语与行人打招呼。他决定明天去买把伞，买顶礼帽。

在他的记忆中，这是他第一次听见周围的人用与自己同样的口音讲话。行车方向是他所熟悉的，警察更给了他安全感。

阿瑟参观了伦敦塔和大英博物馆，晚餐吃了鱼和薯条，喝了英国啤酒。晚上回到旅店，他想起了著名的侦探福尔摩斯。他决定明天去拜访贝克街，仔细看看那位伟大侦探的故居是否完好如初。他觉得自己好像回到了家。

第二天清晨，亚伦被挂钟吵醒。他睁开眼睛下床四处张望，发现自己住在一家古老的旅店里，房间里摆着铁床，墙上贴着花格壁纸，地板上还铺着地毯。毫无疑问，这儿绝不会是那种假日饭店。他想找浴室，但没有找到。亚伦穿上裤子,走到门外向走廊望了一眼。

这是什么地方?他回到自己的房间穿好衣服,然后走下楼,希望看到自己熟悉的东西。他在楼梯上碰到端着茶盘上楼的男服务员。

"要吃早餐吗,先生?"服务员问道,"今天的天气很好。"

亚伦跑下楼冲出大门,站在街上左顾右盼。他看见街上的黑色出租车都挂着一块大车牌,所有的汽车都在靠左侧行驶。

"他妈的!到底怎么啦?怎么会这样?"他来回奔跑,嘴里不停地骂着,满脸怒气。路上的行人都转过头来看他,但他不在乎。他痛恨自己每次醒来都身处一个不同的地方,痛恨自己无法控制自己,他再也无法忍受了,真想去死!他蹲下身,用拳头捶打路边的石头,眼泪不停地流了下来。

亚伦突然意识到,这时如果有警察过来,他一定会被送到精神病院。于是,他起身跑回自己的房间。他在行李箱里发现了一本写着阿瑟·史密斯名字的护照,以及一张飞往伦敦的单程机票的票根。亚伦扑倒在床上。阿瑟在搞什么鬼?疯子一个!

他翻遍了口袋,一共找到75英镑。那怎么回家?买回美国的机票至少需要300英镑甚至400多英镑。"他妈的!神经病!"

他把阿瑟的衣物收拾好准备下楼结账,但又停住了。"他妈的!我没必要把他的衣物带回去!"他把衣物和行李都留在了房间里。

亚伦拿着护照走出旅店,叫了一部出租车。"国际机场。"

"希思罗机场还是盖特威克机场?"

亚伦从护照中翻出单程机票看了一眼,说:"希思罗。"

前往机场的路上,他盘算着接下来该怎么办,75英镑走不了多远。但是,要是开动脑筋,应当能找到办法坐飞机回家。出租车开到机场,他付完车费就冲进机场。

"上帝啊!"他大叫道,"我不知道发生了什么事!我下错了飞机!我被人下药了!我的机票、行李,所有的东西都落在了飞机上。没人告诉我不该下飞机!我的食物或饮料肯定有问题!我睡着了,醒来后出去活动了下腿脚，没人告诉我不该下飞机，我的机票、旅行支票都没了！"

航空警务人员为了安抚亚伦，把他带进了警务办公室。

"我下错了飞机！"亚伦大声说，"我是要去巴黎的，结果提前下了飞机。当时我就觉得头昏沉沉的，一定是饮料里下了药，这都是航空公司的错。我的行李都留在飞机上，现在身上只有几十块钱了，根本没法回美国！我买不起机票！我不想待在伦敦，一天也无法忍受！谁能帮帮我？"

一位善良的年轻女人听了他的乞求，告诉他会尽量提供帮助。他在休息大厅里焦急地来回踱步，不停地吸着烟。年轻女人在一旁打了好几个电话。

"只有一个办法，"她说道，"我帮你订个回美国的候补机位。你回到美国就马上付机票钱。"

"当然！机票钱我不会赖的，我家里有钱，回家后我会立刻付款！"

他不断地向周围的人唠叨自己的遭遇，直到他们纷纷走开，而这也正是他所希望的。最后，工作人员为他在一架波音747飞机上找到了座位。

"感谢上帝！"当他一边系上安全带，一边低声说。他不敢睡觉，为了让自己保持清醒，读遍了飞机上所有的杂志。到达哥伦布市后，一位航警开车把他送回了兰开斯特。亚伦从卖画收入中拿出一些钱支付了机票，他之前把这些钱藏在了杂物间里一块松动的木板后面。

"感谢你的帮助，"他对那位航警说，"泛美航空公司的服务真周到，有机会我一定写信给你们公司的总经理，将你完美执行任务的情况告诉他。"

亚伦独自待在公寓里，情绪低落。他想与阿瑟谈谈，但过了好久阿瑟才出现。阿瑟发现自己已经不在伦敦后，拒绝与任何人说话。

"你们全都是草包！"他抱怨道，然后怒气冲冲地退去了。

2

9月底，亚伦被一家大型玻璃制品公司聘用了，凯西以前也在这家公司工作过。他的工作是包装生产线上的玻璃成品，但有时还得检查产品是否有缺陷。这份工作很单调，必须站着干活，还得忍受机器震耳欲聋的声音。检查时他得拿起滚烫的玻璃器皿，查看是否有瑕疵，然后装箱。汤姆、亚伦、菲利普和凯文轮流出现承担这份工作。

经阿瑟同意，亚伦在理丹路1270号找了另外一套有三个房间的公寓。新住所位于兰开斯特东北部的萨莫弗德广场，大家都很喜欢这个新家。亚伦之所以喜欢，是因为公寓外有一道灰色围墙将停车场与公路隔离开来，比较安静；汤姆高兴是因为可以把电器设备和音响分别放在两间屋里；里根高兴则是因为可以拥有一个能上锁的私人壁橱，把所有的枪支锁在里面——除了9毫米自动手枪，他把那支枪放在冰箱顶上，小孩们无法接触。

每天晚上从百货公司下班后，玛琳娜就会到公寓来。如果比利值晚班，她就会一直等到夜里12点，而且多半会在公寓过夜，天亮前再赶回父母家。

玛琳娜发现比利的脾气越来越糟，而且比以前更难以捉摸。他有时大发雷霆、砸东西；有时则茫然地望着墙壁；要不就在画室作画。然而，在谈情说爱时，他永远都是个温柔、体贴的好情人。

汤姆没有将自己情绪不稳定的事告诉她——他会忘了上班、忘了时间。各种事好像都一股脑地凑在一起，他们又一次陷入了"混乱时期"。此刻，理应由阿瑟负责掌控全局，但不知为什么，他似乎丧失了主导权。于是，无人能专心工作。

阿瑟抱怨这一切混乱都是玛琳娜造成的，坚持与她断绝关系。汤姆感到自己的心在怦怦地跳，想为她辩护，但又害怕阿瑟说他坠入了情网，因为他知道自己好几次都差点被列入"不受欢迎的人"。过了一会儿，他听到阿达拉娜的声音。

"这样做不公平。"她说。

"我一向秉公办事。"阿瑟说道。

"规矩是你定的，你不让我们和外界的人发生感情，那不合理！"

汤姆默默认同她的看法。

"玛琳娜妨碍我们每个人发展天赋和技能，"阿瑟说，"她只会抱怨、吵架，浪费了我们很多时间，使我们无法提高精神境界！"

"我不认为应该赶走她，"阿达拉娜坚持道，"她是个很有爱心的人。"

"看在上帝的分儿上！"阿瑟说，"汤姆和亚伦目前还在工厂工作，我希望他们能在那儿干上几个月，把挣的钱存起来。然后，我们就可以再找一份技术性较强的工作，发挥我们的才能。看看我们现在的情况，已经没人愿意努力发挥自己的才干了！"

"什么更为重要？提高精神层次，还是表达我们的情感？也许我不该这么问，因为你是个冷血动物。对一切讲求逻辑的你来说，要想成为高效率的杰出人士就必须压抑感情。可是，如果你对别人不再具有价值，你会变得非常孤独！"

"玛琳娜必须走！"阿瑟坚持道。他觉得和阿达拉娜争辩已经很没面子了。"不论由谁出面处理，这种关系必须结束！"

玛琳娜后来回忆起那天晚上离别的情景：他们发生了争执，当时他的行为非常古怪，她还以为他吸了毒。他躺在地板上对她大发雷霆，还用手枪指着她的脑袋，但她根本不知道自己做错了什么。然后他又眼神茫然地握着手枪，手指放在扳机上，把枪对准了他自己的脑袋。

过去他从来没有用枪指过她，因此她并不害怕，只是替他担心。只见他两眼瞪着几天前才买的吸顶灯，然后跳起来对着那盏灯开枪射击。灯应声粉碎，墙上留下了一个洞。

他把枪放在吧台上。趁他回头之际，玛琳娜抓起那把枪冲出公寓，跑下楼梯坐进自己的车。她倒车时，他追上来跳上车，透过挡风玻璃怒目瞪着她，用一把好像是螺丝刀的工具不停地敲打玻璃。她只好停下车，把枪还给他。他拿到枪，没说一句话就回屋去了。

在回家的路上，她心想两人的关系可能就此结束了。

当天晚上,亚伦去"格里利"餐厅点了一份"斯特龙博利英雄"三明治——夹着意大利香肠、芝士和番茄酱,看看服务员打开用铝箔包着的热腾腾的三明治,然后放进一个白色的纸袋里。

回到公寓,他将纸袋放在吧台上,进卧室换衣服。他今天晚上很想画画。他脱去鞋子,到衣柜里去找拖鞋,但起身时头不小心撞到了衣柜,于是生气地将衣柜门用力关上。后来,他想打开衣柜,却无论如何也打不开了。"他妈的!"他甚是恼火,抬头时又撞到了衣柜。

里根睁开眼睛,发现自己双手抱着头坐在地板上,四周全是鞋子。他站起来,用脚踢开门,环顾四周。他越来越难以忍受这个"混乱时期"。所幸的是,他已经摆脱那个女人了。

他在屋里来回走动,想理出一些头绪。如果能找到阿瑟,或许能知道发生了什么事。现在他只想喝点儿酒。他走进厨房,发现了吧台上的白色纸袋,他不记得看见过这个东西。他怀疑地打量着纸袋,从吧台里取出伏特加倒入加了冰块的杯子。纸袋里传出一种奇怪的声音,他倒退几步,瞪着纸袋。

纸袋又动了一下,他不由得屏住呼吸。他记得以前为了吓唬讨厌的房东,曾经把一条眼镜蛇放在纸袋里。也许这个纸袋里装的不是眼镜蛇。他伸手取下放在冰箱顶上的枪,以极快的速度开枪射击。

纸袋应声飞落到墙角下。他躲在吧台后面谨慎地盯着,枪口仍然瞄准着纸袋。他慢慢走过去,用枪管拨开纸袋,看见里面有红色的血团,于是倒退一步又开了一枪,大叫道:"我又打中你了!妈的!"

他又踢了一脚,纸袋毫无动静,于是走过去拨开纸袋想看个究竟。他真不敢相信自己的眼睛,纸袋里装的是番茄酱和芝士三明治,中央有个大洞。

他放声大笑。原来是受到高温加热的锡箔纸让纸袋移动的,他对自己大惊小怪的举动颇不以为然。随后,他把纸袋放到餐桌上,又把枪放到冰箱顶上,独自喝起伏特加。他又倒了一杯酒,端着酒杯走到客厅里打开电视，心想现在是新闻时间，看看新闻或许能知道今天的日期。但新闻还没结束，他已经睡着了……

亚伦醒来，不知道自己是怎么离开衣柜的。他觉得头部隐隐作痛，用手一摸，发现起了一个包……到底是怎么回事？他本来是要为比利的妹妹凯西作画的。他走进画室，想起自己还没吃晚饭。

他又回到吧台，倒了杯可乐，然后开始找三明治。他清楚地记得，自己是把三明治放在了吧台上。可它现在却在餐桌上！纸袋破了，锡纸也碎了，三明治烂得一塌糊涂，番茄酱流得到处都是。这怎么回事？他抓起电话，拨通了餐馆的电话。餐馆经理接了电话，他张口骂道："我从你们那买了一个三明治，打开一看，他妈的就像被果汁机搅拌过一样，全烂了！"

"先生，很抱歉，如果您能拿回来，我们愿意为您换一个。"

"不必了，我就是想告诉你，你们失去了一位顾客。"

他挂了电话，走进厨房为自己煎了几个鸡蛋。无疑，他再也不会去那家餐馆了。

两个星期后，汤姆趁大家处于"混乱时期"给玛琳娜打了电话，说她还有两样东西留在公寓里，请她过来拿。于是，玛琳娜下班后来到了公寓，和汤姆聊了一个晚上。此后，她又常到公寓来。

生活又恢复了以前的样子。里根把一切责任都推到阿瑟身上。

第十五章

1

12月8日下午,瓦尔特在公寓里醒来。他擅长打猎,喜欢追逐的感觉,还喜欢一个人带着枪在森林里闲逛。

瓦尔特极少有出现的机会。他知道只有当自己敏锐的方向感能派上用场,才有出现的机会。这个本事是他在澳大利亚故乡的丛林中学到的。他上次出来距今已经有好几年了。当时比利和吉姆参加空军民防团的夏季演习,由于瓦尔特表现出过人的追踪能力,获得了一枚勋章。

他已经很长时间没有打过猎了。因此,他从冰箱顶上取下了里根的手枪,心想这把枪虽然没法和来福枪比,但总比没有好。他听了气象预报,知道今天天气很冷,于是带上了毛毯和手套。他没有找到他那顶帽檐有装饰钉的帽子,只好戴上滑雪帽出发了。吃过午饭后,他驱车往南开上了664号公路。他本能地知道向南走就可以到达茂密的森林,那里能让他的内心得到满足。他驶下公路,沿着赫金州立公园的路标前行,盘算着自己能打到什么猎物。

他把车开进森林,停好车便开始步行。越往森林深处走,脚下的松叶就越滑。他做了几次深呼吸,在宁静的野生动物世界漫步令他心情舒畅。

大约走了一个小时,他觉察到附近有松鼠,但那不是他想要的。天快黑了,他渐渐地失去了耐性。就在这时,他发现树枝上停着一只乌鸦,于是立刻闪电般地开枪射击,乌鸦应声落地。突然间,他感到一阵头晕,于是退了下去……

"野蛮人!"阿瑟冷冷地说,"杀害动物是违反规定的!"

"他为什么用我的枪?"里根问。

"枪必须锁起来啊!"阿瑟说,"你也违反了规定。"

"不对,我们说好了可以留个武器随时拿来用,但不能让孩子们接触到。我放的地方没有问题,是瓦尔特无权拿枪。"

阿瑟叹了一口气:"我真的很喜欢那小子。他充满活力、可靠、方向感极好,还一直在阅读有关澳大利亚的书籍。澳大利亚毕竟也是大英帝国的一部分。有一次,他还建议我研究袋鼠的进化过程。很遗憾,他现在已被列入'不受欢迎的人'了。"

"不过是一只乌鸦,惩罚未免过重了吧!"里根表示。

阿瑟无可奈何地看了里根一眼。"为了自卫,你不得已开枪打死人或可原谅,但是,我绝不允许杀害动物。"

阿瑟埋了乌鸦,回到车上。亚伦听见了他们最后的对话,他出现把车开回了家。

"杀死一只乌鸦就自以为是伟大的猎人,愚蠢的家伙!"

2

天色已晚,在返回兰开斯特的路上,亚伦觉得精神不太好,于是放下手中的百事可乐。借着车灯的亮光,他看到路旁有一个厕所,决定休息一会儿,于是把车停在男厕所附近,摇了摇头,闭上了眼睛……

丹尼抬起头,发现自己坐在汽车驾驶座上。他随后想起了阿瑟的规定,于是移身坐到旁边的座位上等待其他人来开车。后来,他发现车已经在男厕所附近停了好长时间,旁边还停着两辆车:其中一辆车里坐着一位戴软帽的女士,另一辆车里坐的是个男子。他们都待在车里,也许他们也是刚刚"出现",正等着其他人开车带他们回家?

丹尼真希望有人马上出现。他觉得很疲倦，想上厕所。

他下车向男厕所走去时，发现那位女士也下了车。

丹尼站在儿童便池前拉下拉链，12月的寒冷空气令他浑身发抖。就在这时，他听到了脚步声和开门声，那位女士走了进来。他大吃一惊，赶紧将涨红的脸转向一边，免得她看见自己小便。

"嗨，亲爱的！"女士说，"你是同性恋吗？"

那不是女人的声音，是男扮女装。他戴着软帽，还涂了口红和胭脂，下巴上有颗黑痣，看起来就像电影里的梅·韦斯特。

"嗨，大男孩，"那个人叫道，"我们玩玩吧！"

丹尼摇摇头，往后退。但是，另外一个男子也进来了。

"嗨！"他说，"长得不错，一起玩吧！"

那男子抓住丹尼的衣领，把他推到墙边，那个"女人"则揪住丹尼的上衣，拉下丹尼的拉链。丹尼被眼前的情景吓坏了，闭上了眼睛……

里根狠狠地抓住那个男子的胳膊，把他按到墙上。那男子痛得跪下，里根又用膝盖猛撞他的胸口，用拳头击打他的喉咙。他转过身看见了那位"女士"，迟疑了一下，告诫自己不能打"她"。

但是，他听见"她"说："我的天！你这该死的家伙！"知道"她"原来是男扮女装，于是立即扭住他的胳膊，一边用胳膊顶住他的背，一边盯着另一个男子。

"像你的同伙一样趴在地上！"里根命令那个男扮女装的人，并朝他的肚子狠狠地踢了一脚。那个人立刻趴倒在地上。

里根拿走了他们的钱包，刚要离开，那个男扮女装的人突然飞扑过来，抓住里根的腰带。"把东西还我！该死的！"

里根迅速转过身来，先用脚踢他的肘部，那人应声倒地，接着里根又用另一只脚使劲儿踢他的脸部，只见那人的鼻子血流不止，从嘴里吐出几颗断牙。

"你不会有事的，"里根冷冷地说，"我知道踢哪几根骨头出不了事，我很小心，用不着害怕。"

那个躺在地上的男子的脸虽然并未挨打，嘴里却淌出鲜血。里根心想，可能是刚才击中了他的太阳穴，是血管破裂导致了出血，但他没有生命危险。里根摘下那个男子手腕上戴的精工表。他走出厕所，看到旁边停着两辆车，于是捡起石头砸碎了前车灯。没有车灯，他们就无法追上来。

里根开车回到公寓，他四下察看了一会儿，等确认一切平安后便退了下去……

亚伦睁开眼，他还在考虑是否应该让别人来替他开车，却发现自己已经到家了。他摇摇头，已经不想上厕所了。他看到膝盖上有几块瘀伤，右脚的鞋上不知沾了什么东西，他弯腰去摸。

"天啊！"他大叫道，"这是谁的血？是谁打架了？我要知道，我有权知道出了什么事！"

"里根必须保护丹尼。"阿瑟说道。

"出了什么事？"

阿瑟向他讲了事情的经过。"我们必须警告那些孩子们，夜晚的路边休息站非常危险。天黑之后，同性恋常到那种地方去。是里根把丹尼从危险中救出来的。是你让丹尼陷入困境。"

"这不是我的错！我又没有要求退下去！而且也不是我让丹尼出现的。谁知道在'混乱时期'里该由谁出现，谁离开？谁又知道他们各自都在干什么？"

"应该让我出来的，"菲利普说，"由我来惩治那些家伙。"

"如果是你，早被他们杀了！"亚伦说。

"要不就是做出什么傻事，"阿瑟说，"杀了人，然后让我们承担谋杀的罪名。"

"哎……"

"听着，以后你不准再出来。"阿瑟坚决地说。

"知道，不过我还是想出来。"

"我怀疑是你窃取了时间,你趁机浑水摸鱼,进行反社会活动。"

"谁?我?才不是呢!"

"我知道你出来过,你吸毒,损害了肉体和精神。"

"你说我是骗子?"

"那是你的特性之一。你是个有缺陷的机器人,只要我有权阻止,绝不会让你再出现。"

菲利普退回黑暗中,心想机器人是什么东西,他不打算问阿瑟,也不打算再费力讨这个讨厌的英国佬开心,以求再次获得出现的机会。等有机会再偷偷溜出来。他知道,从在曾斯维尔的时候起,阿瑟的控制力就已经变弱了。只要有大麻、安非他明,甚至是迷幻药他都会再溜出来,阿瑟再强横也管不住他。

在接下来的一周,菲利普再次出现了。他把在厕所发生的事告诉了毒品客户韦恩。

"他妈的!"韦恩说,"你不知道这件事把那些同性恋吓坏了吗?"

"我也吓了一跳,"菲利普说,"我最恨那些不要脸的家伙!专门害人!"

"我也恨他们。"

"咱们也来干一票?"菲利普说。

"什么意思?"

"一到晚上,他们就会把车停在路边休息站附近。我们引他们上钩,然后一网打尽!"

"还可以拿点东西,"韦恩说,"让圣诞节过得更丰富。我们既能打击坏蛋,还能保障人们的安全。"

"好啊!"菲利普笑道,"说定了!"

韦恩摊开地图,在地图上标出了路边休息站的位置。

"开我的车,"菲利普说,"我的车比较快。"

菲利普从公寓里拿了一把装饰剑。

他们在赫金郡洛克桥的路边休息站附近发现了一辆大众甲壳虫汽车。

那辆车停在男厕所前方,里面坐着两个人。菲利普将车停在公路对面,服下两片韦恩递给他的兴奋剂。他们在那儿等了约莫半个小时,一直盯着那辆车,但没有动静。

韦恩说道:"一定是对狗男女,有谁会在凌晨两点钟的时候把车停在男厕所旁那么久?"

"我去钓他们!"菲利普说,"我带剑过去。如果他们跟着我进去,你就跟在他们后面,来个前后夹击!"

菲利普把剑藏在衣服里,然后穿过公路,心里觉得很刺激。他走进男厕所,正如他所料,有两个男人立刻跟着进来了。

那两个人刚一靠近,菲利普全身就起了鸡皮疙瘩,但不确定是他们引起的,还是由于服了兴奋剂的缘故。他猛地转过身去拔出剑,一把抓住那个男扮女装的人。这时韦恩赶来用枪顶住和"她"一起来的胖男人的背。那两个人呆若木鸡地站在那里。

"听着,他妈的!"韦恩大叫道,"给我趴在地上!"

菲利普从胖子身上搜出钱包、戒指和手表,韦恩也从那个"女人"身上拿了几样东西。

然后,菲利普命令他们回到车上。

"让我们去哪儿?"胖子哭丧着脸问。

"带你们到森林里去散散步!"

他们驶离公路,把车开到荒野扔下了那两个家伙。

"很顺手啊!"韦恩说道。

"而且……"菲利普接茬说,"还毫无破绽!"

"捞了多少?"

"不少,还有信用卡!"

"他妈的,"韦恩说,"我看咱们干脆把工作辞了,一辈子就靠干这行过日子。"

"维护公共安全!"菲利普在一旁打趣道。

回到公寓，菲利普把这次完美的行动讲给凯文听。他知道自己快撑不住了，于是服下两片镇静剂，好放松一下……

3

汤姆布置了一棵圣诞树，装上了圣诞灯，还在四周摆满了送给家人和玛琳娜的礼物。他盼望不久就能回春日街去看望母亲，还有凯西和她的男朋友鲍伯。

汤姆去春日街拜访，刚开始一切都很顺利。但是，就在凯西和鲍伯来到客厅时，凯文出现了。

"嗨！你的皮夹克很不错嘛！"鲍伯说，"还有那块新型的精工表！"

凯文把手表举起来："这是最高级的！"

"比利，"凯西说，"我一直都奇怪，你的工资不多，哪儿来的钱。"

凯文微笑道："我想了一个完美的办法！"

凯西抬起头，觉得比利玩世不恭和冷血的态度有点儿不对劲。

"到底怎么回事？"

"我在路边休息站打劫了那些同性恋。他们绝对查不出来是谁干的，我没留下指纹或线索，而且那些家伙也不敢报警。我从他们身上捞了一些现金和几张信用卡。"

他又把手表举起来展示。

凯西简直不敢相信自己的耳朵，这不像是比利干出的事。

"你在开玩笑，对吗？"

他微笑地摇摇头："是，也不是。"

摩尔和多萝西进屋后，凯西就离开客厅走向大厅衣柜。她在比利的新皮夹克里没有发现什么东西，然后又到门外的车上去找。汽车后备箱里真的有个钱包，还有几张信用卡、一张驾驶执照和一个男护士的身份证。可见比利不是在开玩笑。她在车里坐了一会儿，考虑该怎么办。她将钱包放进自己的提包，决定找人商量一下。

比利离开后，凯西把自己的发现告诉了母亲和摩尔。

"上帝啊！"多萝西惊呼，"我真不敢相信！"

摩尔看了一眼钱包说："为什么不？我相信。现在总算知道他为什么能买得起那些东西了。"

"快打电话给吉姆，"凯西说，"让他回来商量一下如何帮助比利脱身。我在银行还有些存款，吉姆的机票由我付。"

多萝西给吉姆打了长途电话，要他请假回家。"你弟弟惹了麻烦。他干了坏事，要是解决不了，咱们只能向警察报案了。"

吉姆向部队请了特别事故假，在圣诞节前两天赶回了家。摩尔和多萝西拿出比利的钱包给他看，还给他读了一段《兰开斯特鹰报》上有关"公路休息站"抢劫案的报道。

"你快想个办法帮帮他，"摩尔对吉姆说，"我一直想做个好父亲。他从感化所回来以后，我就在想怎么去做。我把他当作自己的亲生儿子，但是，比利从来都不听我的话，我有什么办法呢？"

吉姆看了一眼钱包，拿起电话拨通了身份证上那个人的电话。他必须亲自查证一下。

"你不认识我，"吉姆在对方拿起电话后说道："但我手里有一件对你非常重要的东西。我先问你一个问题，如果有人通过你的身份证得知你是个男护士，你会怎么想？"

过了一会儿，对方答道："那个人知道我钱包的下落。"

"好的，"吉姆说，"能描述一下钱包以及里面的东西吗？"

那个男人描述了钱包的外观和里面的东西。

"你的钱包怎么丢的？"

"我和一个朋友在阿森斯市和兰开斯特市之间路边休息站上厕所，两个男人走了进来，其中一个拿着枪，另一个握着剑。他们抢走了钱包、手表和戒指,然后把我们拉到森林里扔下了车。"

"什么车?"

"拿剑的那个男子开的是一辆蓝色庞蒂克。"接着,他将车牌号告诉了吉姆。

"你怎么知道车和车牌号的?"

"事发后的一天,我在城里的商店附近又看见了那辆车,停得离那个握剑的男子不到50米远。我还跟着他到了停车场,他就是作案的那个人。"

"为什么不报警?"

"因为我目前正应聘一份重要的工作,而且自己又是同性恋。去报案会暴露自己,还会连累其他人。"

"好吧,"吉姆说,"既然你不想报警,也不想暴露自己和朋友,我会把钱包寄还给你,只当没发生过这件事。"

吉姆打完电话,靠在椅背上深深地吐了一口气,望着母亲、摩尔和凯西说:"比利的确有麻烦。"然后又抓起话筒。

"你给谁打电话?"凯西问。

"我要告诉比利,明天我去看看他的新住所。"

凯西说:"我和你一起去。"

第二天晚上是圣诞夜,汤姆光着脚开门迎接吉姆和凯西。他身后立着一棵漂亮的圣诞树,树的周围摆满了礼物,墙上挂着一把剑和其他装饰品。

在吉姆和汤姆聊天的时候,凯西走到楼上,想找比利犯罪的其他证据。

"我想问问,"凯西离开后,吉姆说,"你哪儿来那么多钱买这些东西?手表、衣服、礼物,还住在复式公寓里?"

"我女朋友在上班。"汤姆说。

"玛琳娜一个人支付的?"

"当然,有不少是用信用卡买的。"

"用信用卡买东西会拖垮你,我希望你不要乱花钱。"

吉姆在空军接受过审讯训练，他决定利用学到的知识帮助自己的弟弟。如果比利承认自己犯罪，或许还有办法免于牢狱之灾。

"带着信用卡到处走很危险，"吉姆说，"别人偷了你的信用卡就会肆意挥霍……"

"信用卡的额度是50美元，透支部分由公司支付，他们有能力负担。"

"报上说，有人的信用卡在路边休息站被抢了。我是说，这种事可能发生在任何人身上。"吉姆发现比利的眼神有点异样，变得恍惚迷离，这让他想起卡尔莫将要暴怒时的样子。

"嘿！你没事吧？"

凯文抬起头望着吉姆，心想吉姆到这来干吗？来了多久啦？他瞄了一眼手腕上的新表，9点45分。

"你说什么？"凯文问道。

"我是说，你还好吗？"

"当然！为什么不好？"

"我是说，你用信用卡的时候得小心。你大概也听说了'公路休息站'抢劫案。"

"是啊！我看过报道。"

"我听说被抢的人是同性恋。"

"对！他们活该！"

"什么意思？"

"那些同性恋怎会有那么多钱？"

"不论是谁干的都得小心，抢劫罪是要判重刑的。"

凯文摇摇头："那要逮到抢劫犯，搜出证据才行。"

"噢……例如，我在你墙上发现了一把剑，正好与被害者描述的一样。"

"他们无法证明。"

"你说的也许没错，但在抢劫现场还出现过一把枪。"

"嘿！我又没作案！他们无法扣押我的。"

265

"对，但他们可以拘捕另一个人，这个人会供出同犯。"

"我不会被牵连进去的，"凯文坚持说，"事情不是像那些同性恋说的那样，现场没留下指纹或任何线索。"

凯西从楼上下来，与他们一起坐了几分钟。比利上楼去浴室时，她把在楼上发现的东西交给了吉姆。

"天哪！"吉姆惊呼，"竟然有这么多张不同人的信用卡！怎么才能帮比利逃脱呢？"

"吉姆，我们一定得帮助他，这不像是比利干的。"

"我知道，也许唯一的办法就是直接问他。"

凯文回来后，吉姆拿出那些信用卡给他看。"比利，我知道那些抢劫案是你干的，所有证据都在你屋里。"

凯文气得大吼道："你无权搜查我的东西！"

凯西在一旁说："比利，我们是在帮你呀！"

"这是我的家。你们没有搜查证，竟然到我的房间翻东西。"

"我是你哥哥，凯西是你妹妹，我们是想帮你……"

"没有搜查证拿到的证据在法庭上无效！"

吉姆让凯西先到车上等着，因为他怕自己会和比利打起来。吉姆转过身来，看到凯文已经向厨房走去。"比利，这些东西都是用信用卡买来的，他们会控告你！"

"他们永远都不会知道，"凯文坚持说，"我只买一两件东西，然后就把卡扔掉，我只抢劫那些欺负人的家伙。"

"比利，你这是犯法呀！"

"那是我自己的事。"

"你会惹祸上身的！"

"听着，你无权跑到这里来指责我，我已经是成年人了。这是我的家，我做的事与你无关，而且你离开家已经很久了。"

"没错，但是我们关心你呀！"

"我可没请你来,你立刻给我滚出去!"

"比利,事情不解决,我是不会走的。"

凯文取下一件皮夹克说:"那好!我走!"

吉姆的体格一向比弟弟健壮,最近又接受过军事训练,他站在门前,挡住凯文,和他扭打在一起,一下子就把凯文摔倒在地。吉姆并没有太用力,但还是把凯文甩到了圣诞树旁。圣诞树被凯文撞到墙上,礼物撒了一地,灯泡碎了,电线也被扯断了。

凯文站起来,再次向大门走去。他不太会打架,更不想和吉姆打架。但是,他必须离开。吉姆抓住他的衣服,把他推向吧台。

凯文退了下去……

里根撞到吧台上,立刻便看清楚了是谁在攻击他。虽然他不知道究竟是怎么回事,但他从来就不喜欢吉姆,也从未原谅过他。因为吉姆离家远走,比利和妹妹不得不单独面对卡尔莫。这时,他看见吉姆挡住大门,于是后退一步,从吧台里拿出一把刀,用力向吉姆扔过去。刀插进了吉姆头旁边的墙上。

吉姆惊呆了。他从来没有见过比利如此冷酷、如此凶狠,那把刀就在离自己脑袋几英寸远的墙上晃动着。他知道弟弟恨自己,甚至想将自己置于死地。于是,他闪到一旁,让里根默默地从自己身旁走出大门,光着脚向雪地走去……

丹尼发现自己在屋外走着。他不明白自己为什么穿着如此单薄的衣服在冰冷的街道上行走,既没穿鞋,也没戴手套。他立刻返回屋里。一进门,他看见吉姆像看疯子一样,一脸惊讶地看着自己。

丹尼也打量着他。后来,他看到地板上被撞翻的圣诞树和撒了一地的礼物,突然感到一阵恐惧。

看着弟弟的表情发生如此意想不到的变化,吉姆感到非常惊讶,他解释说:"我没打算破坏你的圣诞树。"比利的冷酷和狂怒突然消失了,他像个受到惊吓的孩子,浑身发着抖。

"你毁了我的圣诞树！"丹尼啜泣道。

"对不起。"

"但愿你圣诞节愉快，"他抱怨道，"因为你破坏了我的圣诞节。"

在车里等候多时的凯西，这时脸色煞白地冲进来："警察来了！"

凯西刚说完，就有人敲门。凯西望着吉姆，又看了看哭得像个孩子似的比利。

"怎么办？"她说，"如果他们……"

"最好让他们进来。"吉姆打开门让进两位警察。

"我们接到骚扰报告。"其中一位警察边说边打量着客厅。

"你的邻居打电话到警察局投诉。"另一名警官说。

"很抱歉，警官先生。"

"今晚是圣诞夜，"第一位警察说，"大家都高高兴兴地阖家团圆，你们这儿是怎么回事？"

"我们刚才发生了点儿争执，"吉姆回答，"不过已经过去了。我们没注意到吵闹声太大了。"

警察在记事本上写了几个字。"好吧！安静点，别再吵闹了。"

警察离开后，吉姆捡起外套。"比利，好了，我想我们该走了，我在兰开斯特只能再住两天就得回基地去。"

吉姆和凯西离开时，丹尼仍在哭泣。

大门被关上了。汤姆睁开眼睛，看到自己的手正不断地淌血。他从伤口上摘下玻璃碎片，用水清洗了伤口。他不知道凯西和吉姆去了哪儿，也不知道屋里为什么会乱作一团。他花了很多时间和精力装饰圣诞树，可现在都被毁了。那些礼物不是买的，而是他和其他人亲手做的。楼上还有一幅他为吉姆画的画。那是吉姆最喜欢的海景，他本想亲自送给吉姆。

他把散落在地上的树枝重新插好，想恢复原貌，但大部分饰物都已无法复原了。那原本是一棵多么漂亮的圣诞树啊。在玛琳娜到来之前，他得赶紧把送给她的礼物包好,因为他打了电话邀请她来过圣诞夜。

玛琳娜看到房间里的惨状不禁吓了一跳,"出了什么事?"

"我也不知道,"汤姆回答,"坦白地说,反正我也不在乎。我只知道我爱你。"

她吻了他,把他带进卧室。她知道每次出现类似的情况,他都会变得很脆弱,非常需要她。

汤姆涨红了脸,闭上了眼睛。他跟着她走进卧室,心里想:我为什么就不能保持清醒,直到做完那件事呢?

圣诞节到了,可亚伦并不知道昨天晚上发生的事。他追问了好几次,为什么客厅如此混乱不堪,但没人回答,于是他只好放弃。他痛恨这种混乱的局面!他把那些未完全损坏的礼物整理好,重新包装起来,包括汤姆为吉姆画的那幅画。他将所有的礼物都搬到车上。

他驱车前往春日街母亲的家,一路上拼命回忆昨晚发生的事,想把零星的片段拼凑起来。吉姆还在为比利企图用刀杀他的事感到伤心,凯西、摩尔和多萝西则为比利抢劫的事生气。

"'公路休息站'抢劫案是你干的!"摩尔大声吼道,"而且还用你母亲买的车去作案。"

"我不知道你们在说什么!"亚伦反驳道,无奈地举起双手,重重地踏着地板上楼去了。

他上楼后,摩尔从他的外衣口袋里找到了车钥匙,于是和吉姆、凯西、多萝西一起去检查汽车的后备箱。他们发现了信用卡、驾驶执照和地图。在地图上,33号公路上的休息站都被打上了叉。

他们转头时,发现比利正站在门口望着他们。

"是你干的!"摩尔边说边亮出证据。

"没什么好担心的,"凯文答道,"我不会被拘捕的,事情干得很漂亮,我没留下指纹或任何证据,而且那些同性恋也不敢去报案。"

"你这个笨蛋！"摩尔大吼，"吉姆给那个被你抢了钱包的家伙打过电话，他在城里见过你，你把全家人都扯进抢劫案里了！"

凯文脸色大变，恐惧取代了冷静。

他们决定帮比利销毁那些证据。吉姆准备把车开回空军基地，由他负责还清汽车贷款。必须让比利搬出公寓，到梅伍德大道另租一套小公寓。

众人议论时，丹尼静静地坐在一旁听着，仍然不明白究竟出了什么事。他只想知道，大家准备什么时候拆开他送来的圣诞礼物。

第十六章

1

1月8日星期三,汤姆和玛琳娜约好在纪念广场购物中心的餐厅共进午餐。汤姆看到一辆货车停在格雷药房门前,一个搬运工人正将一只大箱子推进药房,于是喃喃地说:"他们在运送毒品。今晚这家药房得干到很晚。"

玛琳娜好奇地打量着他,不明白他为什么会这么说。

凯文计划打劫这家药房,请韦恩和另外一个朋友罗伊参加。他向他们说明了计划,让他们两个人去执行,得手后平分赃款和毒品。由于行动是凯文策划的,所以他可以分得百分之二十的赃物。

当晚,韦恩和罗伊按凯文的计划在凌晨1点半开始了行动。他们用枪挟持了药剂师,把他锁在店里,然后拿走了保险柜里的钱和药柜里的毒品。

他们按原定计划将车驶进树林,把白色旅行车涂成黑色,然后开车去接凯文。回到罗伊的住处,凯文开始清点毒品,包括:利他林、苯甲恶啉、杜冷丁、速可眠、安眠酮、氢吗啡酮和其他药品。

凯文估计这批货的市值达三万至三万五千美元。他点货时看到两个同伙脸上的表情从好奇变成了贪婪。黑夜将尽,但他们仍然兴奋异常。那两个人分别偷偷向凯文建议干掉另一个人,然后两人平分钱和东西。可是,趁那两个人酣睡之际,凯文在天亮之前把所有的钱和毒品装进两只皮箱,一个人开车回到了哥伦布市。他知道那两个人没有胆量与他对抗,因为他们都怕他。他们不只一次谈论比利有多疯狂,说他曾经用拳头砸烂门,还曾经用汤普森冲锋枪扫射一个基佬的车。

然而,韦恩和罗伊并没有作罢,他们买通了警察去摆平此事。这是凯文早预料到的事。他知道只要处理掉那些毒品,便不会留下任何证据。那个药剂师见过韦恩和罗伊,却没见过自己,因此所有证据都无法牵连到他。

第二天,玛琳娜在《兰开斯特鹰报》上看到了有关"格雷药房"抢劫案的报道,心中立刻产生了一种不祥的预感。

几天后,汤姆约她见面共进晚餐,她惊讶地发现那辆旧道奇车已经被胡乱漆成了黑色。

"是不是你干的?"她压低嗓门。

"什么?汽车改颜色?"汤姆一脸无辜地答道。

"'格雷药房'抢劫案是你干的!"

"天哪,你说我是抢劫犯?玛琳娜,这件事我根本不知道,我发誓。"

她很困惑。某些迹象令她不得不相信这是比利干的,但是他刚才的回答又是那么气愤。除非他是全世界最伟大的演员,否则他说的就是真话。

"我只是希望这件事与你无关。"她说道。

他们分开后,亚伦因玛琳娜刚才的责问而变得越来越紧张,感到事情不妙。在开车去上班的路上,他觉得自己必须寻求帮助。

"快出来呀,兄弟们!"他大声喊道,"我们现在有麻烦了。"

"亚伦,你说的没错,"阿瑟说,"继续往前开。"

"不换个人开吗?"

"我不想开车,我不习惯美国的交通规则,你继续开吧。"

"你知道发生了什么事吗?"亚伦问。

"我在这段'混乱时期'一直专注于研究,对发生的事一无所知。不过,我怀疑有些'不受欢迎的人'窃取了时间,而且还犯了法。"

"我本来想告诉你的。"

"我认为我们需要让里根出来,"阿瑟说,"你能找到他吗?"

"我试过,但每次需要他的时候都找不到!"

"我来试试,你只要专心开车就行了。"

阿瑟努力在黑暗的脑海深处寻找,他看见了几个人,有的在床上睡觉,有的坐在阴影里。但是那些"不受欢迎的人"都不理睬他,因为是他不准他们出现的。他对他们无可奈何。最后,他终于找到了里根。里根正在和克丽丝汀玩耍。

"里根,我们需要你。有人犯了法,我们的处境很危险。"

"那不关我的事,"里根说,"我又没犯法!"

"我知道。不过我得提醒你,如果我们当中有人被关进了监狱,大家都得跟着进去。想想看,克丽丝汀在那样的环境里会怎么样。一个漂亮的小女孩与那些性罪犯和精神病犯人关在一起?"

"好吧!"里根回道,"你抓住了我的弱点。"

"我们必须搞清楚到底发生了什么事!"

阿瑟开始调查,询问了所有人格,尽管他知道某些"不受欢迎的人"不会说实话。他将得到的零星信息拼凑起来。汤姆告诉他,玛琳娜曾指责自己参与了"格雷药房"抢劫案,还谈到前几天运送毒品的事。

瓦尔特说自从因打乌鸦而被列入"不受欢迎的人"之后,他没动过里根的枪。但是,他曾听到有个操布鲁克林口音的人谈起"公路休息站"抢劫案。后来,菲利普承认那起抢劫案是他干的,但坚决否认参与了"格雷药房"抢劫案。

此后,凯文承认是他策划了"格雷药房"抢劫案。

"但我没有参加,只是策划而已。事是那两个人干的。他们可能贿赂了警察来陷害我,但我是清白的。警方绝对无法把我和这个抢劫案牵扯到一起。"

阿瑟将这些情况告诉了亚伦和里根:"现在,二位请想一想,有什么事会让警察怀疑到我们?或者有什么拘捕我们的理由?"

他们都觉得目前可能暂时没有危险。

几天后,哥伦布市的一个销赃者出面指证比利。由于该销赃者欠了一个警察的情,所以向警察告密,在比利卖给他的毒品中,有一部分与格雷药房被抢的毒品类似。这份报告被送到兰开斯特市警察局不久,法院开出了拘捕比利的传票。

2

星期一下班后,玛琳娜来到公寓。汤姆送给她一枚订婚戒指。

"玛琳娜,这是送给你的,"汤姆深情地望着她说,"如果我发生了什么意外,我想告诉你的就是,我永远爱你。"

汤姆给她戴上戒指,她几乎不敢相信他说的话。虽然这是她期盼已久的时刻,但她的内心却十分痛苦。难道他出去买戒指是因为他知道会发生不幸的事?她眼中充满了泪水,但尽量克制着自己。不论他做过什么,也不论别人怎么看他,她永远都会和他站在一起。

1975年1月20日,她在日记中写道:"我订婚了,真是令人难以置信。"

第二天,警察拘捕了丹尼。

他们将丹尼带上警车,送往菲尔德郡立监狱。丹尼被告知了他享有的权利,然后开始审讯。丹尼对警察说的事毫不知情。

经过几个小时的审讯,丹尼从警察的问话中了解到一些情况:韦恩因醉酒驾车被警方拘捕,在接受审讯时,他供出是比利和罗伊抢劫了药房。

警察让丹尼写个自首声明,然而他却抬起头来一脸茫然地望着他们。警察询问时,丹尼听到了亚伦的声音,告诉他如何应答。审讯结束后,警察要丹尼在记录上签字,他目瞪口呆,吃力地用铅笔写下"威廉·米利根"几个字。

"现在可以回家了吗?"丹尼问。

"交一万美元保释金,你就可以出去。"

丹尼摇摇头，仍然对发生的事困惑不解。警察把他带进牢房。

当天晚上，玛琳娜找担保人支付了保释金，将比利带出监狱。汤姆回家与多萝西、摩尔住在一起。他们已与凯尔纳律师取得了联系。凯尔纳两年前曾在审理"匹克威郡"强奸案时为比利辩护过。

在等候审判期间，阿瑟得知还有其他几项针对比利的指控。有两名受害者指证，比利是"公路休息站"抢劫案的劫匪之一。1975年1月27日，巡警队正式向法院指控威廉·米利根在公路休息站实施抢劫。

于是比利被送进监狱，那天恰好是两年前他被送往少年感化院的日子。

3

亚伦想站在证人席上亲自为自己辩护，阿瑟则想证明抢劫案发生时自己不在场。

"'公路休息站'抢劫案是怎么回事？"亚伦问。

"是里根干的，他是出于自卫。"

"好像还有其他被害人，他们的财物被抢了。"

"不是这么回事，"里根坚持说，"我没抢被害人的财物。"

"也许是其他人干的？"亚伦说。

"他们能证明吗？"里根问。

"我怎么知道？"亚伦说，"我又没看见。"

"那我们该怎么办？"里根问。

"真是一团糟，"阿瑟说，"这位律师信得过吗？两年前他的辩护就不成功，结果让我们进了感化院！"

"他说我们这次有希望，"亚伦说，"据我了解，如果我承认抢劫了格雷药房，可能会被判'综合缓刑'，这样或许我们有机会出狱。"

"什么是'综合缓刑'？"

"意思就是把我们关起来,但不让我们知道要关多久,然后突然决定释放我们,让我们因为感恩而不再犯罪。"

"要是这样的话,"阿瑟说,"那我们就听从律师的建议,我们付钱给他就是为了这个。"

"好,"亚伦说,"就这么办,我们用认罪来交换。"

1975年3月27日,威廉·米利根在法庭上承认自己犯了抢劫罪。两个月后,亚伦得知法庭就"公路休息站"抢劫案判他"综合缓刑",不包括其他较轻的指控。但是,他还要为"格雷药房"抢劫案坐两到五年的牢。得知这个消息后,所有人都惊呆了。

6月9日,在孟斯菲感化院住了45天之后,亚伦和其他59名犯人一起被押上俄亥俄州感化院的一部蓝色巴士送往莱巴嫩管教所。每两位犯人的手用一副手铐铐在一起。

负责押送的武装警察坐在巴士的前方,亚伦尽量回避着他的目光。蹲两年监狱,他怎么可能活下去?巴士到达监狱后,他看到架着铁丝网的围墙和来回走动的警卫,心里越来越恐惧。犯人鱼贯地走下巴士,列队走进了监狱大门。

两扇遥控大门开启时发出"吱吱"的响声,随后又在他们身后关上。这个声音让亚伦联想到了卡尔莫的嘲弄声。他的恐惧感达到了顶点,无法走到第二道门……

当第二道门开启时,里根出现了。他边点头边跟随着其他犯人缓缓前行。从此刻起,阿瑟不再有控制权了。到了这个危险的地方,里根知道一切都得由他来负责安排。在未来两到五年的时间里,将由他来决定该由谁出现。身后的铁门关闭时传来一阵沉重的轰隆声。

第十七章

1

里根发现莱巴嫩管教所比孟斯菲感化院的环境要好。这儿的房子比较新、干净,而且光线充足。第一天介绍情况时,他认真听了监狱的作息规定、监狱学校以及各项劳务的说明。

一个大下巴、粗脖子的高个儿站了起来,双手交叉,身体左右摇晃着。

"都听好了,"他说,"我是里奇队长,你们都自认为是老大?但从现在起,你们归我管。无论在外面混得如何,在这儿如果不规矩,可别怪我打烂你们的头。他妈的什么公民权、人权,还是什么权,你们在这儿什么都不是,就是一团烂肉。眼睛放亮点儿,否则别怪我不客气……"

他教训了15分钟之久。里根认为他不过是想吓吓人,给新来的囚犯一个下马威,没什么大不了的。

里根也注意到那位身材瘦小、戴着眼镜的心理医生。他的话也大同小异:"现在各位已经不是什么人物了,只是囚犯。你们没有身份,没人在意你们,也没人关注你们的存在,你们就是囚犯、罪犯。"

这矮个男人还在不断地羞辱他们,几个刚报到的囚犯按捺不住了,开始反唇相讥。

"你是他妈的什么东西,凭什么教训我们!"

"你拉什么狗屎?"

"我不是犯人。"

"你是疯子。"

"妈的，去死吧！"

里根默默地在一旁听着，他觉得那个心理医生是故意这么做的。

"看吧，"心理医生指着大家说，"看看你们的行为，难怪你们无法在社会上生存。只要一有压力，你们就不知道如何控制自己，用无知的敌意和动粗来应对辱骂。在这里，你们必须学习如何控制自己，将来才有可能重返社会。"

当大家搞明白这位心理医生不过是在讲课时，彼此会心一笑。

经过牢房的走廊，里面的老犯人挨个嘲笑着新来的犯人。

"嗨！看这儿，菜鸟！"

"呸，下流胚，待会儿见！"

"那小子长得不赖，是我的！"

"嘿！是我先看见的，是我的女人！"

里根知道他们正在说自己，于是冷酷地瞪了他们一眼。当天晚上，他和阿瑟讨论了在监狱里该如何行事。

"在这里由你负责，"阿瑟说，"不过我得告诉你，他们挑逗和谩骂，不过是为了排解压力，博众人一笑罢了。你需要搞清楚，他们当中谁是小丑，谁又是真正的危险人物。"

里根点点头："我也这么想。"

"我还有个建议。"

里根一边听一边微笑着，觉得阿瑟只是提议而非下命令，实在有趣。

"我注意到，除了警卫，只有那些身穿绿色制服的囚犯才能在走廊上走动。分配工作时，可以让亚伦申请去干监狱医院里的活。"

"为什么？"

"如果能当上医生助手，安全上或多或少有点儿保障，特别是对那些孩子们。在监狱里，与医生有关系的人比较受尊重，你知道吗？因为大家都明白，不定哪天他可能需要接受治疗。医院的工作我比较熟悉，让亚伦负责和外面的人沟通。"

里根觉得这个主意不错。

第二天,当狱方询问新来的囚犯有什么工作经历和专长时,亚伦说他希望到监狱医院里干活。

"你受过训练吗?"里奇队长问。

亚伦按照阿瑟所说的回答:"我服役时曾在大湖海军基地医药学院附属医院工作过。"这也并非完全是胡说,阿瑟确实自修过这方面的知识,况且他并没说自己是以学生的身份接受训练。

第二周,监狱医院的斯坦伯格医生让比利去见他。走在宽阔的大厅里,亚伦发现莱巴嫩管教所的建筑结构就像是一只巨大的九脚蟹:中央的走道上有许多办公室,每条走道都向着不同的方向延伸。到了医院,亚伦站在强化玻璃后面的接待室里,两眼注视着斯坦伯格医生。他是一位头发花白的长者,面容慈祥、红润,温和地微笑着。亚伦还注意到了挂在墙上的画。

斯坦伯格医生招手让他进办公室。"我听说你在化验室工作过?"

"我一生的理想就是做一名医生,"亚伦说,"我想,监狱这么大,您或许需要一位从事血液和尿液化验的助手。"

"以前做过吗?"

亚伦点点头,"那是很久以前的事了,我大概忘记了不少,不过我可以学习,我学得很快。我刚才说了,将来离开监狱,我希望从事这个行业。我家里有许多医学书籍,我自修过。我对血液学有特别浓厚的兴趣,如果您能给我这个机会,我会感激不尽。"

他察觉斯坦伯格医生对他一连串的话并不感兴趣,于是想以其他方式吸引医生的注意。"这些画真不错!"亚伦说道,迅速地瞟了一眼墙壁,"我比较喜欢油画,那幅画的作者一定是个行家。"

斯坦伯格医生似乎产生了兴趣:"你画画吗?"

"我一直都在画,虽然我想从事医务工作,但我从小就有绘画天赋,也许有一天我能有机会为您画一幅肖像。您的脸型十分突出。"

"我收集绘画,"斯坦伯格医生说,"自己偶尔也动动笔。"

"我一直觉得艺术与医学是相通的。"

"你卖过画吗?"

"嗯,卖过不少,风景画、肖像画和静物画都卖过。我希望有一天能在监狱里作画。"

斯坦伯格医生玩弄着手上的笔:"好吧,比利,我给你一个机会到化验室工作,先从擦地板开始,地板擦完后就整理房间。你和斯托米一块儿工作,他是值班看护,会告诉你怎么做。"

2

阿瑟非常兴奋。做血液化验必须比其他犯人起得早,但他并不在意。他发现监狱医院的病历写得不够详细,于是就为14名糖尿病患者另外建了单独的病历。他大部分时间都待在化验室里,观察显微镜、准备样片。下午3点半回到牢房,虽然疲惫不堪,但他心里却非常愉快。他未注意到新来的室友。这位室友是个沉默寡言的人。

阿达拉娜把花毛巾铺在地板上或者挂在墙上装饰牢房。亚伦则开始与其他囚犯做交易,比如:用一条花毛巾换一包香烟,借给人两根烟让对方多还一根烟作为利息。一个星期下来,他一共赚了两包烟。他不断增加交换的东西,包括母亲和玛琳娜探视时带来的东西。因为他可以到小卖部购买食物,所以晚上不必到餐厅吃饭。他用从化验室拿来的塞子堵住洗脸盆,在洗脸盆里倒满热水,然后将鸡肉、水果布丁、汤或牛肉罐头烫热,这样就可以享受美食了。

他非常骄傲地穿着绿色制服,享受自由走动的特权令他十分满意,他甚至可以大大方方地在走廊上跑来跑去,不必像蟑螂一样沿着墙边走。他喜欢别人叫他"医生",所以让玛琳娜给他买来各种医学书籍。阿瑟学习医学知识非常认真。

汤姆得知许多囚犯都将女朋友登记为妻子，这样她们就可以来探监。于是，他请求里根让他把玛琳娜登记为妻子。阿瑟起初不同意，但里根反驳说："登记成威廉·米利根的妻子，玛琳娜就可以带东西来探监了。"

"写信给她，"里根说，"让她带些橘子来，用针管往橘子里打点伏特加酒，这样味道好。"

利伊在莱巴嫩管教所里首度出现。他是个喜剧演员，机智、喜欢开玩笑。如阿瑟说的，利伊觉得大多数犯人都愿意听笑话，能够疏解压力。刚来时，那些犯人的笑骂曾经吓坏了丹尼，还让里根大发其火，但现在说笑却成了利伊的拿手好戏。里根曾经听过比利的父亲是一名喜剧演员、脱口秀主持人，号称"半歌星半谐星"，所以觉得应当给利伊必要的活动空间。

然而，利伊不仅是说笑而已。他从火柴上刮下硫磺，把火柴杆在糖水中泡过后再重新裹上硫磺，然后将其塞在卷烟中，将这些特制的烟放在亚伦的香烟盒里。有人向亚伦要烟时，利伊就把这种特制的烟给他。要烟的人往往刚刚走开，就发出惨叫声。这种烟还会自动燃烧起来，有好几次就在亚伦的眼前爆炸了。

一天早晨，阿瑟化验完血液，想研究一下几个黑人罹患的贫血症，于是退了下去。利伊在百无聊赖之际开始恶作剧。他打开一瓶洋葱油，用刷子蘸了一下，涂在显微镜的镜片上。

"嘿！斯托米，"他递给斯托米一个样片，"医生要检验报告，你赶快放到显微镜下看一下。"

斯托米将样片放在显微镜下，对好焦距。突然，他猛地抬起头，眼里充满了泪水。

"怎么啦？"利伊装作什么都不知道，"干嘛这么伤心？"

斯托米气得哭笑不得，骂道："去你妈的！混蛋！"赶紧跑到洗脸池去冲洗眼睛。

过了一会儿，利伊看见一位犯人走进来，交给斯托米五美元。斯托米从装满药瓶的柜子里取下一个标有"11-C"的玻璃瓶,打开盖递给那个犯人。那个犯人一饮而下。

"那是什么?"那个犯人走后,利伊问。

"特效药,我自己配的,每剂五美元。客户来了要是我不在,你就帮我卖给他,我给你提成一美元。"

利伊说一定会照办。

"听着,"斯托米说道,"斯坦伯格医生交待,那些急救用品需要整理一下,你帮个忙好吗?我还有事。"

利伊整理急救用品时,斯托米从架子上取下装着"11-C"的玻璃瓶,把里面的液体倒进一个大烧杯,然后又把清水倒进装"11-C"的瓶子里,最后在瓶口四周抹上一层极苦的浓缩液。

"我有事去找斯坦伯格医生,"他告诉利伊,"这儿的事就拜托你了。"

10分钟后,一个身材魁梧的黑人走进化验室,"给我'11-C',小子,我付给斯托米10美元了,一共是两剂,他说你知道东西在哪儿。"

利伊将瓶子递给那个黑大个。黑人拿起来就往嘴里倒,突然,他睁大眼睛,把药吐了出来。

"小子,你骗我!这是什么鬼东西?"他连连用衣袖擦嘴巴,嘴唇还不停地颤抖着。

黑人抓起瓶子砸到桌上,瓶子被砸得粉碎,里面的液体溅了利伊一身。黑人握着碎瓶子怒吼道:"白鬼!我一定要你好看!"

利伊吓得退到门口。"里根,"他低声叫道,"里根,快来!"

利伊越来越害怕,希望里根出来保护他。但是,没有人出现。他冲出化验室奔向大厅,黑大个儿紧跟其后。里根刚要出现,却听到阿瑟说:"得让利伊接受点教训。"

"不能看着他被欺负呀!"里根回答。

"如果他不加收敛,"阿瑟说,"将来一定是个祸害。"

里根听了阿瑟的话,利伊跑进大厅时,他没有出面干预。

"里根,你跑哪儿去了?"利伊惊恐地喊道。

里根觉得利伊已经受到了惩罚,且情况危急,便将利伊推了下去。这时,黑人已经追到了眼前,里根停下来,拖出一张病床挡住了他的去路。黑人不小心摔了一跤,被手中的破瓶子割伤了。

"别没完没了!"里根大吼道。黑人气得发抖,跳起来扑向里根。里根一把抓住他,将他猛地摔向 X 光室。黑人立刻倒在了墙边。

"得了,"里根说,"再不住手,我就杀了你!"

这个突如其来的变化令黑大个儿惊讶地睁大了眼睛。比利不再是那个胆小怕事的大男孩儿了。黑人觉得自己被一个眼露凶光、操着俄国口音的白人逼到了墙角。里根用一只手将他的胳膊扭到背后,另一只手顶住他的脖子。

"住手!"里根在他耳边低声道,"这地方待会儿得清理一下。"

"好吧,兄弟,放松点儿,别玩真的。"

里根松开了手,黑人倒退了几步,"兄弟,我得走了,刚才的事别计较,就当没发生……"他头也不回地跑开了。

"野蛮人解决问题的方式!"阿瑟说。

"如果是你,会怎么做?"里根问。

阿瑟耸耸肩:"要是我有你的体格,可能也会这么干。"

里根点点头。

"利伊怎么办?"阿瑟问,接着又说,"你来决定吧。"

"把他列入'不受欢迎的人'。"

"没错,我们需要一个幽默的人,但他不行。"

利伊被判出局了。但他宁可完全消失,也不愿待在黑暗之中。

在很长的一段时间里,没有人笑过。

3

汤姆的信开始表现出各种情绪变化,完全不可预知。他一会儿告诉玛琳娜"我的手指关节肿了",一会儿又告诉她"我和一个犯人打架了,因为他偷了我的邮票"。8月6日,他写信说自己要自杀,可五天后,他又让玛琳娜给他送绘画用品,说自己要开始画画了。

阿瑟抓了四只老鼠当宠物养,并研究它们的行为。他开始撰写将鼠皮移植到人体的研究报告。一天下午,他正在化验室里做笔记,进来了三个犯人,其中一个在外面把风,另外两个站在他面前。

"把那包东西给我!"其中一个说:"我们知道是你拿的,快交出来!"

阿瑟摇摇头,继续写笔记。那两个人绕过桌子,一把抱住他……

里根推开那两人,用脚轮番使劲踢他们。在外面把风的犯人闻声进来,手中还握着一把小刀。里根见状,出手打断了他的手腕。最后,那三人狼狈地跑开了,其中一个还大吼着:"你死定了,比利!"

里根问阿瑟到底是怎么回事。

"那包东西,"阿瑟回答,"从他们的言行看,一定是毒品。"

他搜遍了化验室和药柜,最后在书架顶层的书本后面找到一个塑料袋,里面装着白粉。

亚伦问:"是毒品?"

"我需要化验一下才能确定,"阿瑟说着将白粉放在天平上,"大约有半公斤。"

经化验,那是一包可卡因。

"怎么处理这些东西?"

阿瑟撕开袋子,将白粉全部倒在马桶里。

"有人会发疯的!"亚伦说。

但是,阿瑟已转身去忙他的皮肤移植报告了。

阿瑟听说过监狱里的犯人经常罹患抑郁症,而且大部分人都会经历一个情绪不稳定的阶段。犯人在失去自由和人格的同时,还要承受各种压力,过强制性的生活。这样的变化通常会令犯人情绪沮丧乃至崩溃。而这个变化则使比利进入了各种人格纷纷出现的"混乱时期"。

比利写给玛琳娜的信发生了很大变化。菲利普和凯文曾写了些猥亵的话，还画过色情漫画。现在，他的信表现出对精神错乱的恐惧。汤姆反复提到他经常有一种空虚感，还说他正日以继夜地研究医学，因为他出狱后想去学医："即使花上15年的时间！"

汤姆承诺会与玛琳娜结婚，然后买一栋自己的房子；还说自己会继续研究医学，将来要成为一名医生。"米利根医生和米利根太太，"他问道，"你觉得怎么样？"

10月4日，由于可卡因事件，监狱决定将比利转移到C区隔离室。他的医学书籍和电视也被搬走了。气愤之下，里根把铁床上的铁条拆下来，插进门栓。工作人员不得不将整扇门卸下，才进去将他带出牢房。

比利出现了失眠、呕吐和视力模糊的症状。斯坦伯格医生给他做了检查，开了一些药效较弱的镇静剂和止痉散。10月13日，斯坦伯格医生通知狱方将比利转往哥伦布市的中央医疗中心接受治疗，尽管他认为比利的问题主要是心理上的。亚伦被送到医疗中心后，曾去信美国公民自由联合会请求帮助，但没有任何回音。到达哥伦布市10天后，医院诊断他得了胃溃疡，告诉他要进食易消化的食物，然后又把他送回了莱巴嫩管教所的隔离室。亚伦知道，要等到1977年4月才可能获得假释。

4

圣诞节和新年来了又去。1976年1月27日，亚伦和其他犯人集体绝食。他写信给哥哥：

亲爱的吉姆，

我在监狱里经常想起你和我幼年时的情景。随着一天天长大，我愈加痛恨生命。很抱歉，是我把家庭搞得支离破碎。你的生活有很多目标和希望,千万不要像我一样。如果你因此而恨我的话,我只能表示歉意。但是,我仍然尊敬你。我向你发誓,我没做过那些被指控的事,上帝可以做证。上帝说每个人都有他的归宿和命运,我猜想这就是我的命运。我很抱歉,我的行为给你和我周围的人带来了羞辱。

汤姆写信给玛琳娜:

亲爱的玛琳娜,

　　现在,监狱里正在集体绝食抗议。在囚犯控制局面之前,我特地写信告诉你这件事。因为监狱被囚犯接管后可能就不允许寄信件了。吵闹声、砸玻璃的声音越来越大,要是我不小心弄翻了车上的食物,他们一定会杀死我的……

　　不知道是谁放了火!但很快被扑灭了。警卫正把囚犯往外面拖,所以整个行动进展得很缓慢。不过,下星期囚犯可能会占领监狱。情况就是这样。警卫荷枪实弹守在外面,但囚犯们并不害怕。玛琳娜,我非常想念你,可又见不到你。事情变得越来越糟,再过几天,这儿发生的事就会上6点钟的电视新闻,现在只有辛辛那提的电台在报道。如果事态扩大,千万不要到这附近来。据我所知,将有上千人包围监狱,你根本无法靠近。我爱你,想念你!他们让我把这封信送到地方电台去,请帮我个忙吧!没有公众的帮助,他们不可能实现目标。千万记住,必须送到电台!他们让我向你致谢。就写到这,玛琳娜,我非常非常非常地爱你,你要好好照顾自己。

爱你的比利

　　又:如果形势好转,请带点可可粉来!

　　鲍比将自己的名字刻在隔离室的铁床上。在这里,他可以沉湎于自己的幻想。他幻想着自己成了大明星,出现在电视和电影中。还到遥远的地方旅行，做出各种英勇的冒险行为。他很不喜欢别人叫他"罗伯特"，坚持叫自己"鲍比"。他很自卑，没有理想，就像一只寄生虫，吸收他人的观点和想法后消化成自己的。但当别人建议他做什么事时，他会断然拒绝。他缺少独自制订计划的自信和能力，当他听说绝食运动时，便在心里幻想着自己成了囚犯们的领袖：他是他们偶像，就像伟大的印度国父甘地一样，通过绝食让那些统治者跪地求饶。绝食一周后，囚犯的抗议活动停止了。但鲍比决定坚持下去，因而体重减轻了许多。

一天晚上，警卫送来食物，鲍比将餐盘推回去，还将食物泼到警卫脸上。

鲍比用幻想帮助大家渡过难关的做法虽然得到了阿瑟和里根的赞同，但他不吃不喝，身体已受到严重损害。里根不得不宣布将罗伯特列入"不受欢迎的人"。

一天下午，为了庆祝儿子21岁的生日，多萝西前来探监。她走后，汤姆走出会客室，刚走了一半，转头之际忽然从会客室的窗户里看到了以前未曾留意过的情景：在房间的各个角落，犯人们都坐在自己女人的身旁，把手藏在桌子下。他们彼此不说话，也不互相注视，两眼都若无其事地望着前方。

他向隔壁的琼斯打听这是怎么回事。琼斯笑着说："小子，你真不知道？今天是情人节，他们是在用手做爱！"

"我不相信。"

"小子，如果你有女人，她也会为你这么做的。她们到这儿来都穿裙子而不穿裤子，甚至也不穿内裤。下次如果我们同时会客的时候，我让你瞧瞧我女人的屁股。"

过了一周，多萝西又来看汤姆。汤姆看到琼斯和他漂亮的红发女友走过来。琼斯冲他挤了挤眼，掀起女友的裙子，露出她光滑的屁股。

汤姆涨红了脸，立刻将头转向一边。

当晚，汤姆给玛琳娜写信时，字迹突然变了，菲利普在里面加了几句："如果你爱我，记得下次来穿上裙子，但不要穿内裤。"

5

1976年3月，亚伦期待着6月份假释的到来。但假释委员会宣布听证会延期两个月举行，令他不由得担心起来。他听别人说，只有买通总办公室的人才能保证假释申请通过。亚伦开始做交易，用铅笔和炭棒作画，把画卖给囚犯和警卫，再用赚来的钱去买可以储备、交易的东西，以此累积财富。他写信给玛琳娜，让她带注射了伏特加酒的橘子来，一个留给里根吃，其余的都卖掉换钱。

6月21日，在被转到隔离室八个月后，他写信给玛琳娜，说他确信假释听证会延期不过是一个心理测试。"否则我会发疯，不知道自己会干出什么来……"他被转到C区的"精神病区"，但仍然被隔离。那儿有10间牢房，是特别为精神有问题的犯人准备的。不久以后，丹尼刺伤了自己，还拒绝接受治疗，因此他又被送往哥伦布市中央医疗中心。在那里住了不长时间，丹尼再次被送回莱巴嫩管教所。

在C区牢房时，亚伦陆续给典狱长发去了正式的抗议函，抗议自己被任意隔离，宪法权利遭到剥夺。他还威胁要控告所有的监狱工作人员。过了几星期，阿瑟建议改变策略，必须保持沉默，不与任何人交谈，不论是囚犯还是警卫。他知道这么做会令狱方紧张。他还建议所有人都拒绝进食。

8月，他在被安置在隔离病房11个月之后，被允许转回普通牢房。"我们允许你做一些没有危险的工作，"杜尔曼狱长说着用手指了指墙上的铅笔素描，"我听说你很有艺术天赋，想参加莱纳先生的美术班吗？"

亚伦兴奋地点点头。

第二天，汤姆来到美术教室时，看到大家都在忙着丝网印刷、练字、照相和油印。几天来,身材瘦小、脾气倔强的莱纳先生一直歪着头观察汤姆。汤姆似乎不为教室里的忙碌气氛所动。

"你喜欢什么?"莱纳问他。

"我喜欢画画,特别是油画。"

莱纳拍了拍脑袋,抬起头看着他:"这儿没有人画油画。"

汤姆耸耸肩:"我想画。"

"好吧,比利,跟我来。我知道到哪儿去找绘画用具。"

汤姆的运气很好。奇利柯西监狱的油画课程正好结束,送来了一些油画颜料、画布和画架。莱纳帮汤姆摆好画架,然后告诉他可以动手作画了。

半小时后,汤姆拿了一幅风景画给莱纳看。莱纳大吃一惊:"比利,我从来没见过有谁能画得这么快,而且还画得这么好。"

汤姆点点头:"我想画的,就画得很快。"

虽然美术课程并不包括油画,但莱纳尽量让比利作画,因为他知道只要手中握着画笔,比利的情绪就会平静下来。他允许比利周一至周五可以随意作画。囚犯、警卫和监狱工作人员对汤姆的画都赞赏有加。他把自己的一些画拿去和别人交换,画作的署名都是"米利根"。还有一些作品则是为自己画的。多萝西和玛琳娜来探监时,狱方允许她们把那些画带走。

斯坦伯格医生常到美术班教室来观望,还向比利请教绘画技巧。汤姆教他如何处理画面,如何画石头,如何让那些石头看起来像是处于水中。斯坦伯格医生甚至在周末会过来把比利带出牢房,这样他们就能一起作画了。他知道比利讨厌监狱里的食物,所以还经常为比利准备三明治和芝士熏鲑鱼面包。

"我希望能在自己的牢房里作画。"一个周末,汤姆告诉斯坦伯格医生。

斯坦伯格医生摇摇头,"要是两个人共住一间牢房,那就不行,因为有违狱方的规定。"

然而,这项规定很快就不适用了。几天后的一个晚上,两名警卫来到牢房将比利摇醒,因为他们在比利的房间里发现了大麻。"不是我的。"汤姆辩解道，担心他们再度将自己送回隔离室。但是，他同房的囚犯在接受审讯时承认大麻是他的。他是恨妻子弃自己而去才吸毒的。这个囚犯随即被关进隔离室，于是房里只剩下了比利一个人。

莱纳先生和莫雷诺副主任商量后决定，在其他囚犯没搬进来之前，允许比利在房里作画。从此，每天下午3点半美术课下课后，比利可以回到牢房继续作画，直至睡觉。时间过得很快。

不久，一个警卫说新囚犯就要搬进来了。于是亚伦到办公室去找莫雷诺。

"莫雷诺先生，如果您让其他人和我住在一起，我就没有办法作画了。"

"是吗？你可以去别的地方画呀！"

"我能和您谈谈吗？"

"过一会儿再来吧，我现在很忙。"

午饭后，亚伦从美术教室拿来一幅汤姆刚刚完成的油画。莫雷诺盯着那幅画。"是你画的？"他问道，然后拿起来欣赏画中深绿色的风景。画面上，一条小河蜿蜒地流向远方。"不错，我也想拥有这么一幅画。"

"要是你同意我在牢房里作画，我就画一幅送你。"亚伦说。

"噢……稍等一下，你会为我画一幅？"

"而且免费。"

莫雷诺叫来助理："卡西，把新囚犯的牌子从威廉·米利根牢房前的匣子里抽出来，插进一块标着×的白卡。"然后转向亚伦，"这下不用担心了，你在我这儿还要住九个月，然后就可以假释了。我不会安排其他人住到你房里。"

亚伦非常高兴，但是他和汤姆、丹尼只在闲暇时画几笔，并不急于完成。

"你们得小心，"阿瑟提醒道，"莫雷诺一旦拿到画，就可能食言。"

大约两个星期后，亚伦走进莫雷诺的办公室，递给他一幅描绘着船只和港口的画。莫雷诺非常高兴。

"你能保证不让任何人住进我的牢房吗?"亚伦问。

"我已经写在告示板上了,你可以进去看看。"

亚伦走进监控室,看见他的名牌下写着一行字:"不要在威廉·米利根的牢房里安排其他人入住。"上面还贴着透明胶带,看来是永久性的。

自此,比利开始大量作画,为警卫、行政人员、母亲和玛琳娜都画了不少。母亲和玛琳娜把画带回家出售。有一天,有人请汤姆为监狱大厅的墙画一幅画,于是他画了一幅非常大的画,挂在服务台后面的墙上。但是,他犯了一个错误,签上了"汤姆"的名字。亚伦在画送出之前发现了,赶紧让他把签名改成"米利根"。

大部分的画作都没有满足他的创作欲望,因为那些画不过是为了赚钱。然而有一天,他投入到了一幅对他而言非常重要的油画的创作中,这幅画的灵感来自他在美术书中看到的一幅画。

亚伦、汤姆和丹尼以这幅画为蓝本,共同创作了一幅名为《高贵的凯瑟琳》的油画。起初,他们想画一位手持曼陀铃的17世纪贵妇,由亚伦画脸部和双手,汤姆负责背景部分,细节则由丹尼主笔。但是,丹尼不知道如何画曼陀铃,于是画了一幅乐谱取而代之。他们三个人昼夜不停地连续画了48小时。画完成后,比利一头倒在床上睡着了。

在进入莱巴嫩管教所之前,史蒂夫很少有机会出现。他年轻时曾坐在汽车驾驶座上,吹嘘自己是全世界最优秀的驾驶员。利伊被放逐后,里根开始允许史蒂夫出现,因为史蒂夫也有逗人发笑的能力。他自夸是当今世界最优秀的演员,模仿任何人物都会让观众捧腹大笑,因为这是他的看家本领。但同时他也是个捣蛋鬼,是个死性不改的江湖骗子。

可是,他模仿里根的南斯拉夫口音时,却把里根惹火了;他用英国下流社会的口吻讲话,更让阿瑟愤怒不已。

"我不会那样说话!"阿瑟抗议道,"我才没有那种下流的口音!"

"他会给我们惹麻烦。"亚伦指出。

一天下午，史蒂夫站在里奇队长身后，两臂交叉，左右摇晃着模仿里奇的姿势。里奇霍地转过身来，逮个正着。"好了，比利，这下你可以到地牢里去练你的绝活了，隔离10天或许能让你接受点教训。"

"亚伦警告过我们会出事，"阿瑟对里根说，"史蒂夫是个没用的家伙，既无理想也无才能，只会嘲笑别人。旁观者可能会被他的滑稽表演逗笑，但是那些被模仿的人可能会因此恨我们。虽然现在是由你负责决定，不过我认为我们不该树敌。"

里根也同意将史蒂夫列入"不受欢迎的人"。但史蒂夫拒绝被判出局，他模仿里根的腔调咆哮道："这是什么意思？你并不存在，任何人都不存在，你们都是我幻想出来的人物！这儿只有我一个人，我才是真正的人，其他人都是幻象！"

史蒂夫被里根摔倒，前额撞在墙壁上，于是退了下去。

在阿瑟的催促下，亚伦参加了社区大学在监狱开设的课程。他选修了英国文学、工业设计、基础数学和工业广告四门课程。他的美术成绩是A，英国文学和数学是B，艺术课程更是获得了A+的好成绩。老师给他的评语也很好："很有才能、理解力强、值得信赖、人际关系良好和创作能力优秀"，等等。

1977年4月5日，假释委员会讨论了亚伦的问题。会后他得到通知，三周后他就可以获释。

终于接到出狱通知的亚伦喜出望外，内心无法平静。他在牢房里来回踱步，甚至把通知单折成了一个纸飞机。释放前一天，亚伦经过队长办公室时吹起口哨吸引里奇的注意，然后将那个纸飞机向他扔过去，面带微笑地走开了。

4月25日是比利在监狱的最后一天。他觉得时间过得特别慢。凌晨3点，亚伦已无法再入睡，便起床在房里走来走去。他告诉阿瑟，出狱之后，自己在决定由谁出现的问题上仍有发言权。"负责与外界交涉的人是我，"

亚伦说,"而且也是我在危急时刻为大家解围。"

"让里根放弃控制权恐怕很难,"阿瑟说,"在独自掌控了两年之后,他不会同意由三个人来主导,一定还想继续控制。"

"跨出监狱的大门,你就是老板了。我负责找工作和适应外面的生活,所以需要更大的发言权。"

阿瑟咬着嘴唇说:"亚伦,你的要求也有道理。我不能代表里根,但会支持你。"

下楼时,一名警卫递给亚伦一套新西服。西服不但质量好而且很合身,令亚伦颇为惊讶。

"这是你母亲送来的,"警卫说,"是你的衣服。"

"是吗?"亚伦装作似乎记得。

另一名警卫拿来一张收据要他签名。出狱之前,他需要付30美分赔偿遗失的塑料杯。

"我转到隔离室去的时候,是他们拿走了塑料杯,"亚伦说,"事后没有还给我。"

"这件事我不清楚,但你必须先付钱。"

"好啊,这种游戏我也会玩!"亚伦大叫道,"我不付钱。"

他们把亚伦带到杜恩先生的办公室。杜恩问他在监狱的最后一天还有什么问题没解决。

"他们让我付一个塑料杯的钱,但那杯子不是我弄丢的!"

"这30美分你必须付。"杜恩先生说。

"如果我付的话,就不得好死!"

"不付就别想出去。"

"我可以在这儿露营,"亚伦坐下来,"我不会为不是自己弄丢的东西付钱,这是原则问题。"

最后,杜恩只好放他走了。当亚伦走向会客室准备和母亲、玛琳娜、凯西见面时，阿瑟问道："真有必要这么做吗？"

"就像我对杜恩先生说的，这是原则问题。"

莱纳专程赶来为比利送行。斯坦伯格医生也来了，还往他的口袋里塞了一些钱，那是卖画的尾款。

亚伦急于走出监狱大门，因此在多萝西和斯坦伯格医生说话的时候，表现得极为不耐烦。

"走吧！"亚伦对凯西说，"我们走吧！"

"比利，稍等一会儿，"多萝西说，"我还有话要说。"

站在那儿看着母亲说个不停，他异常烦躁。

"该走了吧！"

"好了，再等一分钟。"

他走来走去、不断地抱怨着，最后忍不住吼道："妈，我走了！你留下来说个够吧！"

"斯坦伯格医生，再见，谢谢您为比利所做的一切。"

亚伦往门外走去，妈妈跟在他后面。铁门在他们身后关上了。亚伦留意到，入狱时第二道门关上时发出的声音这次并未响起。凯西把车开过来时，亚伦仍然在生气。他认为她们应该让他马上飞奔出去，而不是与监狱里的人唠唠叨叨，让他久等。他在监狱里已经受够了，母亲竟然还在那啰唆，让他在那个鬼地方多等。太过分了！他"砰"地一声关上了车门。

"把车停在银行门口！"最后，他开口道，"监狱开的支票最好就在这里兑现。要是回兰开斯特去兑现，别人会发现我是刚出狱的。"

他走进银行，在支票上签了字交给柜台。他把银行支付的50美元现金和斯坦伯格医生给他的钱一起放进钱包。他的火气这时还没消，不想再处理眼前的破事了……

汤姆看看四周，发现自己站在银行里。是刚来，还是正要出去？他打开钱包，拿出大约200美元，然后又放了回去。他想，可能是正要走出去吧？透过玻璃窗，他看见母亲和玛琳娜坐在车里等他，凯西坐在驾驶座上。

他看了一眼银行职员身后的日历，今天正是他出狱的日子。

他冲出银行大门，假装手上握着什么东西："快！快逃！快把我藏起来！"他紧紧抱住玛琳娜大笑，感觉好极了。

"比利，"玛琳娜说，"你还像以前一样，情绪说变就变。"

她们想告诉他这两年在兰开斯特市发生的一切，但他似乎不感兴趣。他只想和玛琳娜单独在一起，只能在监狱会客室相见的日子已经结束了。

车开到兰开斯特市后，玛琳娜告诉凯西："我在购物中心下车，我得回去上班。"

汤姆惊讶地看着她："上班？"

"是的，我只请了上午的假，现在必须赶回去。"

汤姆愣住了，内心受到极大的打击。他以为在出狱的第一天，她会陪着自己。他没有说话，强忍住泪水，但是内心却一片空虚，他退了下去……

回到自己的房间，亚伦大声说："我早就认为她不适合汤姆。要是她真关心他，就应该继续请假。最好现在就和她断绝关系。"

阿瑟说："从一开始，我就持这种看法。"

第十八章

1

比利假释前八个星期,凯西搬回兰开斯特与父母同住,并回到原公司上班。她之所以能忍受这个工作,是因为她交了一个好朋友贝芙。她们都在包装车间干活,检查传送带上的玻璃成品是否有瑕疵,在震耳欲聋的噪声中聊天。凯西在辞去工作到俄亥俄州立大学读书之前,一直与她保持着联系。

贝芙与比利年龄相仿,是个离了婚的漂亮女子,长着一头棕发和深邃的绿眼睛。贝芙性格独立、坚强、直爽,对心理学非常感兴趣。她想了解人类的丑恶天性,并研究行为背后的真正原因。

凯西向贝芙介绍了自己的家庭,特别是比利遭受卡尔莫虐待的情况。她邀请贝芙到母亲家观赏比利的画作,并告诉她比利入狱的原因。贝芙希望能见比利一面。

比利回家后,凯西就安排他与她们一起开车出去兜风。一天下午,贝芙开着一辆白色的福特轿车来到春日街。凯西大声叫正在修车的比利过来,准备介绍他们认识。但比利只是点了点头,然后继续干手中的活。

"来呀,比利,"凯西说,"你答应和我们一起去兜风的。"

比利看看贝芙,又看看正在修理的大众车,摇摇头说:"我不适合开车,我没有把握。"

凯西笑了。"他就像个英国人,"她对贝芙说,"真的,真的很像。"

比利傲慢地看着她们。凯西被惹怒了,她不想让贝芙觉得自己的哥哥是骗子。

"来吧!"凯西坚持说,"你不能说话不算数。两年没开车时间也不长,你很快就会熟悉的!如果你担心,那我来开。"

"要不就坐我的车。"贝芙说。

"我来驾驶。"他终于答应,走到大众车的后座旁,为她们打开车门。

"看来你在监狱里还没忘记礼貌。"

凯西坐到后面,贝芙则坐在前座。比利上车启动了发动机。他迅速地踩下离合器,大众汽车向前冲上了马路,但却是朝着相反的方向。

"还是让我来开吧!"凯西说。

他没说话,弯着身子将车转向右边,慢慢地行驶着。他静静地开了几分钟,然后将车驶进一个加油站。

"我要加点汽油。"他告诉工人。

"他没事吧?"贝芙问凯西。

"他没事,"凯西说,"他经常是这个样子,过一会儿就好了。"

就在这时,她们看到他的嘴唇颤抖了几下,两眼迅速地看了看四周的环境。他看到凯西坐在后座,于是点头笑了笑。"嗨!"他说,"是个适合开车兜风的好天气。"

"我们去哪儿?"他驶上马路后凯西问道。他这会儿车开得很自信而且平稳。

"我想去看看克里尔溪,"他说,"这两年我梦见过它好几次。"

"贝芙知道,"凯西说,"我把你以前的事告诉她了。"

他若有所思地望着贝芙,"这世界上很少有人愿意与一个刚出狱的人出去兜风。"

贝芙毫不回避比利的目光。"这不是我衡量人的标准,"她答道,"也不希望被别人这样衡量。"

凯西从后视镜里看到比利的眉毛向上扬了扬,嘴唇紧闭。她知道贝芙的话给比利留下了深刻的印象。

他们来到了比利过去经常野营的克里尔溪。他凝视着溪流,就好像是第一次见到。凯西望着透过树梢洒落在水面上的点点阳光,立刻明白了比利为什么如此钟爱这个地方。

"我要再画一幅这儿的美景,"他说,"但是与以往不同,我要把自己的感觉都画出来。"

"这个地方没什么改变!"贝芙说道。

"但是我变了。"

他们在那里漫游了两小时后,贝芙邀请他们到她的拖车小屋去用晚餐。于是比利开车送她回春日街取车。贝芙告诉了他们去莫里森拖车公寓的路线。

比利穿了一套细条纹的新西装赴晚宴,凯西颇为欣赏。穿上这套衣服,他显得既潇洒又稳重,胡子和头发也都梳理得整齐干净。在拖车小屋里,贝芙将自己的孩子介绍给大家:布莱恩五岁、米歇尔六岁。比利立刻将注意力集中到两个孩子身上,讲笑话给他们听,还让他们坐到腿上,好像自己也是个孩子。

孩子们吃过饭上床睡觉后,贝芙对比利说:"你真有孩子缘,米歇尔和布莱恩很快就和你打成一片了。"

"我喜欢小孩,"他说,"而且他们真的很可爱。"

凯西露出微笑,很高兴比利有如此好的心情。

"我还邀请了一位朋友共进晚餐,"贝芙说,"斯蒂夫也住在这里,他刚离婚。我们相处不错,我想你们也会喜欢他的。他较比利年轻几岁,是半个切罗基人,人很不错。"

过了一会儿,斯蒂夫来了。他的皮肤是深褐色的,肌肉结实,长着深蓝色的眼睛,一头黑发又浓又密,令凯西惊讶不已。他的身材较比利略高。

晚餐时,凯西看出比利很喜欢贝芙和斯蒂夫。贝芙询问比利在莱巴嫩管教所的生活。他给他们讲了斯坦伯格医生和莱纳的故事,以及自己是如何靠绘画度过牢狱生活的。饭后，他还讲了自己遇到的各种困境，但凯西却认为他是在炫耀。这时，比利突然站起来说："咱们去开车兜风吧！"

"这个时候？"凯西说，"已经是半夜了！"

"好主意！"斯蒂夫说。

"我找邻居来帮忙照顾孩子，"贝芙也表示赞同，"她随时都可以来。"

"我们去哪儿？"凯西问。

"找个游乐场，"比利说，"我想荡秋千。"

邻居来了之后，他们一起挤进大众汽车，凯西和斯蒂夫坐在后座，贝芙和比利坐在前面。

他们来到一个小学校的运动场。已经是凌晨2点钟了，但他们玩捉迷藏、荡秋千，十分尽兴。凯西很高兴比利能玩得这样开心。她觉得比利交了好朋友，就不会再与入狱前的那帮坏朋友交往了。关于这一点，假释监督官曾不断提醒过比利的家人。

清晨4点将贝芙和斯蒂夫送回拖车小屋后，凯西问比利今晚过得如何。

"他们人很不错，"比利说，"我觉得我们已经成为朋友了。"

她握紧了他的胳膊。

"还有那两个孩子，"他说，"我也很喜欢。"

"比利，有一天你会成为好父亲的。"

他摇摇头："那是不可能的事。"

玛琳娜觉得比利完全变了，态度粗鲁而且总想甩掉她。他处处躲着玛琳娜，令她伤心不已。他在监狱里的时候，她从来没有和其他男人约会过，全部心思都放在他身上！

出狱一周后的一天，比利下班后赶过来接她，似乎恢复了往日的模样，说话轻声细语、彬彬有礼，正是她喜欢的样子。他们开车去了克里尔溪，这是他们最喜欢的车道之一，玩得很愉快。他们回到春日街时，多萝西和摩尔已经出去了，于是他们走进比利的房间。这是自比利回家后两个人第一次单独在一起,第一次有机会紧紧拥抱。他们没有争吵,因为比利转变了态度。但由于太久没有亲热过,玛琳娜不禁感到有些害怕。

他一定感觉到了她的情绪,松开了手。

"怎么了,比利?"

"我正想问你怎么了?"

"我好害怕,"她说,"就是这样。"

"怕什么?"

"我们已经两年没有在一起了。"

他起床穿上衣服。"好吧!"他抱怨道,"我已经没有兴趣了。"

分手来得很突然。

一天下午,比利突然来到玛琳娜工作的地方,令她非常惊讶。他要她和自己一起开车去阿森斯市,在那儿过夜,第二天早晨再到学校去接凯西一起开车回兰开斯特。

玛琳娜表示不想去。

"我会打电话给你,"他说,"看你是否改变了主意。"

然而,比利并没有打电话。几天后,她得知那天贝芙陪比利去了阿森斯市。

一怒之下,她打电话告诉比利,不想再这样继续下去了,"我们应该忘记过去的一切,全都过去了。"

他表示同意:"事情有了变化,我担心你会受到伤害,我不希望再伤害你。"

玛琳娜知道已经没有挽回的余地。两年多的煎熬和等待最后竟成一场空,让她十分痛心。

"好吧,"她说,"那就结束吧!"

最令摩尔担心的是比利经常说谎。这孩子在做了愚蠢疯狂的事之后就会说谎，以逃避惩罚。医生曾告诉他，不能再让比利说谎了。

摩尔对多萝西说："他不是笨而是太聪明了，但聪明反被聪明误。"

但多萝西总是回答："这不是比利，是另一个人。"

摩尔觉得比利除了绘画外并没有其他天赋或能力，也从不听别人的劝告或教导。摩尔说："比利宁可听陌生人的话，也不愿听真正对他好的人的劝告。"

每当摩尔问起是谁给他的信息或建议时，比利总是回答："是我认识的人告诉我的！"但他从未提及对方的名字，或解释这个"认识的人"是谁以及是在哪儿认识的。

比利的态度令摩尔非常不满，他甚至连最简单的问题也不愿意回答，往往是默默地走出房间或者转过头去。摩尔对比利的恐惧感也越来越感到厌烦。比如，比利非常害怕枪。虽然孩子一般都不知道枪是怎么回事，但摩尔觉得比利简直是无知到了极点。

还有一件事令摩尔无法理解。比利的身材远不及他魁梧，比赛腕力时他总可以轻而易举地获胜。但是有一天晚上，他与比利比腕力时，竟出乎意料地输了。

"再比一次，"摩尔坚持道，"这次比右手！"

比利一句话都没有说，又赢了他，然后起身离开。

"像你这么强壮的人应该到外面去工作，"摩尔说，"你什么时候才能找到一份工作？"比利看看他，无奈地告诉摩尔，他已经出去找过工作了。

"你撒谎，"摩尔大叫，"要是真想找，一定能找到！"

他们吵了许久。最后比利拿着衣服和一大堆私人物品，气呼呼地冲出了家。

2

贝芙让被赶出家的斯蒂夫住在自己的拖车小屋里。当她听说比利与家里吵架后，就请比利搬过来同住。于是，比利在保释官的许可之下，搬进了贝芙的家。

贝芙与两位男士住在一起很高兴。几乎没人相信他们之间没有性关系，而只是三个好朋友。他们不论去哪儿、做什么事都在一起。贝芙从来没有如此快乐过。

比利与两个孩子相处得很好，带他们去游泳、买冰激凌或者到动物园玩。他对这两个孩子就如同亲生父亲一般。贝芙每天下班回家，都会惊奇地发现屋内收拾得井井有条，但碗盘除外。比利从不洗碗。

有时，比利的言行非常女性化，以致贝芙和斯蒂夫怀疑他是同性恋。比利经常和贝芙同睡一张床，但从未碰过她。有一天，贝芙问起这个问题，比利说自己阳痿。

贝芙并不在意这些。她非常关心他，喜欢和他们一起行动：郊游、露营，花50美元在街上吃小吃，或在夜深人静之际去克里尔溪畔的森林里漫步。在森林里，比利会模仿电影《007》里的詹姆斯·邦德拿着手电筒寻找毒品，用英国口音叫出每一棵植物的拉丁文名字。大家都觉得比利十分有趣。他们在一起做的都是些疯狂的事情，但贝芙觉得夹在两个大男人中间非常快活。

有一天，贝芙回家后发现比利把他那辆绿色的大众汽车漆成了黑色，上面还涂了一些杂乱的银色线条。

"这是世界上独一无二的大众汽车！"他说。

"比利，为什么要漆成黑色？"贝芙和斯蒂夫同时问道。

"警察一直在监视我，这么一来，他们的工作可就容易多了。"

他没告诉他们真正的原因。有一次，亚伦身体不适，忘了把车停在了哪里，而这种黑银相间的颜色可以让他辨认出自己的车。

但是几天后，比利看上了斯蒂夫弟弟比尔的厢型货车，用自己的大众车与他做了交换。过了不久，又用这辆厢型货车与斯蒂夫的朋友换了一辆已经损坏了的摩托车。斯蒂夫有自己的摩托车,而且擅长修理,经过他的一番整修,比利的摩托车可以开了。

斯蒂夫发现,比利时而是个疯狂的摩托车骑手,时而又胆小得根本不敢驾驶。一天下午,他们在乡间奔驰,经过一片陡峭的岩石坡地时,斯蒂夫正小心翼翼地沿着路边行驶,突然听到上面发出巨大的马达声。他抬起头,看见比利正停在悬崖的顶端。

"你是怎么上去的?"斯蒂夫大声喊着。

"骑上来的呀!"比利回答。

"不可能!"斯蒂夫吼道。

然而几秒钟后,他看到比利完全变了。比利想从悬崖上下来,但好像完全不会骑摩托。有好几次,车朝一个方向驶去,他的身体却转向另一边。最后,斯蒂夫不得不把自己的摩托车停好,爬上陡峭的山崖帮比利把车搬下来。

"我不相信是你骑上去的,"斯蒂夫回头看看后方的路,"可这里又没有其他的路可走。"

比利似乎不知道斯蒂夫在说什么。

还有一次,斯蒂夫单独与比利一起到树林里去。爬了两个小时的山路后,面前出现了一个陡峭的山坡。斯蒂夫虽然健壮,但已经感到筋疲力尽。

"比利,我们上不去了,休息一会儿就回去吧!"

他疲倦地靠在树干上。然而就在此时,比利突然爆发出令人难以置信的力量,以极快的速度跑到了山坡顶上。斯蒂夫不想输给比利,于是也一步一步地爬上去。到达坡顶后,他看见比利站在那里向山下俯瞰,边挥动着胳膊边说着一种斯蒂夫听不懂的语言。

斯蒂夫站到比利身旁。比利转过身来,好像根本不认识他,然后向山下的池塘跑去。

"比利,上帝啊!"斯蒂夫大叫,"你哪儿来这么大力气?"

比利边跑边用外语说着什么,然后穿着衣服跳进池塘,很快就游到了对岸。

斯蒂夫好不容易追过去,但比利早已坐在池塘岸边的大石头上,用力甩着头,好像要把头上的水甩干。

他抬头看着斯蒂夫,抱怨道:"你为什么把我推下水?"

斯蒂夫吃惊地看着他:"你在说什么?"

比利低头看着自己湿淋淋的衣服,说:"你不该把我推下去的!"

斯蒂夫看着他一言不发,因为他不愿和比利争执。

他们回到摩托车旁。看着比利骑车时笨手笨脚的样子,斯蒂夫提醒自己得留意这个人,因为他一定是个疯子。

"你知道将来我要干什么吗?"当他们骑到池塘和山坡之间的公路时,比利说,"我要在路边的两棵树之间挂一块画布,要挂得高高的,好让汽车从下面通过;我要在上面画上长满了灌木和树林的山峰,山下有一条隧道。"

"比利,你的想法很古怪。"

"我知道,"比利说,"不过我还是要去做。"

贝芙发现她的存款一天天减少。钱多半花在购买食物、维修汽车和摩托车上,比利还买了一辆二手的福特。因此,她暗示比利和斯蒂夫该出去找工作了。他们从兰开斯特市的几家工厂开始找起。在5月的第三个星期,比利向雷可德化工厂人事部的人天花乱坠地吹了一通,结果两个人都被聘用了。

他们的工作非常繁重。当大桶里的玻璃纤维丝变成一匹匹的布之后,他们就要按照固定的尺寸将其剪断,然后把重达100磅的卷筒抬上卡车,接着继续重复这个流程。

一天晚上,比利在回家的路上拉了一个搭车旅行的年轻人。那个人的脖子上挂了一部自动照相机。

在开往城里的路上,比利和他谈起了交易,要用三片禁药换他的照相机。斯蒂夫看见比利把手伸进口袋，拿出装在塑料袋里的白色药丸。

"我不吃这东西。"年轻人说。

"每片可以卖八美元，有得赚。"

搭车的年轻人计算了一下，从脖子上取下照相机交给比利。比利让那个人在兰开斯特市下车后，斯蒂夫转过身来向他："我不知道你有这些东西。"

"我没有。"

"禁药是哪儿来的？"

比利笑了："那是阿司匹林。"

"天啊！"斯蒂夫大笑着用手拍了拍大腿，"我从来没有见过像你这样的人。"

"有一次我卖了一箱子假药，"比利说，"我想再干一次，咱们来做点儿假药吧！"

他把车开到一家药店，进去买了一些胶质和药品。回到拖车小屋后，他把胶质放在贝芙的餐盘里融化。待胶质凝固后变成块状时，他就把这些变得又干又硬的胶质再切成小方块，放在胶带上。

"一片假迷幻药大概可以卖几块钱。"

"吃了它会有什么反应？"斯蒂夫问。

"人会快活起来，出现幻觉。最妙的是，要是发现买的是假货而不是什么毒品时，那些傻小子会怎么办？去找警察吗？"

第二天，比利开车去了哥伦布市。回来时，一箱子货全卖完了。他卖了一整袋阿司匹林和假迷幻药。斯蒂夫注意到，手握钞票的比利显得有些害怕。

第二天，比利和斯蒂夫正准备骑车上班，一个名叫玛丽的邻居大声要求他们不要扰民。比利随手将一把螺丝刀扔到她的小屋里，发出刺耳的金属碰撞声。邻居打电话叫来警察。警察随即以侵犯私宅的罪名拘捕了比利。摩尔只好到警察局把比利保释出来。虽然最后指控并没有成立，但假释监

305

督官说比利必须搬回自己家住。

"我会想念你们的,"他一边收拾行李一边说,"也会想念孩子们。"

"我们在这里恐怕也住不了多久了,"斯蒂夫说,"听说管理员要把我们赶走。"

"那你们怎么办?"比利问。

"卖了这个小屋,"贝芙说,"到城里找个地方,这样你也可以再来和我们住在一起。"

比利摇摇头:"你们并不需要我。"

"比利,别这么说,"贝芙说:"你知道,我们是最佳三人组。"

"再说吧!我得先搬回家去。"

他离开后,贝芙的两个孩子都哭了。

3

亚伦对化工厂的工作已经感到厌烦,而且斯蒂夫也辞去了工作。他对领班越来越不满。因为领班总是埋怨他前一天可以干好活,第二天又什么都不会了。阿瑟向亚伦抱怨,如此低贱的工作有损于他们高贵的身份。

到了6月中旬,亚伦要求公司支付劳工保险并且辞去了工作。

摩尔察觉比利已辞去了工作,于是打电话到工厂证实。

他记着斯坦伯格医生的建议,准备与比利对质。他问比利:"你是不是丢了工作?"

"那是我的事。"汤姆答道。

"你住在我家里,这就是我的事,家里的开销全由我支付。钱就在那儿,问题是你能不能赚到。但是你连一个工作都做不好,什么都做不了!"

他们争吵了大约一小时。汤姆觉得摩尔鄙视他们的话与卡尔莫当年的用词如出一辙,于是等着看比利的母亲会不会过来替儿子辩解,但是她什么都没有说。他知道无法再住下去了。

汤姆走进自己的房间,把东西装在袋子里,然后搬上车。他坐在车里等着有人来开车带他离开这个鬼地方。最后是亚伦出现了,他看见汤姆愤怒的表情,立刻知道发生了什么事。

"没问题,"亚伦把车开上马路,"我们是该离开兰开斯特了。"

他们开车在俄亥俄州转悠了六天,白天在城里找工作,晚上就到树林里去睡觉。里根坚持在车座下和后备箱里各放一支枪,他说是为了防身。

一天晚上,阿瑟建议亚伦去找一份维修的工作。干这行对汤姆而言可是轻而易举,无论是修理电器、机械设备、暖气设备和管道,他都驾轻就熟。据阿瑟了解,这种工作一般会提供住处,而且还不用支付水电费。他建议亚伦去找他在莱巴嫩管教所曾经帮助过的一个狱友。这个狱友是个修理工,目前住在哥伦布市郊区一个叫作小金龟的地方。

"他可能知道哪儿需要人,"阿瑟说,"打电话告诉他,你正好在城里,想去看望他。"

亚伦虽然不太情愿,但还是按照阿瑟说的去打了电话。

听见他的声音,鲍纳德很高兴。鲍纳德目前不在小金龟工作,但邀请比利到自己家小住几天。亚伦到了鲍纳德的家,两人相见甚欢,聊起了狱中的往事。

第三天早上,鲍纳德从外面回来,告诉比利钱宁威公寓正在招聘户外维修工,"你可以打电话问问,"鲍纳德说,"但不要告诉他们你怎么知道的。"

怀默是凯莉及雷德蒙管理公司的人事部门经理,他对比利的印象非常深刻,在所有应聘的人里,他认为比利是最合适的人选。1977年8月15日第一次面谈时,比利向怀默保证能胜任地面维护、木工、电器维修及水管工的工作。"不论是电器还是锅炉运转出了问题,我都可以修,"他还告诉怀默,"如果不知道如何做,我会想办法。"

怀默告诉他还要和其他几位应聘的人谈谈,决定后再告诉他。

当天稍晚,怀默查看了比利的资料,并拨打了比利在应聘表上填写的前雇主摩尔的电话。摩尔告诉他，比利是一位不错的工人，而且也是值得信赖的年轻人，当初他辞去工作是因为兴趣不合。他还告诉怀默，比利是一位优秀的维修工。

但除此之外，怀默无法询问其他两位前雇主——斯坦伯格医生和莱纳，因为比利忘了填写他们的地址。怀默没有再试图联系，前雇主都给予了比利极高的评价，这让他也对比利产生了极好的印象。但是，在聘用新职工之前，他还需要让秘书向警方查询应聘者有无不良记录，这是必要的程序。

比利第二次来面谈，更证实了怀默的第一印象。于是，他聘用比利从事威灵斯堡广场公寓户外维修的工作。该公寓紧邻钱宁威公寓，两栋公寓均由"凯利及雷德蒙公司"经营。比利可以立即开始上班了。

比利离开后，怀默把比利填写的申请表交给秘书，但没注意到比利填写的两个日期都只有年和日，1977年15日、18日，漏填了8月份。

怀默雇用了比利，但比利真正的顶头上司是一位头发乌黑、皮肤白皙的年轻女子罗丝。

罗丝发现新来的工人是位聪明、潇洒的男子。她向他介绍了客房部的工作人员——清一色的女性，并交代了他的工作程序。他每天要先到威灵斯堡广场公寓办公室报到，去拿由她或卡萝、凯瑟派发的工作单。工作完成后，比利要在工作单上签名后再交还给罗丝。

第一个星期，比利工作得非常好。他安装了百叶窗、修补了篱笆和过道，还做了些割草的工作。大家都认为他是个积极上进的年轻人。他住在威灵斯堡广场公寓里，与一位叫作阿德金斯的年轻维修工同室。

第二个星期的一天早晨，比利到人事部办公室去看怀默，向他请教租屋的事。怀默想起比利良好的从业经历，以及维修电器和管道的本事，于是决定把他转成24小时待命的内部维修工。这样他就需要住在方便夜间工作和接听紧急电话的公寓里，就可以由公司提供免费的住宿。

"你可以从罗丝或卡萝那儿拿一套公寓的钥匙。"怀默说。

比利的新公寓非常漂亮，里面带有壁炉的客厅、卧室、餐厅和厨房，而且正对着院子。汤姆把一个柜橱改成了电器设备间，还加上了锁，以免孩子们误闯；亚伦在餐厅里给自己辟出了一个工作室；阿达拉娜负责烹饪和整理房间；里根负责观察周围的环境。公寓的生活和工作都安排得妥当。

阿瑟很满意，非常高兴他们终于安定下来。现在，他可以专心于医学研究和撰写报告了。

由于某些工作人员的疏忽，警察并没有跟踪调查过比利。

4

搬进钱宁威公寓的两周后，一天里根慢跑时经过贫民区，看见两个瘦高的黑人小孩正赤着脚在人行道上玩。这时，一个穿着时髦的白人从旁边的一间屋子里走出来，上了一辆白色的凯迪拉克轿车。他想那个人一定是个皮条客。

他飞快地跑过去把那个白人按到车上。

"干什么？疯了？"

里根从皮带下面抽出一把枪。"钱包拿来！"

男子交出了钱包。里根将里面的东西掏空后，又交还给他，"上车去！"

车开走后，里根塞给两个孩子200多美元，"拿去买鞋子，再给家里买些食物。"

孩子们拿着钱跑开时，他笑了。

后来，阿瑟说里根那天的行动太鲁莽了。"难道你想在哥伦布市扮演罗宾汉劫富济贫的角色？"

"痛快呀！"

"但是你很清楚，携带枪支是违反假释规定的。"

里根耸耸肩："这儿也不比监狱好多少。"

"废话，这儿有自由！"

"自由又能怎样？"

阿瑟开始认为亚伦的感觉是对的，里根喜欢掌权，哪怕是在监狱里。

里根对哥伦布市东部工人住宅区的情况了解得越多，对那些住在高楼大厦里的有钱人就越反感。

一天下午，他经过一栋摇摇欲坠的房子，看见一个金发碧眼的漂亮小姑娘坐在洗衣篮里，脚奇怪地向后弯曲着。里根问一位走进门廊的老妇人："她怎么没有拐杖或轮椅？"老妇人盯着里根说："先生，你知道那要花多少钱？我已经乞讨两年了，没钱给南希买那些东西。"里根继续向前走着，但这个情景一直萦绕在脑海中。

当天晚上，他要阿瑟查查在哪个仓库里可以找到小孩用的轮椅和拐杖。虽然阿瑟很不高兴在看书时被人打扰，而且里根的口气也很生硬，所以还是拨打了几个电话。最后，他查到一家位于肯塔基州的公司有里根描述的型号。他把型号和仓库地址给了里根，然后随口问道："你要这些干吗？"

里根没有回答。

半夜时分，里根带着工具和一条尼龙绳，开车往南向易斯威尔驶去。他找到了仓库，守候在那儿直到确认所有的人都已离开。闯进去并不困难，不需要汤姆的帮助。他把工具绑在身上，翻过围墙的铁丝网躲在建筑物旁，然后沿着排水管观察建筑的结构。

里根在电影里看过小偷总是借助钩子爬上屋顶，而他曾经嘲笑这种装备。于是，他从背包里拿出一个铁鞋拔，拆下左边球鞋的鞋带，把鞋带绑在鞋拔上做成一个钩子。他爬上屋顶，在天窗上砸了一个洞，将手伸进去打开天窗，然后把尼龙绳系在窗架上，沿着尼龙绳滑到了地面。这让他回想起几年前与吉姆一起爬山的情景。

用了将近一个小时，里根才找到阿瑟给他提供的那个型号的东西——一对四岁孩子用的拐杖和一个小型折叠轮椅。他打开一扇窗，将拐杖和轮椅放到窗外，自己也跟着爬出去。他把所有东西都放进车，开车返回了哥伦布市。

里根到达南希家时，天已亮了。他敲敲门，"我有东西要给小南希，"他对老妇人说。老妇人从窗子里看着他。里根从车上拿下轮椅，教她们如何使用，还告诉南希怎么用拐杖。

"可能要花点时间学习，"他说，"不过，想走路就离不了它。"

老妇人大声哭了起来："我永远也没能力还你钱啊。"

"不必付钱，这是一家有钱的医疗用品公司的赠品。"

"用点儿早餐好吗？"

"那来杯咖啡吧。"

"你叫什么名字？"奶奶走进厨房后，南希问他。

"叫我里根叔叔。"他说。

南希紧紧地抱住他。老妇人端出咖啡和他从未吃过的非常可口的馅饼。里根吃得精光。

一天夜里，里根在床上听到几个不熟悉的声音，其中一个是布鲁克林口音，另一个满口脏话。他们好像在谈论抢劫银行分赃的事。他溜下床取出手枪，打开所有的房门和壁橱门，然后将耳朵贴在墙上，但争论声就在房间里。他转身喝道："不许动！否则杀了你们两个！"

声音停止了。

过了一会，里根听见脑子里有人叫道："他妈的，谁敢让我闭嘴！"

"你不出来，我就开枪了。"

"开什么枪？"

"你在哪里？"

"告诉你，你也不会相信。"

"什么意思？"

"我不知道自己在哪儿，完全搞不清楚。"

"你和谁在说话？"

"我在和凯文吵架。"

"谁是凯文？"

"对我大吼大叫的人。"

里根想了一会儿说，"说说你周围都有什么，你看见了什么？"

"我看到一盏黄色的灯，门旁有一把红色的椅子，电视开着。"

"电视是什么样子？里面什么节目？"

"白色的壳，一个大彩色电视，节目是'全家福'。"

里根看看自己的电视，确定那个人就藏在屋里。他又搜查了一遍。

"我已经搜遍了，你到底在哪儿？"

"我在这里呀！"菲利普说。

"什么意思？"

"我一直在这里！"

里根摇摇头："好吧，别再说了。"他坐在摇椅里晃了一夜，想理清头绪，心想竟然有他不认识的人。

第二天，阿瑟对里根谈起凯文和菲利普时说："我认为他们其实是你创造的。"

"什么意思？"

"先说说逻辑，"阿瑟说："作为充满仇恨的守护者，你知道自己拥有毁灭性的力量。使用暴力尽管能够征服很多东西，但它同时也是难以驾驭的。现在，你是既想拥有仇恨带来的力量，又想去除邪恶的一面。但是仇恨很难不留下劣迹。我们希望你能控制使用暴力，让愤怒处于可控状态。在去除那些邪恶念头后，你就可以在正常情况下保持力量，并逐渐消除那些劣迹。这就是菲利普和凯文被创造出来的原因。"

"他们和我一样？"

"他们是罪犯。他们只要拿到你的武器，为了达到目的会毫不犹豫地将恐惧加诸于人。但是，这只有在拥有武器的情况下才会发生。因为他们的力量来自武器，他们觉得有了它才能达到你的水平。他们充满敌意，而且为了金钱不惜使用暴力。从少年感化院出来后，我把他们列入'不受欢迎的人'，是因为他们在不必要的情况下使用暴力。你知道在'混乱时期'都发生了什么吗？……里根，你虽然有善良的一面，但本性仍然是邪恶的，要彻底消除你心中的仇恨是不可能的。这也是我们保持力量和勇气所必须付出的代价。"

里根说："如果你能控制好由谁出现，就不会出现所谓的'混乱时期'，在监狱时情况要好得多。"

"即使是在你的控制之下，在监狱里也出现了'混乱时期'。有些事都是在发生之后你才知道的，因为菲利普、凯文和其他'不受欢迎的人'窃取了时间。现在最重要的是，不能让他们和那些在监狱里认识的来自哥伦布或者兰开斯特市的人搭上线。他们会违反假释规定的。"

"这点我同意。"

"我们得结交新朋友，开始新生活。在钱宁威公寓工作是个绝佳的机会，我们一定要学会在社会上生存，"阿瑟看了看四周，"首先就是要整理好我们的公寓。"

9月，他购买了家具。账单金额合计1562.21美元，第一次分期付款日在下个月。

刚开始，亚伦除了与罗丝产生了一些摩擦外，一切都进展顺利。他不知道为什么罗丝总在找麻烦。她的相貌与玛琳娜相似，唯一不同的是，她很蛮横而且认为自己无所不知，他感觉到她不喜欢自己。

9月中旬，出现了比以往更糟的"混乱时期"，大家都被搞得晕头转向。一般是由亚伦开车到办公室去取工作单，然后再开车去工作地点，等待汤姆出来工作。但汤姆经常不肯出现，而且次数越来越多。找不到汤姆，就没有人可以代替他工作。亚伦知道自己永远无法弄清如何修理水管或热水器之类的东西，而且担心不小心会被电死。

亚伦会坐在那儿一直等汤姆，如果汤姆没出现，只好离开并在工作单上填上"完成"或"门上锁，打不开"。也就是说他无法进入公寓维修。于是，有些客户就三番五次打电话到公司，投诉说没有人前来维修。有一次，一个客户连续打了四个电话。罗丝决定与比利一起去公寓，看看到底是怎么回事。

"比利，我的天！"她盯着无法进水的洗碗机说，"连我都知道该怎么办，亏你还是维修工，你应该去检查零件啊！"

"检查过了，我清理了排水管。"

"是吗！但问题很明显不在排水管。"

他开车把她送回办公室。他知道她非常生气，心想她一定会开除自己。

亚伦让汤姆赶紧想个办法，否则怀默和罗丝会开除他。

汤姆的第一个念头就是在怀默的汽车里装上电话窃听器，偷听他都说了什么。

"这个非常简单，"亚伦告诉怀默，"装上它你就有了一部汽车移动电话，电话公司无法检测到。"

"这么做违法吗？"怀默问。

"不会的，电波是免费的。"

"你真的会安装？"

"只有一个办法可以证明给你看，你付材料费，我来帮你装一个。"

怀默问了他一些更深入的问题，惊讶于他丰富的电子知识。"我要先考虑一下，"怀默说，"但听起来真的很诱人。"

几天后，汤姆在电子零件商店买电话零件时，看见了一种插入式的窃听录音带，只要电话铃声一响，带子就会立即转动。装上这个录音带，他只要假装打错电话到人事部或客房部，然后挂上电话，录音带便可以发挥功能。通过电话录音，他能得知怀默或罗丝是否做了什么违法的事，借此威胁他们，以免他们开除自己。

汤姆把窃听器和其他一些零件的费用都列在了公司的账单上。

当天晚上，他溜进客房部和人事部，将录音装置分别插入罗丝和怀默办公室的电话机。后来亚伦出现了，他打开档案柜，想看看里面是否有可用的资料。一份卷宗引起了他的注意,里面有一份钱宁威和威灵斯堡公寓投资人的名单,前台称他们为"蓝筹股投资者"。这些人都是公司的股东,名单属于机密文件。亚伦把这份名单复印了一份。安装了窃听器,再加上口袋里的名单,他觉得无论将来发生了什么事,他都可以保住工作。

科德尔第一次见到比利是他到自己的公寓来更换窗帘。

"你得换一个新的热水器了,"比利告诉他,"我可以帮你弄一个。"

"需要多少钱?"科德尔问。

"你不用付钱,公司不会发现的。"

他望着比利,心想要是比利知道自己是个警察,还兼任安全员的话,是否还会这么说。

"我会考虑的。"科德尔说。

"想好了随时告诉我,我很高兴免费帮你装一个。"比利离开后,科德尔决定仔细盯着他。最近钱宁威和威灵斯堡公寓连续发生盗窃案,所有迹象都表明窃贼能用万能钥匙开锁。

怀默接到了一通电话,是与比利同时被聘用的一个维修工打来的。他告诉怀默必须提防比利,因此怀默请他到自己的办公室来。

"我觉得自己这么做不太好,"那个人说,"不过,比利的行为很奇怪。"

"什么意思?"

"他在窃听客房部办公室女士们的电话。"

"窃听,你是说骚扰还是……"

"我说的是窃听电话。"

"好了,别逗了。"

"我是认真的。"

"你有证据吗?"

那个人紧张地看了看四周:"是比利亲口告诉我的。他几乎一字不差地重复了我在办公室与卡萝和沙伦的对话。当时办公室里只有我们三个人,我们谈论的是高中生几乎都在吸毒之类的事。他还重复了那些女孩单独在一起时说的话,比男生在卫生间里说的话还下流。"

怀默沉思着用手敲了敲桌子:"他为什么要这么做?"

"他说他已经搜集了许多有关沙伦和卡萝的证据,如果他被开除的话,公司所有的人都得走人,包括她俩。"

"真愚蠢,他怎么会这样?"

"他告诉我,说要给你装个免费的汽车电话。"

"没错,但我没有同意。"

"他还说要窃听你的汽车电话,刺探你的秘密。"

这个维修工离开后,怀默打电话给罗丝:"我想你是对的,最好让比利走人。"

当天下午,罗丝打电话要比利去客房部办公室见她,并告知他已经被开除了。

"让我走的话,你也得辞职,"他说,"你在这儿也干不下去了。"

当晚比利去了罗丝家。比利的来访令罗丝非常惊讶。他身穿三件套蓝色西服,看起来像个高级职员。

"我是来通知你,请你明天下午1点到地区律师事务所去,"他说,"还要去见见怀默先生。如果你不去,他们会派车来接你。"他说完便转身离开了。

她知道这事很荒唐,但还是很害怕。她不明白比利是什么意思,也不知道地区律师为什么要见她。这和比利有什么关系?他到底是谁?要干什么?但她清楚地知道,比利不是一个普通的维修工。

清晨5点30分,汤姆径直来到锁着门的客房部办公室。他走进办公室拆下了窃听装置,离开前,他决定给卡萝留个字条。根据他交给怀默的材料,他知道她一定会被开除。桌上有一个那两个女人共用的日历,他把日历翻到下一个工作日,1977年9月26日星期一,在空白处写下:

崭新的一天！
尽情享受吧！

然后，他又把日历翻回星期五。

当天，汤姆在怀默下班后潜进了他的办公室，拆除了电话上的窃听器。然后，他又去见了"凯莉及雷德蒙公司"的地区负责人特诺克。

"比利，你来干什么？"特诺克问，"你不是已经被开除了吗？"

"我是来见怀默的。公司里发生了一些事，我要把它们公开。在通知相关单位和股东之前，我想先给怀默先生一个三思的机会。"

"你在胡说什么？"

"既然你是怀默的顶头上司，我想应该先通知你。"

怀默下班刚回到家不久便接到特诺克的电话，要他立刻赶回公司。"有些事情很奇怪。刚才比利来了，我认为你应当过来听听他说了什么。"

怀默到达时，特诺克说比利已经回公寓去了，但过一会儿还会回来。

"他说了什么？"怀默问。

"他提出了一些指控，还是让他告诉你吧。"

"我觉得这个人很荒唐，"怀默说，然后打开抽屉，"我要将谈话内容录下来。"

他把空白录音带放进录音机，半开着抽屉。比利进门时，怀默惊讶地望着他。他过去看到的比利一直都是穿着工作服，但现在完全变了样。比利身穿三件套的西装、系着领带，神态高贵。

比利坐下来，大拇指插在背心上。"贵公司发生了一些事情，你们应当知晓。"

"比如？"特诺克问。

"有许多违法的事。在我去见地区律师之前，想给你们一个机会解决这些问题。"

"比利，你指的是哪些事？"怀默问。

在接下来的一个半小时里，亚伦告诉他们客房部如何在文件上做了手脚，钱宁威和威灵斯堡广场公寓的投资人又是如何被欺骗了。他还说客房部把一些房间租给了员工的朋友，然后仍然将其作为空房报销，这些房的租金则进了员工的腰包。此外，他可以证明"凯莉及雷德蒙公司"非法偷接电线、不付电费。

他信誓旦旦地说怀默与这些事毫无关系，但公司的其他职员几乎都参与了，特别是客房部的主任，她让自己的朋友占用了那些房间。

"我是想给你们时间去调查这些指控，然后将不法员工绳之以法。如果你不准备或不愿意去调查，我就投书《哥伦布快报》，将这些公布于众。"

怀默开始担心这些员工的不法行为会成为丑闻，因为比利显然是在暗示罗丝是幕后指使人。

怀默将身体向前探了探："比利，你到底是谁？"

"只是一个关心此事的人。"

"你是私人侦探吗？"特诺克问。

"还没到我曝光的时候，你们只需要知道我是为一个特定的利益团体工作就行了。"

"我一直觉得你不是一个普通的维修工，"怀默说，"你的行为表明你很聪明，你是为投资人工作吗？能告诉我们是哪些人吗？"

比利闭着嘴巴摇摇头："我可没有说过我是为投资人工作的！"

"如果不是，"特诺克说，"那就是我们的竞争对手派过来诋毁本公司信誉的。"

"是吗？"比利将手指抵在一起说，"你为什么会这么想？"

"告诉我们，你的老板是谁？"怀默问。

"我现在唯一能说的，就是把罗丝叫到这儿，就我刚才的指控质问她。"

"我当然会调查你的指控，而且很感谢你告诉我这些事情。我可以向你保证，如果本公司的员工做了违法的事，一定会受到惩罚。"

比利伸开左胳膊，让怀默和特诺克看藏在他衣袖里的小型麦克风。

"我得告诉你们,这是接收器,我外面的伙伴已将我们刚才的对话全部录下来了。"

"好啊!"怀默笑着说,指着拉开的抽屉,"我也全部录下来了。"

比利笑了:"好吧,怀默先生,给你三天的时间,从星期一开始调查事情的真相,开除那些违法分子,否则我就将真相公布于众。"

比利离开不久,怀默就打电话给罗丝,将比利的指控告诉了她。罗丝声称那全是胡说,客房部的员工绝对没有做那些事情。

由于比利窃听自己的办公室,因此罗丝在周日赶紧跑到办公室去搜查,但是一无所获。如果不是他事先拆了,那就是他吓唬人。她看了看桌上的日历,很自然地从星期五翻到下周的星期一,于是看到了上面写的字:

崭新的一天!
尽情享受吧!

"天哪!"她心想,他会杀了我,因为我开除了他。

她立刻打电话给特诺克,并将那页日历带了过去。他们核对了比利的笔迹,丝毫不差。

周一下午2点30分,比利打电话给罗丝,告诉她必须在星期四下午1点30分到达富兰克林郡地区律师事务所。他说如果她没去,他会陪着警察前来拘捕她,还说这一定很有趣。

当天晚上,科德尔打电话给比利,告诉他不要再骚扰那些女孩儿了。

"你说骚扰是什么意思?我又没干什么。"

"听着,比利,"科德尔说,"让她们去律师事务所,必须有传票才行。"

"这事与你有什么关系?"比利问。

"她们知道我是警察,请我来调查。"

"她们害怕了吗?"

"比利,她们并不害怕,只是不愿意被骚扰而已。"

亚伦觉得被罗丝开除是早晚的事，因此决定暂时放下这件事。虽然他暂时还能住在公寓里，但他必须开始找工作了。

在接下来的两个星期，亚伦四处找工作，但一直没有找到合适的。他无事可做，也没有人可以说话。随着时间的流逝，他感到越发沮丧。

1977年10月13日，亚伦接到怀默的解聘通知书。他在屋里大声咆哮："我能到哪儿去？我该怎么办呢？"

他在屋里走来走去，突然看见里根放在壁炉架上的9毫米口径史密斯-韦森手枪。枪为什么会放在外面？他出了什么事？拥有枪支违反假释规定，他会因此被送回监狱的。

亚伦停下来深深地吸了一口气，心想这也许正是里根的如意算盘，只要回到监狱，他就可以掌控一切！

"我无法应对了，阿瑟，"亚伦叫道，"太困难了。"

他闭上眼睛退了下去……

里根抬起头来，迅速地四下扫了一眼，确认屋里只有自己一个人。他看见了桌上的账单，立刻明白他们已经陷入了经济困境，因为他们既无工作也没有收入。

"好吧！"他大声说，"冬天来了，孩子们要吃饭、穿衣，我得出去抢钱了。"

10月14日星期五早晨，里根将史密斯-韦森手枪插进挂在肩上的枪套里。他穿上棕色套头毛衣、白色球鞋、棕色运动衫和牛仔裤，还有防风衣，用伏特加酒吞服了三片安非他明，在天亮之前走出公寓，向西边的俄亥俄州立大学校园慢慢跑去。

第十九章

1

里根在哥伦布市慢跑了大约11公里，7点半到达了俄亥俄州立大学东侧的停车场。他并没有计划，只是想找个目标抢劫。在医学院与停车场之间的路上，他看见一个年轻女子刚停好黄色的丰田汽车走出车门。他看见她在敞开的鹿皮外套下穿了一条栗色裤子。他转过身，寻找其他目标，他不打算抢劫妇女。

与此同时，阿达拉娜也在那儿注视着。她知道里根为什么会到这儿来，也知道他吃了安非他明、喝了伏特加酒，而且已经跑累了。她希望他退下去……

阿达拉娜靠近时，那个女子正在弯身取书和笔记本。阿达拉娜从枪套中拔出枪顶住那个女子的胳膊。那个女子头也不回地笑着说："好了，你们别闹了。"

"上车！"阿达拉娜说，"我们去兜兜风！"

凯莉转过身来，发现面前站着一个陌生人，手里还握着一把枪。她知道他不是在开玩笑。他示意凯莉坐到一边去，于是凯莉跨过操纵杆坐到右侧的座椅上。他取过钥匙，坐到方向盘前。他发动车似乎有点困难，但最后还是将车驶离了停车场。

凯莉仔细地端详着眼前的这个陌生男子——红棕色头发，八字胡修剪得非常整齐,右颊上有颗痣,是个体态修长的潇洒男子,约180磅重,5英尺10英寸高。

"去哪儿?"她问道。

"某个地方,"他的语气温和,"哥伦布市的路我不太熟悉。"

"听着,"凯莉说,"我不知道你为什么找上我,但我今天得参加考试,要考视力检测检定方法。"

他将车开到一家工厂,在停车场停了下来。凯莉发现他的眼神飘忽不定,似乎有眼球震颤症,便决定记下这个特征告诉警方。

他打开她的皮包,拿出驾照和其他证件。突然,他的声音变得非常严肃。"要是你敢报警,我就对你的亲人下手!"他拿出一副手铐,将她的右手铐在丰田车的门把上。"你刚才说要考试,"他喃喃地说道,"我开车的时候,如果愿意,你可以看书。"

他们向俄亥俄大学校园的北面开去。过了一会儿,他把车停在铁道旁,这时正巧有一列火车缓缓驶来。只见他猛地跳下车绕到车后,凯莉吓坏了,以为他要把她扔下。她的手被铐在车上,火车就要来了,难道他疯了?

就在车轮撞到铁轨发出沉重的声响时,凯文代替阿达拉娜出现了。他立刻跳下车绕到后车厢,看看轮胎是否出了问题。如果轮胎爆了,他就得马上跑开。但他没有发现问题,于是又回到车上将车开走了。

"脱了裤子!"凯文说道。

"什么?"

"把你的裤子脱了!"他大吼道。

她按他说的做了,被他突如其来的变化吓坏了。她知道,他是担心她逃跑。即使没被铐住,她也不可能不穿衣服逃跑。

汽车行进时,为了避免激怒他,她将目光集中在"视力检测法"课本上。尽管没抬头,她也知道他们正沿着国王大道向西行,然后转到奥伦坦吉河路向北,最后到了一片田野。偶尔,她听到他在自言自语:"今天早上才跑掉……用球棒揍他一顿……"

经过玉米地时,前面有个路障,于是他绕道驶入树林,从一堆报废的车前开过。

凯莉还记得自己在座椅与操纵杆之间的置物箱里放了一把剪刀,于是想抓起剪刀刺他。但是,当她注视剪刀时,他开口说话了:"别做傻事!"同时亮出了弹簧刀。他停下车,将手铐从车门上解开,但另一头仍然铐在凯莉的右腕上。接着,他把她的鹿皮外套铺在泥泞的地上。

"脱掉内裤,"他低声说,"躺下来。"

凯莉看见他的眼珠飘来飘去……

阿达拉娜躺在那女子身旁,凝望着头顶上的树木。她不明白为什么自己的时间总是被菲利普和凯文抢去。她开车时,曾有两次被他们取而代之。她希望他们不会再出现。一切都是如此混乱。

"你知道孤独的滋味吗?"她问躺在身旁的女子,"特别是很长时间没有被人拥抱过的感觉?你知道没有体会过爱是什么感觉吗?"

凯莉没有回答。阿达拉娜就像抱着玛琳娜一样抱着她。

但是,这位娇小的年轻女子似乎是有什么毛病。无论阿达拉娜用什么方式试着进入凯莉的身体,凯莉的肌肉总会出现一阵痉挛,迫使阿达拉娜出来。这情形不但奇怪,而且很可怕。于是阿达拉娜迷迷糊糊地退下去了……

凯莉哭着告诉跟前的男子,说自己有生理问题,曾让妇产科医生检查过。每次和男人做爱,都会出现这种情况。她注意到他的眼球又开始震颤,突然间,眼前的陌生男子变得非常愤怒、粗野。

"哥伦布市有那么多女孩,"他大声咆哮,"却挑了你这个没用的女人!"

他让她穿上裤子,命令她上车。凯莉发现,这个男子的态度突然又变了。他靠近她,递给她一张面巾纸,"拿去,"他温柔地说,"擦擦鼻涕吧!"

阿达拉娜非常紧张,因为她突然想起里根今天开车出来的目的。如果她空手而归,里根一定会起疑心的。

凯莉看到这个强奸犯不安的眼神和脸上担忧的表情,竟然同情起他来。

"我必须弄些钱!"男子告诉她,"否则有人会生气!"

"我没带现金。"凯莉说着说着哭了起来。

"别紧张,"他又递给她一张面巾纸,"照我说的做,我不会伤害你的。"

"好吧,"她答道,"但不要把我的家人牵扯进来,你可以把我的钱都拿走,千万不要动他们。"

他停好车,再次打开她的皮包,发现了一个存折,里面有460美元。"你一周的生活费需要多少钱?"他问。

凯莉哭着说:"五六十美元。"

"那好!"他说道,"你留下60美元,给我开一张400美元的支票。"

凯莉又惊又喜,虽然她知道自己的学费和书本费已经没有了。

"咱们去抢银行吧!"男子突然说,"你和我一起去抢!"

"不,我不去!"她断然拒绝,"你可以让我做任何事,但我绝不帮你抢银行!"

"我是说,咱们一起去银行兑换支票,"说完,似乎又想起了什么,"看到你哭,他们会起疑心的。你心绪不宁,让你一起去兑现支票,可能会引起银行职员的注意。"

"我没有问题,"凯莉仍然哭着说,"被枪指着,我能这样已经不错了。"

他只是"嗯"了一声。

在西大街上,他发现了一家可以把车直接开进去的银行,那是俄亥俄国家银行的分行。他将枪藏起,可是当她拿出身份证时,立刻又掏出枪来指着她。凯莉将支票翻到背面,想在支票背面写上"救命"两个字,但被他看穿了:"别想在支票背面耍什么花样。"他将支票和凯莉的身份证交给业务员。业务员给了他400美元。"你可以向警方报案说你遭到抢劫,然后要求立刻停止支付,"他开车离去时说,"告诉他们,你是被迫去兑现的。这样损失就得由银行来承担。"

到达市中心时,他们赶上了堵车高峰。"你坐过来开车。如果向警方报案,可别说出我的特征。要是我在报上发现什么端倪,我自己不会出面,但一定会有人去找你或你的家人。"

然后,他迅速地跳下车,消失在人群中。

里根原本以为自己是在俄亥俄州立大学的停车场里,但仔细看了一下,才发现已经是下午了,而且自己是站在市中心拉查拉斯百货公司的大门前。时间怎么过去的?他摸了一下口袋,发现了一打钞票,心想一定是干了一票。他觉得这些钱一定是抢来的,但对此却毫无记忆。

他坐上一辆开往雷诺斯堡的公交车。

他回到钱宁威公寓,将钱和信用卡放在衣柜里,然后睡觉去了。

半个小时后,阿瑟醒了。他感觉精神饱满,可是不知道自己为什么睡了这么久。他洗完澡换内衣时,发现衣柜架子上有钱。这些钱是哪儿来的?是谁干活赚的?管他的,有了钱就可以买食物、还账。最重要的是,可以支付汽车贷款。

阿瑟将"搬迁通知"丢到一旁。汤姆他们已被公司开除了,怀默是来催缴房租的。房租可以稍后再付,他已经想好了如何对付"凯莉及雷德蒙公司"。他打算让他们继续发"搬迁通知",直至他们告到法庭。到了法庭就让亚伦向法官申诉,当初是这家公司让他辞去原来的工作,住到公寓里为他们整修屋子,可是当他好不容易用工资买了几件家具安定下来,他们却要开除他,还想将他赶上街头。

他知道法官会给他90天的宽限期,即使接到最后一张"搬迁通知",他仍有3天的时间可以搬出去。在此期间,亚伦有充分的时间去找另一份工作,存点钱、租下新的公寓。

当晚,阿达拉娜剃掉了八字胡。她一直讨厌脸上过重的毛发。

汤姆答应过比利的妹妹凯西在兰开斯特市与她共度周末,那天正好是"全郡户外游园会"的最后一天。因为多萝西和摩尔在游园会里租了摊位卖食品,所以需要有人帮忙收拾盘碗和料理杂务。于是,他拿走了衣柜里为数不多的钱,让亚伦开车送他去兰开斯特。他和凯西在游园会上度过了愉快的一天。他们骑脚踏车、玩游戏、吃热狗、喝啤酒,在一起谈论小时候的情景,猜想吉姆加入摇滚乐团后在加拿大如何过日子,还有查拉在空军里会有什么表现,等等。凯西还说,她很高兴比利剃掉了胡子。

他们来到小吃摊时,多萝西正在忙着干活。汤姆溜到她背后,用手铐将她铐在管子上。"如果你整天都待在炉旁像奴隶一样干活,干脆就把你铐在这里好了。"多萝西听了大笑起来。

汤姆一直和凯西在一起。游园会结束时,亚伦开车返回钱宁威公寓。

阿瑟度过了一个平静的星期天,一直在阅读医学书籍。星期一上午,亚伦出门去找工作。接下来的几天,他打了很多电话、寄出了不少份简历,但一无所获。

2

星期五晚上,里根跳下床,他认为自己刚睡了一觉。他走到穿衣镜前,发现放在那里的钱不见了,但不记得钱是抢来的。于是,他冲进储藏室拿出点二五口径自动手枪,在公寓搜寻趁他睡觉时溜进来的小偷,结果发现屋里空无一人。他找不到阿瑟,生气地从抽屉里拿出仅有的12块钱,走出公寓去买伏特加酒。回到公寓,他立刻把酒喝得精光,还抽了很多烟。他仍在担心那些没偿清的账单,心想无论上次的钱是怎么来的,他必须再干一票。

里根吞服了安非他明,然后把枪系在身上、穿上运动服和风衣,向哥伦布市西区跑去。大约在早晨7点半,他来到了俄亥俄州立大学"怀斯曼停车场",远处可以看到一座属于"俄亥俄州人队"的马蹄形足球场。他发现身后的一块招牌写着"阿普汉大厅",那是位于停车场另一侧的一栋现代化水泥玻璃建筑。

一位身材矮小、体态丰满的护士走出了大门。她的皮肤是橄榄色的、颧骨凸起,乌黑的头发扎成马尾辫垂在脑后。看着她进入一辆白色汽车,里根突然有一种奇怪的感觉，似乎在哪里见过她。也许是亚伦很久以前在学生时代常去的"古堡"里见过她。里根转身正准备离开，阿达拉娜将他赶出了光圈……

唐娜值完了夜晚11点至次日早晨7点的大夜班后，感到非常疲劳。她在医院时曾打电话给未婚夫希尼，说要与他一起吃早餐。但是忙了一整夜之后，她唯一的念头就是尽快离开这个鬼地方。她决定回家后再给希尼打电话。她走向停车场时碰到一位正好经过的朋友，彼此互道了早安。然后，唐娜继续向着车走去，她每次都小心翼翼地停在"阿普汉大厅"前。

"嘿！等一等！"不知是谁在大喊。

她抬起头，看见马路对面一位身穿牛仔服和风衣的年轻人正在挥手叫她。他姿态潇洒，有点儿像某个电影里叫不出名字的演员，戴着一副棕色变色墨镜。她站在原地等他，那个男子走过来询问中央停车场在什么地方。

"一下子说不清楚，"唐娜回答，"得从那边绕过去。要不还是我带你过去吧，上车！"

年轻男子依言上了车。可是，就在唐娜倒车之际，那男子却突然从风衣中拔出手枪。

"继续开车，"他说道，"你得帮我一个忙，"接着又补充了一句，"如果你听话，就不会受到伤害。相信我，我真的会杀人。"

唐娜心想这回是必死无疑了。她的脸涨得通红，心跳加速，感到胸口发闷。上帝！为什么不叫希尼来接我下班？至少应该让他知道，我回家后会给他打电话！那样，他等不到电话就会向警察局报案。

劫匪将手伸向她放在后座的皮包，取出钱包看了看她的驾照。"听着，唐娜，往北走71号州际公路。"

他从钱包里拿出10美元，装模作样地放进衬衣口袋。她觉得他是故意做给她看的。接着，他又从她包里拿出一根烟递到她嘴边："我敢打赌，你现在想抽烟！"并用她的打火机为她点燃了烟。她发现他的手上和指甲缝里全是油渍,但不像是油污或脏东西。看到他刻意将打火机上的指纹抹去,唐娜吓坏了,这说明他是个职业罪犯。他注意到唐娜不安的反应。

"我是一个团体的成员,"他说,"我们组织里有人参与了政治活动。"

她的第一个反应是,他在暗示他很有来头,虽然并未提及组织的名称。她认为他要求走71号公路可能是为了逃往克利夫兰。这个男子可能是都市游击分子。

但是,当车开到特拉华郡交叉路口时,他突然让她驶下71号公路。她吓了一跳,因为那里很偏僻。这时,他整个人似乎都放松了,而且对这个地区显得很熟悉。当附近没有往来车辆时,他叫她停车。

唐娜看到周围一片荒凉,意识到这次绑架与政治毫无关系,自己不是被强奸就是被杀害。他把身体往后靠了靠,唐娜知道厄运即将临头。

"我要休息一分钟,整理一下思路。"他说道。唐娜坐在那儿,两手仍然握住方向盘,眼睛注视着前方。她想到未婚夫和未来的生活,又不知道接下来会发生什么,禁不住流下了眼泪。

"怎么回事?"男子问道,"你担心我会强奸你?"

他讽刺的话刺伤了她,她转过头瞪着他。"是的。"她答道。

"你真是个笨蛋!"他说,"该担心的是你的性命,而不是什么贞操!"

这话令她十分震惊,于是立即停止了哭泣。"没错,我当然担心自己的性命!"

她看不清他的眼神,因为他戴着墨镜。突然,他的声音变得柔和起来:"放下马尾辫。"

她坐在那儿,手握方向盘。

"我让你把头发放下来!"

她取下发带。然后,他靠上来扯掉发带,双手抚摸并赞美着她美丽的秀发。

可是,他的声音旋即又变了,声音很大而且说个不停。"真他妈笨蛋!看看你把自己弄成了什么模样!"

"我怎么啦？"

"看看你的衣服和头发，你一定知道自己对我这样的男人很有吸引力！大清早7点半，你到停车场干什么？难道你还不笨？"

唐娜觉得他说得没错，当初让他搭车就是个错误，真是自作自受。这时，她意识到他劫持自己正是为了犯罪。她听说过类似的强奸案，但从未想过会发生在自己身上。当唐娜觉得无助而恐惧的时候，这个带着枪坐在她身边的男人却轻易让她觉得错都在自己身上。

她已经不在乎会发生什么了。脑子里突然闪过一个念头：也好，不会再有比强奸更糟的事了。

"对了，"他的声音将她带回了现实，"我叫菲尔。"

她两眼直直地望着前方，没看他的脸。

他对她吼道："我说我叫菲尔！"

她点点头："随便你叫什么，我不想知道。"他让她下车，搜查她的口袋时说："我敢打赌，你当护士一定能拿到很多兴奋剂！"

她默不作声。

"到后座去！"他命令道。

唐娜移到后座，开始不停地说话分散他的注意力。"你喜欢艺术吗？"她问，"我喜欢艺术，有空时就做陶艺，用黏土当原料。"她神经质地一直说下去，然而，他似乎并没有听到她在说什么。

他命令唐娜脱下白色裤袜。她很庆幸他没有让她把衣服全部脱光。

"我没病。"拉下拉链时，他说道。

唐娜十分吃惊，真想大声回应：我有病！各种传染病！但是，她觉得这个男子可能有精神病，所以不敢再惹他。她现在担心的不是他是否有传染病，只希望一切都尽快过去。

她很惊讶他很快就结束了。

"你太棒了，"他说道，"让我全身兴奋。"他下车张望了一下，让她坐回驾驶座。

329

"这是我第一次强奸。我从此不仅是游击队员,还是强奸犯!"

过了一会儿,唐娜说:"可以下车吗?我想上厕所。"

他点点头。

"要是有人看着,我就没办法……你能走远点儿吗?"

他照她说的做了。她回来时,发现他的言行举止又变了,人看起来很轻松,还喜欢开玩笑。但是,他不一会儿又变了样,态度又粗暴起来,变得又跟强暴自己前一样。

"上车!"他吼道,"上71号公路往北开。你得去兑换支票,给我弄点儿钱!"

她迅速地想了一下,决定还是尽快回到她熟悉的地方好,于是说道:"好,如果你要钱,就得回哥伦布市,其他城市的银行星期六不兑现外埠的支票。"她一边等待他的反应,一边告诉自己:如果他坚持上71号公路往北开,那就意味着他要去克利夫兰。要是这样,她就撞毁汽车,两人同归于尽。她痛恨他的暴行,绝不能让他花自己的钱。

"好吧!"他说道,"就往南开吧!"

她松了一口气,希望他没有察觉。她决定试试自己的运气。"为什么不走23号公路?那条路上有不少银行,我们可以在下午关门之前取到钱。"

他再次同意了她的提议。她感到自己的性命受到了威胁,因此希望通过不停地说话让他分心,这样或许还有活命的机会。

"你结婚了吗?"他突然问道。

她点头,心想这样回答会让他以为家里有人在等她,会发现她失踪了。

"我丈夫是个医生。"

"他怎么样?"

"他是实习医生。"

"我不是问这个。"

"那你是问什么?"

"他怎么样?"

正要开口介绍未婚夫,她突然意识到,他问的是性行为方面的能力。

"你比他强多了。"她觉得夸奖他一下,或许他的态度能好些。

"我丈夫一定有问题,他做那事要用很长时间,你那么快就结束了,真是太棒了!"

她看到他脸上现出了高兴和满足的表情,因此更确定他精神不正常。如果能不停地说笑,她或许可以平安脱险。

他再次查看她的皮包,掏出一张万事达信用卡、医院工作证和支票本。"我要200美元,有人需要钱用。开一张支票,到你开户的西维尔银行换钱,我们一起进去。如果你想耍花招,我就杀了你!"

他们走进银行,经过出纳员面前时,唐娜全身发抖。她简直不敢相信,那些人竟然没有发现她脸上的异样表情。她拼命使眼色想引起银行职员的注意,然而却没人理会。她走到提款机前用信用卡分两次共提了100美元,直到自动柜提款机显示可借支额度已满。

他们开车离开时,他小心地撕碎了提款机收据,将碎片扔到窗外。唐娜两眼盯着后视镜,发现有辆警车跟在他们后面,她紧张得几乎要窒息了。上帝!她心想,乱丢纸屑,他一定会被警察拘留的。

他察觉到她的异样神情,扭头一看,也发现了警车。"他妈的!让那几只猪尽量开过来吧,我会用枪打烂他们的脑袋!很不幸让你看到了这些,但我一定会干掉他们!听着,如果你轻举妄动,下一个就是你!"

这时,她真希望警察没有看见扔到窗外的纸屑。她握紧双手,相信他一定会向警察开枪。

然而,巡逻车并没有注意到他们。她靠在座位上,浑身发抖。

"再去其他银行。"他说道。

他们又试了几家银行,甚至还去了"克雷格"和"大熊"等连锁商店,但都取不出钱。每次走进银行,她发现他都非常紧张,但一会儿又变得十分调皮,像是来玩的。在"克雷格"店里,他还像情侣一样搂着她。

"我们需要用钱,"他告诉店员,"我们要出城去。"

最后，唐娜终于找到一个支票兑换机，换了100美元现金。

"我怀疑，"他说，"是不是所有计算机都联网。"

她告诉他，她觉得他好像很了解银行业务和操作那些机器的方法。他说："我必须懂这些玩意儿，因为我们的组织需要这些知识。我们分享信息，大家的力量合在一起就很强大。"

这令她想起了他和激进组织之间的关系，于是决定改变话题，和他讨论政治和国家大事，以便分散他的注意力。他在一旁翻看《时代周刊》，她就问他对巴拿马运河投票的看法，但他看起来十分茫然和慌张。她还发现他对电视和报纸上的热门新闻也一无所知，似乎并不是什么激进分子。她觉得他对这个世界几乎一无所知。

"这事不要告诉警察，"他突然说，"我们组织里有人在关注这些变化，什么都会知道。我可能会去阿尔及利亚，不过我的弟兄会监视你，我们互相支持，总有一个会找你报仇。"

她继续想办法让他开口说话，分散他的注意力，但决定不再谈政治。

"你相信上帝吗？"她问道，觉得这个话题能让人扯上很久。

"你信吗？"他大声吼道，用枪顶着她的脸，"现在上帝会来救你吗？"

"不会，"她喘着气说，"说得对，上帝现在没来帮助我。"

他突然安静下来，望着窗外："我对宗教很困惑，你一定不会相信，我是犹太人。"

"真的？"她脱口而出，"不像啊！"

"我父亲是犹太人。"

他继续说着，但似乎已不再气愤，最后又加上一句："所有宗教都见鬼去吧！"

唐娜没有吭声，因为宗教显然不是个好话题。

"你知道吗？"他突然温柔地说，"唐娜，我真的很喜欢你，很遗憾我们在这种情况下相遇。"

唐娜心想他大概不至于杀了自己，得想个办法帮助警察抓住他。

"要是能再见面,"她说,"最好不过。要不然你就给我打电话或写信,寄张明信片也好。要是不想签名,你就用'G'代表游击队。"

"你先生怎么办?"

她觉得他已经上当了。"用不着担心我先生,"她说,"我能对付他。写信或打电话给我,我很希望得到你的消息。"

他指着油表说:"快没油了,得找个加油站。"

"不用,还够用。"她其实很希望车没油,那样他就不得不下车了。

"现在离早上我们相遇的地方有多远?"

"不远。"

"送我回去!"

她点点头,觉得这样最好。快到医学院时,他让她把车停在路旁,递给她五美元让她去加油。她没有接,于是他把钱塞在遮阳板上,温柔地望着她。"真遗憾我们如此相遇,"他低声说,"我真的很喜欢你。"

他轻轻地抱了她一下,然后跑下车。

里根回到钱宁威公寓时已经是周六下午1点。他对这次抢劫同样一无所知。他把钱藏到枕头下,枪放在桌子上,自言自语地说:"这些钱不能交给其他人。"然后便进入了梦乡。

当天晚上,亚伦起床后发现枕头下有200美元。他正纳闷钱是从哪儿来的,后来看到里根的枪,心里便有谱了。

"原来如此,"亚伦心说,"那就出去享受享受!"

他冲了澡,将脸上长了三天的胡子刮干净,穿上衣服出去吃晚餐。

3

周二晚上,里根一觉醒来,觉得自己不过睡了几个小时。他伸手摸枕头底下,发现钱又不见了。那些账单还没付,东西也没有买。他决定搞清楚究竟是怎么回事，这次他找到了亚伦和汤姆。

"是我用了！"亚伦说道，"我看到钱在那儿，可我不知道不能花呀！"

"我也买了一些颜料，"汤姆说，"那是我们需要的。"

"笨蛋！"里根大吼，"我抢钱是为了付账单、买食物和付汽车贷款的！"

"对了，阿瑟在哪儿？"亚伦问，"他应该告诉我们呀！"

"我找不到阿瑟，他已经不管事了，只专心于研究。现在由我负责付账的事。"

"接下来该怎么办？"汤姆问。

"我再干一次，最后一次，但以后谁都不准再碰那些钱！"

"天呀！我痛恨'混乱时期'！"亚伦在一旁说。

10月26日星期三早晨，里根穿上夹克跑出门，这是他第三次穿过哥伦布市前往俄亥俄州立大学。他必须搞到钱，不论抢劫谁都行。大约7点半，他来到了十字路口，一辆警车恰好也停在那儿等绿灯。里根握紧着怀里的枪，心想警察可能会有点钱。他刚向他们走去，绿灯便亮起，警车呼啸着开走了。

沿着东伍德拉夫大道前行时，他看到一位非常漂亮的金发女郎驾驶着一辆蓝色雪佛兰汽车，正向一栋标明"双子座"的建筑物驶去。他尾随至停车场，确定自己没被对方发现。他从从未想过要抢劫妇女，但眼下已无别的办法。这么做，都是为了那些孩子。

"上车！"

那女郎转过头来问："你干什么？"

"我有枪，带我去个地方。"

惊慌之下，她只好依言行事。里根坐在乘客座上，然后掏出两支枪。就在此时，阿达拉娜第三度出现了……

阿达拉娜开始担心阿瑟知道自己窃取了里根的时间。她知道如果里根被警察拘捕，可能会被指控犯下了所有罪行。他带着枪出门，而且一心想抢劫，所以大家一定会认为所有的时间都是他占用的。如果他想不起曾经发生过什么，警方可能会认为他喝了伏特加或吸食了毒品。

她很羡慕里根，既勇敢又上进，特别是他对克丽丝汀的那份柔情。她真希望自己能像里根一样勇敢。年轻的金发女子开车时，她就模仿着里根的口气与她说话。

"把车停到办公楼旁边，楼后的停车场里应该停着一辆豪华房车。"

果然有辆房车停在那儿。阿达拉娜掏出枪瞄准了那辆车。"我要杀了那辆车的主人，如果他在这儿，他就死定了。那家伙贩卖可卡因，我知道他用可卡因害死了一个小女孩。他连孩子都不放过，所以我一定要杀了他。"

阿达拉娜发现衣袋里藏着一副手铐，心想那一定是汤姆的，于是将手铐放在座位下。

"你叫什么名字？"阿达拉娜问道。

"波莉。"

"好吧，波莉，油不够了，去加油站吧！"

阿达拉娜付了五加仑的油钱，然后让波莉驶上71号公路往北开。他们开车到达了俄亥俄州沃辛顿市，在那儿，阿达拉娜坚持要去"友谊冰激凌店"和波莉一起喝杯可乐。

继续上路后不久，阿达拉娜注意到路的右侧有条河，河上有几个单行道桥梁。她知道波莉正在一旁仔细地打量自己，日后好向警察报案。阿达拉娜继续用里根的口气说话，想以此迷惑阿瑟和其他人，免得露出马脚让他们知道自己出现过。

"我杀过三个人，打仗时杀得更多。我属于一个恐怖组织。昨晚他们把我送到哥伦布市，让我执行一项任务，干掉一位可能会向警方提供不利于我们组织证词的人。告诉你，这项任务已经完成了。"波莉只是在一旁安静地听着，然后点点头。

"我还有另一个身份，"阿达拉娜吹嘘道，"是个衣着时尚、开着玛莎拉蒂的有钱生意人。"

车驶上了一条荒僻的小路,阿达拉娜要波莉开过一道深沟。那里芦苇丛生,旁边有个池塘。阿达拉娜和她一起下了车,观察池塘和附近的情况。她四下转了一圈,然后返回来和波莉一起站在车头前。

"等大约20分钟,我再下车。"

波莉松了一口气。

但阿达拉娜又说:"另外,我要和你做爱。"

波莉哭了。

"我不会伤害你的,我不是那种虐待女人然后抛弃她们的男人,我非常讨厌这种人。"

波莉哭得声音更大了。

"听着,做爱时不准大叫、乱动!这样会惹我发火,脾气变得更不好。最好乖乖地躺着,还得说'来吧'!强奸者是不会伤害这种女人的。你没有选择,必须和我做爱。"

阿达拉娜从车里拿出两条浴巾,和自己的外套一起铺在地上。"躺下,双手平放在地面上,眼睛望着天空,心情放松。"

波莉只好照着做了。阿达拉娜随后在她身旁躺下,脱下她的衣服和胸罩,开始吻她。"你不必担心会怀孕,"阿达拉娜说,"我做过结扎。"

阿达拉娜将运动裤退到膝盖,让波莉看小腹下方的一道疤痕。其实,那不是结扎手术而是做疝气手术时留下的疤痕。

阿达拉娜趴在身上的时候,波莉哭了:"不要强奸我!"

"强奸"两个字深深地刺痛了阿达拉娜的心,让她想起了戴维、丹尼和比利的遭遇。天哪!强奸是多么令人恐怖的事呀!

阿达拉娜停止了,转身躺在地上,眼里含着泪水凝视着天空。"比利!"阿达拉娜大喊,"你到底是怎么回事?振作起来!"

阿达拉娜站起来将浴巾放回车里,拿起那把口径较大的枪,顺手将啤酒罐扔进池塘。但是她不会射击,又试了两次,还是没有打中。她没有理根那样神奇的枪法。

"我们该走了。"阿达拉娜说。

上车准备离开时,阿达拉娜将车窗摇下,朝窗外的电线杆又开了两枪,然后开始翻波莉的手提袋。"我得找别人弄笔钱,大约200美元吧。"她找到了支票本,"我们去'克雷格'兑现支票。"

波莉在"克雷格"商店兑现了150美元,接着又去了北高街的储蓄所,但那里拒绝兑换。他们接连去了几个地方都没有成功,于是阿达拉娜建议波莉用她父亲的卡做担保去兑现支票。最后,终于有家商店同意兑现给他们50美元。"我们再去兑换一张,"阿达拉娜说,"兑现的钱你自己留着。"

阿达拉娜的情绪突然变了,从支票本上撕下一张纸,在上面写了一首诗送给波莉。但写完后却说:"不对,不能给你,警察会用这个来核对笔迹。"说完立即将诗撕得粉碎,然后又从波莉的记事本上撕下一张纸。

"这个我留下,"阿达拉娜说道,"如果你敢向警察报案或供出我的特征,我就把这个名单交给我们组织,到时候他们会派人到哥伦布市杀死你的家人。"

正说着,一辆警车从左面超车而过,吓坏了阿达拉娜。她溜走了……

菲利普发现自己正注视着车窗外驶过的警车,转过头才发现竟然是一个陌生的金发女子在开车。

"我为什么在这里?"他大声问道,"这是哪儿?菲尔!"

"你不是比利吗?"

"不,我是菲尔。"他望望四周,"这到底是怎么回事?妈的!几分钟前我还在……"

就在此时,汤姆出现了。他盯着波莉,对眼前的一切感到莫名其妙。也许自己正在和她约会?他看了一下手表,大约是正午时分。

"饿了吗?"汤姆问。

她点点头。

"前面有家店,我们去吃汉堡包和薯条吧!"

她点了餐,汤姆付了钱。她一边吃一边谈起自己的事,但汤姆并未认真聆听。他知道这个金发女子并不是来和他约会的,所以决定等候与她约会的人来把她带走。

"你想在什么地方下车?"她问道。

他注视着她:"校园附近,可以吗?"

汤姆尽管不清楚是谁约了这个女子,但他知道自己没被相中。回到车里,他闭上了眼睛……

亚伦抬起头,看见一位女子正在开车。他在口袋里摸到了一把枪和钱,心想莫非又……

"听着,"亚伦说,"不论我做了什么,我都非常抱歉,我说的是真的,希望没有伤害你。别告诉警察我长什么样,好吗?"

她瞪着他。亚伦知道得把事情搅乱,以免她向警察报案。

"你告诉警察,我叫卡洛斯,来自委内瑞拉。"

"谁是卡洛斯?"

"他已经死了,但警方还不知道。如果你告诉他们我是卡洛斯,他们或许会相信。"

他跳下车,迅速离去……

回到家,里根点了一下钱,然后宣布:"谁也不准再碰这些钱,我抢这些钱是用来支付账单的。"

阿瑟说:"等等,我在衣柜里发现了一些钱,已经把账单付清了。"

"什么?你干嘛不早告诉我?那我就没必要到处去抢钱了!"

"我以为你看到钱没了,应该想得到。"

"可是,我第二次抢的钱呢?也不见了,也没有用来付账啊!"

"其他人已经向你解释过了。"

里根觉得自己被耍了,在屋里怒气冲冲地走来走去。他想搞明白到底是谁窃取了他的时间。

阿瑟找到汤姆、凯文和菲利普，但他们三人都否认窃取过里根的时间。菲利普还描述了他在车里见过的金发女郎。"她看起来像个啦啦队员。"

"那时你不该出现的啊！"阿瑟说。

"没错，我也不想！我根本不知道自己怎么会坐在车里，而且我刚明白是怎么回事，又立刻退下去了。"

汤姆说他和这个女孩在一家快餐店吃过汉堡包，还以为是有人在和她约会呢！"我大概只出现了20分钟，那时钱已经在口袋里了。"

阿瑟说："这几天谁都不准出去，我们必须彻底查查到底发生了什么事，直至查出是谁窃取了里根的时间！"

"但……"汤姆说，"明天是摩尔和多萝西结婚四周年纪念日，凯西打电话提醒过我。我已经答应和她在兰开斯特见面，她还说要帮我选礼物。"

阿瑟点点头："那好！给她打个电话，说你明天会和她见面，但别带太多钱去，够用就行了。尽快赶回来。"

第二天，汤姆和凯西在兰开斯特市区逛街购物，买了一个丝绒床单作为礼物。凯西说，14年前的此刻，正是母亲嫁给卡尔莫的日子。

同多萝西、摩尔共进晚餐后，他们一同度过了一段安静而美好的时光。汤姆坐在车里等候亚伦出现，开车回钱宁威公寓。

亚伦回到公寓便一头倒在床上睡着了……

戴维醒来，感到自己情绪低落，总觉得有些不对劲，但不知道究竟为什么。他在屋里来回踱步，想找阿瑟、亚伦或者里根商量，但他们谁都没有出现，好像大家都在生别人的气。后来，他发现红色椅子下面有一个塑料袋，里面装着子弹，里根的手枪也在那里。他知道这不是好事，因为里根一直是把枪锁起来的。

他记得阿瑟多次说过："要是有什么困难或发现有人做坏事，而你又找不到人帮忙，就去找警察。"阿瑟已经把警察局的电话号码写在了电话簿上。他翻开电话簿，拨通了警察局的电话。听到对方接起电话，戴维说：

"这儿不知道出了什么事,我觉得一切都不对劲!"

"你在哪儿?"

"旧里维通街的钱宁威公寓。这儿发生了可怕的事情,但别说是我打的电话。"他随即便挂断了电话。望着窗外的浓雾,他心里有一种莫名其妙的感觉。

过了一会儿,他退下了。丹尼出现时已是深夜,但还是拿起笔画了一会儿,然后又坐在客厅里看电视。

这时传来了敲门声,他吓了一跳。从窥视孔里,他看见一个人捧着必胜客的外卖比萨盒。他打开门说道:"我没订比萨呀!"

丹尼刚要帮那个人去找比利,他却突然拔出枪,将丹尼使劲推到墙上,用枪口指着他的头。几个荷枪实弹的警察从门外冲进来。一位漂亮的女士对他说:"你有权保持沉默。"因此,丹尼不再开口说话。接着,两个警察将他押上了车。汽车在大雾中缓缓地驶向了警察局。

丹尼既不知道自己为什么被拘捕,也不知道发生了什么。他在牢房里刚坐下不久,戴维就出现了,两眼盯着那些跑来跑去的蟑螂。随后,不知道是阿瑟、里根还是亚伦,反正就是有人出现带他离开了那个地方。戴维知道自己不是坏孩子,而且从来没有做过什么坏事。

我能抵抗药物，还是药物最终会战胜我？
我是为了躲避铁窗之外的悲惨命运才来到这里的吗？
与社会不相容的灵魂已经被扔进了垃圾箱，
它还有继续存在的价值吗？

第三部
超越疯狂

第二十章

1

在1979年初的几个星期里,作家经常到阿森斯精神卫生中心探望比利。"老师"向作家讲述了大家见到、思考和做过的事情。除了肖恩(天生耳聋),其他人格也都在一旁听着,以便了解自己的历史。

"老师"现在是以比利的名义回答各种问题,这让比利信心与日俱增。作家不在的时候,虽然还有其他人格交替出现,但比利却深深地感到,融合的时间越久,他的自我控制能力就越强。如果能顺利度过"混乱时期",便能开始一个全新的生活。卖画的收入应该能满足他病愈后的生活所需。

比利经常阅读书报,研究医学,到运动场锻炼或者绕着建筑物慢跑,并且继续作画。他为阿瑟画了素描,还为丹尼、肖恩、阿达拉娜和阿普里尔画了肖像。他从大学书店买回了分子模型,开始研究化学、生物学以及物理学。他还买了无线收发机,到了晚上就在病房里播音,还与大家讨论有关受虐儿童的话题。

比利阅读当地报纸得知,为保护受虐妇女而成立的妇女组织"妇女之家"因经费不足正面临解散的命运,于是他捐助了100美元。但是,当这个组织得知捐款来源后,立刻将捐款退回了比利。

1月10日,比利被送到精神卫生中心一个多月后,便以"防止儿童受虐基金会"的名义在银行开设了账户,并存进去了1000美元。这笔钱是哥伦布市一位准备开画廊的女士支付他高达五位数金额画费中的一部分。那位女士到阿森斯精神卫生中心买走了那幅手捧乐谱的《高贵的凯瑟琳》。

比利还自费印制了许多黄底黑字的宣传单：

今天，请拥抱您的孩子

——这是举手之劳

请阻止虐待儿童

——比利

比利经常与女患者聊天。护士和健康技师都知道，那些年轻女子与比利聊天是为了吸引他的注意。护士帕瑞发现那个曾就读人类学系的患者玛丽，每当和比利在一起的时候精神就会好起来。比利经常赞扬玛丽聪慧，还不时向她请教。玛丽在1月份出院时向比利保证日后一定会回来看望他，比利也非常想念她。

然而，"老师"在不与玛丽、考尔医生或者作家聊天时会感到无聊，对这里受限制的生活也极为不耐烦。在这种情况下，他通常会退下去，让丹尼、戴维或尚未完成融合的比利出现。因为他觉得他们更容易与其他患者交流。一些与比利接触较多的工作人员发现，丹尼和戴维对其他患者很有同情心，了解那些患者何时会生气、受到伤害或者感到恐惧。如果有年轻的女患者因痛苦或歇斯底里发作而跑出病房，比利就会告诉护理人员在什么地方可以找到她们。

"老师"告诉作家："戴维和丹尼和我一样具有同情心，他们知道谁受到了伤害。每当有人逃跑或精神不佳时，丹尼或戴维都会及时提供帮助，告诉他们该怎么做。"

一天晚饭后，戴维正坐在客厅里，突然预感有个女患者会冲出病房。病房外面有三层非常陡的楼梯，每当戴维有这个念头，里根都认为他太多虑了。但是里根却认为这次可能是真的。里根出现了，冲过走廊登上楼梯，一脚踢开大门向大厅跑去。

心理健康医生凯瑟琳当时正坐在大门旁的办公室里,她见状立刻离开办公桌跟着里根跑出去。她赶到现场,正好看见比利抓住已翻越过栏杆的女病人,将她拉上来。凯瑟琳把病人带走后,里根便退了下去……

戴维只觉得自己的双臂隐隐作痛。

除了采用一般治疗方法帮助比利加强意识控制力外,考尔医生还采用了催眠疗法,并教他如何用自我暗示的方法疏解紧张情绪。每周参加集体治疗时,比利都与其他两位多重人格障碍患者在一起,这样他就能更好地了解自己的病情以及自身行为产生的影响。因为比利的人格变换次数越来越少,考尔认为他的病情正在改善。

鉴于比利——亦即"老师"——对一些约束很厌烦,考尔逐步放松了对他的限制,允许他享有更多特权和更大的自由。首先,允许他在护理人员的陪同下到院子附近散步;接着又同意他像其他患者一样在签名后一个人外出行动,但仅限于医院所属的范围之内。比利就利用外出时间,沿着"赫金河"两岸探查各处的污染情况。1979年春天,他打算到俄亥俄大学进修,选修的课程包括物理学、生物学和美术。也就是从那时起,他开始用图表记录自己的情绪变化。

至1月中旬,比利向考尔提出像其他患者一样享受进城的权利,因为他需要理发,去银行取钱,会见律师以及购买美术用品和书籍。

起初,比利必须在两位工作人员的陪同下才能离开医院。后来,鉴于一切进展顺利,考尔决定他只需要一个人员陪同就可以离开医院。一些在报纸和杂志上见过比利照片和报道的大学生,看到比利就会挥手打招呼。这让比利感觉良好,他觉得不是所有人都憎恨自己,社会也没有完全将自己拒之门外。

比利终于提出进行下一个疗程。他强调自己是个好患者,已经学会了信任周围的人,现在他想体验被人信任的感觉;而且一些比他病情更严重的患者都可以在无人陪伴的情况下独自进城,他也应当享受同样的待遇。

考尔同意了。

为了确保安全，考尔、福斯特院长以及法院有关人员商量决定：比利每次进城前和返回医院后，院方都必须通知阿森斯市警察局和兰开斯特市假释委员会。比利同意遵守规定。

"比利，一切都必须事先计划好，"考尔说，"我们必须考虑到你独自上街可能会遇到的情况。"

"你指的是什么？"

"我们先设想一下可能会发生的情况，以及你可能做出的反应。比如：你在柯特街上行走，一位女士认出了你，然后走过来一句话不说就扇了你一耳光。这种事是有可能发生的，因为人们知道你是谁。出现这种情况，你怎么应付？"

比利用手托着脸："我会退到一边，避开她。"

"好的。假如有个男人走过来骂你是强奸犯，还动手将你击倒在地，你会怎么办？"

"考尔，"比利说，"我会躺在地上希望他适可而止，宁可不回来也要等到他离开。"

考尔笑了："你已经学会了不少，现在是该给你机会表现一下。"

比利第一次独自进城，既紧张又兴奋。他小心翼翼地过马路，以免被警察以违反交通规则的罪名拘捕；他时刻注意着周围的路人，希望不会有人来攻击自己。他已经想好，即使被人攻击，也绝不还手，要信守对考尔的承诺。

他买了一些绘画用品，然后去理发店理发。诺玛护士已事先打电话通知理发店比利会去。理发店的服务员们站在门口欢迎他，"嗨！比利！""近来好吗？""嗨！比利，你看起来不错嘛！"

一位年轻的女理发师为比利剪发和吹风，但不肯收费，他们进行了愉快的交谈。她告诉比利可以随时来，不用预约，每次都可以享受免费服务。

走出理发店，一些学生认出了他，对他微笑着招手。比利回到医院后，心情十分舒畅，因为考尔担心的情况并未发生，一切都很顺利。

2月19日，多萝西单独来探望比利。比利将与她的谈话录了下来，想多了解自己的幼年生活，以及父亲自杀的原因。

"你可以慢慢形成对父亲的印象，"多萝西说，"你问我问题，我来尽量回答，但不会说他的坏话。我也不会提及伤心的往事，因为没有必要让大家痛苦。你自己可以想象出他的样子，他毕竟是你的父亲。"

"能不能再给我讲讲，"比利说，"我们住在佛罗里达时的情景……你把所有的钱都给了他，家中就剩下一听鱼罐头和一小包通心粉。那后来他有没有拿钱回家？"

"没有。他去了夜总会，我并不清楚他的工作情况。他回来时……"

"夜总会？是去表演吗？"

他在卡兹克尔山上的犹太人别墅区演出。那天，他托经纪人带回一封信，信中说：'我真不敢相信你会做出这种事！莫里森。'我不知道他在那儿究竟出了什么事。他回来后，情绪比以前更糟。情况就是这样。"

"你看过父亲的遗书吗？听施韦卡特说，里面提到了许多人……"

"有很多债主的名字，但不包括那个放高利贷的债主。我和你父亲一起去还债的时候见过他们。他下车去还钱时，我就坐在车里。每次去的地方都不一样，他是去还赌债的。他在世的时候，我一直觉得自己有义务帮他还清赌债，但后来我决定不再帮他还了。钱不是我欠的，我只能尽力而为，但绝对不能动用孩子的生活费。"

"不错啊，"比利打趣道，"家里还能剩下一听鱼罐头和一包通心粉。"

"后来我就出去工作，"多萝西继续说，"挣钱买一些生活必需品。我不再给他零用钱，但每月都会把房租钱给他，可他只付给房东一半房租。"

"另外一半他拿去赌博了？"

"是的，或者用来偿还高利贷。我不清楚他都干什么了，每次问起，他都不说实话。有一次，债主来人要搬走家具，我就对他们说，都拿走吧！但是，因为我哭得很伤心，他们不忍心搬走。当时我正怀着凯西。"

349

"莫里森真糟糕。"

"没办法,"多萝西说,"情况就是这样。"

在阿森斯精神卫生中心住了两个半月后,比利失落的时间一天比一天减少。因此,比利请考尔开始下一个疗程——休假。有些患者的改善情况尚不如比利,但已能在周末回家与亲人团聚。根据比利的行为、思想和病情的稳定情况,考尔认为他已经可以回家休假了。他同意比利连续几个周末到凯西位于洛根市的家中休假。比利异常兴奋。

一个周末,比利坚持要凯西让他看看莫里森的遗书,他知道凯西从公共律师那儿要了一个复印件。凯西担心比利会受刺激,不肯拿给他看。但听比利谈起母亲的遭遇和痛苦后,她也非常气愤,尽管她一直都很崇拜父亲。因此,她觉得是该让比利了解事情真相了。

"在这儿!"她将一个厚厚的牛皮纸信封放在咖啡桌上,然后走开了。

信封里除了一封医疗机构写给施韦卡特的信,还有留给四个不同人的字条,写给《迈阿密新闻报》记者赫伯·劳的一封八页纸的长信,以及已被撕毁但后来又被警方拼凑起来的两页纸。这两页纸可能是写给赫伯的第二封信,但是没有完成。

莫里森嘱咐的最小还款金额是27美元,最大的则是180美元。在给"刘易斯"的便条上写着:"最后的笑话。小孩:妈妈,狼人是什么?母亲:闭嘴,把你脸上的毛梳整齐!"

留给多萝西的便条中,先交代了领取保险金赔偿的事,最后写道:"把我火葬了,因为我无法忍受你在我的坟头跳舞。"

在写给记者赫伯的信中有很多地方已无法辨认,在此以 X 号代替:

致赫伯·劳先生
《迈阿密新闻报》

您好:

下决心写这封信并不容易。您可能会认为这是懦夫的行为,但我的整个世界已经崩溃，没有什么值得留恋了。能为我的三个孩子——吉姆、比利和凯西——提供一点保障的，就只有我的保险金了，因此请您设法不要让我的妻子碰那些钱。她一直与她工作圈里的男人鬼混，就是因为这些人，我的家庭破碎了，虽然我曾努力维护这个家庭。

这个故事令人不齿。尽管我全身心地爱着我的孩子，但她为了自己所谓的事业，让孩子们无法享受家庭生活的乐趣。事情是这样的：第一个孩子出生前，我曾多次提出和她结婚，但她一直找各种借口推诿，还总责怪我第一次约会就让她怀孕。（事情经过，我在迈阿密的律师罗森豪可以证明。）后来，我把她介绍给我的家人，告诉他们她是我的妻子。孩子出生后，我准备搬到一个较小的城市生活，并办理结婚手续，给孩子一个合法的身份。那时我是多么疼爱我的小儿子呀XXX。

可她又找理由拒绝，"这样会让人看到我们身份证上的婚姻状况"等等。后来，第二个男孩儿出生了。在最初的两个星期，我们一直担心他能否活下去。幸好上帝保佑着我们，他现在不是好好的吗，而且也很健康。我认为孩子的病是个警告，于是再次提出结婚的要求。但她又以同样的借口拒绝了。她的生活也完全走了样，不但酗酒，而且还经常旷工。我认为在那种情况下，孩子们与她在一起并不安全。她不止一次地殴打孩子，而且不是用手，我只能用武力加以制止。请相信我，我就像生活在地狱里一般。家庭的不幸也影响了我的工作。我知道，再这样继续下去，我会杀了她。我要XXX，但她央求我耐心等待。在迫不得已的情况下，我们将孩子送到一家不错的托婴中心，因为她想回夜总会和剧院上班。

我们回到迈阿密后，第三个孩子出生了。她雇了一个保姆照顾三个孩子，还发誓绝不再和客人鬼混，于是我就同意她回去继续唱歌。但是，她不断酗酒、疾病缠身，结果因患肝炎被送进了医院。她的病一直没有好，出院后还继续接受了几个星期的治疗。她告诉我，医生说如果她担心家庭开支太大，可以回去工作，偶尔喝几杯鸡尾酒对她的身体也不会有太大影响。我不同意她的想法，但她还是在未经我同意的情况下与夜总会签订了合同。当时，我也决定到纽约山区工作几个星期，在那以前我们从未分开过。当然，我当时并不知道她交往的都是些皮条客和高利贷主。她觉得这些人能给她带来多姿多彩的生活。我从纽约回来，看到她买了男式衬衣和牛仔裤。从此，我简直就像生活在炼狱里。

她因为继续酗酒又犯了病，被送进医院接受治疗。但是，她的肝病已严重到无法进行手术。在她住院的几个星期里，我要开150公里的夜车才能赶上白天的探视时间，然后再赶回家干油漆活。可就在那个时候，她还打算离婚，好让自己开始新的生活。做手术那天，在麻醉药效尚未退去之时，她迷迷糊糊地把我当成了别的男人。我告诉她，是我一直守护在她身旁，但她一直没有搞明白。她还吹嘘说她多年来是如何像玩弄嫖客一般玩弄我。事后，为了孩子们，我从未向她提过这些事。我请求XXX。

她身体逐渐好起来后，我又再次提起结婚的事。但是，她说她曾和一位牧师谈过，牧师告诉她"不必担心孩子的身份"，因为他们是"上帝的孩子"。我认为这只不过是她的推托之辞，正如我前面说过的，她就是在跟我玩捉迷藏。她甚至向媒体表示要和我离婚，可事实上我们根本就没有结过婚。不仅如此，在没有任何征兆的情况下，我竟然接到一封来自法院的通知，禁止我接近我的孩子，结果令我无法和孩子们共度圣诞节。新年前夕是我小女儿的生日，她拒绝让我去看她，但事后又打来电话，告诉我在女儿的生日派对上他们玩得如何愉快……

赫伯先生，您可以问问我的同事，我是如何深深地爱着并忠于我的妻子。但是，眼前的这一切令我无法再忍受了。夜总会是女人的天下，她想方设法让我丢掉了两份工作。您可以想象得到，她警告我如果再试图接近孩子们，就把我赶出迈阿密。她每隔一段时间就会失踪个一至三天，我已无法再面对人生，无法面对几个孩子未来的遭遇。我努力过，但都失败了。不过，我希望这一次能成功。为了保护孩子们，我过去必须忍受与她共同生活造成的痛苦,但我现在宁愿到全能的上帝面前赎罪,也不愿再继续那样的生活了。最后,我请求您联系相关机构,请他们保护我的孩子们。祈求上帝怜悯我的灵魂。

莫里森

比利被父亲的遗书震惊了,一遍又一遍地读着,怀疑着它的真实性。他读的次数越多,就越渴望了解更多的情况。后来,比利与作家联系,想搞清楚事情的始末和真伪。

在离开凯西家之前,他给佛罗里达律师协会打了几个电话,想与父亲的律师谈谈。但是,对方告诉他,那位律师已经过世了。后来,他又打电话到婚姻登记处查询,结果并未找到莫里森和多萝西的婚姻记录。

他坚持不懈地打电话,终于找到了父亲当年工作过的夜总会的老板。老板已经退休了,目前拥有一艘游艇,还为夜总会供应海产。老板说他知道总有一天莫里森的孩子会来向他询问。他曾解雇了比利的母亲,因为她把一些不三不四的人带进了夜总会。莫里森想尽办法让她离开那些人,但都以失败告终。他说他这辈子也没见过一个女人这样对待自己的男人。

比利还去找过另外一个人。这个人在汽车旅店工作过,他还记得比利的父亲,也记得莫里森在圣诞节接过电话后情绪变得非常沮丧的情景。他的话与父亲遗书的内容十分吻合——母亲给父亲打电话羞辱他。

比利回到医院后又开始失落时间。星期一早晨,他给作家打电话要求推迟见面。

作家星期三来看比利,却发现"老师"不见了,他看到的是尚未融合的比利。两人闲聊了一会儿,为了引起"老师"的兴趣,他询问起比利研究无线电话的情况。比利思考着如何回答这个问题,不知不觉中,他说话的声音越来越坚定,思路也越来越清晰。他们的话题主要集中在技术层面,"老师"又回来了。

"你为什么这么气愤,情绪如此沮丧?"作家问道。

"我睡不着觉,很疲倦。"

作家指着一本无线电教科书:"谁在组装这些机器?"

"汤姆用了一整天时间组装这些东西,考尔一直在和他交谈。"

"现在你是谁?"

"是'老师',但我情绪不好。"

"你为什么要离开,让汤姆出现?"

"我母亲和他现在的丈夫,还有她的过去都让我烦恼。我觉得这些乱七八糟的事都和我无关。我精神很紧张,所以昨天服了镇静剂,睡了一整天。昨晚我睡不着,一直到今天早晨6点都醒着。我想彻彻底底地消失。假释委员会的做法令我很气愤,他们要把我送回莱巴嫩管教所,有时候我甚至想就让他们把我带回去,把事情了结算了,只要他们别再来烦我。"

"比利,分裂并不能解决问题!"

"我知道。我每天都在努力,好让自己做得完美。其他人格能做的事,我都得去做,这样非常累。我得画画,画完了就要把手洗干净,拿出书本坐在椅子上记笔记,读几个小时的书后,又要起身去组装无线电器。"

"你对自己的要求太高了,这么多事情是无法一次完成的。"

"但我一直想这么做,我要尽快弥补过去的空白。时间这么宝贵,我知道自己必须努力。"

"老师"站起来向窗外望去:"另外,我还必须面对我的母亲。我不知道该如何对她开口,因为我已经无法再像以往那样对待她了。现在,一切都变了。假释委员会、即将举行的听证会,还有我几天前看到的父亲遗书,这一切几乎令我崩溃了,我很难再维持融合。"

2月28日,比利打电话告诉他的律师,不希望他的母亲出席第二天上午举行的听证会。

第二十一章

1

1979年3月1日听证会后，比利又被判决移送阿森斯精神卫生中心，在那里治疗六个月。相关工作人员都知道，比利还面临着其他问题。比利清楚，他出院后，会因为违反假释规定而被假释委员会再度送回监狱，继续为"格雷药房"抢劫案服刑3年；也可能会因"公路休息站"抢劫案被判6至25年的徒刑。

他在阿森斯聘请的律师戈尔兹伯里和汤普森向法院申请撤销对比利的有罪控诉，因为1975年法院做出判决时并不知道比利是多重人格障碍患者。他当时是在无法自我控制的情况下犯罪的。

戈尔兹伯里律师和汤普森律师认为，如果兰开斯特市的法官撤销过去的判决，那么治愈后的比利就应当恢复自由。正是这个希望一直支撑着比利。

就在这个时候，比利得知凯西将在秋天和相恋已久的男友鲍伯结婚。比利为此十分高兴，因为他很喜欢鲍伯。他开始帮他们筹办婚礼。

漫步于医院的花园，感受着春天的气息，比利觉得自己已经度过了最艰难的时期，病情也逐渐好转。到凯西家度周末时，他又开始在墙上作画。

多萝西否认莫里森在遗书中提及的事情，并同意公布他的遗书。她说莫里森在自杀身亡前已经患了精神病，而且曾与一位脱衣舞女演员有染。他在写遗书时可能是把自己和那个脱衣舞演员搞混了。

比利与母亲和解了。

3月30日星期五下午,比利回到病房,发觉大家都在用一种不寻常的目光看着自己,而且还有人在窃窃私语。空气里弥漫着一股不安的气氛。

"你看了下午的报纸吗?"一个女患者边问边将一份报纸递给他,"你又上报了。"

比利的目光停在《哥伦布快报》的大标题上:

医生允许强奸犯走出精神卫生中心

约翰·斯维泽报道

去年12月被移送阿森斯精神卫生中心的多重人格障碍强奸犯威廉·米利根,已获准自由活动而不受监视。根据本报查访……威廉·米利根的主治医生考尔向本报记者透露,威廉·米利根已获准离开医院,自由进出阿森斯市,并且可与家人共度周末……

报道还引用了阿森斯市警察局局长泰德的话:日前已陆续接到社区居民的投诉,而他本人也"十分重视精神病患者在大学和社区内自由出入可能造成的影响"。这位记者还采访了判比利无罪的法官弗洛尔,并称该法官也认为"不应让威廉·米利根自由活动"。文章最后指出:"1977年末,该男子在俄亥俄州立大学附近的犯罪行为引起了妇女的恐慌。"

《哥伦布快报》自那天起开始了系列追踪报道,讲述比利获得外出自由特权的经过。4月5日,该报发表了一篇题为"必须立法保护社会"的评论性文章。

恐慌的居民和学生家长纷纷致电俄亥俄州立大学校长,并打电话到医院要求澄清事实。

两位分别来自阿森斯市和哥伦布市的州议员批评医院和考尔医生,他们要求举行听证会,重新考虑允许比利转往阿森斯精神卫生中心接受治疗的法律是否适当,并要求修改该项法律。

医院里对比利卖画行为不满的工作人员,不断给各大报社记者提供信息,并透露比利拥有巨款。他们还告诉记者,比利在高价售出《高贵的凯瑟琳》之后,买了一辆马自达汽车专门用来运画。这件事成了报纸的头条。

社区代表要求在阿森斯医院举行听证会。来自四面八方的指责和攻击都集中在考尔医生和医院院长身上。舆论一片哗然,要求取消比利的周末休期,并终止他的自由外出权。

比利对这些攻击毫无心理准备。他一直遵守院方的各项规定和自己的诺言,也不曾违反任何法律,然而,他的外出权被剥夺了。

悲痛之下,"老师"放弃了,退了下去。

鲁珀在11点前来值班时,看到比利正坐在一张椅子搓着自己的双手,似乎受到了惊吓。鲁珀不知道是否应当去安慰他一下,因为他听说比利对男性十分恐惧。他也看过考尔训练多重人格障碍患者的录像带,知道里根性格冲动。正因为如此,他对患者从不多加干涉,也不像某些医护人员那样认为比利的精神病是装出来的。他相信医生的诊断报告。在阅读了护士记录和比利的病历后,他简直不敢相信那些专业心理学家和精神病医生,居然会为了一个连高中都没有上过的年轻人花费那么多精力。

他认为比利的病情还算稳定,而这才是他关注的重点。但是,自从《哥伦布快报》登出有关比利的头条新闻后,比利的情绪在过去一个星期陷入了低谷。鲁珀对那些新闻报道十分厌烦,对那些政客的言论也颇为不齿。鲁珀从办公桌旁走过来,坐在离惊恐不已的比利不远的椅子上。他不知道比利会做出什么反应,因此非常谨慎。

"感觉如何?"他问道,"有什么需要我帮忙的吗?"比利只是惊恐地望着他。

"我知道你很气愤。我是想告诉你,要是你想找个人聊聊,可以找我。"

"我很害怕。"

"我知道,能告诉我为什么吗?"

"是那些年轻的孩子们。他们不知道外面发生了什么事,他们被吓坏了。"

"能告诉我吗,你是谁?"鲁珀问道。

"丹尼。"

"你认识我吗?"

丹尼摇摇头。

"我是鲁珀,值夜班的心理健康医生。如果需要的话,我可以帮忙。"

丹尼不停地搓着手,四下张望着,后来似乎是听到了什么,于是点了点头:"阿瑟说我们可以信任你。"

"我听说过阿瑟,"鲁珀说,"麻烦你代我谢谢他,我绝不会做出伤害你的事。"

丹尼告诉他,里根看了报纸刊登的文章后非常生气,准备以自杀的方式谋求解决,他的想法把其他人都吓坏了。看到不停颤抖的嘴唇和飘忽不定的眼神,鲁珀知道又换了一个人。接着,他看见一个小男孩畏缩成一团,正痛苦地哭泣着。

几种人格不停交替出现,他们一直聊到第二天凌晨2点。最后,鲁珀带着丹尼回到了病房。

从那以后,鲁珀发现自己与所有的人格都相处得很好。虽然病房的作息时间执行得很严格(星期一到星期五是11点半,周末是凌晨2点),但鲁珀知道比利几乎睡不着,所以经常陪他彻夜长谈。令他高兴的是,丹尼和未融合的比利约他到室外去谈心,而且他逐渐了解到为什么比利如此难以相处。他知道比利是在为自己再次代人受过而忿忿不平。

4月5日星期四下午3点半,丹尼发现自己正在医院花园里散步,却不知道自己为什么会在这里。他看到自己身后有一栋维多利亚式的红砖建筑,建筑前方是河流和城市。走在草地上,他想起自己是在哈丁医院的护士罗莎的帮助下，才得以心无恐惧地在室外自由散步。

突然间，他看见一片地里长着漂亮的小白花，于是摘了几朵。过了一会儿，又看见远处长满了更大的花朵。他爬上小山丘，穿过一扇门，来到一个小墓地，看到里面的墓碑上没有姓名只有编号，感到非常奇怪。这时，内心深藏的儿时记忆令他发起抖来。他赶紧走出墓地，心想如果自己的坟墓在那里，大概会既无姓名又无编号。

丹尼望见山丘最高处的花开得很大，因此继续往上爬到了峭壁的顶端。他站在峭壁上紧紧地抱着树干，望着峭壁下的马路、河流和房子。

突然，他听到汽车的声音，看到下面的弯道上出现了一片闪烁的灯光，顿时感到头晕目眩。正当他不自觉地摇晃着身体时，听到身后传来叫声："比利，快下来！"

他看了看四周，不明白为什么会有这么多人围在自己身旁？阿瑟或里根为什么不出来保护自己？他滑了一跤，将一些碎石碰下了峭壁。这时，一个男人突然伸手抓住了他。丹尼抓住对方的胳膊后，才慢慢爬回了安全的地方。后来，那位好心人又陪着丹尼回到了那个四周有很多圆柱子的红砖建筑。

"比利，你是想跳下去吗？"有人问他。他睁开双眼，看到面前站着一个陌生的女子。阿瑟曾交代过"不要和陌生人说话"，所以他没有回答。但是，他发现病房里的人都在兴奋地注视和议论着他。他决定去睡觉，让其他人出现……

当天晚上，亚伦在病房里来回踱步，琢磨着到底发生了什么事。他看了看手表，已经是晚上10点45分了。这说明他已经有很长一段时间没有出现过。在此期间，他和其他人一样感到很满足，聆听着"老师"的教导并了解着自己的人生。起初，他们每个人都像是一个大拼图中的一部分，"老师"为了让作家了解曾经发生过的事而将他们重新组合在一起，因此大家也都了解了自己的过去。"老师"尚未叙述完所有的经历，因而必须依靠回忆填补遗漏的部分，也只有这样才能完整地回答作家提出的问题。

然而，"老师"的消失令他们失去了沟通的渠道。大家既无法和老师交谈，也不能与作家沟通。亚伦感到非常困惑、孤独。

"比利，出了什么事？"一位女患者问道。

他看着她："我头有点儿晕，可能是药吃多了。我该上床睡觉了。"

几分钟后，丹尼醒了过来。只见几个人向他冲过来，将他拖下了床。

"我干了什么？"他乞求地问道。他看见有个人手中握着药瓶，几片药散落在地上。

"我没吃药！"丹尼喊道。

"必须把你送到医院去。"他听到有人说，还有人招呼着用车将他推走。丹尼退去后，戴维出现了……

里根看到鲁珀走过来，以为他要伤害戴维，因而立刻取而代之。鲁珀想帮他站起来，里根却与他厮打起来，两人一起倒在床上。

"我要扭断你的脖子！"里根大吼。

"住手！"鲁珀叫道。

他们又扭打着滚到地板上。

"放手！否则打断你的骨头！"

"我不会松手！"

"再不放手，我可不客气了！"

"别胡说，我绝不松手！"鲁珀回应。他们扭作一团，但谁也没占到便宜。最后，鲁珀说："如果你松手，并保证不打断我的骨头，那我就放手。"

看到双方僵持不下，里根同意了："我放手，但你也得放手。"

"我们同时松手，"鲁珀说，"冷静点儿。"

他们互相看了一眼，同时放下了手。

这时，站在走廊里的考尔示意工作人员将推车推进来。

"我不需要这玩意儿，"里根说道，"没有人过量服药。"

"你必须去医院接受检查，"考尔说，"我们不知道比利私藏了多少药，医院检查之后我们才能确定。"

考尔不断地与里根对话，直到他退去为止。然后丹尼出现了，鲁珀扶他躺上推车。

他们将车推上等候在大门外的救护车，鲁珀陪着比利坐了进去。大家都坐好后，救护车便向奥伯莱尼斯医院驶去。

鲁珀觉得急诊室的医生似乎不欢迎比利，所以向医生说明情况，并请他们小心照料比利。"如果他开始用斯拉夫口音说话，你们最好先退到一边，让女护士来处理。"

但那个医生好像不以为然。看到比利的眼睛转来转去，鲁珀知道丹尼回来了。

"他根本就是在演戏！"医生说。

"他正在转换人格……"

"听着，比利，我要给你洗胃。我需要从你的鼻孔插进去几根管子。"

"不！"丹尼喃喃自语，"我不插管子……"

鲁珀想象着丹尼会做何反应，他曾告诉鲁珀有一次从背后被插入了一根导管。

"不管你喜不喜欢，我必须这么做。"医生说道。

鲁珀再次目睹了人格的转换。

里根猛地坐了起来，整个身体处于警戒状态。"听着，我不允许你这个刚从医学院毕业的小大夫拿我当试验品！"

医生退了一步，脸色煞白地转身走出去。"他妈的！你死了也不干我的事！"

鲁珀听见那个医生打电话告诉考尔刚才发生的事，回来后态度缓和了许多。他请一位女护士喂比利服下了两片催吐剂。里根退了下去，丹尼又出现了。丹尼吐完后，化验结果证明他体内并无药物反应。

鲁珀陪丹尼乘救护车回到医院已是清晨2点。丹尼表现得十分平静，但一脸茫然，只想赶快睡觉。

第二天，治疗小组通知将比利转移到五号病房——男患者上锁的病房。他不知道为什么，也不记得服药过量和鲁珀陪他去医院的事。几位男看护走进病房，里根立刻从床上跳起来，将玻璃杯摔到墙上，手里握着碎玻璃片。"别过来！"他警告道。

诺玛赶紧打电话请求支持。几秒钟后，扩音器里传出"绿色预警"的声音。

考尔来到病房看到了这个紧张的一幕。里根愤怒地大吼大叫："我已经很久没打断别人的骨头了，来呀！考尔，你第一个！"

"里根，你要干什么？"

"你背叛了比利，这儿所有的人都背叛了他！"

"不是这样的。你知道这一切都是因为《快报》登载的文章引起的。"

"我不去五号病房。"

"里根，你必须搬过去，我也没办法。我们现在需要考虑的是安全问题。"他无可奈何地摇摇头走开了。

三名警卫顶着床垫冲向里根，将他推到墙上，另外三名抓住他的四肢，将他脸朝下按到床上。阿瑟制止了冲动的里根。这时，看护们听见丹尼大叫："别强奸我！"

阿瑟听见一位手持针筒的女护士说："打一针他就安静了。"

"不能打！"阿瑟大叫，但已经太迟了。他听科尼利亚医生说过，镇静剂会对多重人格障碍患者产生不良影响，令他们的状况更糟。他努力控制自己的心跳以减缓血液的流速，避免镇静剂流向脑部。后来，他感觉到被六双手抬起来拖出房间，乘电梯到了二楼的五号病房。他看见病房里有几个人好奇地从窥视孔看着自己，还有人伸着舌头、对着墙壁说话或者往地板上撒尿，屋里充满了呕吐物和粪便的臭味。

他们将他扔进一个铺着软床垫的小屋，然后将门锁上。听见关门的声音，里根站起来想破门而出，但被阿瑟制止了；这时塞缪尔出现了，跪在地上哭道："上帝啊！为什么要抛弃我？"菲利普大声诅咒着在地板上打滚；戴维出来承受痛苦，平躺在床垫上；克丽丝汀抽泣着；阿达拉娜的脸上淌满了泪水；克里斯朵夫坐起来玩弄鞋子；汤姆试图将房门打开，但阿瑟命令他退下去；亚伦大喊着要求见他的律师；阿普里尔一心想要报复，希望这个地方燃起大火；凯文在诅咒；史蒂夫则在一旁嘲笑他；利伊放声大笑；鲍比幻想着自己能够从窗口飞出去；杰森在生气；马克、瓦尔特、马丁和提摩西在上了锁的房间里大声怒吼；肖恩嘴里发出嗡嗡嗡的声音，阿瑟已经没有能力控制那些"不受欢迎的人"了。

五号病房的几位看护透过窥视孔看到比利使劲地撞着墙壁，在屋里来回打转，还用不同的口音一会儿大声说着什么，一会又大笑大哭，或者躺下去又站起来。他们认为比利是个疯子。

第二天考尔来了，给比利打了一针镇静剂，好让比利安静下来。比利觉得自己的某些部分融合了，但又失去了一些东西。阿瑟和里根像以前一样躲到了一边，未完全融合的比利看起来既空虚、害怕又迷茫。

"让我回楼上的病房好吗？考尔。"他乞求道。

"比利，上面的看护人员都很怕你。"

"我不会伤害任何人的。"

"里根几乎伤了人，他拿着碎玻璃要伤害那些警卫，甚至还扬言要打断我的骨头。如果再将你转回开放病房，那些工作人员会因此罢工的。他们现在正要求把你送出去呢！"

"要送我去哪儿？"

"利玛。"

这个名字吓坏了比利。因为他在监狱里听人提起过这个地方，而且施韦卡特和朱迪曾想方设法阻止他们将他送到那里去。

"考尔，别把我送到别的地方，他们说什么我都会服从！"考尔若有所思地点点头，"我尽量想办法吧。"

2

各种消息不断从阿森斯精神卫生中心泄露出去,报纸上的报道也从未间断。4月7日《哥伦布快报》称:在假装服药过量后,比利被移送特别监护病房。

《快报》则将攻击比利的矛头转向了阿森斯精神卫生中心和考尔身上。考尔开始接到恐吓电话和各种威胁。有人打电话对他大吼:"你怎么能姑息强奸犯?我要杀了你!"自从接到恐吓电话后,考尔每次上车前都要先小心地四处查看;睡觉时在床头柜上放了一把上了膛的左轮手枪。

在接下来的一周,《快报》刊登了斯廷奇雅诺议员抗议阿森斯精神卫生中心,以及反对福斯特院长为比利另找医院的建议:

斯廷奇雅诺议员质疑阿森斯精神卫生中心帮助比利转院

哥伦布市州议会民主党议员斯廷奇雅诺,质疑阿森斯精神卫生中心尝试将比利转到其他医院的做法。鉴于媒体已做了大量报道,他相信阿森斯精神卫生中心无法将24岁的强奸犯、抢劫犯威廉·米利根悄悄移转出去。"坦率地说,如果报纸不曾披露,我相信他(比利)早就被移出本州或送到利玛(州立医院)了。"

在周三举行的记者会上,阿森斯精神卫生中心院长福斯特说:"媒体歪曲了比利的治疗情况以及他对报道做出的反应。"该院长指的是《快报》发表了比利在无人监护的情况下单独外出的报道之后,媒体相继刊登的大量报道。

斯廷奇雅诺议员对院长的说法表示反对:"谴责媒体报道不实本身就是不负责任的行为!"

斯廷奇雅诺议员和鲍尔议员要求俄亥俄州精神卫生局邀请院外专家检查比利的治疗过程,科尼利亚医生应邀前往。她在报告中肯定了考尔的治疗计划,并指出比利精神状况的恶化经常在多重人格障碍患者身上发生。

1979年4月28日,《哥伦布快报》报道:

精神病医生赞成正在治疗中的比利休假

威德纳报道

俄亥俄州精神卫生局邀请的精神病医生……检查了比利的治疗过程。她建议继续采取目前的治疗方法。

……在周五提交给健康局的报告中,科尼利亚医生表示赞同对比利采取的康复措施,包括允许患者外出休假。她认为患者经过13个月的治疗后已不具危险性,并建议继续采取目前的治疗方法。她认为患者在无人监护的情况下度假进展得非常顺利,但公众的反应对治疗效果造成了负面影响。

1979年5月3日,《哥伦布市公民报》报道:

精神病医生检查了比利的病情,但其报告的客观性令人怀疑

民主党州议员斯廷奇雅诺对于精神病医生报告的客观性提出质疑……他在写给卫生局代理局长科迈尔的信中指出,科尼利亚医生并非就比利治疗方案提出建议的恰当人选:"因为当初正是她建议将比利送往阿森斯市接受治疗的。"斯廷奇雅诺还表示,征询科尼利亚医生的意见,就如同"邀请卡特夫人就卡特总统在白宫的作为发表评论一样"。

5月11日,全国妇女联盟哥伦布市分会给考尔写了一封长达三页的信,副本同时寄给了梅尔卡兹、斯廷奇雅诺、唐纳修、卡森、科尼利亚医生,以及《哥伦布快报》。信的内容如下:

考尔医生：

根据媒体的报道，你对威廉·米利根采取的治疗方法包括让他在不受监护的情况下休假、驾驶汽车和写作，以及为拍摄电影提供资助。这些做法一再表明，你完全漠视了附近社区妇女的安全。不论在何种情况下，这都是令人无法容忍的……

这封信多次抨击考尔的治疗计划，不仅没有教育比利认识暴力和强奸是违法的，反而对他"应当受到谴责"的行为表示了同情。信中还严正指出，在考尔的纵容下，威廉·米利根不但认为"对女性施暴是可以被接受的行为，而且这些行为也可以被合法地用来进行商业和色情宣传……"

信中谴责考尔："缺乏医德……公开宣称犯下强奸罪的是一个女性人格……这是众所周知的男权文化认同者惯常采用的伎俩。这套说辞是荒谬、老套且不负责任的，无非是想逃脱罪责罢了。更令人发指的是，居然让这个强奸犯逍遥法外，而弃无辜的受害妇女于不顾。"

在科尼利亚医生的建议下，比利仍留在阿森斯医院治疗。

挂号室与集中治疗病房的工作人员，无法忍受公众的骚扰和比利的激烈反应，纷纷要求修改治疗计划，否则就以罢工的方式对抗。有些人认为考尔在比利身上花费了太多时间，因而建议考尔不要过多参与比利的治疗，将日常工作交给其他工作人员完成。为了避免将比利送到利玛，考尔不得已同意了。

社会工作者赫德内尔拟了一份合同，要比利签字同意遵守一系列规定，其中的第一条是"不得威胁医护人员"，若比利违反规定，就得取消作家的探视权。

此外，规定还包括：比利的房内不得存放玻璃或尖锐物品；未经早班治疗小组同意，不得擅自行动、不得接听外面打来的电话；每周可以给律师打一次，给母亲或妹妹打两次电话；只允许妹妹及其未婚夫、母亲、律师和作家探视；不得给其他患者提供任何医学、社会、法律、经济以及心理方面的建议；每周从账户中取款不得超过8.75美元，保留的零用钱也不得超出这个金额；院方于规定时间提供绘画材料，但必须在监督下作画；完成的画作每周只能送出去一次。若连续两周不违反上述规定，院方可考虑恢复比利的权利。

比利同意了他们的条件。

未融合的比利按照上述规定行事，但觉得这家医院已经被医护人员变成了监狱。他再次觉得自己是在为没有做过的事接受惩罚。阿瑟和里根仍然不见踪影，因此比利把大部分时间都用来与其他患者一起看电视。

两个星期后，首先恢复的是作家的探视。

自从媒体展开第一轮攻击后，作家就不曾来过。比利不记得曾经发生过的事情，因此感到很不好意思。为了避免混淆，他和作家商定将未融合的比利称为"分裂的比利"。

"我会好起来的，""分裂的比利"告诉作家，"真抱歉我帮不上什么忙，不过阿瑟和里根回来后一切都会好转。"

3

第二周的星期五，5月22日，作家再度来访。他看到的仍然是未融合的比利——说话结结巴巴、注意力不集中、神情忧郁，这让他颇为失望。

"为了做记录，"作家说，"请问你是谁？"

"是我，'分裂的比利'，对不起，阿瑟和里根还没回来。"

"比利，不用抱歉。"

"我恐怕帮不了多少忙。"

"没关系，我们随便聊聊！"

比利点点头，但显得无精打采。

过了一会儿，作家建议由他去问问可否让比利到外面散步。护士诺玛同意了他们的请求,但条件是只能在医院范围内散步。

那天天气晴朗,作家让比利沿着当初丹尼走过的路向前走——丹尼当时爬上了峭壁。

虽然没有把握,但比利想凭着感觉重现当天的情景。但由于记忆太模糊,他没有成功。

"当我想一个人待一会儿时,常去一个地方,"比利说道,"我们去那儿吧!"

作家边走边问道:"在没有完全融合之时,你脑子里的其他人都在做什么?"

"随时在变化,"比利说,"但有一种所谓的'共存意识',就是说我可以感觉到其他人的存在。这大概是逐渐发生的吧!但并不是每个人都有这种'共存意识',我也不清楚为什么会这样。

"比如,上星期亚伦与考尔以及一位患者权利支持者见面的时候曾发生了激烈的争执。亚伦突然站起来说,你们等着!我们在利玛见!然后就走出去了。我当时坐在大厅的椅子上,突然听到了他说的那些话。

"于是,我大声叫道'等等!'你说'利玛'是什么意思?我坐在椅子边上,恐惧得发抖,因为刚刚听到的对话就好像是在放录音。我看见医生从房间里走出来,就对他说:'救救我,医生!'

"他问我怎么了,我一边发抖一边把听到的对话告诉他。我问他,我刚才是不是说过'把我送到利玛'?他说是说过。然后我就哭着喊'别送我去利玛,别听我胡言乱语'。"

"是最近才出现这样的情况?"作家问。

比利若有所思地望着作家:"我想这大概是未完全融合的征兆。"

"这是个重要的发展。"

"但是也很恐怖。我又哭又叫,惹得屋里的人都转过头来看我。我不记得自己说过什么,心想'为什么大家都这么看着我'?就在这时,我又听到了脑子里的对话。"

"现在你还是'分裂的比利'吗？"

"是的。"

"只有你听到过所谓的'录音'？"

他点点头："因为我是比利本身，是核心人格，'共存意识'是我发展出来的。"

"这个事你怎么看？"

"这说明我已经好转了，不过我很害怕。我有时会怀疑自己是否真的想治愈，经历这么大的痛苦是否值得？或者我应当像以前一样把自己隐藏在黑暗之中，忘掉所有的一切？"

"你的答案是什么？"

"我不知道。"

来到位于"贝肯智障学校"附近的墓地后，比利平静了许多。"这儿就是我沉思的地方，也是最令人伤心的地方。"

作家看看那些小墓碑，有不少已经倒塌，掩没在杂草丛中。"为什么墓碑上只有编号？"

"如果你在这个世界上没有亲人或朋友，"比利回答，"就没有人会在意你死在这儿，所有关于你的记录都被销毁，只留下一份名册供人查询。我猜想这儿的人大部分都死于1950年的瘟疫！不过这里也有1909年或更早年代的墓碑。"比利在墓碑间走来走去。

"我常到这里独自坐在那些松树旁边的土坡上。虽然了解这段历史会令人心情沮丧，但是能让人沉静下来。看到那棵枯树吗？它有一种独特的高贵、优雅的气质。"

作家点点头，不想打断他的话。

"建造这块墓地时，原来的规划是旋涡状的圆形，所以可以看出他们有点像一个大的螺旋体。但是后来发生了瘟疫，空间不够用，所以墓碑不得不一行行排列起来。"

"这块墓地目前还在使用吗？"

"人死了而又无亲无故,是件非常痛苦的事。如果你到这儿来探望过世的亲人,结果发现他的编号是41号,你会怎么想?看到土坡上一排排的石碑,会令人心情沉痛。对死者而言,只有一个编号就意味着不尊重。那边还有一些气派的墓碑,但不是州政府立的,而是死者的家人事后重新立的,在上面镌刻了名字。人们都喜欢追溯历史,寻找自己的根源。如果他们来到这里,看到自己的祖先或亲人只是一个编了号的黄土坯时,一定会气愤不已,而且会说,这是我的家人,我们必须表示更大的敬意。遗憾的是,像样的墓碑在这里只有可怜的几块。只要有时间,我就会到这里来'走走'。"说到这里,他停下脚步,喃喃地重复道:"来'走走'。"

作家意识到他说的"走走"是《快报》上使用的字眼。"很高兴你还能苦中作乐,希望你不会受到影响。"

"不会的,我已经克服了。我知道将来还要面临更多的考验,但是它们无法打垮我,我能应付。"

聊着聊着,作家看到比利的面部表情发生了变化,不但走路的速度加快了,而且话语清晰。他居然还取笑报纸的标题。

"我想问你几个问题,"作家说,"如果不告诉我现在是'分裂的比利'在和我说话,我还真被你骗了!你很像'老师'……"

比利的眼睛发亮,脸上露出了微笑:"干嘛不问问我?"

"你是谁?"

"我是'老师'。"

"不会吧,你骗我!"

比利微笑道:"是这样的,心情放松时,我就会出现;如果心绪不宁,我就无法出现。和你交谈、再次看到这里的情景,我找到了那份宁静……也恢复了记忆。"

"干嘛要等我问?为什么不告诉我你是'老师'?"

他耸耸肩:"因为已经和你见过很多次了。先是'分裂的比利'和你谈话,然后里根突然出现,接下来是阿瑟,因为他们也有话要说。我这时候和你打招呼,不是很奇怪吗?"

他们继续走着,"老师"说:"阿瑟和里根真的很想说明在上次'混乱时期'发生的事清。"

"说下去,"作家说,"我很想听。"

"丹尼从来就没有过跳下峭壁的念头,他是被山丘上的那朵大花吸引才爬上去的。"

"老师"走在前面,把丹尼走过的路和曾经抱过的树指给作家看。作家探头向下望了望,心想要是丹尼跳下去,必死无疑。

"里根也没有伤害警卫的意思,""老师"接着说,"那只打碎的玻璃杯是留给自己用的,他知道比利被出卖了,所以准备自杀。""老师"说着把手举起来示范了一下,这个动作看起来像是在威胁别人,其实是冲着自己脖子去的。"里根打算割喉自杀,一了百了。"

"可是,你为什么说要打断考尔的骨头?"

"里根实际上想说的是,'来吧!考尔,先看我打断几根骨头!'他并不想伤害考尔。"

"比利,你要努力保持融合状态。我们需要'老师'。我们还有很多工作要做。你讲的这些都很重要。"

比利点点头说:"我也希望如此,我要让世人知道真相。"

在治疗期间,来自医院之外的压力从未停止。比利与工作人员签订的那份为期两周的合同已经到期,所以他的权利也被逐渐恢复。但《哥伦布快报》仍在不断披露对比利不利的消息。

在舆论的影响之下,州议会的议员要求召开听证会。斯廷奇雅诺听说有人正在撰写有关比利的书籍,便提出引用议会法557条:该法案禁止罪犯(包括因精神问题被判无罪的)出版传记或有关犯罪行为的书籍,并禁止动用出版物所得款项。听证会将于两个月后举行。

4

直至6月份，报纸仍在大肆炒作"比利事件"，对比利的生活和治疗都产生了影响。然而，比利对这些都不加理会，状况十分稳定。他现在可以签个名就走出病房，在医院范围之内（不可进城）活动。考尔则继续对他进行治疗。比利又开始作画了。作家和考尔都认为"老师"的状况已有很大改善，尽管记忆力不如过去清楚。他有时还是会变成技术出众的亚伦，有时则是反社会的汤姆、凯文或菲利普。

"老师"告诉作家，有一天，他正在摆弄汤姆的无线通信设备，忽然听到自己在大声说："咦？我在干什么？没有执照私自广播是违法的。"然后，在未与汤姆互换角色的情况下，他又说了句："这有什么关系？"

"老师"吓了一跳，为此十分担忧。他现在已经接受了"人格"的说法，并相信他们是自己的一部分。平生第一次，在未出现人格转换的情况下，他觉得自己就是"他们"，已经完成了24个不同人格的融合。他没有变成罗宾汉或者超人，而是一个普普通通、有反社会情绪、缺乏耐性却拥有智慧和才能的年轻人。

正如哈丁医生曾经说过的，融合后的比利，就个人能力而言可能远不如各种"人格"能力的总和。

大约就在此时，负责比利上午治疗的诺玛感觉压力太大，不想再负责这项工作，而她的其他同事也不愿接手。于是，这个工作就落到了旺达身上。旺达是个身材娇小的年轻离婚女子，有着一张国字脸和一双粗短的手，与新患者接触时总会局促不安。"我接到通知后，"她后来承认，"就想这下可麻烦了，光是读报纸上的那些报道我就被吓死了！我是说，他是个强奸犯，而且还有暴力倾向。"她回想起第一次见到比利的情景，那是去年12月比利刚转入阿森斯医院的时候。当时比利正在活动室里画画，她走进去和他说话，竟紧张得浑身发抖，连额头上的头发都在颤抖。

她也是医护人员中最初不相信比利是多重人格障碍患者中的一个。然而，经过几个月的接触，她已不再恐惧。就如同对医院其他女医护人员说过的一样，比利告诉她，即使里根出现了也无须害怕，因为里根从不伤害妇女和儿童。

现在，旺达与比利相处得很融洽，常到他的房间里给他检查，还和他长时间聊天。她发现自己开始喜欢他了，并且相信他是一个曾经被虐待的多重人格障碍患者。她愿意出面为他辩护，驳斥那些充满敌意的人。

旺达第一次见到丹尼时，丹尼正趴在沙发上想拔下椅子上的钉子。她问他想要干什么。

"我就是想拔掉那颗钉子。"丹尼天真地说。

"好了，别拔了。你是谁啊？"

他笑了，更加用力地拔着："我是丹尼。"

"要是不停止，我可要打你手心了。"

他抬头望着她，仍然继续拔。可是旺达刚一走近，他就停止了。

旺达第二次遇到丹尼时，他正在把自己的衣服和一些日常用品往垃圾桶里扔。

"你在干什么？"

"扔东西啊。"

"为什么要扔？"

"这些东西不是我的，我不要。"

"住手，丹尼，都拿回屋里去。"

他走开了，东西仍然留在垃圾桶里。旺达不得不帮他把东西捡出来，送回他的房间。

她多次看到丹尼乱扔衣服和香烟，其他工作人员也经常将丹尼扔到窗外的东西捡回来。比利事后总会询问是谁拿走了他的东西。有一次，旺达把她18个月大的侄女米丝蒂带进了活动室，当时比利正在那儿画画。比利弯身去看米丝蒂，她立刻哭了起来。比利忧伤地看着小女孩说："你也看过报纸，是吗？"

旺达看着比利创作的风景画说："比利，你画得真好！我很想要一幅你画的画，我钱不多，要是你能给我画一头鹿，只要小小的一幅，我愿意付钱。"

"没有问题，"比利答道，"不过我想先为米丝蒂画一幅肖像。"

比利开始为米丝蒂画像，旺达喜欢他的作品令他十分高兴，因为他觉得她非常平易近人。他知道旺达已经离婚，没有孩子，目前住在离父母家不远的拖车房里。旺达微笑时脸上有酒窝，她还有一双明亮深邃的眼睛。

一天下午，比利在楼旁散步的时候想起了旺达。而此时，她正好开着一辆全新的货车进来。

"哪天能让我开开吗？"她才下车，比利便开玩笑地说。

"比利，那可不行。"

他看到车上的天线和车后窗上的呼叫号码："我不知道你也是无线电爱好者！"

"没错！"她关上车门，向医院走去。

"你怎么称呼？"他追上去问。

"猎鹿人。"

"女人取这个名字很奇怪，为什么用这个名字？"

"因为我喜欢猎鹿。"

比利停下脚步盯着她。

"怎么啦？"

"你猎鹿？你杀生？"

她直视着他的眼睛："我12岁时就杀死过一头鹿，从那以后我就一直打猎。上一个季度我运气不太好，不过今年秋天我一定会大丰收的。我猎鹿是为了要鹿肉，我不觉得这有什么不妥，别跟我争论了。"两人一起乘电梯上了楼，比利回到自己的房间，撕碎了为她画的鹿。

1979年7月7日,《哥伦布快报》用醒目的红色框起了由鲁斯撰写的头条新闻:

强奸犯米利根将在数月后获释

文章报道说三四个月后比利就会恢复正常。依美国最高法院对联邦法律的解释,届时比利可能会被释放。文章最后指出:"他(斯廷奇雅诺议员)认为,如果比利在哥伦布市活动,可能会有生命危险。"

看完这篇报道后,考尔说:"我担心这篇报道可能会导致不良后果。"

一周后,凯西的未婚夫和他的兄弟穿着陆军服来接比利去过周末,他们兄弟俩在罗伯特·雷德福的电影《黑狱风云》(*Brubaker*)中是临时演员,比利跟着两个穿制服的人走下台阶,看到警卫室的人都盯着他们,比利憋住笑,坐上了很像护卫队的车子。

比利告诉作家,他发现自己发生了不少变化:无须转换成汤姆,他可以不用钥匙就能打开门上的锁;无须转换成里根,他也会骑摩托车,甚至能像里根一样越过陡坡,即便肾上腺素飙升,他感觉意识还是自己的,但全身肌肉的灵活程度就像里根一样。

他还发现自己具有反社会的倾向,无法忍受同室患者的干扰,甚至对工作人员也经常失去耐心。他有一种强烈的冲动,想拿一根六英尺长、带勾的铁棍到变电所去拉掉电闸。

他告诫自己不能这么做,夜间如果没有路灯,很可能导致意外发生。然而,他为什么会有这种冲动?有一天,他突然想起了母亲和卡尔莫吵架的情景。当时汤姆无法忍受卡尔莫的暴虐,于是骑上自行车沿着春日街出去。他骑到了变电所,爬进去切断了电线。汤姆心想如果没电,人会安静下来,也许父母就会停止争吵。这一下附近的三条街都停了电。他回到家,看到屋里一片漆黑,父母已不再争吵,正坐在厨房的烛光下喝咖啡。

这便是他想再干一次的原因。比利听凯西说多萝西和摩尔争吵得很凶,于是就笑着走向变电器，这是反社会人格者的自然反应。

他还怀疑自己的身体有问题，因为他对性没什么兴趣。他曾有过机会，其中两次发生在他周末到妹妹家休假的时候。他和一个对他有兴趣的女孩住进了汽车旅店，但因为看到外面停着警车而放弃了。他总觉得自己是个罪犯。

他加强了对自己的研究，观察着各种人格发展的阶段，发现他们的影响力正在减弱。有一次，他在乐器店里随意玩了一会儿小鼓，惊讶地发现自己具有打鼓的才能，于是买下了一套鼓。过去是亚伦在练习打鼓，但现在"老师"也拥有这个能力了。他还发现"分裂的比利"也会吹奏萨克斯和弹钢琴。然而，他感到最能令自己放松的还是打鼓。

当允许比利外出休假的消息再度传出时，攻击考尔的文章又开始出现了。俄亥俄州道德规范委员会接到指示，要求其调查考尔是否渎职。有人指控考尔私下为比利写书，所以才让比利享受某些特权。由于法律规定在有人提出指控的情况下，委员会才可以进行调查，因此该委员会便让一位为其工作的律师提出指控。

由于攻击四起，考尔医生的声誉和工作都受到了很大影响，不得已调整了治疗方案，并于1979年7月17日提交了自我辩护书：

> 我认为，过去几个月围绕威廉·米利根治疗情况展开的争论和混战，已经超出了理性和法律的界限……
> 我的治疗方案都经过深思熟虑，且得到多方专家的认可……
> 我认为自己遭到了一些人毫无证据的指控，其中包括州议会的议员，以及居心叵测的记者……

后来，经过几个月的调查和复杂繁琐、耗资不菲的法律程序，最后证明考尔的行为并无失误之处。然而，考尔在其间不得不花费更多的时间和精力维护自己和家庭的名誉。他知道公众希望看到什么，也知道可以通过监禁比利来摆脱外界对自己的指责。然而，他不愿在议员和舆论的压力之下做出这样的决定，因为根据治疗计划，比利应当享受与其他患者同样的权利。

5

7月3日星期五，比利获准将部分作品送往阿森斯国家银行，因为该银行同意在8月份公开展出他的作品。比利愉快地忙碌着，准备新作品、制作画框，同时还帮助凯西准备婚礼。婚礼定于9月28日举行。他用部分卖画的所得租下了举行婚礼的礼堂，还为自己定做了一套礼服，热切地期盼着婚礼的到来。

比利即将举办画展的消息引来了很多记者和电视台，在经律师同意后，比利接受了电视台记者瑞安和伯格的采访。

记者瑞安请比利就自己的画作，以及他对阿森斯精神卫生中心的治疗工作发表感想。当被问及有多少幅画是由其他人格完成的时，比利答道："大部分都是集体创作，他们都是我的一部分，我必须接受这个现实。他们的才能就是我的才能。不过，目前是由我负责所有行动，我希望这种情况能够继续下去。"他还告诉瑞安，卖画的收入除了用来支付州立医院和律师的费用外，还会捐给儿童保护组织。

他向瑞安表示，鉴于他的人格已融合为一体，今后将集中关注防止儿童受虐待的工作。"我希望看到养育院拥有充足的设备，"他说，"确保孩子们在安全、舒适的环境里生活。孩子们的物质生活和精神生活都需要得到妥善的关照。"

通过30分钟的采访视频，瑞安发现眼前的比利与去年12月时相比已经发生了很大变化，特别是他对社会的态度。虽然幼年曾遭到残酷虐待，但现在的他却能充满信心地去面对未来。

"我对司法制度已有了更多的信心,现在并不觉得这个世界上所有的人都排斥我。"

记者伯格在晚间6点钟的新闻中指出:尽管阿森斯精神卫生中心对比利实施的治疗方案遭到了多方的批评和责难,但现在的比利已感觉自己是社会的一分子。

"我对阿森斯市的居民有了更多的好感,"比利表示,"随着公众对我认识的加深,他们已不再对我充满敌意,也不再像过去那样惧怕我,那是因为……"

比利说这次展出的作品都是他精心挑选的,其他画作之所以不展示,是因为他害怕有人会借着这些作品来揣测自己的言行。他同时表示,很担心公众对自己的作品会如何反应。"我希望大家来看我的作品是出于对艺术的热爱,而不是来寻求麻烦。"

他还说,他很想到大学去深造,提高绘画水平,但由于自己的名声不好,也许没有大学愿意接纳他,但他相信这一状况将来会有所改变,他愿意等待。

"我现在已经能够正视现实,"他告诉记者,"这一点对我来说非常重要。"

《晚间新闻》报道了比利的画展和他与记者的谈话,比利觉得医护人员对此反应不错。尽管仍有极少数人对他反感,但现在大多数人对他都十分友善,甚至那些过去对他非常反感的人也开始改变了态度。令他惊讶的是,还有人将治疗小组会议的讨论,以及他病情的进展情况都告诉了他。

他知道自己自转入五号病房以来已有了很多进步。

8月4日星期六,比利正要外出,突然听见电梯发出的报警铃声。原来是电梯卡在了三楼和四楼之间,一位有心智障碍的小女孩被困在里面。看到门外的配电箱冒出火花,还伴着噼里啪啦的爆裂声,他知道一定是电线短路了。当时走廊里挤满了患者,电梯里的小女孩在拼命尖叫,并敲打着电梯门。比利见状大声呼救,一位工作人员听到叫喊声马上跑过来,两人协力将电梯的外门拉开。

凯瑟琳医生这时恰好从办公室里走出来,目睹了当时的混乱场面。她看到比利沿着缆绳滑到下面,打开电梯上方的通风口跳进电梯,站在小女孩身旁安慰她,和她一起等待维修人员来解救。与此同时,比利还查看了电梯内部。

"你读过诗吗?"比利问那个小女孩。

"我读过《圣经》。"

"能给我背诵里面的章节吗?"

他们大约谈论了半个小时。

电梯终于再度启动,他们两人从三楼走出了电梯,小女孩望着比利说:"我现在可以喝一瓶汽水吗?"

下一周的星期六,比利早早就起了床。虽然画展很成功,但是《快报》在报道画展时仍像以往那样将自己称为具有10重人格的强奸犯,令他非常不安。他需要学习控制复杂的情绪,这对于他来说是一种全新的体验,虽然障碍重重,但对他的心智稳定至关重要。

当天早上,他决定慢跑到医院旁边的"俄亥俄大学旅店"附近,顺便买包烟。他知道自己不应该抽烟,过去也只有亚伦会抽。但是,他现在需要抽根烟,治愈之后,他会戒掉。

他走下医院的台阶,注意到在门口停着的一辆车里坐着两个人,他猜想他们大概是来访的客人。然而,他刚穿过马路,那辆车便从后面超过了他。他走到另一条路上,那辆车又跟了过来。

比利抄近路穿过刚刚修整过的草坪,向医院附近一条小河上的步行桥跑去,这时他已经是第四次看到那辆车了。他继续向前跑着,越过步行桥后,他还要穿过位于小河和旅店之间的一条路。

就在他跑上那座小桥之际,从车窗摇起的玻璃下伸出了一只握着枪的手,有人叫道:"比利!"

比利当场愣在那边。他分裂了。

子弹并未射中已转身跳进河里的里根,第二枪也未击中。接着又是一枪。里根在河床下找到一根木棍,然后沿着河堤爬上岸。他用木棍击碎了那辆车的后窗,车仓皇跑了。

里根在原地站了许久,气得浑身发抖。刚才"老师"在桥上竟然被吓呆了,表现得既软弱又优柔寡断,要不是里根及时出现,他们的命就没有了。

里根慢慢地走回医院,一路和亚伦、阿瑟商量该如何应对。他们决定把这件事告诉考尔,还要提醒他,他们太显眼,继续住在这里随时都有可能被杀害。

亚伦向考尔叙述了早上发生的事,并强调目前有必要找个地方去休假,他们需要住到一个安全的地方,直至听证会召开。亚伦还请求考尔在听证会后将他从俄亥俄州转到肯塔基州,由科尼利亚医生为他治疗。

"重要的是,"阿瑟告诉亚伦,"绝不可对外泄露这次枪击事件。那些家伙如果看到报道,一定会担心比利采取报复行动。"

"要不要告诉作家?"亚伦问。

"除了考尔,不能告诉任何人。"里根的态度非常坚决。

"'老师'下午一点要与作家见面,到时候他会出现吗?"

"我不知道,"阿瑟说,"'老师'消失了,可能是因为在桥上表现软弱而感到不好意思吧!"

"那怎么对作家说呢?"亚伦问。

"你口才不错,"里根说,"就假装你是'老师'啊!"

"他会发现的。"

"只要你用'老师'的口吻说话,"阿瑟说,"他会相信的。"

"你是让我骗人?"

"让作家知道'老师'消失了,他会很不高兴,他们已经是好朋友了。我们不能让书无法出版,所有事情都必须按照原定计划进行。"

亚伦摇摇头："没想到你会让我去说谎。"

"如果是出于正当的目的，"阿瑟说，"为了避免受到伤害，那就不是说谎！"

作家和比利谈话时觉得不太对劲儿。比利的态度比以前傲慢，口才也胜于以往，而且还提出了很多要求。比利告诉他，他常被告知凡事要做最坏的打算，但要抱最大的希望。但他现在觉得自己的希望已经无法实现了，一定会被送回监狱。

作家感觉他不是"老师"，但又无法确定。比利的律师戈尔兹伯里这时也来了。作家意识到现在跟他解释为什么要写遗嘱的人是亚伦。亚伦声称要把所有的遗产都留给凯西："在学校的时候，有个坏学生总是缠着我。有一天，他原本要痛打我一顿，但后来却没有打。我事后才知道，是凯西将自己仅有的25美分给了那家伙，所以他没打我。我永远无法忘记这件事。"

周末，丹尼和汤姆在凯西家的墙壁上画画，亚伦则在担心着即将在兰开斯特举行的听证会。如果他们胜利了，考尔会把他送到肯塔基州，请科尼利亚医生给他治疗。但如果法官判决他败诉，那该怎么办呢？让他在监狱或精神病院度过余生，又会发生什么？州政府会要求他支付每天100多美元的医药费，他们会拿走他所有的钱，让他破产！

星期六晚上，他彻夜无法入睡。第二天大约凌晨3点，里根走出房门，悄悄地推出摩托车。晨雾飘过山谷，他感觉在晨曦中骑车非常舒畅，于是向着洛根水坝骑去。他喜欢飘荡在黑暗之中的浓雾，行走于其间，不论是在森林中抑或是池塘边，都可以欣赏到虚无缥缈的景色。凌晨3点于他便是最美好的时刻。

里根骑到洛根水坝顶端时，看到前面是一条仅容得下车轮通过的窄路。他关掉摩托车的大灯，因为车灯在雾中的反光令他晕眩。他在黑暗中摸索着，尽量保持在中心线上前行。这么做很危险，但是他需要这种刺激。他想征服，想要成为胜利者。他不想违法，只想做一些让人肾上腺素飙升的高难度动作。

他从未在水坝上急驰过，也不知道这条路有多长，因为他根本无法看清远方。但他知道必须保持高速，否则更容易摔倒。尽管害怕，但他必须一试。

他猛地发动了马达，摩托车立刻沿着狭窄的小路疾驰而去。他终于安全通过了，回头望去，忍不住大吼一声，尽情地哭起来。他的双颊被泪水浸湿，在夜风中变得冰凉。

里根精疲力尽地回到家后做了一个梦，梦见自己在桥上中弹身亡，都是因为"老师"被吓呆了。

第二十二章

1

9月17日星期一是举行听证会的日子。作家在医院走廊里碰到正在等他的比利。从比利的笑容、眼神和点头的姿势看,作家知道那便是"老师"。他们握手寒暄。

"很高兴见到你,"作家说,"有日子不见了。"

"发生了不少事。"

"在戈尔兹伯里律师和汤普森律师到达前,我们最好先谈谈。"

他们走进一间小会议室。"老师"将枪击事件、人格分裂,以及亚伦租用新跑车的事完整地向作家叙述了一遍。他还告诉作家,如果法院做出对他们有利的判决,亚伦就会开着这辆新车前往肯塔基,在那里继续接受科尼利亚医生的治疗。

"上个月你失踪时,冒充你和我谈话的人是谁?"

"是亚伦,很抱歉。因为阿瑟知道,如果你发现我们再度分裂了,会很伤心。他通常并不在意他人的感受,我觉得是枪击事件对他产生了影响。"

他们交谈着,直至戈尔兹伯里律师和汤普森律师到来。随后,他们一起出发前往兰开斯特法院。

戈尔兹伯里和汤普森向法庭出示了由哈丁医生、科尼利亚医生、卡洛琳医生、考尔医生以及特纳医生分别撰写的医学报告。他们一致认为:

1974年12月的"公路休息站"抢劫案和1975年1月的"格雷药房"抢劫案发生时，比利处于多重人格分裂的状态，因而无法协助他的律师凯尔纳为自己辩护。

检察官罗斯只传唤了一位证人，即布朗医生。布朗医生做证说，被告15岁时，他曾为被告治疗过，还把他送到哥伦布市州立医院住了三个月。他还表示，随着医学科技的新发展，他改变了对被告病症的看法。他过去认为被告的被动攻击是由神经官能症导致的，但他现在确信被告的精神分裂症是由多重人格障碍导致的。但是他又说，当时检察官曾派他前往阿森斯市与比利面谈，在那次探望中，比利的表现不像是多重人格障碍患者，因为他似乎知道发生了什么，而多重人格障碍患者通常不知道其他人格做的事。

走出法院时，戈尔兹伯里和汤普森颇为乐观，比利也很高兴，因为他相信杰克森法官会根据四位德高望重的精神病学和心理学专家的证词，而不是布朗医生的看法来判决。

法官向新闻记者透露，他将在两个星期内做出判决。

9月18日，考尔看到比利在听证会后心情一直很好，加之担心他再度受到攻击，因而特别准许比利外出休假。比利知道住在妹妹家不太安全，所以决定前往纳什维尔附近的"赫金谷汽车旅店"。他准备带着画架、颜料和画布去那里不受干扰地尽情作画。

星期二，比利用假名住进了旅店。他想放松心情，但由于紧张过度，无论如何也无法松弛下来。作画时，他的耳边传来了各种噪声。查遍了房间和大厅后，他发现那些噪声竟源于自己的大脑。他试着不加理会，将精力集中在画笔上，但仍能听到有人在议论着什么。那些声音既不是阿瑟也不是里根的，而是他无法立即辨别出的声音，一定是那些"不受欢迎的人"！到底出了什么问题？他无法工作和睡觉，因为担心安全也不敢住到妹妹家或返回阿森斯医院。

星期三，比利打电话请鲁珀出来见面。鲁珀看到比利的情绪过于紧张，于是立即打电话给考尔。

"既然一直是你值夜班，"考尔说，"今晚你就在那儿陪他，明天再把他带回来。"

有鲁珀陪伴，比利的心情轻松了不少。他们一起在酒吧喝酒时，比利谈到希望接受科尼利亚医生的治疗。

"我可能会先在医院里住上两三个星期，直到科尼利亚医生认为我能够单独待在房间里为止。我想我办得到，即使遇到问题，我也能处理。然后，我会继续接受治疗，按照她说的去做。"

鲁珀静静地聆听着比利的计划和对新生活的期盼，真诚希望杰克森法官能够还他清白。

他们聊了整晚，第二天清晨才上床睡觉。他们起床吃过早餐后，在星期四早晨开车返回了医院。

回到病房后，比利坐在大厅思索着自己为什么无法做一件正正经经的事，觉得自己就像个低能儿。是因为失去了其他人格给予他的能力吗？阿瑟的机智、里根的强健、亚伦的能言善辩，还有汤姆的电子知识，等等。他觉得自己越来越笨，压力也越来越大。恐惧感和压力感持续增加，脑子里的噪声也越来越大，眼前的色彩变得令人无法忍受。他想回到自己的病房，把门关上，大声吼叫……

第二天，旺达正在咖啡店里吃午饭，同桌的朋友忽然离开座位跑到窗边。旺达转身向窗外望去，想看看他发现了什么。

"我看见有个人，"朋友说，手指着窗外，"一个穿棕色军用雨衣的人跑过雷契兰大桥，然后走下桥去了。"

"在哪儿？"旺达踮起脚尖。但是，透过沾满雨水的窗户，她只能看见桥上停着一辆车，一个司机走下车正朝着桥的两侧张望，似乎在寻找什么。接着他又回到车里，不断向桥下张望。

旺达有一种不祥的预感:"赶快去看看比利在哪儿!"

她匆匆跑过一排排病房,询问护理人员和患者有没有看到比利,但得到的都是否定的回答。她察看了比利的房间,发现他那件棕色军用雨衣不见了。

病房主任夏洛特走进护士站,说刚才有一位同事打来电话,说他在雷契兰大桥上看到过比利。这时,考尔走出办公室,说他也接到一个电话,说比利在桥上。

大家开始紧张起来。他们不希望保安人员去找他,因为那样很可能会激怒比利。

"我去找他!"旺达边说边拿起外套。

警卫伯恩哈特开车送她前往。车开到桥边,旺达走下桥去查看下面的管道,然后又沿着河堤寻找,但一无所获。她返回时惊讶地发现,刚才看到的那辆车的司机仍然站在那儿没有走。

"你看到一个身穿棕色军用雨衣的男子吗?"她问道。

那个男子用手指了指不远处的大学会议中心。

伯恩哈特又开车把旺达送到那栋用砖和玻璃建得酷似蛋糕的大楼前。

"他在那儿!"伯恩哈特用手指着第三层楼上的水泥走廊。

"你在这儿等着,"她说,"让我来处理。"

"不要和他到大楼里去,也别和他单独在一起。"伯恩哈特嘱咐道。

旺达跑上大楼的过道,看见比利正挨个儿推着一扇扇房门,试图进到大楼里去。

"比利!"她一边喊一边沿着过道跑向水泥走廊,"等一下!"

比利没有答话。

她又喊出了其他几个名字:"丹尼!亚伦!汤姆!"

比利依然没有理睬,在走廊上迅速地走着。最后,他推开一扇未上锁的门走了进去。旺达从未进过这个会议中心,也不知道比利到这儿来干什么,心中不免害怕。但现在顾不了这么多了,她冲了进去。此时,比利已经爬上了陡峭的阶梯。旺达站在阶梯下面大声喊着:"比利,快下来!"

"去你妈的!我不是比利!"

他边叫边嚼着口香糖,但旺达过去从来没有见过比利吃口香糖。

"你是谁?"她问道。

"史蒂夫!"

"你到这儿干什么?"

"笨蛋!你没看见吗?我要爬到楼顶上。"

"为什么?"

"我要跳下去。"

"快下来!史蒂夫,我们谈谈!"

然而,不论她说什么,比利都拒绝下来。她知道比利决心要自杀,如此耗下去不是办法。比利此时的表现异于往常,不但态度高傲,而且说话音调很高、语速很快,行为举止都像个大男人。

"我要上厕所!"他走进男厕所。

旺达立刻奔到出口去看伯恩哈特和车子是否还在原处,但发现他已经走了。她回到楼里,看见史蒂夫从厕所出来走进了另一道门。她紧跟上去,却被他从里面锁上的门挡住了。

旺达看到墙上挂着一个电话,于是打电话给考尔。

"我不知道该怎么办,"她说道,"他自称是史蒂夫,想自杀。"

"让他冷静下来,"考尔说,"告诉他,一切都很顺利,事情没有他想象的那么糟,他可以到肯塔基接受科尼利亚医生的治疗,叫他快回来!"

旺达挂上电话返回那道门前,边敲边喊:"史蒂夫,把门打开,考尔说你可以去肯塔基。"

过了一会儿,一个学生推门进来,旺达看到门外是一个狭窄的圆形走廊。她逐个找遍了楼里的办公室,但都没有发现比利。她继续找下去。

她看到有两个学生正在谈话,便大声问道:"看到一个男子经过这儿吗?他穿着棕色雨衣,六英尺高,全身都淋湿了。"

其中一个学生往前方指了指:"他往那个方向走了……"

旺达一面往前跑,一面察看大楼的出口。看来他已经离开了。最后,她终于从一个出口看到他正站在外面的走廊上。"史蒂夫!"她叫道,"等一下!听我说!"

"没什么好说的。"

她立刻跑过来挡在他与栏杆之间,防止他跳下去。"考尔让你回去。"

"去他妈的老家伙!"

"他说事情没你想象的那么糟糕。"

"他在胡说!"他一边走来走去,一边使劲嚼着口香糖。

"考尔说你可以去肯塔基,科尼利亚医生也会帮你。"

"我不会再相信他们了!他们一直说我是什么多重人格障碍患者,说我疯了,他们才是神经病!"

他脱下湿透的雨衣盖在大玻璃窗上,然后用拳头猛击。她赶紧上前抓住他的胳膊,想要阻止他。她知道他是想把玻璃砸碎,然后用来自杀。但玻璃太厚没有破碎,只是弄伤了他的拳头。她紧紧地抱住他,他则使劲儿挣扎,两个人缠在一起。

她继续说服他回去,但他似乎失去了理智。旺达浑身已经被雨水淋透,冷得发抖,最后终于说:"我不跟你纠缠了,只给你一个选择的机会——立刻跟我回去,不然我就踢你的命根子。"

"你不敢!"他答道。

"那就试试!"她仍然紧紧地抓住他的胳膊,"我数到三,如果你不跟我回医院去,我就踢了!"

"噢……我是不会欺负女人的。"

"一……二……"她将腿伸向后方。

他并紧双腿,保护着自己。"你真踢?"

"当然。"

"是吗?但是没有用,"他说道,"我还是要到房顶上去。"

"不,不行!我不准你这么做。"

他挣脱了她的胳膊冲向栏杆,她赶紧跟过去。旺达一只手搂住他的脖子,另一只手抓住他的腰带,把他拉回墙边。扭打之际,比利的衬衣被撕破了。

突然,他的内部似乎发生了什么变化,只见他两眼无神地摔倒在地上。她知道另外一个人格出现了。只见他大哭起来,全身发抖。旺达知道他害怕了,而且猜出他是谁了。

旺达抱住他,告诉他没有什么好担心的:"丹尼,一切都会好起来的。"

"有人要打我,"他哭着说,"我的鞋带松开了,鞋上都是泥,头发和裤子湿了,衣服也破了,全身都脏了!"

"和我一起去散步怎么样?"

"好吧。"他回答。

她从地上捡起雨衣为他披上,领着他向大门走去。透过树木的间隙,她看到了远处山坡上的医院,心想他一定经常从那儿遥望这栋圆形的大楼。伯恩哈特已经把车开回来了,就停在楼下的停车场里,车门开着,里面没有人。

"咱们上车等吧?别再淋雨了。"

他退缩了一下。

"没事,是警卫伯恩哈特的车,他这个人很好相处的。你会喜欢他的,对吗?"

丹尼点点头,坐进了后座。但是,当他看见车里装着笼子一般的铁丝保护网,又退缩了,身子直发抖。

"不用担心,"旺达知道他在害怕什么,"我们可以坐在前面等伯恩哈特回来。"

他安静地坐在她身旁,两眼呆呆地盯着自己湿透的裤子和沾满污泥的鞋子。

旺达关上车门,打开车前灯发出信号。不一会儿,伯恩哈特和诺玛从会议中心的坡道上走下来。

"刚才我回医院把她接来了,"伯恩哈特解释道,"我们到楼里去找过你和比利。"

旺达对他说:"这位是丹尼,他现在已经没事了。"

2

9月25日星期二,护士帕瑞看见比利和霍斯顿在大厅聊天。霍斯顿是几个星期前刚入院的,他与比利在莱巴嫩管教所时就认识。洛莉和玛莎走过来,想吸引他们的目光。洛莉一直对比利有好感,为了让比利嫉妒,她故意亲近霍斯顿。帕瑞是洛莉的看护主任,她很清楚洛莉一直对比利颇有好感。洛莉是个漂亮但不很聪明的女孩,经常待在比利身边,还给他写纸条。洛莉还与其他人谈起她和比利的未来,甚至说她和比利最终会结婚。

然而,比利从未将洛莉放在心上,他对洛莉和玛莎一视同仁。有一次,两个女孩告诉比利她们没钱了,他给了她们每人50美元。为了报答比利,她们从他那儿拿了"今天,拥抱你的孩子!"的宣传单,帮比利到城里分发。

麦锡兰负责比利下午的治疗,但她今天没有上班,由她的同事凯瑟琳负责照料他。凯瑟琳刚上班,比利就问她是否可以出去散步。

"那需要得到考尔的许可,"她说,"我无权决定。"

比利在电视旁等着凯瑟琳去征求考尔的意见,结果她回来告诉他:"考尔要和你谈谈。"讨论过比利前几次出现的情绪问题后,考尔和凯瑟琳最终同意比利和霍斯顿到外面去散步。

半小时后,他们回来了,但马上又走了出去。比利再次回来时已是下午6点左右,凯瑟琳正忙着照顾一个新的住院病人,只听见比利说:"有个女孩在哭。"

她知道那不是比利,而是戴维的声音。

"你说什么?"

"那个女孩受伤了。"

凯瑟琳跟着他走到大厅。"你说什么?"

"我在外面听到有个女孩在哭。"

"什么女孩?"

"我不知道,有两个女孩,其中一个女孩找来霍斯顿,让他叫我回来,因为怕我坏事。"

凯瑟琳用鼻子闻了闻,想搞清楚他是否喝了酒,但并无闻到酒味。

几分钟后,她听到楼下总机的呼叫。凯瑟琳急忙走下楼,正好看见警卫带着玛莎进来。她领着玛莎上楼时,闻到了玛莎身上的酒味。

"洛莉在哪儿?"凯瑟琳问道。

"我不知道。"

"你们到哪儿去了?"

"我不知道。"

"你喝酒了?"

玛莎被送进了一号病房,那是女患者的特别监护病房。

与此同时,丹尼出现代替了戴维。他看到只有玛莎一个人在而不见了洛莉,似乎很不高兴,于是便跑到外面去找洛莉。凯瑟琳气喘吁吁地跟在他后面。在赶上他之前,警卫格伦带着洛莉进来了。格伦发现洛莉躺在草地上,吐了一地。格伦告诉凯瑟琳:"她差点儿给闷死。"

凯瑟琳看得出来比利很关心这个女孩。她听见走廊上有人低声说"强奸",但是她认为在这么短的时间内不可能发生这样的事。凯瑟琳晚上11点离开时,一切都很平静。两个女孩被安置在一号病房,比利和霍斯顿则在他们自己的病房睡觉。

帕瑞第二天早上7点上班时,发现医院里传言四起,有人说两个女孩被发现醉倒在山坡上,洛莉的衣衫不整。还有人议论洛莉说自己被强奸了,但另一个女孩什么都没有说。当时比利和霍斯顿正好在外面散步，因此便成为人们议论的焦点。但医护人员都认为这种事情不可能发生。

警察局被请来调查这个案子。他们要求暂时封闭男病房，以确保所有男性病人都能接受调查。比利和霍斯顿此刻还没有起床，考尔便和几位同事商量由谁来通知比利和霍斯顿。帕瑞不想去，其他人也都拒绝接这个烫手山芋。帕瑞还没见过里根发狂时手持玻璃碎片威胁工作人员的模样，但其他人都曾亲眼见过，他们担心比利听到这个消息后又会发狂。

在未通知他们两人的情况下，考尔让人锁上了他们的房门。霍斯顿先起了床，考尔便告诉他遭到指控之事，然后又去告诉了比利。起初，两个人都是一头雾水，而且认为这项指控是恶意伤害。但天色渐亮时，他们开始害怕、生气。有人传言说要把他们抓起来送到利玛，还有人说联邦调查局要把他们送回莱巴嫩管教所。

工作人员忙了一整天，试图平复他们的情绪。可是后来连他们都忿忿不平了，因为他们根本不相信发生了"强奸"的事。旺达和帕瑞反复向比利和霍斯顿保证，他们不会被带走。但是她们知道，现在面对的并不是比利，而是其他人格。旺达确信他是史蒂夫。

帕瑞喂比利服下镇静剂，让他安静下来。后来比利睡着了一会儿，看来似乎没事了。但是到了下午2点钟，两个人又开始大发脾气。这时戴维又出来替换了史蒂夫，一会儿不停地哭闹，一会儿又变得很强硬。他和霍斯顿都在房间里走来走去，对进入房间的人充满了敌意。每当电话铃响起时，比利就会跳起来大叫："他们要来抓我了！"

比利和霍斯顿用桌椅堵住已经上了锁的房门，然后将腰间的皮带抽出来绑在拳头上。

"我不准任何男人靠近我们，"史蒂夫说，"否则我们就把门撞开！"他用左手举起一把椅子，模样就像个驯兽师。工作人员自知已无法控制局面，于是发出了"绿色警报"。

帕瑞听到扩音器里传来警报声，便知道马上就会有八九名警卫和其他工作人员赶来。

"天哪！"门被撞开的时候，她看见一群壮汉冲了进来——警卫、护理人员、助理、主管以及医院其他部门的工作人员，一共有30多人，活像是个捕兽大队，每个人都严阵以待。她和旺达站在比利与霍斯顿身旁，这两个人并无伤害他们的意思。但是，当那群人向前冲过来的时候，他们便开始挥动椅子，用捆绑着皮带的拳头不断地做出恐吓的姿势。

"我不去利玛！"史蒂夫大叫道，"本来什么都好好的，可我总是要为自己没做过的事受到惩罚！现在我一点儿希望都没有了！"

"比利，听我说，"考尔说，"你这样解决不了问题！你必须冷静！"

"要是你们再过来，我们就撞开门，开车逃走！"

"比利，你错了，这样做对你没有好处。你会遭到指控，结果对你不利。你不能这样做，我们绝不会不管的。"

比利不听他的话。

临床心理医生戴夫试着给比利讲道理："别闹了，比利，我们伤害过你吗？我们在你身上花费了那么多时间和精力，你以为我们会让他们把你带走吗？我们会帮助你，而不是把事情弄糟。我们不相信你们会做那样的事。我们这儿有你们和那些女孩的记录，这足以说明一切，调查反而会对你们有利。"

比利放下椅子走过来，情绪略微平静了一些，工作人员也纷纷离去。然而，过了一会儿，比利又开始哭起来。霍斯顿仍在不停地大吼自己将被带走的事情，令比利的情绪非常不稳定。

"我们没有机会了，"霍斯顿说，"以前我也被冤枉过，你等着瞧，他们会趁我们不注意的时候拘捕我们，我们以后再也见不着了！"

下午3点的交班时间到了，年长的麦锡兰和凯瑟琳接替了几个年轻的护士。凯瑟琳从她们那里听说了刚才发生的事情，于是努力让比利和霍斯顿平静下来。然而，没过多久他们又开始暴躁起来，说自己将被审讯和关进监狱,嚷嚷着要拆掉电话线,还威胁不准呼叫警卫,说如果有人进来,他们就要冲出去。

"我不想以这种方式结束生命,"比利说,"我宁可去死!"

凯瑟琳坐下来安慰比利。比利要求服镇静剂,她同意了。于是比利走到护士站去取药,凯瑟琳则把注意力移转到其他患者身上。

正在这时,她突然听到后门被打开的声音,只见比利和霍斯顿从安全梯跑了出去。值班护士见状立刻按下当天的第二次"绿色警报"。

过了一会儿,一位护士打电话给凯瑟琳,请她到二楼去。因为警卫已经抓到了比利,比利要求见她。凯瑟琳来到二楼,看见四个警卫将比利按在电梯门前的地板上。

"凯瑟琳,救救我!别让他们碰我,要是他们把我绑起来,卡尔莫就会过来!"

"丹尼,不会的,卡尔莫不会来这儿的。你想逃出医院,所以我们才不得不抓你回来,你应该好好地待在屋里。"

他啜泣着:"你可不可以让他们放开我?"

"放开他吧!"她说。

几位警卫迟疑着,不知该不该松手。

"他不会跑的,"凯瑟琳说道,"丹尼会跟我走的,对吗?"

"是的。"

她把他带到五号病房——特别监护病房。但是他并不想把自己的箭镞项链交出来。

"现在把口袋里的东西都掏出来,钱包给我。"

她发现他身上有不少钱。

五号病房的一名警卫在门外等得不耐烦了,大叫道:"凯瑟琳,快出来,要不然我把你也关起来。"

她知道警卫害怕比利。

凯瑟琳刚回到开放病房,一位护士又打电话过来,告诉她比利的病房出事了。比利用床垫挡住了玻璃，不让人往里看，而警卫又不敢打开门去看他在干什么。因此，他们要她再下去看看。

凯瑟琳带了一位比利认识的男助理一同过去，在门外高喊着："我是凯瑟琳！我来看你了，别害怕！"

他们走进病房，比利正使劲儿扯着颈上的项链，坠子掉到地板上发出哗哗的声响。医生让比利转移到一间有床的病房，可护士进去时又遇到了比利的抵抗，结果只好由几位警卫出面把他带走。

凯瑟琳来到比利的新病房给他喝了些水，但没过几分钟都被他吐了出来。护士为比利打过针后，凯瑟琳又与他聊了一会儿，告诉他自己还会再来，让他多休息。之后凯瑟琳回到了开放病房，但依然放心不下比利，她知道比利有多害怕。

旺达、帕瑞和鲁珀第二天早晨来上班时，听说比利和霍斯顿被关进了五号病房。于是鲁珀到比利的病房去看他。他知道五号病房的工作人员是不会去看比利的，他们已经定下了规矩。

比利的妹妹凯西打来电话，却被告知比利状况不好，已被送到监护病房，所以可能无法参加她明天的婚礼了。

这个消息不胫而走。1979年10月3日，《哥伦布公民报》报道说：

斯廷奇雅诺议员披露比利出资聚众饮酒的消息

罗森曼报道

哥伦布市的斯廷奇雅诺议员于本周三表示：多重人格障碍强奸犯威廉·米利根，是参与阿森斯精神卫生中心上周聚众饮酒的四名患者之一。

他声称，根据警察局的调查，威廉·米利根出钱让两名女患者去买朗姆酒，并邀请另一名男患者一起酗酒……

该议员认为："精神卫生中心的管理存在问题。"

"根据我的了解，警方的报告无法证实这两名女患者曾遭到强奸，"

斯廷奇雅诺还表示,"但报告指出,两名女患者拿了比利给的钱,从外面买回了朗姆酒……"

负责调查的巡逻队队长威尔考克斯警官上周五表示,有关两名女患者是否遭到强奸的检验报告要等调查完毕后才能提供。

斯廷奇雅诺议员强调,上述消息来源可靠。

就在同一天,作家获准到五号病房探望比利。作家说明自己的身份后,比利才认出他来。

"哦?是吗?"他茫然地望着作家,"你就是常来和比利谈话的那位吗?"

"你是谁?"作家问道。

"我不知道。"

"你叫什么名字?"

"我大概没有名字。"

两人谈了一会儿,作家发现比利显然不知道发生过什么事,只好等待另一个人格出现。在此期间两人一直保持沉默。最后,那个自称没有姓名的人格说:"他们不让他画画了。这儿有两幅画,但不知道什么时候就会被撕烂。需要的话,你可以保存这两幅画。"

比利走出接待室,回来时带来了两幅画,其中一幅是汤姆画的色彩丰富的风景画,另一幅是尚未完成的夜景——深蓝色的夜空下有几棵黑色的树、一个谷仓和一条蜿蜒的小路。

"你是汤姆吗?"作家问。

"我不知道我是谁。"

3

第二天早晨,戈尔兹伯里律师接到通知去见民事法庭的琼斯法官。州检察总长已代表俄亥俄州向法院申请将比利转往州立利玛医院,并将霍斯顿送回莱巴嫩管教所。

戈尔兹伯里向琼斯法官表示，需要将这个消息告知比利。"根据我的理解，威廉·米利根先生有权知道转院的事。根据法律，他也有权要求立即召开听证会。鉴于他尚未接到通知，我有权代表他提出亲自参加听证会的请求。现在的程序没有赋予我的当事人应有的权利。"

法官拒绝了戈尔兹伯里的请求，接着打电话给阿森斯精神卫生中心的安全主管克莱明。

"克莱明先生，您知道威廉·米利根与医护人员打斗的事吗？"

"知道。我的助理威尔森和夜班警卫伯恩哈特报告说1979年9月26日发生了打斗……比利目前被安置在监护病房里。"

"作为中心安全主管，你是否担心你们的设施不足以防范比利逃跑？"

"我认为我们有能力防范。"

"你有他那天晚上企图逃跑的证据吗？"

"是的，我有。比利和另一位患者霍斯顿用椅子砸开了病房的安全门……他们跑到了停车场，比利的车就停在那儿。他们正要打开车门上车……"

比利想上车，但被警卫挡住，于是他和霍斯顿跑下山丘，结果在那里被三名警卫抓住送回了五号病房。

听完安全主管克莱明的证词后，法官依然维持了将比利转送利玛医院的判决。

1979年10月4日下午2点，比利被铐上手铐，除了和考尔道别外，他没有时间和其他人说话。就这样，比利被送往180公里之外专门负责治疗精神病罪犯的州立利玛医院。

第二十三章

1

1979年10月5日,《哥伦布快报》登载了以下消息：

高级官员敦促尽快转移米利根

鲁斯特报道

在州精神卫生局高级官员的干预下，多重人格障碍强奸犯威廉·米利根在周四被转移至有严密防范措施的州立利玛医院。

据说转移命令直接来自俄亥俄州精神卫生局和心理障碍组织哥伦布总部，阿森斯精神卫生中心于周三接到通知。威廉·米利根曾在该中心接受了10个月的治疗。

消息来源指出，精神卫生局局长提摩西·莫里兹曾数度打电话……

哥伦布市州议员斯廷奇雅诺和阿森斯市议员鲍尔高度赞扬转移比利的决定，但抱怨对强奸犯的惩罚过轻，以及决定拖延过久。

斯廷奇雅诺还表示将继续密切关注威廉·米利根一案的发展，确保米利根处于最严格的安全防范措施监管之中，直至他对社会不再构成威胁。

比利被转移至利玛医院的第二天，兰开斯特民事法庭的杰克森法官就"格雷药房"抢劫案抗辩申诉做出如下判决：

威廉·米利根参与了1975年3月27日发生的"格雷药房"抢劫案。本庭认真分析了有关他在作案期间患有精神病的证据，但不认为该犯罹患精神病，也不认为他无法为自己辩护并理解起诉内容。因此，对于威廉·米利根要求取消有罪判决的申诉，本庭予以驳回。

戈尔兹伯里向俄亥俄第四巡回上诉法庭提起上诉，理由是杰克森法官未适当考虑重要的旁证——由四名著名精神病医生和一名心理学家提交的研究报告，而仅仅听取了布朗医生一个人的证词。同时，戈尔兹伯里也向俄亥俄州利玛市亚伦地方法院提出了上诉，理由是他的当事人在没有机会与律师商量的情况下，未经正常操作程序而直接被转移到管制措施更为严格的治疗场所。

2

一星期后，在亚伦地方法院审理威廉·米利根转回阿森斯市申请的时候，作家第一次看到被手铐铐住的比利。那是"老师"。"老师"腼腆地笑着。

"老师"与戈尔兹伯里律师和作家单独相见时，谈起了利玛医院在过去几周内对他进行治疗的情况。临床主任林德纳医生将比利的病诊断为变态性精神分裂症，他让比利服用三氟拉嗪安定片——与盐酸氯丙嗪属于同类药物，但服用该药可能加剧人格分裂。

他们谈了很久，直至警卫前来通知法院仲裁会即将开始。戈尔兹伯里律师和比利请作家与他们坐在一起，检察总长毕林基与证人林德纳医生则坐在对面。林德纳医生身材和脸庞瘦削，戴着一副金边眼镜，蓄着范戴克式的胡子。他看着对面的比利，脸上露出一丝冷笑。

检察总长与律师讨论了许久，最后给出了判决（根据法律规定无须做证）：琼斯法官判定的治疗地点是利玛医院，因而威廉·米利根应留在该医院治疗。但他有权在11月底之前的90天审查期内申诉并提出证据，届时将择期举行听证会。因此,不论威廉·米利根是否仍然心智不健全,或是仍然在利玛医院治疗,法院将不会在六周内做出任何决定。

"老师"在仲裁会上发言道:"我知道在开始新的治疗之前,我必须等待。在过去两年里为我治疗的医生曾经告诉过我:'你必须愿意接受别人的帮助,而且完全信任你的医生、心理医生和治疗小组。'我希望法院尽快为我提供帮助,恢复对我的治疗。"

"米利根先生,"检察总长说道,"我想告诉你的是,你的看法不正确,你认为自己在州立利玛医院就无法接受治疗吗?"

"关于这个问题,"比利说,眼睛直视林德纳医生,"我想得到治疗,而且需要寻求别人的帮助,但首先我必须信任给我治疗的人。我不认识这些医生,而且我也不信任他们。他们并不认为我患有疾病,因此,让我回那个不会对我进行治疗的地方,只会让我感到恐惧。我确信我需要接受治疗,而且是正确的治疗。但利玛医院的医生已经说得很清楚,他们不相信存在多重人格。"

"那是医学问题,"毕林基说,"我们今天不准备讨论。尽管如此,如果你在听证会上提出这个意见,我们会慎重考虑利玛医院是否是治疗你的合适场所。"

仲裁会后,作家和戈尔兹伯里到利玛医院探望比利。他们本人和手中的皮包经过金属探测器的检查,又走过两道厚重的铁门,才由一名警卫带进了会客室。没过多久,一名警卫把比利带进来,出现的仍然是"老师"。在两个小时的探望中,比利向作家讲述了在阿森斯医院发生的所谓"强奸案"的经过,以及自己被转移到利玛医院的过程。

"一天晚上,我听到那两个女孩在大厅说自己既没有工作又没有钱,很为她们感到难过。我真是太天真了,心想应当帮助她们,所以就请她们帮我散发宣传单。这样就可以给她们一些钱。我告诉她们,只要发出去一半宣传单,我就会付给她们钱。

"四天后的下午,她们不见了,可能是想把赚来的钱花光,所以就去商店买了一瓶朗姆酒。

"医院是有规定的,我只能在医护人员陪同或是得到医生许可后,才能和其他患者一起到外面散步。那天,我获准与霍斯顿一起在院子里散步,凯瑟琳登记了我们外出的时间。她说我们在外面停留不得超过10分钟。于是,我们就在病房周围散了一会儿步,当时我正处于人格分裂状态,所以心绪不安。"

"那么是谁出现的?"作家问。

"是丹尼。霍斯顿很关心我,尽管他不了解我的情况,也不知道我的问题所在。我们散步的时候,听见有两个女孩叫我们。她们走过来的时候,我发现她们已经喝醉了。我猜想她们手里拿的百事可乐瓶子里大概装的是酒,因为她们浑身都是酒味,而且瓶子里的液体也比平常颜色要浅,更清澈一些。"

"老师"说,其中一个女孩认出他是丹尼而不是比利。她们靠近霍斯顿说:"让那个无聊的家伙回去吧!你来和我们一起玩。"

霍斯顿告诉她们不能这样做,但还没来得及走开,其中的一个女孩就吐了霍斯顿一身,污物溅到了丹尼的裤子上。

丹尼觉得很恶心,于是往后退了一步,用手捂住了脸。霍斯顿大声骂了她们,然后和丹尼转身回了病房。那两个女孩在后面嬉笑怒骂地跟着走了一段路,然后顺着砖石路向墓地走去。

"老师"告诉作家和戈尔兹伯里,事情的经过就是这样。霍斯顿做了什么他不能确定,但他自己绝对没有碰她们。

在利玛医院度过的八天就如同地狱一般,他说:"我会把这儿发生的事写下来寄给你。"

探视结束时,"老师"被要求通过金属探测器,以检查来访者是否留下了违禁品或其他物品。然后,他转身挥手告别:"11月底见,就是下次的听证会,但在此期间我会写信给你。"

作家给林德纳医生打电话,想与他谈谈,但对方似乎充满了敌意,"我认为有关治疗的问题不适于对媒体公开。"

"我们并不想大肆渲染这个问题。"作家说。

"没什么好说的。"林德纳说完便挂断了电话。在11月听证会之前,作家准备参加利玛医院设施视察团的活动,而且申请已获得批准。但就在视察的前一天,他突然接到电话,被告知林德纳医生和医院安全部主管哈伯德取消了他的申请,而且他已被永远禁止进入利玛医院。

作家气愤地向检察总长毕林基询问原因,得到的答复是:医院方面怀疑作家为威廉·米利根带毒品,但后来这个原因又被改为"于患者的治疗不利"。

3

11月30日的天气很寒冷,大地为初雪覆盖。利玛市的亚伦地方法院坐落在一栋古老的建筑里。虽然宽阔的第三法庭可以容纳50人,但大多数座位都空着。这次听证会不对公众和媒体开放,电视台记者只好在法庭外等候。

"老师"戴着手铐坐在两位律师中间。除律师之外,只有多萝西、摩尔和作家被允许旁听。出席听证会的还有富兰克林郡的格拉迪助理检察官、俄亥俄州假释委员会的代表简·汉斯,以及哥伦布市西南社区精神康复中心的律师亨凯纳。

金沃希法官的脸刮得干干净净,他是个相貌堂堂、五官分明的年轻人。他查看过1978年12月4日听证会的记录,知道当时比利是因患有精神病而被判无罪。他还查看了一年多来举行的其他几次听证会的记录。金沃希法官说:"这些听证会的举行符合俄亥俄州相关地方修正法案的规定。"

毕林基检察总长请求隔离证人,得到获准。汤普森律师指出比利被转移到利玛医院的程序存在问题,因而请求将他再转回阿森斯医院,但被驳回。

上述申请审理完毕,听证会正式开始。

州政府的第一位证人是65岁的精神病医生米基。他身材矮胖,穿着肥大的毛衣和裤子。米基医生理了一下深色的头发,摇摇晃晃地从毕林基身旁走到证人席上(他也是州政府的技术顾问)。米基医生做证说,他曾见过威廉·米利根两次,第一次时间很短,是在1979年10月24日,当时病人已转至利玛医院由他负责治疗;第二次是在10月30日,是为了审查他的治疗计划。今天早晨在听证会之前,他被允许观察威廉·米利根半个小时,以确认患者在过去的一个月里病情是否发生变化。根据医院记录,他认为威廉·米利根的问题是人格障碍,也就是说他具有反社会倾向,同时,神经官能症导致患者情绪沮丧和精神分裂,令他痛苦不堪。

毕林基长着一张孩子般的脸和一头卷发,他开口问证人道:"他今天的状况是否与一个月之前完全相同?"

"是的,"米基说道,"他精神不正常。"

"他的症状是什么?"

"他的行为令人无法理解,"米基盯着比利说,"他被控犯有强奸罪和抢劫罪,对社会不满,但惩罚对这类罪犯起不了什么作用。"

米基还表示,他也曾考虑过比利是否具有多重人格的问题,但并未发现任何症状;他认为比利有高度的自杀倾向,是个危险人物。

"对这个病人的治疗没有效果,"米基说,"他态度傲慢,拒不合作,而且自我意识相当强,拒绝接受周围环境。"当毕林基问及他是如何治疗该患者时,米基答道:"巧妙地回避。"

米基说他让比利服用了五毫克三氟拉嗪安定片,但既未出现不良反应,也没有什么效果,因此不再让他服用抗精神病药物。他认为需要对比利实施最严格的安全防范措施,而这方面利玛医院在俄亥俄州是最强的。

在汤普森和戈尔兹伯里的交叉询问下,米基说他之所以不认为比利具有多重人格,是因为他没有发现相关症状。他本人并不认可第二版《精神障碍诊断与统计手册》(*Diagnostic and Statistical Manual of Mental Disorders*, 2nd Edition, *DSM*-II)中对多重人格障碍的定义,"我不认为他是多重人格障碍患者,正如同我不认为他患有梅毒一样,因为他的血液化验报告表明梅毒并不存在"。

"他有什么表现?"汤普森问。

"愤怒、恐惧。凡事若不如意,就会发怒,行为非常冲动。"

汤普森皱着眉头说:"你的意思是,一个人愤怒或情绪低落的话,就是有精神病?"

"是的。"

"每个人不是都有愤怒和情绪低落的时候吗?"

米基环顾了一下法庭,耸耸肩说道:"每个人的精神都存在问题。"

汤普森盯着证人,然后在笔记本上做了记录。"比利是否信任你?"

"不信任。"

"由他信任的人来为他治疗,治疗效果是否比较好?"

"是的。"

"法官,我没有其他问题再问这位证人。"

在休会之前,戈尔兹伯里提交了三天前由考尔提供的证词。戈尔兹伯里希望法庭在传唤其他证人——哈丁医生、卡洛琳医生以及特纳医生——之前,将考尔医生的证词列入记录。

考尔医生的证词记录了汤普森询问他治疗多重人格障碍患者最佳方法方面的内容。汤普森问:"医生,你能否告诉我,治疗多重人格障碍患者的最有效方法是什么?"

对这个问题,考尔医生在11月19日写给戈尔兹伯里律师的信中做了详尽的回答:

> 治疗多重人格障碍患者的主治医生必须是心理健康方面的专家,而

且最好是符合下述条件的精神病医生：

一，他（或她）必须相信该患者确实患有这种疾病，绝不能由不相信的人负责治疗。

二，如果精神病医生本人没有治疗经验，可在有治疗经验的医生协助下进行治疗。

三，他（或她）应会运用催眠术，这是一种辅助治疗方法，尽管并非必不可少，但最好能够具备。

四，他（或她）必须大量阅读过有关此类疾病的文献资料，并且不断进行深入研究。

五，他（或她）必须极具耐心，坚强并且执着，因为治疗此类患者需要花费很长时间，耗费大量体力而且难度极高。

目前有经验的医生主要根据下述原则治疗多重人格障碍患者：

一，必须发现并确认所有人格。

二，必须确认这些人格存在的原因。

三，完成上述两项后，医生应针对各种人格进行治疗，以期改善患者的状况。

四，必须确认已经发现的正面人格并给予特别关注，然后再尝试解决其他变化中的人格存在的问题，特别是那些可能对其他人格构成威胁的人格，这一点非常重要。

五，患者应明了自身问题的性质和影响，通过治疗积极地解决问题。换言之，患者应了解整个治疗过程，而不是被动地接受治疗。

六，必须避免使用抗精神病药物，因为这种药物会刺激患者的人格发生分裂；此外，药物的副作用也会对治疗产生不良影响。

以上只涉及治疗多重人格障碍患者的部分问题，并非对全部治疗过程的完整描述。

考尔的证词还深入探讨了相关的治疗标准。

毕林基在进行交叉质询时,质疑这些是否就是治疗多重人格障碍患者的最理想条件。考尔尖锐地回应道:"先生,我并未说过这些基本条件是最理想的。我甚至认为,这些只是最低的要求。但对于首次治疗多重人格障碍患者的医生而言,这些就是全部。不具备这些条件,宁可不治疗,也不要随便应付患者。"

午饭后,比利再次被带回法庭时换了一件衬衣。作家怀疑"老师"已经消失了。

戈尔兹伯里和汤普森要求传唤哈丁医生来做证。哈丁简要介绍自己参与治疗比利的过程后,表示自己仍然认为阿森斯医院是最适合比利的治疗场所。

"哈丁医生,"在交叉询问时,毕林基问道,"多重人格障碍的病例是否很罕见?"

"是的。"

"我们每个人的内心是不是都存在着其他人格?"

"两者的不同之处在于记忆丧失。"哈丁答道。

"那么如何证明丧失了记忆?可能做假吗?"

"我们一直都在进行认真的研究,"哈丁说,"而且是抱着怀疑的态度去研究,我们发现他确实存在记忆丧失的现象,并不是装出来的。"

"哈丁医生,"戈尔兹伯里此时问道,"你是否参考过其他患者或其他医院的病例?"

"是的,能找到的所有资料我都会参考。"

"你是否认为有必要参考过去的案例以及其他医生的经验?"

"我认为这是绝对必要的。"

戈尔兹伯里出示了考尔医生的证词。哈丁看后表示,关于治疗多重人格障碍患者的医生应具备的条件,考尔医生的意见十分正确,他本人也认为那些是最基本的条件。

随后出庭做证的是特纳医生。她做证说,在比利接受审判前,她几乎每天都与他在一起,并且曾为他做过几次智力测试。

"测试结果如何?"戈尔兹伯里问。

"其中两个人格的智商是68~70,一个人格是一般水平,另外一个则非常优秀,智商达到了130。"

"这可能吗?"毕林基问,"这些智商一定是假的!"

"绝对不假!"特纳发怒道,"我丝毫不怀疑测试结果的真实性!"

卡洛琳医生也出庭做证说,她与特纳医生、科尼利亚医生以及哈丁医生分别参与了对比利的治疗。她曾在今年4月、6月和7月见过比利,认为他仍然处于人格分裂的状态。

"如果患者还存在其他问题应如何处理?"毕林基问道。

"首先针对多重人格障碍进行治疗,"卡洛琳医生说,"尽管患者可能存在其他精神方面的问题,例如不同的人格可能患有不同的疾病,但应当优先治疗整体性的病症。"

"你认为他在阿森斯医院接受的治疗正确吗?"

"是的。"

戈尔兹伯里将考尔医生的证词递给卡洛琳看,她点头说那是最基本的要求。

做证完毕后,证人获准留在法庭内继续旁听。

当天下午3点50分,比利获准为自己做证,这是他生平第一次。

由于戴着手铐,他只能先吃力地将左手放在《圣经》上,然后再将右手举起。他弯下腰努力地完成了上述动作,面带微笑地宣了誓。宣誓之后他坐下来,抬头望着法官。

"威廉·米利根先生,"金沃希法官说,"你有权参加这次听证会,但也有权保持沉默,无须回答提出的问题。"

比利点点头。

戈尔兹伯里开始温和但态度坚决地直接询问:"比利,你是否记得10月12日曾在法庭上说过的话?"

"是的,我记得。"

"我想询问你在利玛医院的治疗情况。你是否接受过催眠治疗?"

"没有。"

"集体治疗?"

"没有。"

"音乐治疗?"

比利望着法官:"他们把我们带进一个房间,里面摆着一架钢琴,但没有医生。我们只是在那坐了几个小时。"

"你对米基医生有信心吗?"戈尔兹伯里问道。

"没有,他给我开了三氟拉嗪安定片,但那种药让我感到头昏眼花。"

"你对所接受的治疗有什么看法?"

"我到了那儿就被送进22号病房,来了一位非常非常粗鲁的医生,然后我就去睡了。"

"比利,你什么时候发现自己具有多重人格?"

"在哈丁医院。但是,直至我在阿森斯精神卫生中心看过录像后,才真正知道。"

"比利,你认为这种现象为什么会发生?"

"因为我继父对我做过的事。我想逃避,我不想当威廉·米利根。"

"你能举个例子告诉我们,当你转换成另一种人格时会发生什么?"

"有一天,我站在我房里的镜子前刮胡子。当时我遇到了很多困难,因为我刚刚搬到哥伦布市,而且并不是在和谐的气氛下离开家的,所以心情很不好。我站在那儿刮胡子,突然眼前一黑,就好像灯被关掉了一样,四周也变得非常安静。当我再睁开眼时,发现自己正坐在一架喷气式客机上。我大吃一惊,根本不知道自己要去哪儿。飞机降落后,我才知道自己到了圣迭戈。"

法庭上鸦雀无声，法官专心地听着，负责录音的女职员张大嘴巴抬头望着比利，感到匪夷所思。毕林基站起来进行交叉询问。

"比利，你为什么信任考尔而不信任利玛医院的医生？"

"从我第一天见到考尔，就对他有一种很奇怪的信任感。一年多以前，警察送我去那里的时候，用手铐紧紧地铐着我。"他将手举起来给大家看，现在的手铐铐得很松。"考尔医生看到后，就指责他们把我铐得太紧，让他们把我的手铐打开。我立刻就知道他是会保护我的。"

"如果肯配合，你在利玛医院不是会得到更好的治疗吗？"毕林基问。

"我无法自我治疗啊！"比利说，"那里的病房就像是人来人往的菜市场。在阿森斯医院，我的情况也曾恶化，但我学会了如何自我调整，医院的工作人员也知道如何处理，而不是惩罚。他们重视的是治疗。"

听证会快结束时，毕林基总结说：州政府只须证明当事人是否患有精神病，是否需要住院治疗，而不需要了解治疗过程。目前的最新证词分别来自考尔医生和米基医生。考尔强调比利仍然患有精神病；米基医生则认为利玛医院是治疗此类患者的最佳场所。

"因此，我请求将当事人安置在利玛医院。"毕林基说。

汤普森律师在最后辩论中指出：今天出庭做证的都是精神医学界的权威，他们都认为我的当事人是多重人格障碍患者。

"这一点确认后，主要的问题就是采取何种方法进行治疗，"汤普森继续说，"根据比利目前的精神状况，上述专家均认为应该把当事人送往最适合他的地方——阿森斯精神卫生中心——接受治疗。此外，他们都认为对比利的治疗是一个长期的过程。10月4日，比利被转送到利玛医院，他的主治医生表示不会参考以前的治疗方案，而且认为比利对他自己和其他人构成了威胁。请问，他是如何得出这个结论的？法官先生，根据各位专家提供的证词，根据米基医生认为比利有反社会倾向而且状况毫无改善迹象的说法，我们可以说米基医生显然不是治疗多重人格障碍的专家。真正的专家都支持比利的看法。"

法官最后宣布，他将综合考虑各方意见，并于10天之内做出判决，在此之前，比利仍将留在利玛医院。

1979年12月10日，法院做出下述判决：

（1）被告的思想、情绪、理解力、适应力和记忆力均处于相当混乱的状态，损害了他对现实的判断能力、行动能力和认知能力，因此被告被诊断为精神病患者。

（2）被告的精神病属于多重人格分裂症。

（3）鉴于被告患有精神病，本庭判决其入院接受治疗。由于被告患有精神疾病，最近又曾企图自杀，可能会对其造成身体伤害；同时他近来的暴力行为也对他人的安全构成了威胁。因此，为了保护被告本人和他人的安全，被告入院治疗刻不容缓。

（4）由于被告患有精神病，可能对自己和他人造成伤害，因此必须在实施严格安全措施的医院中接受治疗。

（5）由于被告被诊断为多重人格障碍患者，因此必须针对该病症加以治疗。

本庭判决被告在利玛市的州立利玛医院接受治疗，治疗的病症为多重人格障碍，此前的所有病历和材料均应转至利玛医院。

金沃希法官
亚伦地方民事诉讼法庭缓刑部

4

12月18日，比利从利玛医院男子医疗所打电话给作家，说他曾被一名医护人员殴打，眼睛和脸颊都被打得瘀血，两根肋骨被打断。利玛医院的代理律师还拍下了比利背部被抽打的伤痕。

但医院管理部门却对外宣称："在与看护人员发生口角"后，比利身上除了留有自己造成的伤痕外,并无其他伤痕。

第二天,在汤普森律师探视后,利玛医院高层更正了原先的声明,证实比利"受到了严重的伤害"。联邦调查局和警察局稍后被请来调查此案。

利玛医院发布的有关比利的声明令汤普森非常气愤,于是通过媒体发表了一个声明:"即使是被判入狱的犯人,也享有公民的权利。"他对报社记者说:"俄亥俄州法律和美国联邦法律都规定他们的公民权应当得到保障,这一点法院必须强制执行,医院究竟做了什么迟早会水落石出。"

1980年1月2日,利玛医院"第三次每月例行治疗会议"做出了如下决定:

针对该患者的治疗计划是恰当和有效的。

患者的症状是:

(1)假性人格障碍精神分裂症(DSM-II、295.5)导致的分裂症状;

(2)R/O(特殊诊断)反社会人格,有暴力倾向(DSM-II、301.7);

(3)根据病历,过去有酗酒习惯(DSM-II、303.2);

(4)根据病历,过去曾服用毒品和兴奋剂(DSM-II、304.6)。

鉴于该患者在男子医疗所的暴力行为,已于几周前转入特别监护病房……媒体的报道对患者产生了不良的影响,令其"自我膨胀"……由于威廉·米利根的精神病症状非常显著,较之其他同类患者更难以治疗……此外,患者还经常处于歇斯底里的状态,尽管这种现象多见于女性患者,但也有不少男性患者会出现此症状。

林德纳医生,驻院精神病医生80/1/4
麦金托什医生,心理学家80/1/4
多兰硕士,心理学助教80/1/7

利玛医院并未按照金沃希法官的判决针对比利的多重人格障碍进行治疗,因此汤普森和戈尔兹伯里于盛怒之下向法院及精神卫生局提出申诉,强烈要求将比利转至管制较松的医院治疗。

5

比利被关在以治疗精神病罪犯为主的戒备森严的利玛医院，无奈之下向监护人员借来纸笔，开始给作家写信，以下是第一封：

突然，一名监护人员走进门来，恶狠狠地向22号病房的病人叫道："都给我听着！你们这些该杀的懒蛋，通通给我滚到活动大厅，快点！"他喘了一口气，将口中的香烟移动了一下，又含混不清地接着说，"玻璃擦干净之后，你们这些狗娘养的立刻给我滚回自己的房间！"

在他凶神恶煞的目光的注视下，病人们从硬板凳上站起来，像僵尸一样走向活动大厅，身后传来铁门关上的巨响。一群男人，身上挂着像围嘴一样的毛巾，面无表情地缓慢地走着，那些高大粗壮的监护人员在一旁挥舞着宽皮鞭，就好像在赶鸭子。患者毫无尊严可言。服用镇静剂在这儿就像吃糖果一样，为了让患者服从，医院不停地给他们服用。人性不复存在，但我忘了，我们早已经不是人了。又是"哐当"一声巨响！

走进窄小的房间，"哐当"一声关上门，我立刻感到与世隔绝，难以呼吸，身上的每一处关节似乎都僵硬了，我强迫自己去适应那个硬邦邦的塑料床垫。由于没有工具，我决定用自己的想象力在对面的墙上作画，试着描绘出一个个画面，看着它们自娱自乐。今天，我看到了一些面孔——年老、丑陋的恶魔般的面孔。虽然恐惧，但我让自己继续幻想着。墙壁在嘲笑我，我痛恨那面墙，他妈的墙！它一点点地挤向我，嘲笑的声响越来越大。从眉毛上流下的汗珠刺痛了我的眼睛，但是我仍然尽量睁着眼睛，因为我必须提防那面嘲笑我的墙，否则它会挤过来将我压碎。我会死死地盯住它！410名精神病罪犯，如同幻影一般被上帝遗弃在这个暗无天日的无穷无尽的大厅里。我痛恨州政府将这个鬼地方取名为医院。州立利玛医院！"哐当"！

22号病房内一片静寂，除了清扫碎玻璃的声响，因为有人打破了活动大厅里的小窗户。我们都坐在大厅里靠墙摆放的又重又硬的木头长椅上，可以抽烟，但双脚必须平放，不准说话，否则日子就难过了。是谁打破了玻璃？那些监护发火了，因为这件事搅扰了他们玩牌的兴致。如果我们要求走出小房间，只能去活动大厅。

……我什么都听不见，处于昏迷状态之中且浑身麻木，那面嘲笑我的墙已经不再笑了，墙面上满是裂缝。我双手冰凉，心脏在空洞的身体里扑扑地跳着，焦虑不断地侵蚀着我，企图冲出我的躯体。然而，我躺在床上一动也不动，望着那面沉默的墙发呆。我不过是一具行尸走肉，躺在空空荡荡的洞穴里。我干裂的嘴唇中渗出了唾液，说明抗精神病药物正在与我的精神、灵魂和肉体搏斗。我能抵抗药物，还是药物最终会战胜我？我是为了躲避铁窗之外的悲惨命运才来到这里的吗？与社会不相容的灵魂已经被扔进了垃圾箱，它还有继续存在的价值吗？困在这钢筋水泥铸就的箱子里，对着一面不断嘲笑我、向我逼近的墙，我对人类能有什么贡献？我该放弃吗？就如同一张33转的唱片放在了78转的唱盘上，越来越多的问题在我心中旋转，不断地加速。突然，我的身体被恐惧感震慑，现实在我的眼前展开，我猛然惊醒，活动了一下僵直的关节。脊背上似乎有什么东西在爬，抑或是我的幻觉？这种感觉持续着，我知道那不是幻觉，确实有东西在我背上爬行。顾不得解开扣子，我猛地将衬衣从头上脱下。恐惧中的我，顾不了那么许多。三颗扣子被撑落在地上，但衬衣刚一脱下，脊背上的奇怪感觉便立刻消失。我查看衬衣，发现了入侵者。原来是一只三公分长的黑蟑螂在我背上肆意爬行，虽然无害，却吓坏了我。正是由于它的出现，我返回了现实，但内心仍在纠结。那只讨厌的蟑螂逃走了，我却为自己还有知觉而暗自得意，为精神和肉体取得的胜利而感到骄傲。我的精神并没有被损坏，依然保持着战斗力。我没有失败但也没有胜利。我打破了一扇窗户，却不知道自己为什么要这么做。

作家收到另一位患者从利玛医院寄来的信，日期为1月30日：

敬启者：

  我直奔主题吧。比利的律师探望之后，他被从第五集中治疗室转移到了第九治疗室，因为那里更加坚固。

  转移决定是由"治疗小组"在每天早晨的例会中做出的。这对比利是个意外的打击，但他应付得很好……

  现在，我只能在活动时间与比利交谈。我发现比利承受的压力几乎到了极限，他说除非辞退他的律师，否则他永远都会被禁止会客、写信和打电话。他们告诉比利别再有出书的非分之想，监护人员还不断地羞辱他。因为帮助他出书，我也遭到了痛斥，这里的人不希望该书出版。

  有人告诉我，比利会被永远关在那间最坚固、管理最严苛的病房里。

（名字隐去）

3月12日，作家收到了一封寄自利玛医院的信，笔迹陌生，书写语言是塞尔维亚－克罗地亚语，原文和译文如下：

Subata Mart Osmi 1980

  Kako ste? Kazma nadamo. Zaluta Vreme. Ne lečenje Billy je spavanje. On je U redu ne brinite. I dem na pega. Učinicu sve šta mogu za gaň možete ra čunati na mene "Nužda ne poznaje zakona."

Nemojete se
Ragen

414

1980年3月8日 星期六

你好吗？希望一切都还顺利。我失落了时间。比利仍在沉睡，所以无法接受治疗。他很好，别担心。我将负责处理这里的一切。为了他，我会竭尽全力。请相信我。"情出无奈，罪可赦免。"

里根

尾声

在接下来的几个月里，我通过信件和电话继续与比利保持着联系。他仍然希望法院能推翻以前的判决，让他转回阿森斯医院由考尔治疗。

1980年4月14日，法官否决了律师的申诉——利玛医院未针对比利的多重人格障碍进行治疗——维持原判让比利继续留在利玛医院接受治疗。

1979年，俄亥俄州议会用了很长时间讨论修改关于对精神病患者不予治罪的法律条文。新条文规定，在罪犯被转移到防范措施较为宽松的环境前（依法律程序），犯罪所在地的检察官有权要求举行听证会；患者要求复审的权利，将从90天之内改为180天之内；听证会将允许公众和媒体参加。新修改的法律条文立即被公众称为"米利根法"或"哥伦布快报法"。

审理过比利案的亚维奇检察官曾在起草新法律的俄亥俄检察官协会分会任职，他事后向我表示："我猜想之所以召开会议，主要是迫于公众的压力……"

1980年5月20日，俄亥俄州迅速地通过了新的法律。弗洛尔法官告诉我，这主要是因为"比利案件"的缘故。

1980年7月1日，我收到一封来自利玛医院的信，信封的背面写着"急件"二字。那是一封用阿拉伯文撰写的长达三页的信。翻译告诉我，这封信的阿拉伯文非常流利，部分内容的译文如下：

有的时候，我不知道自己是谁或者是什么样的人，也不知道周围的人是谁。我仍然能听到其他人的声音，但这些声音现在已经不重要了。

有时候，有好几张面孔从黑暗中浮现到我的眼前，令我恐惧不已，因为我的精神已经完全分裂。

实际上，我的"家人"已不再与我联系，我已经很久没见到他们……过去的几个星期，这儿的情况不太好，但是与我无关。我痛恨周围的一切，但既无法制止，也无法改变……

结尾的署名是"比利·米利根"。几天后，我又收到一封信，说明了前一封信是谁写的：

再次抱歉寄给你一封不是用英文写的信，为此我感到很难为情。阿瑟明明知道你不懂阿拉伯文，却给你写了这么一封愚蠢的信。

阿瑟已不再试图说服其他人，大概是因为他的头脑现在很混乱，而且忘记了所有的事。阿瑟教塞缪尔学习过阿拉伯文，但塞缪尔从未写过信。阿瑟说自吹自擂不是好事。我真想和他谈谈，因为发生了一些令人不愉快的事，但我不知道原因。

阿瑟会说斯瓦希里语，他在莱巴嫩管教所时读过不少阿拉伯语的基础书籍。他想研究金字塔和埃及文化，只有学习这种语言才能看懂墙上的文字是什么意思。有一天，我问阿瑟为什么会对三角状的巨石堆感兴趣，他说他对墓穴里的东西并不感兴趣，而是想知道墓穴为什么会出现在那儿。他对其中的力学原理感到好奇。他自己还造了一座小金字塔，但被戴维给毁了。

"分裂的比利"

比利说在医院期间经常看到护理人员骚扰和殴打患者。但是在所有的人格中，除里根之外，只有凯文曾挺身为患者说话。由于凯文的勇敢表现，阿瑟已将他从"不受欢迎的人"的名单中删除。

1980年3月28日，凯文给我写了封信，内容如下：

糟糕的事情发生了，但我不清楚究竟是什么事。我只知道在那段完全分裂时期，沉睡的比利失落了时间。阿瑟说比利的人生非常短暂，而且很不幸地充满了苦涩。在这里，他一天比一天虚弱，他无法理解这里的管理人员为什么对自己那么仇恨和嫉妒。他们挑拨其他患者与里根打架，尽管被比利制止住了……以后不会再有这种事了。医生对我们说了一些令人难过的话，但最令我们感到痛心的是，他们没有说错。

　　我们——也就是我——是个怪人，是无法适应环境的人，是生物学上的错误。我们痛恨这里，但这儿却是我们的归宿，尽管在这里我们并不受欢迎。

　　里根不再管事了。他说，只要保持沉默，便不会对自己或他人造成伤害。再没有人会责怪我们，里根已经不和人说话了。我们的注意力已经转向了内心世界，把自己封闭起来。远离了真实的世界，我们就能够友好地相处。

　　我们知道，没有痛苦的世界就是一个没有情感的世界……然而，只有在那里，我们才不再悲伤。

凯文

1980年10月，精神卫生局宣布：州立利玛医院将改制为监狱。

于是，是否应当将比利转出利玛医院，再度成为报纸的头条新闻。根据新的法律，比利被送回阿森斯或其他管制较松医院的可能性增大，弗洛尔法官同意再召开一次听证会。

听证会原定于1980年10月31日召开，后来经过协商推迟至选举日后的11月7日举行。这是为了避免政客和媒体将比利的听证会变成一个政治事件。

但是，精神卫生局的官员却利用这段时间做了手脚，他们要求检察官同意他们将比利转送到新成立的代顿司法中心。该中心4月份刚刚成立，建筑四周建了双层围墙，墙上还架着带刺的铁丝网，其安全措施甚至比许多监狱都严格。听证会被取消了。

1980年11月19日,比利被转送到了代顿司法中心。阿瑟和里根体会到了"分裂的比利"的绝望。他们担心他会自杀,因此又让他沉睡了。

除了会客时间外,比利将时间都用于读书、写作和画素描,因为他没有获得许可画油画。曾经在阿森斯医院接受治疗,后来痊愈出院的玛丽来探望他。为了每天都能来探望比利,她搬到代顿市居住。比利的表现良好,期盼着180天后的听证会,希望弗洛尔法官能让他转回阿森斯医院。他还表示,如果让考尔治疗他,他会让融合了的"老师"再回来。由于"分裂的比利"仍处于沉睡状态,目前的状况与当初科尼利亚医生叫醒他之前完全相同。

他感觉自己的情况正在恶化,在会客时经常搞不清楚自己是谁。在只有部分人格融合的状态下,他就成了没有姓名的人。

他还说里根丧失了讲英语的能力,所以他们已不再沟通。因此,我建议他让出现在光圈下的人都在记事本上留言,以便让后来出现的人格了解曾经发生的事情。起初进展还算顺利,但后来记录的内容变得越来越少。

1981年4月3日,听证会终于举行了。在与会的四名精神病医生和两名心理专家中,只有那位从未治疗过比利的林德纳医生认为应当将比利安置到安全措施最严格的地方。

检察官向法庭出示了一封信作为证据。在这封信里面,比利对一位企图杀害林德纳医生的患者说:"你不能这么做……你是否想过不是所有的医生都愿意治疗你?他们担心因说错话而遭到谴责。然而,如果你认为林德纳伤害了你,耽误了你的治疗,使得你一生都被困在铁窗内,那么我就赞同你的做法。"

比利被传唤到证人席上,当宣誓完被问及姓名时,他答道:"汤姆。"汤姆解释说亚伦写这封信是为了说服那个病人别做傻事,不能因为有人在法庭上做证反对你，你就杀掉他。虽然林德纳医生今天做证反对我，但我绝对不会因此而杀他。"

弗洛尔法官宣布延迟判决。舆论一片哗然，无不反对将比利送回阿森斯医院。

比利在代顿司法中心等待宣判期间，将大部分时间都用于绘制有关他的新书的封面。他打算多画几幅让作家挑选。但是，一天早晨他醒后，发现那几幅画已被"某个小孩"趁他熟睡之际，用橘色蜡笔涂得一塌糊涂。发稿截止日的当天早晨，亚伦拼命工作才得以及时完成。

1980年4月21日，俄亥俄州第四区法院判决将比利送往利玛医院的原先决定是错误的。他们发现，将比利自阿森斯医院转往管制措施严格的利玛医院前，既"没有通知当事人及其家属，也没有允许当事人出席听证会、传唤证人……这些都严重侵犯了当事人的权利……必须恢复非法转移当事人之前的状态"。

尽管第四区法院判决这个做法是错误的，但他们认为并非有意为之，因而不同意将比利转回阿森斯医院。法院认为通过之前的听证会，已经有足够的证据表明比利的病会让自己和他人陷入危险之中。戈尔兹伯里律师和汤普森律师认为判决不当，继续向俄亥俄州高等法院上诉。

1981年5月20日，在180天听证会期限的最后六个多星期，弗洛尔法官完成了判决书。判决书中有两项说明。第一，"法庭根据一号证据（州检察官提供的信件）和林德纳医生的证词，认为威廉·米利根不具备遵循社会道德标准的控制能力，而且有犯罪倾向，不尊重人类生命。"第二，考尔医生的证词说"他不愿接受法院提出的限制条件……"据此，"本庭判决不宜将威廉·米利根转至阿森斯医院。"

但判决书只字不提其他出庭做证的心理专家和精神病医生的证词——他们做证比利并未对他人构成威胁。弗洛尔法官以"保障被告的治疗和公众安全"为由，判决比利继续留在代顿司法中心接受治疗（该中心并无治疗多重人格障碍患者的经验）；此外，代顿司法中心还请求法官判决比利支付所有的治疗费用。此刻距弗洛尔法官接手比利一案已有三年半的时间，距比利因精神病获判无罪则为两年五个月。

戈尔兹伯里律师立即向俄亥俄州富兰克林郡第十上诉法庭申诉，指控该判决违反了俄亥俄州法律第297条（即"米利根法"），既没有保护当事人的合法权利，也没有遵循恰当的程序，是违宪的。

然而，法院的这个不利判决似乎并没有让比利感到痛苦和绝望。我感到他已经厌倦了所有的这一切。

比利仍然与我保持电话联系，我也常到代顿司法中心去探望他。我有时遇见的是汤姆、亚伦或者凯文，但大多数时间见到的都是那个"没有姓名的人"。

有一次我问他是谁，他答道："我不知道，但我觉得自己一无所有。"

我想知道那是一种什么样的感觉。

"醒着或者没出现的时候，我好像是脸朝下趴在一块无边无际的玻璃上，透过玻璃可以看到遥远的彼岸，那儿宛如星光闪耀的外层空间。那里还有一个圆形的光圈，就在我的眼前。我们中的几个人就躺在光圈旁边的棺材里，但棺材没有盖上，因为他们还没有死。他们在沉睡，似乎是在等待着什么。光圈旁边还有几个空的棺材，因为有人尚未到来。戴维和几个年龄小的孩子对生命还抱有一线希望，但年纪大的已经绝望了。"

"那是什么地方？"我追问。

"戴维给它取了个名字，"他继续说，"因为那是他创造的，他将其称为'死亡之地'（the Dying Place）。"

后记

本书出版后，我收到来自全国各地的信件，询问在弗洛尔法官拒绝将比利转回阿森斯精神卫生中心后发生了什么。

有鉴于此，我简要介绍一下。

亚伦在写给我的信中将治疗精神病罪犯的利玛医院称为"恐怖屋"，后来又将代顿司法中心称为"超级无菌监狱"。代顿司法中心医院院长亚伦·沃格尔（Allen Vogel）同情比利，也颇能理解他的需求，但不断遭到安全部门的掣肘。尽管沃格尔准许比利画油画，汤姆和亚伦还为此购买了绘画用品，但保安人员却拒绝执行院长的命令，辩称绘画用的亚麻子油属于危险品。从此绘画用品被清除出了医院。

亚伦的情绪越来越沮丧，坚持让经常来探望他的好朋友玛丽重返校园，开始新的生活。他说："我不能让她陪我待在监狱里。"

玛丽离开代顿几个星期后，另一名年轻女子走进了比利的生活。她叫坦达（Tanda），是代顿当地人。她经常到医院看望她的哥哥，因而在会客室里碰见过比利。两人后来经坦达的哥哥介绍相识。过了不久，她开始为比利做过去常由玛丽做的事：打字、送食品和买衣服。

1981年7月22日，坦达打电话告诉我，比利很令她担心。他拒绝换衣服、刮胡子，也不吃饭，还中断了与外界的所有联系。坦达觉得他对求生已经失去了信心。

我去医院，汤姆告诉我阿瑟对治疗和康复已不再抱有希望，决定自杀。

我告诉他，除了自杀还有另一条路可走，那就是想办法离开代顿。我听说曾经为他出庭做证的朱迪斯·巴克斯（Judyth Box）医生最近被派往俄亥俄中部地区司法局医院担任医疗部主任。

汤姆起初对从一家戒备森严的医院转到另一家同样严加管制的医院毫无兴趣。俄亥俄中部地区司法局医院是俄亥俄州精神病医院的一部分，比利15岁时曾在那里入院治疗过三个月。汤姆表示，如果不能回阿森斯精神康复中心由考尔医生治疗，那他宁愿去死。我告诉他，既然巴克斯医生曾经治疗过不少多重人格障碍患者，与考尔医生相熟，而且对比利的病例很感兴趣，那么她就有可能帮助他。在我反复劝说之下，汤姆最终同意转院。

精神卫生局、检察官和法官都认为这属于内部转移，因而不需要由法庭裁决，但是转院的事进展缓慢。

在比利转院的前一天，我接到一名患者的电话。他告诉我，比利担心自己会伤害别人，因而祸及转院，所以自愿住进单独监禁室。四名警卫将比利带到监禁室后，立即捆住了他的手脚，把他毒打了一顿。

我在8月27日再次探望亚伦时，看到他又青又紫的左臂肿得老高，已经无法活动，左腿上则缠着绷带。1981年9月22日，比利坐在轮椅上被移送到俄亥俄中部地区司法局医院。

转院不久，精神卫生局便提出控诉，要求比利为他在阿森斯精神康复中心、利玛和代顿医院接受的治疗支付五万美元的医药费，尽管住院治疗并非出于自愿。比利的律师后来也向法院提出控诉，要求利玛医院为比利创作的壁画支付报酬，并对比利受到的身体伤害和不当治疗进行赔偿。律师的控诉被驳回，而州政府的控诉仍在审理中。

坦达为了离比利近一些，在哥伦布市找了份工作，并住到比利妹妹凯西家。坦达说她爱比利，所以想常去看望他。巴克斯医生开始对比利进行强化治疗，她曾采用这个方法在阿森斯精神康复中心成功融合过多重人格。她与戴维、里根、阿瑟、亚伦和凯文沟通合作，最后终于找回了"老师"。然而，我每次探视时，亚伦或汤姆会告诉我"老师"刚离开。后来，我请他们在房间里留个字条，让"老师"再出来的时候给我打个电话。大概一周后，我接到了"老师"的电话。他在电话里问："据说你想见见我？"

自从我和"老师"在利玛医院一同审读书稿后，这是我们第一次交谈。这次我们谈了很久，因为他知道很多其他人格不知道的事情。

一天"老师"打电话说："我必须找个人谈谈。我爱上坦达了，她也爱我，我们想结婚。"他们计划在12月15日结婚，这样巴克斯医生就能参加婚礼，因为她在那之后要回家乡澳大利亚度一个月的长假。

作为治疗措施的一部分，巴克斯医生让比利搬进了新病房。他的三名室友，也是巴克斯医生倾向诊断为多重人格障碍的患者。多重人格障碍患者需要得到特殊的治疗和关注，因而她认为让他们住在一起可能是最好的办法。但她万万没想到，哥伦布市的政客在选举前两周对她展开了抨击。

1981年10月17日，《哥伦布快报》报道哥伦布市议员唐·基尔摩（Don Gilmore）谴责比利·米利根在哥伦布市医院受到特别照顾，其中包括"允许比利选择室友"。尽管医院出面否认，但基尔摩却不肯就此罢休。

11月19日，《哥伦布公民报》报道：

> 尽管俄亥俄中部地区司法局医院一再否认比利·米利根享受了特别待遇，但市议员要求再次调查是否存在此种可能……
>
> 基尔摩议员特别谴责了几周前发生的一件事。据说比利·米利根在夜晚2点半要求吃香肠三明治，因此医院员工不得不为比利病房的所有患者准备三明治。

坦达用了几周时间去寻找牧师、神父或法官来为他们证婚。几经周折，她才找到主持哥伦布市新建临时收容所的一位年轻的卫理公会牧师为他们证婚。加里·维特（Gary Witte）牧师希望婚礼能低调进行，因为担心消息曝光会影响他在收容所的工作。然而，《哥伦布快报》的一个记者认出了他。"我秉持的原则是，"年轻的牧师对记者说，"要为弱势群体服务……我主持婚礼是因为没有人肯出面……"

婚礼在1981年12月22日举行，参加人只有牧师、认证法院的一名职员（送来结婚许可证），以及我本人。那时巴克斯医生已经回澳大利亚了。为坦达戴上结婚戒指和吻新娘的是"老师"。根据俄亥俄州的法律，配偶并无探视权，除非比利转到管制不太严格的医院或是一般精神病医院，否则这对新婚夫妇不可能单独相处。

婚礼后，坦达举行了短暂的记者会，参加人包括几十名记者、摄影师和电视台工作人员。她告诉他们，她已经见过了大多数人格，他们都接受了她。将来她和比利一定能过上正常的生活。

但婚后不久，"老师"和坦达就发现了一些不祥的变化。他们不再给"老师"服药。警卫搜查他的房间时开始采用新的方法，比利会客前后都要被搜身，坦达前来探望也是如此。他们觉得这样做是在刻意侮辱他们的人格。

巴克斯医生从澳大利亚返回后得知，精神卫生局决定不再继续聘用她。"我遭到了排挤。"她告诉我。

《哥伦布快报》1982年1月17日报道：

米利根的主治医生辞去公职

多重人格障碍强奸犯威廉·米利根的精神病主治医生朱迪斯·巴克斯，因与俄亥俄中部地区司法局医院官员产生分歧而辞去工作。

州议员唐·基尔摩和R.哥伦布（Columbus）为此感到高兴。

"老师"解体了。

比利的新主治医生是年轻的约翰·戴维斯。他曾经在海军担任过心理医生，刚接手这名病人时尚心存疑虑，但后来却对比利的病例产生了很大的兴趣。他赢得了大多数人格的信任，因而治疗得到了他们的配合。

2月12日，凯西发现嫂子的衣服、个人用品以及比利的汽车都不见了。坦达给比利留下一封信，说她取走了他们共同账户里的钱，不过将来一定归还。还说她知道不该这样偷偷溜走，但已实在无法承受来自各方的压力。

"我陷入了爱情,所以容易轻信,"亚伦对我说,"我的心碎了。有一段时间我感到心灰意冷,但后来我告诉自己应当忘了她,忘了她所做的一切。我不能因为坦达而憎恨所有的女人,正如同我不能因为父亲而憎恨所有的男人一样。"戴维斯医生对病人处理这件事的态度颇为赞赏,尽管所有人格都觉得受了骗,但表现得十分大度。

1982年3月26日,由弗洛尔法官主持的庭审将决定比利是否对自己和他人构成威胁,是否应将比利转到类似阿森斯精神康复中心那样管制措施较松的医院。但精神病医生和心理学家在庭上的证词互相矛盾。

富兰克林郡检察官托马斯·迪尔(Thomas Deal)在接受《哥伦布公民报》采访时摆明了检察署的态度。1月14日该报报道说:"我们希望找到米利根有暴力行为的证明,那样我们就有理由把他转送到管制措施严格的医院。"

俄亥俄中部地区司法局医疗部主任米基欧·扎克曼(Mijo Zakman)医生做证说,出庭前他和两名精神病医生对比利进行了大约两个小时的检查,并未发现有其他人格。他说比利根本没有精神疾病,只是具有反社会人格。

事态发展出乎意外,也令人担忧。如果弗洛尔法官相信了精神卫生局的说法,认为比利没有精神疾病,那么就可能判比利出院,并立即交由俄亥俄州成人假释委员会处理。比利会因为违反假释规定而入狱服刑。

但戴维斯医生做证说:"比利现在正处于精神崩溃的边缘……我知道现在坐在那里的是哪个人格,那绝不是比利。"他指出哥伦布市的医院不利于比利的治疗:"因为那里的严格防范措施会阻碍多重人格障碍患者的治疗。"留在那里不会取得好的治疗效果。

临床心理学家哈里·埃塞尔(Harry Eisel)医生做证说,他曾给几个进攻型人格做了"手感测试",以断定他们是否会对社会构成威胁。"手感测试"包括一系列处于不同位置的手的图片,病人根据图片做出判断。这种反应测试有助于判断患者是否具有潜在的暴力倾向。埃塞尔说他测试过的人格(我后来得知,那是菲利普、凯文和里根)都不具有危险性。虽然有一名社工为检方做证说,比利曾威胁过他和他的家人,但在辩方律师询问时,这名社工又承认他经常受到精神病患者的威胁，但只是威胁而已。

考尔医生说他愿意为比利治疗，并且会遵守法院的各项规定。

1982年4月8日，弗洛尔法官判决精神卫生局将比利·米利根转回阿森斯精神康复中心治疗，并且允许他绘画和做木工，同时建议对他在病房之外的活动严密监视。比利在获准离开医院时必须通知法院。"既然大家都说应该，"弗洛尔法官说，"那我们就再给他一次机会。"

1982年4月15日上午11点，在防范措施严格的俄亥俄中部地区司法局医院住了两年半之后，比利又回到了阿森斯精神康复中心。我定期去看望他，但碰到的不是汤姆就是亚伦。他们告诉我，"我们"很长时间都没有意识共享了。亚伦听到脑海中有人说话（英国或斯拉夫口音），但他和汤姆无法与他们沟通，这两个人自己也无法沟通。他们失去了联系，失落的时间也越来越多。在我写这篇后记之时，"老师"仍不见踪影。

汤姆画风景，丹尼画静物。亚伦除了画肖像画和记录在利玛、代顿和哥伦布市等地发生的令人难以置信的事情外，也记下了他们是如何协力合作、奋勇求生的故事。

考尔医生开始了艰难的治疗，既要修复两年半来受到的损伤，又要帮助他们把零星的记忆拼凑起来。没有人知道这要花费多长时间。

比利重返阿森斯精神康复中心在哥伦布市再次掀起了波澜，令他心情低落，但阅读俄亥俄大学学生报却让他颇感欣慰。《邮报》于4月12日发表了一篇评论，率先讨论了比利转院的事：

> 米利根回到阿森斯精神康复中心接受当地专家的治疗。他这一生受尽了不公平的待遇，如果我们不能为他做些什么，至少要给予他所需要的支持。我们不能要求大家张开双臂欢迎他，但希望大家能理解他。这是他至少应当得到的。

1982年5月7日于俄亥俄州阿森斯

作者附记

在写作本书之前,我查阅过很多文件,其中有两份比利·米利根的脑电图报告令我颇感困惑。这是哈丁医院受法院委托于1978年5月进行的检查,由两位医生执行,两次检查间隔了两周时间。最新的研究成果让解读比利的脑电图有了新进展。

国家精神卫生局的精神病医生小弗兰克·普特南(Frank W. Putnam,Jr.)发现多重人格障碍患者的变异人格在生理特征上与其他人格和"核心人格"有所不同,皮肤的触电反应和脑电波的活动也不相同。

最近在进行电话采访时,我和普特南医生讨论了他1982年5月提交给美国精神病学会的研究报告。他对10名多重人格障碍患者进行了一系列严格的测试,这些患者都拥有两三个"变异人格"。他还选择了10个人作为参照,他们的年龄、性别都与前一组相当。普特南医生要求参照组成员虚拟几个人格,自行选择他们的背景和才能,然后练习与虚拟人格的相互转换。

每个"核心人格"和"变异人格"都要接受五天的测试,不断重复,没有一定的次序。所有人都要经过15或20次测试。对照组成员和虚构人格的脑电波都没有显著的不同,但多重人格障碍患者的"核心人格"和"变异人格"的脑电波却明显不同。

据《科学新闻》1982年5月29日报道,普特南医生的研究结果得到了康涅狄格州哈特福德生命科学研究院的支持。该研究院心理学家科林·皮特布拉多(Collin Pitblado)也曾测试过一名多重人格障碍患者的四个人格,取得了类似的结果。

了解这项新研究成果后，我再回过头去查看比利四年前做的脑电图。

1978年5月9日，海曼（P.R.Hyman）医生在报告中提到当天做的"脑电图出现异常"。脑右后区出现了西塔脑波（Theta）和德尔塔脑波（Delta），这是一种速度很缓慢的脑波，常见于儿童而不是清醒的成人的大脑中），因而海曼医生认为该异常可能是机器故障导致的。他还指出："技师只是更换了电极，但没有明确说明机器是否出了故障。"他建议重新做脑电图。

詹姆斯·帕克（James Paker）医生1978年5月22日提交的报告显示，第一张脑电图出现异常的区域在第二张脑电图中并未表现异常。但从第二张脑电图中可以看出背景里有断断续续的阿尔法电波活动，此外，左右两侧的西塔和德尔塔波明显异常。他认为这种波动可能是癫痫症引起的。

普特南医生告诉我，在他测试过的多重人格障碍患者中，有10%—15%的脑电图出现异常波动，并且这些患者都曾被诊断患有癫痫症。哈佛大学也曾报告过多重人格障碍患者脑电图异常的类似病例。

我请一名脑电图技术人员看过比利的脑电图，他说两张脑电图似乎不是同一个人的。根据以上的检查结果，我认为在哈丁医院接受检查的实际上是两个不同的人格——很可能是年幼的孩子。

谈及新研究成果的重要性时，普特南医生说："研究多重人格可以启发我们对身心控制的探讨。我则认为，对多重人格的研究，事实上是对人类本质探究的一个组成部分，能够向我们揭示很多秘密……"

1982年7月20日于俄亥俄州阿森斯

比利·米利根年表

1955年
2月14日，比利·米利根（又名威廉·斯坦利·米利根）在美国佛罗里达州迈阿密市出生。

1960年
1月18日，比利的生父、患有精神疾病的犹太喜剧演员约翰·莫里森自杀身亡。几个月后，他的母亲多萝西·桑兹从迈阿密搬回俄亥俄州，并且和自己的第一任丈夫迪克·乔纳斯复婚。

1961年
比利的母亲多萝西离开了迪克·乔纳斯。

1963年
10月27日，多萝西与卡尔莫·米利根结婚。婚后不久，一家人搬到离兰开斯特不远的地方居住。

1964年
4月，卡尔莫·米利根把9岁的比利带到农场谷仓，强迫他进行肛交，并威胁他不准告诉任何人。精神病学家分析，就是从那时起，比利的精神、情感和灵魂开始分裂成24个部分。

1970年

3月,比利被史坦伯利中学停课,并被转到费尔德郡精神卫生中心接受心理健康指导。

3月23日,卡尔莫和多萝西将比利送到哥伦布市医院的儿童病房。

6月19日,比利出院。因为比利有破坏病房的行为,社工人员认为他不适合住院治疗,建议改为门诊治疗。

秋季,比利进入兰开斯特高中就读,就读期间,他在一家杂货店找了一份计时送货员的工作。

1972年

3月,17岁的比利被就读的高中开除,之后他报名加入了海军。

5月1日,在入伍一个多月之后,比利因无法在海军正常服役,从美国海军"光荣退伍"。

7月8日,比利和朋友山姆在瑟克尔维尔被警方以挟持、强奸、携带武器之名拘捕。(挟持的罪名后来被撤销。)

1973年

3月,被判有罪后,比利被送至俄亥俄州少年监狱不定期服刑。他的母亲与卡尔莫·米利根离婚。

1975年

比利因两起抢劫案被捕,他在法庭上承认自己犯了抢劫罪。法庭就"公路休息站"抢劫案判他"综合缓刑";就"格雷药房"抢劫案判处他两到五年有期徒刑。

1977年

4月,比利被假释。

10月14日,一名视光学专业的学生在俄亥俄州立大学停车场被绑架、强奸和抢劫。

10月22日,一名护士在校园被绑架、强奸和抢劫。

10月26日,一名俄亥俄州立大学本科生被绑架、强奸和抢劫。

10月27日,比利被警方逮捕。

1978年

1月31日,西南社区康复中心的心理学家多萝西·特纳首次见到了比利的其他人格。之后,比利在4名精神病医生和一名心理学家的共同见证下,接受了彻底检查。

12月4日,比利因患有多重人格障碍症而获判无罪,并被送往阿森斯精神卫生中心。

12月,《人物》杂志和《新闻周刊》等全国性媒体发表了关于比利的报道。精神分析小说作家丹尼尔·凯斯决定写下比利的故事,并为此而采访他。

1979年

10月4日,比利由于在阿森斯精神卫生中心聚众饮酒、与医护人员打斗、企图逃跑,而被转送到被称为"人间地狱"的州立利玛医院。

1981年

10月,丹尼尔·凯斯基于真实事件创作的《24个比利》出版。

1982年

4月,比利被转回阿森斯精神卫生中心。

1984年

11月22日,阿森斯市一位居民的谷仓被人射进一颗猎枪子弹,比利被指控为猎枪案的共谋犯并被拘捕。

1986年
7月4日,比利从俄亥俄州中部地区精神病医院逃脱。
11月20日,比利逃亡四个多月后在迈阿密被捕,并被送回俄亥俄州。

1988年
5月,比利获释,但仍需接受监控。
7月,比利在俄亥俄州精神卫生局获得一份做电脑编程员的临时工作。
曾经残暴虐待比利的继父卡尔莫·米利根在这一年去世,享年61岁。尽管有多人证实,他生前始终否认关于他虐待比利的指控。

1989年
10月27日,一场名为"比利——发自内心的呐喊"的画展在哥伦布市克罗斯画廊开幕,展出了比利多个人格手绘的画作。画展备受争议。

1991年
精神卫生局的报告表明比利已不再遭受严重精神障碍的困扰,精神病医生也认为没有必要再将他监禁起来。"证据表明,他已经完全正常,在相当长时间内是由一个人主导。"
8月1日,约翰逊法官撤销了精神病医生和法院对比利的监控。

1996年
比利发表一篇声明,表示他居住在加州,拥有一家小制片公司,尝试制作一部基于《24个比利》和《比利战争》内容而创作的电影。导演詹姆斯·卡梅隆曾为电影项目寻访过他,他还训练过约翰尼·德普、莱昂纳多·迪卡普里奥、约翰·库萨克等一些好莱坞演员如何饰演自己。

2014年

比利的晚年辗转居住在洛杉矶和拉斯维加斯,最后回到俄亥俄州哥伦布市。他的妹妹为他购置了居所,他在那里专注于绘画并度过余生。

12月12日,比利因癌症于哥伦布市去世,享年59岁。